NA BOÇA DO LEÃO

ANNE HOLT

Editora FUNDAMENTO

2019, Editora Fundamento Educacional Ltda.

Editor e edição de texto: Editora Fundamento
Editoração eletrônica: Lorena R Mariotto Edição de Livros (Bella Ventura)
CTP e impressão: SVP – Sociedade Vicente Pallotti
Tradução: Silvio Floreal de Jesus Antunha

Traduzido do norueguês para o inglês por Anne Bruce
Publicado pela primeira vez em brochura na Grã-Bretanha, em 2014, por Corvus, um selo editorial da Atlantic Books Ltd.

Copyright © Anne Holt e Berit Reiss-Andersen, 1997
Tradução em inglês: copyright © Anne Bruce, 2014
Original publicado em norueguês como Løvens Gap. Publicado de acordo com a Agência Salomonsson.
Os direitos morais de Anne Holt e Berit Reiss-Andersen de serem identificados como autores deste trabalho foi firmado por eles de acordo com a lei Copyright, Designs and Patents Act de 1988.
O direito moral de Anne Bruce de ser identificada como a tradutora deste trabalho foi firmado por ela de acordo com a lei Copyright, Designs and Patents Act de 1988.

Todos os direitos reservados. Nenhuma parte deste livro pode ser arquivada, reproduzida ou transmitida em qualquer forma ou por qualquer meio, seja eletrônico ou mecânico, incluindo fotocópia e gravação de backup, sem permissão escrita do proprietário dos direitos.

Dados Internacionais de Catalogação na Publicação (CIP)
(Maria Isabel Schiavon Kinasz)

H758	Holt, Anne Na Boca do Leão / Anne Holt; [versão brasileira da editora] – 1. ed. – São Paulo, SP : Editora Fundamento Educacional Ltda., 2019. Título original: The lion's mouth: (Løvens Gap) 1. Romance norueguês. I Título CDD 839.823 CDU 087.5

Índice para catálogo sistemático
1. Romances: Literatura norueguesa 839.823

Fundação Biblioteca Nacional

Depósito legal na Biblioteca Nacional, conforme Decreto nº 1.825, de dezembro de 1907.
Todos os direitos reservados no Brasil por Editora Fundamento Educacional Ltda.

Impresso no Brasil

Telefone: (41) 3015 9700
E-mail: info@editorafundamento.com.br
Site: www.editorafundamento.com.br

Este livro foi impresso em papel Off White 70 g/m² e a capa em papel-cartão 250 g/m².

Opiniões da crítica sobre Anne Holt

"Depois de Stieg Larsson, Holt é a rainha do romance de suspense escandinavo." *Red*

"Holt escreve com o domínio que esperamos dos principais autores escandinavos." *The Times*

"Se você ainda não ouviu falar de Anne Holt, vai ouvir em breve." *Daily Mail*

"É fácil ver por que Anne Holt, ex-ministra da Justiça norueguesa e atualmente a escritora de romances policiais mais vendida da Noruega, é recebida com entusiasmo no restante da Europa." *The Guardian*

"Holt domina sua narrativa com habilidade desconcertante... Os clichês são absolutamente rejeitados pela energia pura e a vitalidade de sua escrita." *Independent*

"Sua mistura característica de comentários policiais, processuais e sociais torna as histórias particularmente norueguesas, mas também divertidas e esclarecedoras... Parece um pouco com uma mescla de Stieg Larsson, Jeffery Deaver e Agatha Christie." *Daily Mirror*

"De nada vale ser um zoólogo qualificado quando você está dentro da boca do leão."
Gunnar Reiss-Andersen

Sexta-feira, 4 de abril de 1997

18h47, GABINETE DA PRIMEIRA-MINISTRA (GPM)

A mulher que estava sentada sem fazer nada, à mesa da recepção do gabinete da primeira-ministra, vestia um tailleur azul. Ela permanecia sentada, mas demonstrava crescente impaciência, olhando alternadamente para as duas portas de acesso ao recinto e para o telefone. O blazer, de impecável corte clássico, fazia conjunto com a saia e era complementado por um lenço exageradamente chamativo em volta do pescoço. Apesar de já ser quase o fim do expediente, e mesmo depois de um longo dia de trabalho, nem um único fio de cabelo estava fora de lugar no penteado elegante, embora um pouco fora de moda. Esse visual fazia a mulher parecer mais velha do que realmente era, e talvez essa fosse sua intenção, como se o estilo de cabelo repicado dos lados e com volume no alto – que saiu de moda no início da década de 1980 – de certa forma lhe concedesse uma seriedade que seus 40 e poucos anos não garantiam.

Ela tinha muita coisa para fazer, mas, ao contrário de seu padrão habitual, não estava conseguindo resolver nada. Por um bom tempo ficou ali sentada, pura e simplesmente. Apenas seus dedos denunciavam a sensação cada vez mais forte que ela sentia de que algo terrivelmente errado estava acontecendo. Eram dedos longos e muito bem cuidados, com as unhas pintadas de vermelho carmesim, adornados com dois anéis de ouro em cada mão, que ela erguia para tocar as têmporas em intervalos regulares, como se arrumasse algumas mechas invisíveis de cabelos rebeldes, antes de tamborilar na mesa com um ruído seco, como uma rajada de tiros disparados de uma arma com silenciador. De repente, a mulher levantou-se e atravessou o ambiente rumo à janela que dava para o oeste.

Lá fora, anoitecia. O mês de abril prometia ser tão instável quanto Bjørnstjerne Bjørnson, o autor do hino nacional norueguês, descrevera, muitos anos atrás. Quinze andares abaixo, ela via pessoas tremendo de frio se apressarem pela Akersgata, algumas delas irritadas, andando em círculos enquanto esperavam um ônibus que talvez nunca viesse. Ainda havia luz no gabinete da ministra da Cultura no prédio R5, do outro lado da rua. Apesar da distância, a mulher do terninho azul podia ver a secretária caminhando, da sala de espera até a principal, levando um monte de papéis para a chefe. Ajeitando os cabelos loiros compridos, a jovem ministra do governo riu em resposta à mulher mais velha. Ela era jovem demais para ser ministra da Cultura. Também não era muito alta. Um vestido longo, de gala, não caía bem numa mulher de apenas um metro e meio. Para coroar tudo isso, a jovem ministra acendeu um cigarro e colocou um cinzeiro em cima da pilha de papéis.

"Ela não deveria fumar naquele gabinete", pensou a mulher de azul. "Os mais valiosos tesouros culturais do país estão pendurados naquelas paredes. Isso não pode ser bom para as pinturas. E com certeza também não é nem um pouco seguro."

Sentiu-se reconfortada com essa observação crítica, que momentaneamente a distraiu da sensação aflitiva que estava prestes a se tornar uma ansiedade preocupante e constrangedora.

Duas horas se passaram desde que a primeira-ministra Birgitte Volter havia dito, expressamente, quase com frieza, que não deveria ser incomodada por nenhum motivo. Foi isso mesmo o que ela disse: "Por nada neste mundo".

Gro Harlem Brundtland, a primeira-ministra anterior, jamais disse: "Por nada neste mundo". Ela talvez tenha dito "independentemente do motivo" ou apenas disse que não queria ser incomodada. Mesmo que todos os dezessete andares do edifício do governo ardessem em chamas,

Gro Harlem Brundtland deveria ser deixada em paz se ela desse essa instrução. Mas Gro pedira demissão em 25 de outubro do ano anterior, e aqueles eram novos tempos, com novos métodos e novas falas. Wenche Andersen guardava suas emoções para si mesma e realizava seu trabalho como sempre: eficaz e discretamente.

Já fazia mais de uma hora que o juiz Benjamin Grinde, do Supremo Tribunal, havia deixado o gabinete. Vestido com um terno italiano cinza chumbo, ele acenou com a cabeça quando passou pelas duas portas e fechou-as atrás de si. Sorrindo discretamente, ele havia se permitido uma observação lisonjeira sobre a roupa nova dela, antes de desaparecer escada abaixo para pegar o elevador no décimo quarto andar, carregando a pasta de couro bordô debaixo do braço. Automaticamente, Wenche Andersen levantou-se para levar uma xícara de café a Birgitte Volter, mas, no último instante, lembrou-se das instruções taxativas sobre paz e tranquilidade determinadas pela chefe.

Porém, estava realmente começando a ficar muito tarde.

Os subsecretários e os assessores políticos já tinham ido embora, assim como o restante do pessoal do escritório. Wenche Andersen estava sentada sozinha, numa sexta-feira à noite, no décimo quinto andar da torre do complexo do governo, sem saber o que faria. O gabinete da primeira-ministra estava em silêncio total. Mas, afinal de contas, isso talvez não fosse tão estranho, já que duas portas as separavam.

19h02, ODINS GATE, Nº 3

Definitivamente, havia algo de errado no conteúdo daquela taça de cristal liso em formato de tulipa. Ele ergueu-a para ver como a luz se refratava no líquido vermelho. Tentava passar o tempo apreciando o vinho, procurava relaxar desfrutando-o, como normalmente merecia um Bordeaux encorpado. A safra de 1983 era considerada generosa e convidativa. Aquele ali era forte demais em sua fase inicial, e ele franziu os lábios num espanto assombroso ao perceber que o sabor do produto final não correspondia de modo algum ao preço que pagara pela garrafa. Colocando abruptamente a taça sobre a mesa, pegou o controle remoto da TV. O boletim de notícias noturno já havia começado, mas a transmissão era banal, e as imagens passavam sem que ele percebesse algo além da roupa do apresentador, que era de total mau gosto. Um paletó amarelo simplesmente não era uma roupa masculina adequada.

Tinha sido obrigado a fazer aquilo. Não havia outra opção. Agora que tudo acabara, ele não sentia nada. Esperava algum tipo de alívio, a oportunidade de respirar livremente depois de tantos anos.

Ele realmente queria se sentir aliviado. Mas, em vez disso, estava tomado por um sentimento de solidão muito constrangedor. De repente, os móveis que o cercavam pareciam estranhos. Até o velho e pesado guarda-louças de carvalho decorado com cachos de uvas lhe parecia apenas sombrio e ameaçador. Quando criança, ele frequentemente escalava aquele móvel, que agora dominava a sala de estar de casa com toda a sua imponência. Era ali que ele mantinha sua exclusiva coleção de *netsukes*, enfeites japoneses em miniaturas, alinhados com cuidado atrás das portas de vidro polido.

Havia um objeto sobre a mesa, entre ele e o controle remoto. Ele não entendia o que aquela coisa estava fazendo ali. O motivo por que trouxera aquilo era um grande mistério.

Esticando-se, desligou o noticiário *Dagsrevy* com um toque de dedo, e o âncora imediatamente desapareceu. Faria 50 anos no dia seguinte, mas sentiu-se muito mais velho do que isso quando se esforçou para se levantar do sofá estilo Chesterfield e ir até a cozinha. O patê poderia, e *deveria*, ser feito naquela noite. Estaria no ponto ideal depois de vinte e quatro horas na geladeira.

Por um segundo ou dois, considerou abrir outra garrafa do lamentável Bordeaux, mas logo deixou esse pensamento de lado e se contentou com uma generosa dose de conhaque vertida num copo limpo. O conhaque era para cozinhar...

Mesmo assim, nem no conhaque encontrou alívio.

19h35, GPM

O penteado dela já não estava tão perfeito. Uma mecha de cabelos esbranquiçados e fugidios esvoaçava diante de seus olhos, e ela sentia gotas de suor no lábio superior. Nervosa, agarrou a bolsa e abriu-a para pegar um lenço impecavelmente engomado, que ela segurou com a boca antes de usar para enxugar a testa.

Decidiu que deveria entrar. Alguma coisa poderia estar errada. Birgitte Volter havia desligado o telefone, então ela teria que bater na porta. A primeira-ministra talvez estivesse doente. Parecia estressada ultimamente. Embora Wenche Andersen tivesse reservas consideráveis sobre o estilo bastante estranho e retraído de Birgitte Volter, reconhecia que a primeira-ministra se esforçava para ser simpática. Mas, na semana anterior, Birgitte Volter esteve a ponto de se tornar desagradável. Mostrou-se irritada e por vezes até exasperada. Será que não estava bem? Decidiu que deveria entrar, imediatamente.

Mas, antes de incomodar a primeira-ministra, ela foi de novo ao banheiro. Embora se demorasse um pouco na frente do espelho, não conseguiu encontrar nada que precisasse de retoque. Passou um bom tempo lavando as mãos, depois pegou um pequeno tubo de creme no armário embaixo da pia. Usou um pouco, embora não estivesse muito certa se não se arrependeria depois, pois deixava as mãos pegajosas. Enquanto massageava os dedos com força, sentia o creme penetrar na superfície da pele. Involuntariamente, olhou de novo para o relógio e respirou fundo. Somente quatro minutos e meio haviam se passado. Suas mãos, pequenas e reluzentes, estavam quase paradas. Ansiosa e resignada, voltou para seu lugar. Até mesmo o som da porta do banheiro batendo atrás dela pareceu alarmante.

Decidiu que precisava entrar. Wenche Andersen tentou se levantar, mas parou no meio do caminho, hesitante. Sentou-se novamente. As instruções tinham sido claras. Birgitte Volter não deveria ser incomodada, "por nada neste mundo". Além disso, a primeira-ministra não havia dito que Wenche Andersen poderia ir para casa, e seria uma atitude incomum ela sair do gabinete sem antes ter recebido permissão para isso. Decidiu que deveria entrar. Decidiu que precisava entrar.

Com a mão na maçaneta da porta, aproximou o ouvido do painel da primeira porta. Nenhum som. Timidamente, bateu com o dedo indicador na madeira. Ainda assim, nenhum som. Abriu a porta externa e repetiu a ação na porta seguinte. Não adiantou. Ninguém disse: "Entre!", ninguém disse: "Não perturbe!" Ninguém disse nada, e agora não era apenas o lábio superior de Wenche Andersen que transpirava. Cautelosa e hesitante, pronta para fechar a porta novamente, tão rápida quanto um raio, caso a primeira-ministra estivesse concentrada em algum assunto de grande importância, ela abriu a porta com um pequeno estalido. No entanto, de onde estava, olhando através de uma fresta com menos de dez centímetros de largura, ela só conseguia ver a ponta da área de estar e a mesa redonda.

De repente, Wenche Andersen se encheu de uma coragem que havia horas lhe escapava e escancarou a porta.

– Com licença – ela disse em voz alta. – Desculpe incomodá-la, mas...
Não foi possível dizer mais nada.

A primeira-ministra Birgitte Volter estava sentada na poltrona de seu gabinete, com a parte superior do corpo caída sobre a mesa. Parecia uma estudante aplicada, estudando até tarde na véspera de um exame, que acabou cochilando em sua luxuosa sala de leitura. Wenche Andersen ficou na entrada, a uns bons seis metros de distância. Mas, ainda assim, podia ver tudo muito bem. O sangue era claramente visível: formava uma poça grande, estagnada sobre o rascunho da proposta referente ao acordo de Schengen. Era tão visível que Wenche Andersen não precisou se aproximar de sua chefe morta para ver se poderia ajudá-la, pegar um copo de água talvez ou oferecer-lhe um lenço para limpar a sujeira.

Em vez disso, ela cuidadosamente – mas dessa vez com muita determinação – fechou as portas do gabinete da primeira-ministra, contornou a própria mesa e pegou o telefone com linha direta para o painel central do quartel-general da polícia de Oslo. Bastou um toque para que uma voz masculina atendesse.

– Venham imediatamente – disse Wenche Andersen, com a voz tremendo. – A primeira-ministra está morta. Ela foi baleada. Birgitte Volter foi morta. Venham logo.

Então desligou o aparelho, levou a mão a outro telefone e, dessa vez, ligou para o ramal da segurança *on-line*.

– Aqui é do gabinete da primeira-ministra – ela disse mais calma. – Fechem o prédio. Ninguém entra nem sai. Apenas a polícia. Lembrem-se da garagem.

Sem esperar resposta, interrompeu a ligação para teclar outro número de quatro dígitos.

– Décimo quarto andar – respondeu o homem no andar inferior, de dentro de uma guarita de vidro à prova de balas, na entrada que dava acesso ao santo dos santos: o gabinete da chefe de governo do reino da Noruega.

– Aqui é do gabinete da primeira-ministra – ela disse novamente. – A primeira-ministra está morta. Ativem o plano de emergência.

E assim Wenche Andersen continuou a fazer seus deveres como sempre: sistematicamente e sem falhas. A única evidência de que aquela noite de sexta-feira estava se tornando bastante extraordinária era o intenso rubor que tomava conta de suas bochechas.

E que logo se espalharia por todo o rosto.

19h50, REDAÇÃO DO *KVELDSAVISEN*

Quando os pais de "Little" Lettvik batizaram a bebê loira recém-nascida com o nome de Lise Annette, eles não poderiam imaginar que a irmã – um ano mais velha – a apelidaria de "Little" (Pequena) nem que cinquenta e quatro anos depois ela pesaria mais de 92 quilos e fumaria vinte cigarrilhas por dia. Também não poderiam prever que ela levaria o fígado ao limite da exaustão pelo fato de tomar uma dose diária de uísque. O corpo inteiro dela beirava o ridículo. Ela continuava fiel ao costume da década de 1970, de não usar sutiã, e os espessos cabelos grisalhos moldavam um rosto que exibia sinais de quase trinta anos na Akersgata, a rua onde ficavam as sedes do governo do país e dos jornais de Oslo. Mas ninguém caçoava de Little Lettvik. Pelo menos não na presença dela.

– Mas que diabos um juiz do Supremo Tribunal está fazendo no gabinete da primeira-ministra numa tarde de sexta-feira? – ela murmurou para si mesma enquanto ajeitava os seios, que se esparramavam em direção às axilas.

– O que você disse?

O rapaz que estava diante dela era seu faz-tudo. Ele media 1,95m de altura, era muito magro e tinha espinhas espalhadas por todo o rosto. Little Lettvik desprezava pessoas como Knut Fagerborg, jovens contratados temporariamente por seis meses pelo *Kveldsavisen* (Jornal da Tarde). Mas eram os jornalistas mais perigosos do mundo – Little Lettvik sabia disso. Ela própria já havia passado por esse processo, na verdade há muito tempo, e embora as circunstâncias da imprensa norueguesa tivessem mudado completamente desde então, ela o aceitava. Pelo menos Knut era útil. Como os demais, ele a admirava sem reservas. Achava que ela garantiria que seu contrato fosse prorrogado. Quanto a isso, estava enganado totalmente. Mas, por enquanto, ele ainda servia.

– Estranho... – ela murmurou novamente, mais para si mesma do que em resposta a Knut Fagerborg. – Eu telefonei para Grinde no Supremo Tribunal hoje à tarde. É extremamente difícil descobrir qualquer coisa sobre a que se deve a missão dele. Uma jovem assessora da equipe acabou me contando que ele estava com a primeira-ministra. Por que diabos ele estaria lá?

Levantando os braços por sobre a cabeça, até a nuca, ela se esticou. Knut reconheceu o aroma do perfume Poison. Não muito tempo atrás, ele havia sido forçado a procurar o médico de plantão em busca de anti-histamínicos, depois de ter passado a noite com uma senhora que gostava dessa mesma fragrância.

– O que você quer? – ela disse de repente, como se tivesse acabado de perceber a presença dele.

– Tem alguma coisa acontecendo. A frequência de rádio da polícia pirou de repente, mas agora tudo está em silêncio total. Nunca vi nada parecido.

Na verdade, Knut Fagerborg, aos 20 anos de idade, não tinha muita experiência de vida. No entanto, concordava com Little: parecia estranho.

– Ouviu algo na rua? – ela perguntou.

– Não, mas...

– Meninos!

Um homem, com cerca de 40 anos, vestindo um paletó de tweed cinza, entrou esbaforido na redação.

– Tem algo acontecendo na torre do governo. Há um grande tumulto e muitos veículos, e o local está sendo isolado. Será que a primeira-ministra está esperando algum figurão do exterior?

– Sexta-feira à noite?

O joelho esquerdo de Little Lettvik estava doendo.

Ela havia sentido dor no joelho esquerdo duas horas antes do desastre da plataforma de petróleo Kielland, no Mar do Norte. Ele também se manifestou no dia anterior ao assassinato de Olof Palme, o primeiro-ministro sueco. Para não mencionar a forma como ela capengou até a unidade de pronto-socorro na tarde do dia seguinte à eclosão da crise do Golfo, surpresa pelo fato de a dor ter chegado tão tarde, até que, naquela mesma noite recebeu a notícia de que o rei Olav havia morrido.

– Vá para a rua e investigue.

Knut precipitou-se prédio afora.

– A propósito, quem conhece alguém que teve um filho em 1965?

Enquanto esfregava o joelho sensível, Little Lettvik ofegava e bufava, levando seu estômago a um corpo a corpo com a borda da mesa.

– Eu nasci em 65 – gritou uma mulher elegante, usando um vestido cereja, que entrou carregando duas pastas de arquivo.

– Isso não ajuda em nada – disse Little Lettvik. – Você está viva.

20h15, GPM

Billy T. sentiu alguma coisa que só conseguia interpretar como ansiedade, um aperto que o atingia em algum ponto do plexo solar e o forçava a respirar fundo, várias vezes, para clarear a mente.

O gabinete da primeira-ministra norueguesa seria até um lugar de bom gosto, não fosse o fato de ela estar lá deitada, completamente morta, fria e dura como pedra, com a cabeça em cima da papelada; literalmente, uma afronta sangrenta ao designer de interiores que havia escolhido com tanto esmero a mesa maciça com borda externa em formato de arco. O mesmo contorno ondulante se repetia em vários locais da sala, inclusive numa estante de livros, que era de fato bastante decorativa, mas cuja falta de linhas retas a tornava totalmente inadequada para sua finalidade específica. E não havia muitos livros nela. A sala em si era retangular: em uma ponta, os móveis estavam organizados para reuniões e, no outro canto, ficava a mesa com mais duas cadeiras para visitantes. Não tinha nada que realmente pudesse ser chamado de luxo. O quadro na parede, atrás da mesa, era grande, mas não particularmente atraente, e Billy T. não conseguiu identificar imediatamente o artista. O primeiro pensamento que teve quando olhou ao redor foi que ele já havia visto escritórios muito mais exclusivos em outros lugares do país. Aquele espaço era a incorporação do espírito da social-democracia. A sobriedade do gabinete da primeira-ministra talvez causasse admiração aos visitantes noruegueses, mas os chefes de Estado estrangeiros certamente desaprovariam a falta de esplendor. Havia uma porta em cada extremidade; Billy T. acabara de entrar por uma delas, e a outra conduzia a um banheiro privativo com chuveiro.

O médico estava pálido e tinha manchas de sangue na jaqueta cinza. Naquele momento, removia as luvas de borracha com dificuldade, e Billy T. detectou um tom solene em sua voz tensa.

– Acredito que a primeira-ministra morreu há duas ou três horas. No entanto, essa é apenas uma avaliação preliminar, ainda em fase inicial. Estou considerando que a temperatura desta sala tenha permanecido constante, pelo menos até a nossa chegada.

Finalmente, quando as luvas capitularam, desprendendo-se dos dedos com um ruído de sucção, foram parar no bolso da jaqueta de tweed. O médico aprumou-se.

– Ela foi baleada na cabeça.

– Concordo com isso – murmurou Billy T.

O superintendente lançou um olhar de advertência.

Billy T. fixou mentalmente a repreensão. Ele se virou e deu de cara com três homens da Divisão de Homicídios, que já estavam executando os procedimentos de rotina, que já tinham feito tantas vezes antes: fotografar, medir, pincelar pó de impressão digital, movendo-se ao redor do enorme escritório com uma desenvoltura que surpreenderia qualquer pessoa que não tivesse presenciado aquilo antes. Eles se comportavam como se estivessem acostumados a esse tipo de coisa, como se aquilo fosse apenas uma prática rotineira. Mas havia alguma coisa que beirava o sagrado na sala, uma ausência do habitual humor negro, uma atmosfera desconfortável, exacerbada pelo aumento da temperatura. Uma primeira--ministra morta não admitia frivolidades.

Como sempre, quando se encontrava perto de um cadáver, Billy T. percebia que nada era tão nu e despojado quanto a morte. Entretanto, ver aquela mulher que governara o país até três horas antes, aquela mulher que ele jamais vira em carne e osso, mas ouvia diariamente no rádio e via nos jornais e na TV; ver Birgitte Volter como um ser humano, por trás da pessoa pública, morta na mesa de trabalho, era bem pior, era muito mais embaraçoso, e o fez se conscientizar de que não a estava vendo apenas sem roupas. Billy T. virou-se e caminhou até a janela.

O Ministério das Finanças situava-se à esquerda, mais abaixo na rua. O prédio parecia acanhado, ressentindo-se da suntuosa reforma recentemente realizada ao lado, no Supremo Tribunal. Mais para sudoeste, Billy T. podia apenas vislumbrar o telhado do edifício do Parlamento, que lhe pareceu bastante reticente de onde estava, no penúltimo andar da torre do governo, com uma imponente bandeira desfraldada no topo do mastro da cobertura. O Executivo, o Judiciário e o Legislativo observavam-se de ângulos um tanto distorcidos...

"E a sede do maior jornal de circulação nacional em plena Akersgata, no meio de tudo isso", pensou Billy T., voltando-se para observar novamente a cena na sala.

– Alguma arma? – ele perguntou a um jovem policial, que por um momento se aproximou da porta.

O rapaz tomou um gole de água numa caneca plástica e, em seguida, deliberadamente devolveu-a a outra policial uniformizada que estava na parte externa do gabinete. Ele fez que não com um movimento de cabeça.

– Não.

– Não?

– Ainda não. Nenhuma arma – ele respondeu, enxugando a boca na manga da jaqueta. – Vamos encontrá-la em breve – prosseguiu. – Temos que procurar mais. Banheiros, corredores, acessos. Droga, este prédio é um mastodonte. Mas provavelmente não está por aqui. Estou me referindo à arma, é claro.

– E esse mastodonte está realmente muito cheio, especialmente para uma noite de sexta-feira – comentou o superintendente um tanto surpreso. – Tem gente começando a se juntar no refeitório do andar de baixo. São pelo menos sessenta ou setenta pessoas até agora.

Billy T. praguejou em voz baixa.

– Caramba, este prédio deve ter no mínimo uns quatrocentos escritórios. Será que devo pedir reforços?

Ele perguntou isso com um sorriso tenso, esfregando a mão na cabeça raspada.

– Claro – disse o superintendente. – Precisamos encontrar a arma.

– Tudo por causa dessa sangueira tão óbvia – murmurou Billy T., bem baixinho, para não ser ouvido.

Ele queria sair. Sua presença não era necessária ali. Sabia que os próximos dias, as semanas e talvez até os meses seguintes seriam infernais. Haveria um longo período em estado de emergência. Sem dias de folga e, definitivamente, sem férias. Sem tempo para os meninos. Os quatro filhos deveriam, pelo menos, ter o direito de vê-lo nos fins de semana. Porém, não havia necessidade de ele estar ali, não naquele momento, não naquele gabinete retangular com uma vista fantástica das luzes de Oslo e uma mulher morta largada em sua mesa.

Novamente a sensação de solidão tomou conta dele. Era assim mesmo: solidão e ansiedade. Pensou em sua parceira e única confidente, que deveria estar ali. Juntos, eles eram imbatíveis; sozinho, ele sentia que nem sua altura – de mais de dois metros – nem o brinco com uma cruz invertida que usava na orelha de nada lhe valiam. Pela última vez, desviou os olhos da poça de sangue embaixo da cabeça esfacelada da mulher.

Ele se virou e bateu no peito.

Hanne Wilhelmsen estava nos Estados Unidos e não voltaria antes do Natal.

– Droga, Billy T. – sussurrou o policial que tinha bebido a água. – Estou realmente passando mal. Isso nunca aconteceu comigo antes. Numa cena de crime, quero dizer. Não desde que eu era novato.

Sem responder, Billy T. piscou para o homem e fez uma careta que, com certo grau de indulgência, poderia ser considerada um sorriso.

Ele também se sentia horrível.

20h30, REDAÇÃO DO KVELDSAVISEN

– Só pode ser um tsunami – gritou Knut Fagerborg, tirando a jaqueta jeans com gola de lã. – Estão revistando as pessoas, estão revistando os carros, tem cordão de isolamento por todos os lados, e nenhuma palavra. Credo! Está todo mundo sério demais!

Ele desabou numa cadeira de escritório muito baixa, sentando-se desajeitadamente, com as pernas abertas para ambos os lados.

O joelho esquerdo de Little Lettvik latejava intensamente. Ela se levantou, mas mal conseguia encostar o pé no chão. Devagar, foi aumentando a pressão, pisando com extremo cuidado.

– Quero ver com os meus próprios olhos – ela disse buscando uma caixa de cigarrilhas.

Lenta e cautelosamente, acendeu um pequeno charuto.

– Acho que você está certo – ela falou sorrindo. – É um verdadeiro tsunami.

Little se arrastou, abrindo caminho rumo à saída da redação do jornal, esforçando-se para transpor os poucos metros de distância que a separava do prédio do governo, com Knut Fagerborg na dianteira.

20h34, SKAUGUM ESTATE, ASKER

Vagarosamente, o carro preto oficial se aproximou do portão da residência real em Asker, a meia hora de distância do centro de Oslo. Um homem alto e magro, vestindo um terno escuro, abriu a porta traseira direita antes que o veículo estivesse parado totalmente e saltou de lá de dentro. Ele vestiu um casaco, para ficar mais confortável, e caminhou em direção à entrada. A meio caminho, cambaleou repentinamente, mas moveu um pé para o lado e recuperou o equilíbrio.

Um homem uniformizado abriu a porta e levou o ministro das Relações Exteriores diretamente a uma sala que parecia uma biblioteca. Em voz baixa, o serviçal pediu ao ministro que aguardasse. Ergueu as sobrancelhas, surpreso, quando o ministro afastou sua mão estendida, pronta para guardar o capote dele. Então, o ministro das Relações Exteriores, um homem alto, sombrio e desajeitado, sentou-se numa cadeira barroca desconfortável, notando que não havia espaço suficiente. Ele apertou o casaco em volta do corpo com mais força, embora não estivesse sentindo frio.

O rei atravessou a soleira da porta, vestindo roupa comum: calça cinza e camisa social com o colarinho aberto. Parecia ainda mais preocupado do que de costume e piscava os olhos incessantemente, mesmo sentindo as pálpebras pesadas. Ele não sorriu, e o ministro das Relações Exteriores levantou-se apressadamente para estender-lhe a mão.

– Infelizmente, tenho notícias muito graves, majestade – ele disse em tom brando, pigarreando sobre a mão esquerda colocada diante da boca.

A rainha, que seguia o marido, ficou parada alguns metros dentro na sala, segurando um copo com alguma bebida onde flutuavam cubos de gelo. Ouviu-se um tilintar quando ela entrou, algo que soava como um convite para uma noite agradável. Ela usava jeans feitos especialmente para mulheres mais velhas e um agasalho colorido adornado com vaquinhas pretas e vermelhas. A expressão serena em seu rosto não escondia uma certa curiosidade a respeito da visita.

O ministro das Relações Exteriores sentiu-se desconfortável. O casal real parecia desfrutar uma rara noite de paz e tranquilidade em casa. Por outro lado, outras pessoas também estavam tendo a noite arruinada.

Ele cumprimentou a rainha com um aceno de cabeça antes de novamente olhar nos olhos do rei enquanto relatava os acontecimentos.

– A primeira-ministra Volter está morta, majestade. Ela foi baleada ao entardecer.

O casal real trocou olhares, e o rei esfregou o nariz lentamente. Ambos permaneceram quietos por algum tempo.

– Acho que o ministro das Relações Exteriores deve sentar-se – disse o rei, enfim, apontando para a cadeira que o ministro acabara de desocupar. – Sente-se e conte-nos mais a respeito. Posso ajudá-lo a tirar o casaco?

O ministro das Relações Exteriores olhou para si mesmo com ar de quem nem suspeitava de que estava vestindo um casaco. Embaraçado, tirou o capote, mas achou que seria desrespeito entregá-lo ao rei. Então pendurou-o no encosto da cadeira antes de sentar novamente.

Enquanto passava para se acomodar em uma poltrona a alguns metros de distância, a rainha tocou o ombro do ministro com a mão, num gesto de consolo. A mulher notara lágrimas por trás das lentes grossas dos óculos que ele usava.

– Aceitaria uma bebida? – ela ofereceu com delicadeza, e o ministro recusou com um aceno da cabeça quase imperceptível, limpando a garganta mais uma vez, desta feita com óbvia dificuldade.

– Não, acho que não. Esta será uma noite excepcionalmente longa.

20h50, OLE BRUMMS, Nº 212

– Minhas sinceras condolências – disse o bispo de Oslo, enquanto tentava fazer contato visual com o homem que estava diante dele.

Impossível. Roy Hansen havia sido o grande amor de Birgitte Volter durante trinta e quatro anos, e seu marido por trinta e três anos. Ambos tinham apenas 18 anos quando o casamento aconteceu e, apesar de terem passado por períodos turbulentos, haviam resistido a todas as tempestades, permanecendo juntos mesmo quando todos ao redor tentavam provar que o casamento vitalício não poderia sobreviver a um ambiente tão urbano e agitado. Birgitte não era apenas uma parte importante da vida dele; de muitas maneiras, ela era a própria vida, algo que ele considerava uma consequência natural da decisão conjunta de priorizarem a carreira dela. Agora ele estava sentado no sofá, com o olhar perdido, contemplando algum lugar inexistente.

A secretária do Partido Trabalhista ficou parada na porta da varanda, parecendo sentir-se bastante desconfortável com a presença do bispo. Ela havia protestado por ele estar ali.

– Sou eu quem os conhece – ela disse. – Por Deus, Birgitte nem era membro da Igreja!

Mas o protocolo exigia, e o protocolo teria que ser seguido. Principalmente naquela hora. Quando tudo estava uma loucura e de cabeça para baixo, de um jeito que ninguém poderia imaginar, a poeira era removida do Manual de Gerenciamento de Crises. De repente, tornava-se algo novo e diferente, em vez de ser apenas um livro esquecido numa gaveta para quando o que nunca deveria acontecer realmente acontecesse.

– Eu gostaria que você fosse embora – sussurrou o homem no sofá.

O bispo pareceu incrédulo, mas apenas por um segundo. Então se recompôs e recuperou sua dignidade eclesiástica.

– Este é um momento muito difícil – ele continuou com seu sotaque do leste norueguês. – Tenho o maior respeito pelo seu desejo de ficar sozinho. Quer que alguém fique? Uma pessoa da família, talvez?

Roy Hansen continuava a olhar para alguma coisa que os outros não conseguiam ver. Ele não soluçava, a respiração estava calma e tranquila, mas uma torrente de lágrimas escorria silenciosamente de seus olhos azul-claros, como um pequeno riacho que há muito tempo não inundava.

– Ela pode ficar – ele respondeu, sem olhar para a secretária do partido.

– Então eu vou me retirar – disse o bispo, embora continuasse sentado. – Vou rezar por você e sua família. E, por favor, me telefone se houver algo que eu ou qualquer pessoa pudermos fazer por você.

Ele ainda não se levantara. A secretária do partido estava na porta, desejando abri-la para agilizar a saída do homem. Mas havia algo naquela situação que a deixava absolutamente paralisada. Os minutos passavam, e tudo o que podia ser ouvido era o tique-taque do relógio de coluna com moldura de carvalho que, de repente, bateu nove badaladas: pesadas, tensas e hesitantes, como se não desejasse que a noite progredisse.

– Pois bem... – começou o bispo, com um suspiro pesado. – Eu vou embora.

Quando o religioso finalmente partiu, a secretária do partido trancou a porta e voltou para a sala de estar. Então, Roy Hansen olhou para ela pela primeira vez: um olhar desconcertado que se transformou em careta quando ele finalmente explodiu em lágrimas, consternado. A secretária do partido sentou-se ao lado dele; Roy apoiou a cabeça no colo dela, enquanto lutava para recuperar o fôlego.

– Alguém terá que falar com Per – ele lastimou. – Não tenho forças para contar a ele.

21h03, ODINS GATE, Nº 3

O fígado era de alta qualidade. Ele colocou-o embaixo do nariz e só encostou a língua na fatia de carne descorada. O açougue Torshov era o único em que ele podia confiar de fato para comprar fígado de vitela, e, embora ficasse fora de seu caminho, o desvio valia a pena.

Três dias antes, havia comprado as trufas na França. Normalmente, ele se contentava com as enlatadas, mas, quando a oportunidade se apresentava, algo que acontecia com relativa frequência, não havia nada comparável à variedade fresca.

De repente, a campainha tocou.

Ele tinha que fazer algo com aquela campainha. O som era dissonante e indefinido, e ele se assustava toda vez que ouvia o sinal sonoro. Consultou o relógio de pulso e lhe passou pela cabeça que não esperava ninguém. Era sexta-feira, e a festa só seria no dia seguinte.

Ao se dirigir à porta da frente, parou de repente, permanecendo imóvel por uma fração de segundo, antes de caminhar resolutamente até a pesada mesa de centro de carvalho para pegar o objeto ali deixado. Sem pensar muito, abriu uma das portas do aparador, decoradas com uvas, e colocou o item atrás das toalhas de mesa, embaixo de uma que a bisavó tinha tecido na década de 1840. Fechou a porta novamente e esfregou as mãos nas calças antes de se aproximar para ver quem tocava a campainha.

– Benjamin Grinde?

Quem perguntava era uma mulher, com cerca de 40 anos de idade, muito confiante no uniforme que vestia, com três listras nos ombros e adequadamente ajustado ao busto bem encorpado, que podia ser percebido sob a jaqueta abotoada. Ela, porém, parecia longe de estar feliz com o assunto que tinha a tratar. Evitando o olhar dele, concentrou-se num ponto dez centímetros acima de sua cabeça. Estava acompanhada de um homem um pouco mais jovem, de óculos e barba espessa e bem conservada.

– Sim – respondeu Benjamin Grinde, afastando-se enquanto abria a porta para permitir a entrada dos dois policiais.

Os visitantes trocaram olhares rápidos antes de decidirem seguir o juiz do Supremo Tribunal, que foi para a sala de estar.

– Espero que me digam do que se trata – ele falou, indicando o sofá com as mãos espalmadas.

E sentou numa poltrona estofada em gomos, com espaldar alto. Os policiais permaneceram de pé. O policial ficou atrás do sofá, puxando distraidamente um fiapo na costura do couro, sem levantar os olhos.

– Gostaríamos que nos acompanhasse à delegacia – informou a policial, limpando a garganta, obviamente ficando cada vez mais à vontade. – Nós, ou melhor, os delegados da sede da Polícia, agradeceríamos se pudesse nos acompanhar para uma conversa...

– Uma conversa?

– Um depoimento.

A voz saiu de trás da barba. Então, o homem se aprumou, para continuar.

– Gostaríamos de tomar o seu depoimento.

– Tomar o meu depoimento? A respeito do quê?

– Vai saber quando chegarmos lá. Na delegacia, quero dizer.

O juiz Benjamin Grinde, do Supremo Tribunal, olhou primeiro para a policial e depois para parceiro dela, antes de cair na risada. Era um riso abafado, mas indulgente. A situação parecia diverti-lo muitíssimo.

– Espero que saibam que estou familiarizado com as leis daqui – ele riu. – Rigorosamente falando, eu não preciso ir com vocês. Claro que fico feliz se puder ajudar, mas preciso saber do que se trata.

Então ele se levantou e, como se quisesse marcar sua indiferença, deixou-os por um instante e desapareceu casa adentro. Tinha ido buscar algo na cozinha. Voltou logo em seguida, trazendo o copo de conhaque, que ergueu para saudá-los com um movimento elegante, como se já estivesse embarcado nas comemorações de seu aniversário.

– Espero que vocês não bebam durante o plantão – ele sorriu, voltando a sentar-se displicentemente na poltrona, depois de ter pegado um jornal no chão.

A policial espirrou.

– Saúde! – murmurou Benjamin Grinde, com o jornal financeiro *Dagens Næringsliv* na mão. Curiosamente, o tom rosa do papel do periódico combinava com os móveis da sala.

– Acho que deveria vir conosco – insistiu a policial, limpando a garganta novamente, dessa vez com mais firmeza. – Temos um mandado de prisão, para ser usado apenas em caso de necessidade.

– *Um mandado de prisão?* Para que, se me permitem a ousadia.

O jornal voltou a cair no chão, e Grinde inclinou-se para a frente na poltrona.

– Sinceramente... – começou a policial, indo em direção ao sofá para sentar. – Não seria melhor se viesse conosco? Como você mesmo acabou de dizer, sabe como as coisas funcionam aqui. Vai ter tumulto se o prendermos, e isso será um prato cheio para a imprensa, não acha? Seria bem melhor se nos acompanhasse.

– Deixem-me ver esse mandado.

A voz dele foi fria, dura e incontestável.

O policial mais jovem abriu o zíper e retirou uma folha de papel azul do bolso interno da jaqueta. Hesitante, permaneceu como estava enquanto olhava para a colega mais velha, tentando descobrir o que devia fazer. Ela concordou levemente com a cabeça, e Benjamin Grinde recebeu a intimação. Ele desdobrou o papel e o colocou sobre o joelho, alisando-o várias vezes.

Para começar, eles usaram todos os seus títulos acadêmicos: "Ao médico e doutor em Direito juiz Benjamin Grinde do Supremo Tribunal. Citado por violação da Seção 233 do Código Penal, combinada com a Seção 232 do Código Penal, pelo..."

Quando ele leu a base e os elementos essenciais da acusação, ficou pálido. O rosto se tornou completamente lívido, por trás do bronzeado saudável e, como num passe de mágica, um brilho umedecido cobriu seu rosto.

– Ela está morta? – ele sussurrou sem se dirigir a ninguém em particular. – Birgitte está morta?

Os dois policiais trocaram olhares rápidos, sabendo que ambos pensavam exatamente a mesma coisa: ou aquele homem não fazia a mínima ideia do ocorrido, ou então eles deveriam acrescentar "ator por nomeação real" às suas qualificações, já incrivelmente impressionantes.

– Sim, ela está morta.

Foi a policial quem respondeu. Por um momento, ela receou que Benjamin Grinde fosse desmaiar. O juiz estava com uma aparência assustadora. Se não tivesse a certeza de que ele gozava de excelente saúde, ela teria temido pelo coração dele.

– Como?

Benjamin Grinde ficou em pé, mas seu corpo desmoronava, com os ombros caídos. Ele bateu o copo de conhaque na mesa, e o líquido dourado se esparramou ao redor, brilhando à luz dos prismas do lustre sobre a mesa de jantar.

– Não podemos revelar, como você bem sabe – a policial respondeu, em tom de voz ameno, para irritação do colega, que a interrompeu bruscamente.

– Então, você vem conosco?

Sem pronunciar nenhuma palavra em resposta, Benjamin Grinde dobrou cuidadosamente a folha azul, antes de colocá-la sem hesitação no próprio bolso.

– Claro que irei com vocês – ele murmurou. – Não há necessidade de nenhuma prisão.

Cinco viaturas da polícia estavam estacionadas do lado de fora do venerável antigo prédio residencial onde o juiz morava em Frogner. Quando deslizou no banco traseiro de um deles, ele viu dois policiais se dirigirem ao apartamento.

Provavelmente ficariam vigiando o imóvel, pensou. Talvez esperassem algum mandado de busca. Então, ele afivelou o cinto de segurança.

Foi quando notou que suas mãos tremiam, intensamente.

21h30, KIRKEVEIEN, Nº 129

O telefone tocava sem parar até que ela, por fim, puxou o plugue. Era sexta-feira à noite, e ela queria passar algum tempo fora do ar. Literalmente fora do ar. Ela transitava o dia todo, todos os dias, de um lado para outro entre o escritório e o edifício do Parlamento, além disso, não queria ter uma noite de sexta, altamente merecida, estragada. Seus dois filhos estavam fora, e embora fossem quase adultos, ela raramente falava com eles. Naquele momento, isso não importava. Sentia-se exausta e deu-se conta de que estava um pouco gripada, então escondeu o pager dentro do guarda-roupas, mesmo que, a rigor, devesse estar disponível o tempo todo. Meia hora antes, tinha escutado alguma mensagem chegar por fax em seu quarto, mas não sentiu disposição para ver o que era. Em vez disso, misturou Campari com um pouco de tônica e vários cubos de gelo e esticou os pés em cima da mesa de centro. Estava pronta para procurar algum telejornal num dos inúmeros canais de TV, com os quais jamais se dera ao trabalho de se familiarizar completamente.

A emissora estatal, NRK, era a aposta mais segura. Os créditos do noticiário apareceram na tela. Às nove e meia? Devia ser o jornal da noite. Tão cedo assim? Ela se levantou para buscar um jornal impresso.

Então notou a vinheta de edição extraordinária. Era uma transmissão urgente. Ela parou com o copo de Campari na mão. O apresentador loiro, de cabelos lisos e olhar cansado, parecia quase sufocado nas lágrimas quando limpou a garganta antes de começar a falar.

– Com apenas 51 anos de idade, a primeira-ministra Birgitte Volter foi assassinada. Ela foi baleada em seu gabinete na torre, dentro do complexo do governo, agora há pouco, no fim desta tarde ou no início da noite.

O copo de Campari caiu no chão. Pelo som oco, ela sabia que não tinha quebrado, mas seu tapete felpudo desbotado nunca mais seria o mesmo. Ela não se importou com isso e novamente deixou-se afundar lentamente no sofá.

– Morta... – ela sussurrou. – Birgitte morta! Baleada?

– Estamos chegando ao complexo do governo.

Um jovem esbaforido, que parecia encolhido num paletó enorme, falava para a câmera em movimento, com os olhos arregalados.

– Sim, estou aqui, ao vivo, diretamente do lado de fora da torre. Acabamos de receber a confirmação de que Birgitte Volter de fato faleceu...

Obviamente, o repórter se esforçava para encontrar as palavras certas para a ocasião e, enquanto gaguejava e balbuciava, ela notou que ele nem ao menos tinha conseguido trocar a roupa para uma de tom mais escuro, como o apresentador no estúdio tinha feito.

– Pelo que se sabe até agora, ela foi baleada na cabeça. Fomos informados de que provavelmente morreu na hora.

Além disso, ele não conseguia pensar em mais nada para dizer. Estava tão hesitante que várias vezes deixou o operador de câmera inseguro quanto a mantê-lo no foco. A imagem alternava entre o repórter, fortemente iluminado por um holofote, e o segundo plano, palco de muita atividade difusa, com a polícia tendo muito trabalho para conter jornalistas e curiosos antes da fita vermelha e branca de isolamento da cena do crime.

Birgitte estava morta. O vozerio do noticiário se tornou distante, e ela percebeu que se sentia fraca. Abaixando a cabeça entre os joelhos, estendeu a mão para pegar um cubo de gelo do tapete. Embora estivesse coberto de fiapos, mesmo assim colocou-o na testa. Isso ajudou-a a clarear as ideias. Do estúdio, o apresentador fazia um esforço heroico para salvar seu colega mais jovem, bem menos experiente, na entrada do prédio do governo.

– Sabe se já foi feita alguma prisão?
– Não, não há nada que indique isso.
– E a arma? Algum detalhe sobre o tipo da arma que foi utilizada?
– Não, só o que nos disseram foi que Birgitte Volter está morta e que ela foi baleada.
– O que está acontecendo em torno da torre neste momento?

E assim eles prosseguiram, por uma eternidade, conforme considerou a ministra da Saúde, Ruth-Dorthe Nordgarden, que não conseguia absorver nada do que estava ouvindo, até que a imagem da TV passou da torre para o edifício do Parlamento, onde uma procissão de líderes parlamentares com ar solene corria para o estúdio.

Então, ela lembrou-se do telefone! Recolocou o plugue e, depois de apenas alguns segundos, o aparelho tocou.

Enquanto restabelecia a comunicação, apenas um pensamento latejava em sua mente: "será que vou perder o meu emprego?"

Ela se dirigiu ao closet do quarto para pegar o pager e escolher algum traje adequado para vestir. Preta, tinha que ser alguma roupa preta. Mas sua cútis estava pálida demais por causa do inverno; além disso, preto não era a cor mais atraente do mundo. Tinha consciência de que era bonita, estava bem ciente disso, o bastante para não escolher um vestido preto em pleno mês de abril. As pessoas teriam que se contentar com marrom. Era uma cor escura da mesma forma.

Aos poucos, o estado de choque foi diminuindo, dando lugar a um sentimento de irritação crescente.

Era um momento particularmente ruim para Birgitte partir deste mundo, para ela morrer: uma tremenda falta de consideração da parte dela.

O vestido de veludo marrom daria conta do recado.

Sábado, 5 de abril

00h50, CALÇADA DE ODINS GATE, Nº 3

O editor certamente ficou irritado com o fato de ela ter saído, mas isso não tinha a menor importância. Ela não revelava suas elucubrações, eram problema dela, eram assunto dela. Não vinha ao caso se daria matéria ou não.

O apartamento de Benjamin Grinde estava imerso na escuridão. Claro que isso poderia significar que ele estava dormindo profundamente. Por outro lado, quase ninguém no reino da Noruega dormia naquele momento: era sexta-feira, e o homicídio da primeira-ministra Birgitte Volter havia atingido os lares de todo o país como uma bomba atômica. A NRK e a TV2 davam boletins de notícias a todo instante, embora, a bem da verdade, não tivessem quase nenhuma novidade do caso para transmitir. Na maioria das vezes, incluíam declarações e comentários sem sentido, além de notas de falecimento que claramente haviam sido redigidas no último minuto. Considerando o fato de Birgitte Volter ter assumido o cargo apenas seis meses antes, era evidente que o material jornalístico ainda estava sendo preparado nas redações. No dia seguinte, a situação estaria melhor.

As janelas cerradas também podiam significar que o juiz do Supremo Tribunal estava fora, em uma festa, talvez, ou acompanhado, como se dizia naquela parte da cidade. Mas também podia indicar outra coisa.

Antes de atravessar a rua, ela olhou em volta. Havia tantos carros estacionados ao longo da calçada que quase não sobrava espaço entre um Volvo e uma BMW, cujos para-choques quase se tocavam. Ela endireitou o volante e se espremeu, até que, por fim, desistiu e se afastou, na tentativa de localizar uma vaga maior em outro local mais adiante.

Algo estava errado com a fechadura na porta de entrada no número 3 de Odins Gate. Na verdade, algo estava errado com a própria porta, que não fechava corretamente. Parecia que a madeira estava empenada. Era estranho, mas ela evitou usar o interfone. Com cuidado, abriu a enorme porta de madeira e entrou no corredor.

Ficou incomodada com o forte odor de gesso e detergente no saguão inesperadamente grande. Ela reparou em uma bicicleta fixada na grade da escadaria adjacente à porta que levava ao porão. Era uma escada atraente e bem conservada, com paredes amarelas e frisos decorativos verdes, e os vitrais originais em cada patamar estavam em condições excepcionalmente boas.

A meio caminho do segundo lance de escada, ela parou.

Ouvia vozes, vozes tranquilas de pessoas conversando. E boas risadas.

Ela recuou até a parede de modo surpreendentemente rápido e deu graças a Deus por estar usando os silenciosos sapatos Ecco. Continuou a subir, mantendo-se o mais perto possível da parede.

Dois homens estavam sentados nos degraus. Eram dois policiais uniformizados, sentados na soleira da porta do apartamento de Benjamin Grinde.

Ela estava certa.

Tão cautelosamente quanto subiu, voltou a descer. Assim que se encontrou do lado de fora da porta da frente danificada, ela retirou um telefone celular do volumoso casaco e ligou para um dos mais valiosos contatos de sua rede, o inspetor-chefe Konrad Storskog, um indivíduo completamente desagradável em busca de ascensão social, de 35 anos de idade. Ninguém, exceto ela, sabia que, aos 22 anos, ele havia batido o carro dos pais ao dirigir alcoolizado. O teste não chegou a ser feito, mas o resultado daria acima do limite para embriaguez. Por acaso, ela dirigia o veículo atrás dele; estava escuro e não havia mais ninguém. Ela entrou em contato com os pais dele, que, com muita habilidade, o livraram da situação embaraçosa sem que o jovem policial recém-formado recebesse alguma anotação em seu prontuário. Little Lettvik guardou a informação para uso futuro e jamais se arrependeu de ter negligenciado o cumprimento de seus deveres de cidadã treze anos antes.

– Storskog – ele atendeu de forma brusca, também num telefone celular.

– Olá, Konrad, meu velho – Little Lettvik o cumprimentou. – Muito ocupado esta noite?

A resposta foi um silêncio total.

– Oi! Está me ouvindo?

Não houve nenhum sinal de que havia desligado, então ela sabia que ele ainda estava na linha.

– Konrad, Konrad – ela chamava com doçura. – Não se faça de difícil agora.

– O que você quer?

– Apenas uma resposta para uma perguntinha.

– O que é? Estou muito ocupado.

– O juiz Benjamin Grinde do Supremo Tribunal está aí? Quer dizer, ele já chegou à delegacia?

Novamente o silêncio foi total.

– Não faço a mínima ideia – ele disse de repente, depois de uma longa pausa.

– Sem essa. É claro que você sabe. Apenas diga sim ou não, Konrad. Basta dizer: sim ou não.

– Por que ele estaria aqui?

– Se ele não estiver, então se trata de uma grosseira questão de descumprimento do dever.

Ela sorriu para si mesma enquanto continuava.

– Porque ele deve ter sido a última pessoa que viu a tal senhora Volter viva. Ele esteve no gabinete dela na tarde de ontem. É claro que você tem que falar com esse cara! Será que você não pode simplesmente dizer sim ou não, Konrad, e depois continuar todas essas tarefas importantes que você está fazendo?

Mais uma vez o silêncio foi completo.

– Esta conversa nunca aconteceu – ele disse em tom áspero e impassível e encerrou a chamada.

Era a confirmação de que Little Lettvik precisava.

– Trá-lá-lá-lá-lá-lá... – ela cantarolou satisfeita, enquanto seguia para pegar um táxi na Frognerveien.

A situação estava ficando complicada.

00h57, DEPARTAMENTO DE POLÍCIA DE OSLO

Até mesmo Billy T., que raramente reparava nisso, tinha de admitir que Benjamin Grinde era um homem que se destacava pela beleza. Seu porte físico era atlético, mas não volumoso. Ele tinha os ombros largos e a cintura estreita, porém sem exageros. Vestia roupas de extremo bom gosto, inclusive as meias, visíveis quando cruzava as pernas, e a gravata, levemente afrouxada, combinando. O corte de cabelo era tão rente que parecia absorver quase naturalmente a calvície precoce, algo proposital, que sugeria grande potência e boa dose de testosterona. Os olhos eram castanho-escuros e a boca, grande, com dentes surpreendentemente brancos e juvenis para alguém com 50 anos de idade.

– Você faz aniversário amanhã – Billy T. comentou enquanto folheava os papéis.

Um jovem estagiário anotara os dados do juiz, enquanto Billy T. estava ocupado com um assunto pessoal. Era um assunto extremamente particular. Antes de tomar banho, ele enviara um fax de duas páginas manuscritas para Hanne Wilhelmsen. As duas coisas lhe fizeram bem.

– Sim – disse Benjamin Grinde, olhando para o relógio de pulso. – Ou melhor, a rigor, o meu aniversário é hoje, para falar a verdade.

Sorriu sem graça.

– Cinquenta anos e passando por tudo isto – Billy T. acrescentou. – Vamos procurar resolver as coisas de maneira rápida para não estragar a sua comemoração.

Pela primeira vez, Benjamin Grinde pareceu assustado. Até aquele momento, sua expressão facial se mostrara quase vazia, exaurida e virtualmente apática.

– Resolver as coisas? Quero que você saiba que fui presenteado com um mandado de prisão há poucas horas. E agora você está me dizendo que vai resolver as coisas rapidamente?

Billy T. se afastou da máquina de escrever para enfrentar o juiz do Supremo Tribunal cara a cara. Colocou as palmas das mãos sobre a mesa e inclinou a cabeça de lado.

– Ouça – ele falou, e suspirou. – Não sou idiota. E *definitivamente* você não é imbecil. Tanto você quanto eu sabemos que a pessoa que matou Birgitte Volter não sorriria gentilmente para a secretária dela nem iria tranquilamente para casa para fazer...

Ele vasculhou os documentos.

– Para fazer patê... Era isso que você estava fazendo?

– Sim...

Depois dessa, Benjamin Grinde ficou surpreso. Será que um dos policiais estivera dentro de sua cozinha?

– Isso o torna um suspeito tão óbvio que não pode ser você.

Billy T. riu e coçou o lóbulo da orelha, fazendo a cruz invertida balançar.

– Sabe, eu costumo ler romances policiais. Nunca é a pessoa óbvia, jamais. E eles não voltam para casa depois. Para ser sincero, Grinde, esse mandado de prisão foi uma grande bobagem. Você estava certo ao confiscá-lo. Queime, jogue isso fora. É uma resposta de pânico típica de malditos advogados. Perdoe o meu linguajar.

Voltando à máquina de escrever, datilografou três ou quatro frases antes de substituir a folha de papel por uma nova. Então, olhou novamente para Benjamin Grinde e pareceu hesitar antes de colocar as longas pernas com botas tamanho 47, sobre a borda da mesa.

– Por que você estava lá?

– No gabinete da Birgitte?

– Birgitte? Você a conhecia? Quero dizer, você a conhecia pessoalmente?

Os pés de Billy T. escorregaram para o chão enquanto ele se inclinava sobre a mesa.

– Birgitte Volter e eu nos conhecíamos desde a infância – respondeu Benjamin Grinde, encarando o inspetor-chefe. – Ela é um ano mais velha do que eu, e isso cria um certo distanciamento na adolescência. Mas em Nesodden a comunidade não era muito grande. Foi nessa época que nós nos conhecemos.

– Nessa época. E hoje em dia ainda eram amigos?

Benjamin Grinde se ajeitou na cadeira e cruzou a perna esquerda sobre a direita.

– Não, eu não afirmaria isso. Tivemos apenas contatos esporádicos ao longo dos anos. Contatos eventuais, por assim dizer, já que nossos pais continuaram a ser vizinhos por muito tempo depois que nós saímos de casa. Não. Não podemos dizer que "continuamos" amigos: "fomos" seria mais correto.

– Mas vocês se tratavam pelo primeiro nome?

Grinde sorriu sem graça.

– Entre pessoas que foram amigas de infância e juventude, pareceria muito pouco natural usar sobrenomes, mesmo depois de ter perdido o contato. Não acontece o mesmo com você?

– Provavelmente.

– Bem, espero que já saiba por que eu estava lá. Certamente você verificou a agenda dela. Caso contrário, a secretária pode confirmar. Eu queria discutir mais alocação de recursos para uma comissão que estou presidindo. Uma comissão criada pelo governo.

– A Comissão Grinde, é claro – Billy T. comentou, colocando de novo os pés em cima da mesa.

Benjamin Grinde olhou para os bicos das botas pertencentes à enorme figura no lado oposto da mesa. Ele se perguntava se aquele comportamento não pretendia ser uma demonstração de força do policial, já que estava mantendo um dos mais importantes juízes do país sob seus calcanhares.

Billy T. sorriu. Seus olhos eram de um azul tão intensamente gelado quanto os de um husky siberiano, e o juiz do Supremo Tribunal desviou o olhar para o lado.

– Não considere meus pés aqui um sinal de falta de respeito – observou Billy T., balançando os bicos de aço. – É muito complicado ter pernas tão compridas. Olhe aqui! Não tem espaço suficiente para elas embaixo da mesa!

E fez uma demonstração cômica antes de colocar os pés de volta à posição.

– Mas, já que vocês estavam tratando desse assunto de mais alocação de recursos...

Grinde concordou imperceptivelmente.

– Por que não chamaram a ministra da Saúde? Não seria mais normal?

O juiz voltou a erguer o olhar.

– Até certo ponto. É que eu sabia que Birgitte estava particularmente interessada no caso. Além disso, seria uma oportunidade para conhecê-la melhor... Na verdade, não nos falávamos havia muitos anos. Eu queria cumprimentá-la pelo novo cargo.

– Por que precisa de mais dinheiro?

– Dinheiro?

– Sim, por que teve que falar com Volter sobre a obtenção de mais verbas para esse comitê?

– Comissão.

– É a mesma coisa. Por quê?

– O trabalho está se tornando muito mais abrangente do que prevíamos quando a comissão foi nomeada. Achamos necessário realizar entrevistas detalhadas com quinhentos pais que perderam bebês em 1965. É um trabalho considerável. Além disso, temos algumas investigações que devem ser realizadas no exterior...

Ele olhou ao redor e então fixou os olhos para fora da janela, onde girava a luz azul intermitente de uma viatura policial que tinha chegado ao pátio. De repente, o dispositivo de alarme parou.

– Quanto tempo esteve lá?

O juiz pensou bastante. Permaneceu sentado e olhou para o relógio de pulso, como se não conseguisse lembrar a resposta.

– É difícil dizer. Eu calculo que cerca de meia hora. Em todo caso, cheguei quinze para as cinco. Na verdade, fiquei por lá quase quarenta e cinco minutos, até cinco e meia. Foi quando saí. Sei disso com certeza porque fiquei com receio de não conseguir pegar um certo bonde ou um táxi. Uns quarenta e cinco minutos.

– Tudo bem.

Billy T. levantou-se abruptamente, pairando sobre o juiz, de porte bem menor.

– Café? Chá? Refrigerante? Você fuma?

– Eu realmente gostaria de uma xícara de café, obrigado. Não, eu não fumo.

Billy T. atravessou a sala, abriu a porta e falou baixinho com alguém que estava em pé do lado de fora. Em seguida, fechou a porta e voltou a sentar-se, dessa vez perto do beiral da janela.

O juiz começou a sentir uma certa irritação.

Era aceitável que o homem tivesse a cabeça raspada e usasse calças jeans velhas, que já haviam visto melhores dias. Eram aceitáveis, em última instância, até mesmo as botas com biqueiras de aço, já que os pés eram tão grandes que devia mesmo ser difícil encontrar calçados adequados. Mas a cruz invertida era uma provocação absurda, especialmente nos dias atuais, quando extremistas de direita e satanistas cometem crimes graves e ofensivos quase o tempo todo. Então, certamente deveria ser possível alguém permanecer quieto ao prestar um depoimento.

– Desculpe se acha que pareço um bastardo nazista – Billy T. disse.

Aquele homem conseguia ler seus pensamentos?

– É que passei anos na equipe de vigilância do esquadrão antidrogas – o inspetor-chefe acrescentou. – Não consegui me livrar do hábito de parecer um ogro. Na verdade, muitas vezes é bastante eficaz. Como você sabe, os garotos até nos tratam como amigos. Os bandidos, é claro. Mas isso não significa nada.

Alguém bateu na porta. Uma moça usando um vestido de veludo vermelho e sapatos discretos entrou sem esperar resposta, trazendo dois copos descartáveis de café.

– Você é um anjo! – Billy T. sorriu. – Muito obrigado.

O café, quente e forte como dinamite, era impossível de beber sem assoprar. Os copos descartáveis de plástico estavam derretendo e, de tão frágeis, tornaram-se difíceis de segurar.

– Aconteceu alguma coisa especial na reunião? – Billy T. prosseguiu.

O juiz pareceu hesitar, derramou um pouco de café nas calças e depois limpou a perna com movimentos firmes, nervosos.

– Não – ele respondeu, sem fazer contato visual com o inspetor-chefe. – Eu não afirmaria isso.

– A secretária disse que ela parecia fora dos eixos ultimamente. Notou alguma coisa desse tipo?

– Eu não tinha nenhum tipo de contato com Birgitte Volter há muito tempo. Ela me pareceu muito competente. Não, não posso dizer que houve algo que me causasse estranheza.

Benjamin Grinde vivia em busca da justiça e da verdade. Estava acostumado a dizer a verdade e era incapaz de mentir. Isso o deixava tenso, e ele sentia náuseas. Então, colocou cuidadosamente o copo de café na beira da mesa antes de olhar diretamente nos olhos do inspetor-chefe.

– Não havia nada no comportamento dela que me levasse a pensar que algo estivesse errado – ele disse em um tom de voz firme.

O pior era que parecia que o inspetor-chefe enxergava através dele, concentrando-se diretamente na mentira que se enroscava feito cobra venenosa em algum lugar dentro de seu peito.

– Nada me pareceu anormal – ele repetiu, mais uma vez olhando pela janela.

A luz azul intermitente tinha voltado a girar no visor escuro e embaçado da viatura.

02h23, BERKELEY, CALIFÓRNIA; PELO FUSO HORÁRIO DA NORUEGA

Caro Billy T.,

É inacreditável. Eu estava a meio caminho de fazer o jantar quando o fax chegou. É inconcebível! Liguei imediatamente para Cecilie, e ela nunca voltou tão depressa da universidade para casa. O assassinato também teve muita cobertura aqui, e estamos coladas na tela da televisão. Mas eles não dizem nada de concreto, apenas ficam repetindo as mesmas coisas inúmeras vezes. Mais do que nunca estou sentindo saudades de casa!

É preciso ter cuidado para não alimentar nenhuma teoria conspiratória. Devemos aprender algo com os suecos, que desesperadamente apostavam tudo em uma manchete "óbvia" definitiva atrás da outra. Quais hipóteses estão sendo trabalhadas por enquanto? Terrorismo? Extremistas de direita? Pelo que entendi, tem bastante atividade perceptível nesses círculos no momento. Lembrem-se, por Deus, dos suspeitos mais óbvios: lunáticos, familiares, amantes rejeitados (que você conhece bem mais do que a maioria...). Como vocês estão se organizando? Tenho mil perguntas que você provavelmente não terá tempo para responder. Mas, POR FAVOR: envie-me uma mensagem. Prometo escrever mais depois.

Esta é apenas uma reação inicial, e eu a envio esperando que você a leia antes de se deitar. Uma coisa é certa: você não vai poder dormir muito nos próximos dias. Estou enviando esta mensagem para o fax de sua casa, pois talvez os caras se irritem com uma inspetora-chefe no exílio se metendo em assuntos com os quais ela de fato não tem nada a ver há muito tempo.

Cecilie envia seus mais carinhosos cumprimentos. Ela sempre pensa em você, o tempo todo! Eu estou muito preocupada com a Noruega, com a minha Noruega, totalmente enlouquecida.

Escreva logo!
A sua Hanne

02h49, REDAÇÃO DO *KVELDSAVISEN*

– Nem pensar, Little. Nós não podemos fazer isso!

O editor estava debruçado sobre sua mesa de trabalho olhando para o rascunho da primeira página, radicalmente alterada desde a primeira edição especial publicada antes da meia-noite. Ele agora se confrontava com uma nova primeira página, estampada com uma foto enorme de Benjamin Grinde, acompanhada por uma manchete dramática em letras garrafais: "Juiz do Supremo Tribunal preso" e o subtítulo: "Última pessoa a ver Volter viva".

– Nós não temos nenhuma prova disso – o editor argumentou, apertando o nariz e ajeitando os óculos. – Não vai dar, seremos processados, perderemos milhões.

Little Lettvik não tinha nenhum problema em se fazer de vítima. Em pé, com as pernas afastadas, de vez em quando ela gesticulava, balançava a cabeça e revirava os olhos de forma grotesca, desconsolada.

– *Francamente!*

A bronca foi tão alta que o vozerio constante das redações por um momento se calou. Quando perceberam de onde tinha partido a explosão, todos voltaram ao trabalho. Little Lettvik jamais deixava de ser teatral, nem mesmo quando fazer isso era inútil.

– Eu tenho duas fontes – ela rosnou entre os dentes cerrados. – DUAS FONTES!

– Venha comigo – chamou o editor, abanando as mãos para cima e para baixo, num movimento cuja intenção seria acalmar Little Lettvik, mas ela interpretou como uma atitude paternalista.

Uma vez dentro do magnífico escritório, eles se enfurnaram em suas respectivas poltronas.

– Quais são as suas fontes? – ele perguntou, olhando seriamente para ela.

– Não vou revelar.

– Tudo bem. Então, não daremos a manchete.

Ele agarrou o telefone e indicou, com olhos flamejantes, a porta por onde ela deveria se retirar. Little Lettvik hesitou um instante, mas em seguida saiu, andando pelo corredor com passos firmes até entrar no cubículo que lhe pertencia. Sua minúscula sala era fantástica: um caos total, com livros, jornais, documentos oficiais, embalagens de alimentos e restos de maçãs por toda parte. Revirando a mesa abarrotada, ela localizou uma pasta que sabia exatamente onde se encontrava, incrivelmente oculta, perdida no meio de uma caixa de pizza com duas fatias de calabresa e uma edição do jornal *Arbeiderbladet*.

– Mas que inferno! Que mão de obra para tentar vender jornal... – ela murmurou enquanto acendia uma cigarrilha.

A pasta sobre Benjamin Grinde era abrangente, já que ela trabalhava no assunto havia várias semanas. Tinha tudo o que tinha sido publicado sobre a comissão dele, desde a primeira entrevista com Frode Fredriksen, o advogado que tomou a iniciativa. Ela localizou o recorte do jornal *Aftenposten*.

"NADA A RESPEITO DA HUMANIDADE É ESTRANHO PARA MIM!"

Advogado Fredriksen comemora 25º aniversário de carreira com absolvição no caso Brevik

Por Tone Øvrebø e Anders Kurén (foto)

Frode Fredriksen certamente não se priva de seus objetos pessoais. Seu escritório tem muitos itens pelos quais seus clientes mais distantes da maldade seriam, literalmente falando, capazes de matar. Uma gigantesca pintura do renomado artista contemporâneo Frans Widerberg cobre uma parede da sala, lançando raios vermelho-alaranjados sobre uma mesa de mogno criteriosamente polida. Sobre essa mesa, uma família sorridente aparece num porta-retratos de prata: um casal de adultos com seus dois filhos abençoados, um de cada lado, sendo que a esposa facilmente poderia ser confundida com uma modelo. O que de fato ela não é. Frode Fredriksen é casado com a famosa psicóloga e cronista social Beate Frivoll. No dia anterior, Karsten Brevik, cliente de Fredriksen, foi absolvido de um triplo assassinato, numa séria derrota para as autoridades judiciárias. Hoje, Frode Fredriksen comemora vinte e cinco anos como advogado de defesa.

– Qual a sensação de fazer uma carreira de sucesso dedicando a vida aos perdedores?

– Em primeiro lugar, é realmente incrível. Além disso, eu não os chamaria de perdedores. Não gosto da palavra. Nenhum ser humano é um perdedor. Alguns são apenas mais desventurados que outros, e o prêmio que ganharam na loteria da vida não foi tão substancial quanto o que foi recebido pelo restante de nós. Em segundo lugar, é gratificante. Extremamente gratificante, eu diria. Não passo um dia sem aprender algo novo. Nesses vinte e cinco anos, tive o prazer de conhecer um grande número de pessoas nas mais terríveis situações. Nada a respeito da humanidade é estranho para mim.

– Não é um tributo pesado, trabalhar com assassinos e criminosos violentos?

– Não, eu não diria isso. Existe um desafio definitivo com esses clientes: absolvição ou sentença reduzida. Quando ocorre injustiça flagrante, mas a culpa não pode ser determinada, fica muito mais difícil. Por exemplo, atualmente estou ajudando um casal que perdeu um bebê há trinta anos. Na verdade, o fato aconteceu em 1965, no mesmo ano em que minha esposa e eu tivemos o nosso primeiro filho. A morte pareceu tão sem sentido quanto desnecessária e tortura essa família durante todo esse tempo. Agora, eu tento conseguir uma indenização *ex gratia*, em nome dos pais. Esses assuntos são difíceis. Extremamente difíceis!

A entrevista era muito mais longa, mas ela não conseguiu achar a segunda página do recorte. Isso pouco importava. A data rabiscada no canto superior esquerdo marcava 21 de setembro de 1996. O artigo deu origem a uma avalanche de pedidos para o elegante advogado que ficava atrás da mesa de mogno. Num espaço de tempo incrivelmente curto depois da entrevista, ele solicitou ao Parlamento indenizações a título *ex gratia* em nome de 119 pais. Todos sentiam que a morte de seus anjinhos tinha sido inesperada e totalmente desnecessária. O que todos esses casos tinham em comum era que não havia nada que indicasse negligência. A maioria dos atestados de óbito citava "parada cardíaca súbita".

O bochicho continuou. No Parlamento, os partidos de oposição – aparentemente imobilizados pela luta contra a primeira-ministra Gro, que ainda não havia decidido se demitir – forçaram o governo a criar uma comissão de inquérito, que foi finalmente constituída em 10 de novembro de 1996. Sua instauração se tornou inevitável, uma vez que bastavam apenas alguns toques de teclado no site de Estatísticas da Noruega para verificar que em 1965 morreram muito mais crianças com menos de um ano de idade do que em qualquer ano antes ou depois de então.

Benjamin Grinde era a escolha perfeita para presidir a comissão, considerando sua posição como juiz do Supremo Tribunal, engalanada pelo diploma em medicina, como a cereja do bolo de uma carreira singular. Os partidos de oposição no Parlamento ainda saboreavam o gosto do sucesso, após outro juiz do Supremo Tribunal ter apresentado um relatório de investigação sobre a atuação dos serviços de inteligência, apenas seis meses antes. E, já que a tese de Grinde foi intitulada "Silêncio e omissão: a proteção legal do paciente em exames de saúde", ele era um candidato óbvio, e a integridade associada ao seu cargo enfatizava isso.

Little Lettvik estava acabada. Se realmente pensasse na situação, não conseguiria explicar por que, apenas poucas horas depois do assassinato da primeira-ministra do país, ela estava sentada lendo recortes de jornais antigos sobre um problema de saúde que ninguém mais discutia e cujo resultado era incerto. Talvez fosse porque ela estivesse trabalhando naquilo há muito tempo. Mas, nas últimas semanas, ela não havia descoberto nada de novo, e apenas sua indiscutível experiência de jornalista veterana garantia que ela não desistisse do assunto.

Estava quase obsessivamente interessada no caso relativo às mortes das crianças. Mas não havia tempo para aquilo agora. Ela precisava se concentrar no homicídio.

Benjamin Grinde. Era Benjamin Grinde quem chamava a atenção. O mero pensamento nesse homem lhe causava dores no joelho. Era impossível não ficar intrigada com a coincidência. Ela passou várias semanas tentando descobrir o que a Comissão Grinde estava fazendo, sem verificar nada além dos fatos mais banais e óbvios. Então, de repente o presidente da comissão aparece como talvez a última pessoa no país a ter visto a primeira-ministra viva.

– Assim fica bem melhor para você trabalhar, Little.

Era o editor. Como de costume, ele lançou um olhar cheio de desdém para a saleta, antes de virar de repente, repetindo: "Assim fica bem mais fácil de chegar lá. Você deve ter indícios mais do que suficientes para seguir em frente".

07h00, SALA DE REUNIÕES DO GOVERNO, BLOCO DA TORRE

Todos sentiam a mesma repulsa persistente quando passavam pela entrada do gabinete da primeira-ministra no andar de baixo. Embora não houvesse mais presença policial nas proximidades – pelo menos não visivelmente –, e ainda que a única anormalidade óbvia fosse estar fechada uma porta que normalmente era mantida aberta, todo mundo estava ciente de que, por trás da parede para a qual todos tentavam se eximir de olhar, Birgitte Volter havia sido baleada e morta doze horas antes.

Os ministros do governo estavam calados; somente com muito custo, a vozinha chata e estridente da ministra do Comércio podia ser ouvida.

– Que coisa horrível! Eu não consigo encontrar palavras.

Ela estava sentada na enorme mesa oval onde havia vários microfones finos e modernos, como pescoços de ganso. Um deles apontava direta e atrevidamente para ela. Ela o tampou com a mão e se inclinou para se aproximar do ouvido do ministro da Defesa. Não adiantou. Ambos estavam sentados perto da ponta da mesa, conforme a idade e antiguidade deles no gabinete exigiam, e o som se espalhou por toda a sala.

O ministro das Relações Exteriores foi o último a entrar. Os outros já estavam sentados. Ele estava incrivelmente pálido, e a ministra da Cultura podia jurar que o cabelo dele tinha ficado um pouco mais grisalho durante a noite. Ela tentou enviar-lhe um sorriso encorajador, mas ele não fez contato visual com ninguém. Parou por um momento ao lado do assento da primeira-ministra, na cabeceira da mesa oval, pensou rápido e se afastou da grande cadeira de couro, deixando-a vaga. Foi sentar-se na cadeira à esquerda, a cadeira do ministro das Relações Exteriores.

– Que bom que todos puderam vir – ele disse, olhando para os colegas ao redor.

O ministro da Agricultura era o único que usava roupas do dia a dia: jeans e camisa de flanela. Ele estava pescando em sua cabana de veraneio quando um carro oficial foi buscá-lo e não teve tempo de passar no apartamento para se trocar. Agora, estava sentado brincando com uma latinha de rapé, mas não se atrevia a pegar uma pitada, mesmo que a vontade fosse incontrolável. Pareceria desrespeito. Enfiou a latinha no bolso da camisa.

– Este é um dia terrível para todos nós – começou o ministro das Relações Exteriores, depois de limpar a garganta. – No que diz respeito ao caso em si, o caso de polícia, quero dizer, eu realmente sei muito pouco... Nenhuma arma foi encontrada, ninguém foi preso, e é desnecessário dizer que a polícia está trabalhando com afinco, com o apoio do Serviço de Inteligência. Não vou comentar por que eles entraram em cena.

Tenso, procurou desajeitadamente o copo de água mineral Farris que estava diante dele e bebeu todo o conteúdo. Ninguém aproveitou a oportunidade para fazer perguntas, mesmo que alguns estivessem inquietos entre as paredes da sala à prova de som. Tudo o que podia ser ouvido era o barulho do ministro do Petróleo e Energia fungando.

– A minha principal preocupação é colocar vocês a par do que está acontecendo, factual e constitucionalmente. Tenho uma reunião formal com o rei hoje, às nove horas, e haverá uma reunião extraordinária do gabinete no fim do dia. Vocês serão informados do horário.

O ministro das Relações Exteriores continuou a segurar o copo vazio, olhando como se esperasse que ele voltasse a se encher por conta própria. Então, relutantemente o colocou de volta sobre a mesa e se virou para se dirigir à secretária particular sênior, que estava sentada do outro lado da cadeira vaga.

– Você poderia nos fornecer, num *briefing* rápido, as informações que levantou?

A secretária particular sênior do gabinete da primeira-ministra era uma senhora muito idosa que se irritava profundamente com o fato de que, dentro de dois meses, faria 70 anos. Em vários momentos, na noite anterior, ela se flagrou tendo o pensamento censuravelmente egoísta de que aquele incidente talvez pudesse significar o adiamento, até por um ano, de seu status de aposentada.

– Otto B. Halvorsen... – ela começou, colocando um par de óculos de leitura no rosto estreito e anguloso. – Faleceu no dia 23 de maio de 1923. Ele e Peder Ludvig Kolstad foram os únicos que morreram no cargo de primeiro-ministro. Então, de certo modo, temos precedentes a seguir. Não consigo ver nenhum motivo para tratarmos este caso de forma diferente.

Este caso... O ministro das Finanças, Tryggve Storstein, sentiu uma onda de irritação tão forte que beirava a raiva. Dessa vez, não era um simples "caso". Dessa vez, dizia respeito ao terrível fato de que Birgitte Volter estava morta.

Tryggve Storstein era basicamente um homem bem-apessoado. Seus traços regulares tornavam difícil a vida dos cartunistas: cabelos curtos e escuros, sem sinais de entradas, mesmo que ele já estivesse se aproximando dos 50 anos; olhar ansioso e abatido, que às vezes o fazia parecer triste, mesmo quando estava sorrindo. O nariz de europeu do norte era reto, e a boca às vezes deixava escapar um tremor inegavelmente sensual quando falava. No entanto, Tryggve Storstein não dava muita importância para a aparência. Talvez por causa de sua educação em Storsteinnes, no condado de Troms, ou talvez porque ele tivesse nascido praticamente dentro do partido. Em qualquer caso, ele tinha o traço peculiar que os direitistas rancorosos atribuíam a todos os membros antigos da AUF, a ala da juventude do movimento trabalhista: ele era sempre um pouco brega. Embora sua roupa estivesse bem ajustada ao corpo atlético, nunca parecia totalmente bem. Nunca eram realmente de bom gosto. Os ternos escuros eram escuros demais, e o restante vinha da rede de lojas Dressmann. Nesse dia, ele usava uma jaqueta marrom de tweed sintético, calças pretas e sapatos marrom-claros. Estava aborrecido e brincava com uma caneta que continuamente pressionava para dentro e para fora, clicando no botão: clique, clique.

– Claro, Otto B. Halvorsen morreu depois de uma breve enfermidade – continuou a secretária particular sênior, olhando com irritação na direção de Storstein, pelas lentes dos óculos. – Então, até certo ponto as pessoas tiveram tempo para se preparar. Isso provavelmente também foi útil quando Peder Kolstad morreu de repente, após uma trombose, em março de 1932. O mesmo protocolo foi seguido então. Em todo caso, o ministro das Relações Exteriores assume temporariamente o cargo de primeiro-ministro, até o governo renunciar. Isso pode acontecer tão logo um novo governo seja formado. Até lá, o governo atual funciona como administração provisória.

Ela contraiu os lábios momentaneamente, o que a deixou parecida com um rato de óculos.

– Quer dizer, trata apenas das rotinas. Eu preparei um memorando...

Ela fez um sinal enérgico para uma mulher que acabara de entrar na sala. Em pé, ao lado da mesa de centro perto da porta, essa pessoa parecia extremamente estabanada. Com o sinal da sua superior, ela se movimentou rapidamente em torno da mesa oval, distribuindo três folhetos para cada um dos ministros do gabinete.

A secretária particular sênior continuou:

– Isso explica o que pode ser considerado temas correntes. São principalmente questões que não podem ser adiadas de maneira nenhuma e deixadas para o próximo governo resolver. A nomeação de juízes, por exemplo...

Olhando por cima da folha de papel, ela tentou fazer contato visual com o ministro da Justiça, mas ele estava olhando para o teto, com os olhos fixos nas pequenas lâmpadas halógenas, que naquele momento pareciam planetas em um universo alienígena.

– ... deve ser suspensa. Muito bem. Tudo está detalhado nos folhetos. Estamos à disposição de vocês para responder a perguntas 24 horas por dia.

A secretária particular sênior grampeou os papéis que estavam na frente dela e olhou para o ministro das Relações Exteriores com um sorriso forçado.

– Obrigado – ele murmurou, tossindo.

Ele estava prestes a pegar um resfriado. Sentia calafrios, e uma forte dor de cabeça o atormentava.

– Eu falei com o presidente do Congresso. Vai haver uma sessão extraordinária do Parlamento hoje às 12 horas. Espero que um novo governo tome posse em uma semana. Mas vamos deixar para depois do funeral.

Houve silêncio. Silêncio total. O ministro da Agricultura instintivamente apertou o bolso do peito de sua jaqueta, mas nem assim pegou a latinha de rapé. A ministra do Comércio passou as mãos nos cabelos. Definitivamente, seu penteado não estava em perfeita ordem: vários fios soltos pendiam sobre a orelha esquerda. Tryggve Storstein quebrou a calmaria.

– Estamos convocando uma reunião extraordinária da executiva nacional do Partido Trabalhista para amanhã à tarde – ele anunciou comedidamente. – Até novo aviso, assumirei o papel de líder do partido. Vocês serão imediatamente informados sobre o que acontece no partido nos próximos dias.

A ministra da Saúde, Ruth-Dorthe Nordgarden, ergueu os olhos. Prendendo os cabelos loiros atrás da orelha, ela imediatamente olhou para o ministro das Finanças. Junto com Tryggve Storstein, ela era vice--líder adjunta do partido. Eles haviam recebido esse cargo como prêmio de consolação após o confronto dramático de cinco anos atrás, quando Gro Harlem Brundtland, abruptamente e por motivos pessoais, desistiu da liderança do partido e se concentrou em ser primeira-ministra. Birgitte Volter venceu. Havia uma pequena diferença separando os três candidatos até uma hora antes de o resultado ser anunciado. A Confederação dos Sindicatos da Noruega decidiu o assunto. Na origem, Birgitte Volter vinha do movimento sindical e teve a sabedoria de manter bons relacionamentos por lá.

Então eles se tornaram vice-líderes adjuntos. A diferença mais importante entre ambos era que Tryggve Storstein aceitou a derrota de cinco anos antes e manteve a compostura. Em geral, ele gozava de amplo respeito, embora a maioria das pessoas discordasse dele em questões pontuais. Por outro lado, Ruth-Dorthe Nordgarden tinha um grupo de amigos fiéis, pouco exigentes, e vários inimigos abertamente declarados. Embora os primeiros fossem a grande maioria, ela precisava ser prudente. Tryggve Storstein não pertencia a esse grupo, e o desagrado era mútuo.

– E uma coisa precisamos deixar bem claro – acrescentou Tryggve Storstein, folheando os papéis diante dele. – Não há garantia, do jeito como atualmente está a situação no Parlamento e dado o apetite para governar demonstrado pelos partidos centristas nos últimos seis meses, de que o Partido Trabalhista continue dirigindo o país na próxima semana. Os nossos colegas dos partidos centristas têm agora a oportunidade de chegarem lá.

Ninguém ainda tinha previsto esse futuro. Todos entreolharam-se.

– Droga, essa não – murmurou a ministra da Infância e da Família. Apesar da pouca idade, ela havia passado muito tempo no Parlamento. – Aposto as minhas botas que eles não vão aproveitar a chance agora. Vão esperar até o outono.

Então, de repente, tapou a boca com a mão, como se não fosse de bom tom apostar todas as suas fichas em qualquer coisa.

08h00, DEPARTAMENTO DE POLÍCIA DE OSLO

– Temos muitos cozinheiros em ação no pedaço – murmurou Billy T. – Isso está virando uma verdadeira esculhambação.

A mulher ao lado dele concordou educadamente. Pelo menos cinquenta pessoas estavam na sala de reuniões, no terceiro andar do prédio da polícia. Os homens do Serviço de Inteligência da Polícia eram fáceis de reconhecer, pois ficavam isolados e pareciam guardar segredos fantásticos. Além disso, quase todos estavam descansados, em contraste com os outros membros da força policial, muitos dos quais trabalhavam sem parar havia quase vinte e quatro horas. Um forte cheiro de suor acumulado permeava o grande espaço.

– Que droga esse Serviço de Inteligência – Billy T. continuou. – É uma piada. Esses caras vão apostar nos piores cenários. Terrorismo, caos e ameaças do Oriente Médio, quando provavelmente estamos lidando com algum lunático. Com mil diabos, Tone-Marit, não precisamos de nenhum caso Palme na Noruega. Se não chegarmos ao fundo disso em poucas semanas, então será tarde demais, com a certeza mais absoluta.

– Você está cansado, Billy T. – respondeu Tone-Marit. – É óbvio que o Serviço de Inteligência tem que estar envolvido nisto. Eles sabem tudo sobre os níveis de ameaça.

– Sim, eu estou esgotado. Mas eles não devem ter um controle tão bom assim desses níveis de ameaça, considerando que essa senhora já está morta. Então...

Sorrindo, em vão tentou encontrar espaço para as pernas entre as filas de cadeiras; acabou tendo que pedir ao homem sentado na frente que se afastasse.

– Então, eles estão num dilema paradoxal. Se estiverem certos de que o homicídio tem motivação política ou terrorista, *eles* não fizeram bem o serviço deles. Caso contrário, se *eu* estiver certo de que foi obra de algum maluco, então o Serviço de Inteligência não tem nada a ver com isso. Esse é o tipo de coisa que *nós* sabemos fazer.

– Então, procure se acalmar – aconselhou Tone-Marit discretamente.

– Você nunca engoliu o fato de eles terem dúvidas quanto à sua credencial de segurança.

– Só porque eu gosto de mulheres – Billy T. ironizou.

– Você dorme com qualquer mulher disponível – corrigiu Tone-Marit. – E com as outras também... Não teve nada a ver com esse caso, e você sabe perfeitamente disso. Você já foi do Partido Comunista. Além disso, você provavelmente não tem nenhuma base para afirmar que isso foi obra de algum maluco. Não temos base para tirar *nenhuma* conclusão. Nenhuma. Você deveria saber disso.

– Nunca fui membro do Partido Comunista. Jamais! Eu era um radical! É completamente diferente. Eu *sou* um radical, cacete. Isso não significa que eu não seja confiável!

O chefe do Serviço de Inteligência e o chefe da Polícia ocuparam seus lugares em uma mesa logo na entrada da sala, bem de frente para os demais, como dois professores que enfrentavam uma classe, sem terem certeza se sabiam como lidar com os alunos. O chefe da Polícia, que havia sido nomeado para o cargo apenas três meses antes, tinha manchas escuras no rosto e coçava a barba espessa e malfeita. A camisa do uniforme tinha um filete de sujeira em volta do colarinho, e a gravata estava torta. O chefe do Serviço de Inteligência não andava uniformizado, vestia um terno de verão bege impecável, com camisa branca brilhante e gravata de seda bronze claro. Ele olhava para o teto.

– Uma base do pessoal foi montada na sala de comunicações da central telefônica – o chefe da Polícia começou a falar, sem fazer apresentações e sem mais preâmbulos. – Continuaremos com esse arranjo nos próximos dias. O tempo dirá quando vamos sair de lá.

O tempo dirá. Todo mundo sabia o que isso significava.

– Estamos num mato sem cachorro – Billy T. cochichou.

– Por enquanto, temos poucas pistas para seguir – o chefe da Polícia declarou em voz alta, levantando-se.

Ele ligou um retroprojetor e colocou uma transparência na placa de vidro.

– Até agora, tomamos o depoimento de oito pessoas. Estamos falando de pessoas que podem estar intimamente ligadas à cena do crime: o pessoal do gabinete da primeira-ministra, políticos, funcionários do governo e funcionários administrativos. Além do pessoal da segurança do décimo quarto andar e do térreo. E alguns visitantes, pessoas que tiveram audiência com a primeira-ministra ontem...

O chefe da Polícia mostrou uma caixa de texto vermelha na transparência, em que constavam alguns nomes. Suas mãos tremiam. A caneta que ele usava aparecia como um ponteiro gigante na parede atrás dele, movendo-se para cima e para baixo na folha, até entortá-la. Por um instante ou dois, ele se esforçou para endireitá-la, mas parecia ter grudado no vidro. Ele desistiu da tentativa.

– Nesta fase preliminar, não temos teorias fixas. Repito: não temos teorias fixas. É da maior importância que avancemos numa frente extremamente ampla. O Serviço de Inteligência vai desempenhar um papel muito importante neste trabalho...

Ele desligou o projetor e teve que usar as duas mãos para remover a obstinada transparência. Em seguida, colocou outra folha na placa de vidro e ligou novamente o equipamento.

– O método empregado neste homicídio indica alto grau de profissionalismo.

A transparência mostrou um diagrama do décimo quarto e do décimo quinto andares do prédio da torre.

– Este é o gabinete da primeira-ministra. Como vocês podem ver, o local pode ser acessado de duas maneiras, seja pelo gabinete externo, até aqui...

Com a ponta da caneta ele mostrou a abertura de uma porta.

– Ou então pela sala de reuniões e o banheiro, aqui.

A caneta traçou uma rota na folha.

– Mas o que ambas as entradas têm em comum é que, nos dois casos, é preciso passar por esta porta aqui...

Ele novamente pontilhou o vidro com a caneta.

– ... para ter plena visão da mesa da secretária.

O chefe da Polícia suspirou com tanta força que o ruído chegou até

Billy T. e à policial Tone-Marit Steen, que era sargento. Em seguida, houve um longo silêncio.

– Além disso... – o chefe da Polícia retomou sua fala de repente, tropeçou no meio da expressão, e tossiu com voz rouca. – Além disso, para acessar os três andares superiores, até a seção da primeira-ministra, é necessário passar por este ponto.

O homem agora cobria com o dedo indicador gorducho toda a entrada do décimo quarto andar.

– Este é um portão de segurança, onde há um guarda sempre a postos. Na verdade, aqui existe uma saída de emergência...

Ele movimentou novamente o dedo.

– Mas não há absolutamente nada indicando que ela foi usada. As portas estavam lacradas, e os lacres não foram violados.

– Onde estão John Dickson Carr e seus superdetetives quando alguém precisa deles? – Billy T. aproximou-se de Tone-Marit e lhe perguntou bem baixinho.

O chefe da Polícia continuou.

– Por algum tempo, o quarteirão passou por muitas reformas, tanto internas quanto externas. Por isso, foram erguidos alguns andaimes do lado de fora do prédio. Naturalmente, verificamos se alguém poderia ter vindo dessa maneira, mas também não encontramos nenhuma evidência. Nada mesmo: as janelas e as esquadrias estão intactas. É claro que também estamos investigando tudo o que tem a ver com dutos de ventilação e coisas desse tipo, mas até agora isso também parece ser uma pista falsa.

O chefe do Serviço de Inteligência cruzou os braços no peito, examinando alguma coisa na mesa de frente para ele.

O chefe da Polícia prosseguiu.

– A arma do crime ainda não foi encontrada. Pelo que foi levantado até agora, parece que foi uma arma de fogo de calibre relativamente pequeno, provavelmente um revólver. Teremos respostas mais específicas ainda hoje, quando for disponibilizado o relatório *post-mortem* preliminar. Foi averiguado que a hora do assassinato parece ter sido em algum momento entre 18h e 18h45. E, pessoal...

Ele examinou o público reunido.

– Deve ser completamente desnecessário dizer isto, mas vou falar de qualquer maneira: é extremamente importante mantermos o crachá exposto neste momento. Qualquer vazamento, mínimo que seja, para a imprensa ou qualquer outra pessoa, será submetido à investigação minuciosa, completa, na verdade. Não vou aceitar *nenhum* vazamento. Repito: *nem um único vazamento, mínimo que seja, sobre este caso*. Entendido?

Um murmúrio de aprovação se espalhou pela sala.

– O chefe do Serviço de Inteligência fará uma breve declaração.

O homem do terno bege levantou-se e contornou a mesa à que estava sentado. Com um movimento elegante, sentou-se à mesa e, mais uma vez, cruzou os braços sobre o peito.

– Vamos manter todas as possibilidades em aberto, como o chefe da Polícia sugeriu. Sabemos que os grupos extremistas de extrema direita se envolveram em um certo número de ações recentemente e estamos cientes de que isso inclui a elaboração das chamadas listas de alvos para serem eliminados. Por si só, isso não é novidade. Tais listas existem há muito tempo, e a primeira-ministra Volter já aparecia nelas muito antes de assumir a chefia do Governo.

Ele se levantou novamente e andou de um lado para o outro enquanto falava. A voz era profunda e agradável, e as palavras fluíam sem pausa.

– Também não podemos ignorar a possibilidade de o assassinato ter conexões com eventos recentes no Oriente Médio. O acordo de Oslo está em perigo iminente de desaparecer completamente, e sabe-se que a Noruega vem trabalhando tenazmente nos bastidores para evitar que todo o processo de paz desmorone.

– Por isso, mais uma vez os rapazes da nossa Inteligência vão buscar a cooperação de seus velhos camaradas do Mossad – murmurou Billy T., quase imperceptivelmente.

Tone-Marit fingiu que não ouviu e esticou o pescoço para obter uma visão melhor do homem na frente dela.

– Também temos algumas outras teorias possíveis, que estamos em processo de examinar mais criteriosamente. Não é necessário entrar em detalhes aqui.

O chefe do Serviço de Inteligência parou e fez um sutil aceno de cabeça para o chefe da Polícia, em sinal de que a reunião estava encerrada. O chefe afrouxou o colarinho encardido, parecendo desejar ansiosamente ir para casa.

– Você ainda acredita nessa bobagem de que foi algum maluco solitário? – Tone-Marit perguntou enquanto eles deixavam a sala de reuniões logo em seguida. – Nesse caso, deve ser um cara esperto!

Billy T. não respondeu, mas, depois de encará-la por vários segundos, sacudiu a cabeça com malícia.

– Agora eu realmente *preciso* dormir um pouco – ele murmurou.

09h07, DEPARTAMENTO DE POLÍCIA DE OSLO

Era impossível adivinhar a idade da mulher vestida de preto com um pequeno lenço escarlate em volta do pescoço, sentada confortavelmente enquanto bebericava um copo de água mineral Farris. A sargento de polícia Tone-Marit Steen ficou impressionada: ela parecia descansada e totalmente revigorada, apesar de ter prestado depoimento até as quatro da madrugada. É verdade que seus olhos estavam ligeiramente avermelhados, mas a maquiagem era perfeita, e os leves movimentos que ela executava continuamente faziam exalar de seu corpo um perfume suave e agradável, que tomava a sala. Tone-Marit descansou os braços, esperando que não estivesse cheirando muito mal.

– Eu realmente sinto muito por ter que incomodá-la novamente – ela disse num tom de voz que parecia sincero. – Mas, nas circunstâncias atuais, espero que compreenda por que nós a consideramos uma testemunha particularmente importante.

Wenche Andersen, secretária do gabinete da primeira-ministra, concordou sutilmente.

– Para mim, tanto faz. De qualquer forma, é impossível dormir. É o mínimo que posso fazer. Pode me fazer quantas perguntas forem necessárias.

– Para evitar repassar o que cobrimos na noite passada, faremos um breve resumo do que você disse. Por favor, interrompa-me se alguma coisa estiver incorreta.

Concordando com um movimento de cabeça, Wenche Andersen repousou as mãos no colo.

– Birgitte Volter disse que queria ficar em paz, certo?

A secretária concordou.

– Só que você não sabe o porquê. Ela teria um encontro absolutamente rotineiro com o juiz Grinde, do Supremo Tribunal. Uma reunião que tinha sido agendada com uma semana de antecedência. Ninguém mais foi ao gabinete depois que você viu Volter pela última vez. Mas, então você diz...

Tone-Marit folheou os papéis e, finalmente, encontrou o que estava procurando.

– Você declara que ela parecia incomodada recentemente. Estressada, conforme você disse. Por que teve essa impressão?

A mulher de preto olhou para ela, obviamente procurando as palavras certas.

– É difícil dizer, na verdade. É que eu ainda não a conhecia muito bem. Ela estava arrogante, talvez irritada, nos últimos dias... Um pouco dessas duas coisas... Um tanto ríspida, em certo sentido. Mais do que tinha sido antes. Não posso dizer muito mais do que isso.

– Você poderia... Você poderia dar alguns exemplos sobre o tipo de coisa que a deixava irritada?

Algo que lembrava um sorriso surgiu no rosto de Wenche Andersen.

– Normalmente, os jornais são entregues por mensageiros às 8h15. Na quinta-feira, houve um atraso por algum motivo qualquer, então a entrega só foi feita às 9h30. A primeira-ministra ficou tão irritada que... Bem, ela xingou. Mas não acho que isso tenha muita importância...

As bochechas da mulher adquiriram duas pequenas manchas de rubor.

– Na verdade, ela usou uma linguagem desagradável. Eu saí às pressas e comprei exemplares do *Dagbladet e Kveldsavisen* para ela.

Ela suspirou.

– Eram coisas assim, sem importância. O tipo de coisas com as quais geralmente os primeiros-ministros não desperdiçam energia.

Tone-Marit pegou uma garrafa de meio litro de água mineral e ofereceu para a depoente.

– Sim, por favor – ela aceitou, segurando o copo descartável.

A sargento de polícia olhou para ela por um momento, apenas o tempo suficiente para que o silêncio ficasse desconfortável.

– Mas como ela era, na verdade? – a policial perguntou de repente. – Que tipo de pessoa ela era?

– Birgitte Volter? Como ela era? – as manchas de rubor aumentaram. – Bem... Como ela era... Extremamente responsável. Muito trabalhadora. Nesse aspecto, era quase igual à ex-primeira-ministra Gro.

Então, ela sorriu amplamente, revelando uma fileira de dentes atraentes e bem cuidados, com faíscas de ouro brilhando nos molares.

– Ela trabalhava do início da manhã até tarde da noite. Era de fácil relacionamento e sempre dava instruções claras, muito claras. Às vezes, alguma coisa escapava... Com o tipo de horário que uma primeira-ministra tem, coisas imprevistas acontecem o tempo todo, mas ela sempre tomava as rédeas. Então ela era bem...

Novamente a secretária procurou palavras que melhor descrevessem a primeira-ministra, correndo os olhos pela sala enquanto se concentrava, como se os adjetivos estivessem escondidos em algum lugar e se recusassem a entrar em cena.

– Ela era muito afetuosa... – acabou dizendo. – É isso, com certeza eu a chamaria assim. Até se lembrou do meu aniversário e me deu um buquê de rosas. Quase sempre ela encontrava tempo para ter uma boa ideia sobre algo.

– Mas, e se você precisasse lhe dizer algo negativo, contar algum problema... – interrompeu a sargento de polícia. – Como ela reagiria, então?

– Bem, algo negativo...

Olhando para baixo, a depoente brincou com a barra da jaqueta.

– Bem, ela podia se tornar um pouco geniosa... Bastante, até!... Eu não tinha permissão para tratá-la como "primeira-ministra", porque ela insistia em ser chamada de "Birgitte". Isso não é comum, e não é adequado, se quer saber a minha opinião. Às vezes ela se confundia com algumas coisas específicas, claro. Continuava esquecendo senhas, coisas assim... Mas, no meio de toda essa irritabilidade, havia algo que... Como eu deveria chamar? Uma espécie de reserva? Não, acho que estou divagando, infelizmente.

Wenche falava brandamente, quase sussurrando, e sacudiu a cabeça, com ar abatido.

– Algo mais?

– Não, na verdade, não. Nada importante.

Alguém bateu na porta.

– Ocupado! – Tone-Marit gritou, e a pessoa foi embora. Elas ouviram os passos se distanciando ao longo do corredor enquanto a sargento continuava. – Deixe que eu julgo o que é importante.

A secretária a olhou diretamente nos olhos enquanto passava rapidamente a mão pelos cabelos, num gesto desnecessário.

– Não, sinceramente, não há mais nada a dizer. Só tem uma coisa que me impressionou na noite passada. Ou, nesta manhã, na verdade. Um tempo atrás... Enfim, de fato não tem nada a ver com isso, não tem mesmo.

Tone-Marit inclinou-se para a frente, apertando a caneta que ficara balançando entre o dedo indicador e o dedo médio da mão direita durante o depoimento.

– Na noite passada me pediram que eu fosse ao gabinete da primeira-ministra – Wenche Andersen prosseguiu. – Era para ver se estava faltando alguma coisa, segundo o que o policial me disse. Isso foi depois de a Birgitte ter sido remo... Depois que ela foi levada embora, quero dizer. Mas eu já havia olhado para ela, é claro, quando a encontrei morta e depois, quando ela estava deitada, ou sentada, eu acho, ao lado da mesa. Eu a vi duas vezes. E...

Ela olhou involuntariamente para a caneta que batucava no tampo da mesa, fazendo um ruído de arrebentar os nervos.

Tone-Marit parou de repente.

– Desculpe – ela disse, recostando-se. – Continue.

– Então eu reparei duas vezes... Não quero me gabar, de nenhuma maneira, mas sou considerada bastante observadora...

Agora, as pequenas manchas de rubor estavam ficando arroxeadas.

– Eu reparo nas coisas. É extremamente importante no meu trabalho. Eu notei que a primeira-ministra não estava usando seu xale.

– O xale?

– Sim, um grande xale de lã com franjas, preto, com um padrão vermelho. Ela sempre o usava no ombro, assim...

Wenche Andersen desamarrou o próprio lenço, desdobrou-o em um triângulo e colocou-o sobre no ombro.

– Não exatamente assim, porque era um xale, então era bem maior que este pequeno lenço, mas é para você ter ideia do que estou dizendo. Não estou inteiramente certa, mas acho que ficava preso com um alfinete escondido, porque nunca caía. Ela gostava desse xale e geralmente o usava.

– E o que aconteceu com o xale?

– Não estava lá.

– Não estava lá?

– Não, ela não o estava usando e não estava na sala quando eu fiz a inspeção. Tinha desaparecido.

A sargento de polícia inclinou-se para Wenche novamente. Do nada, uma faísca acendeu em seu olhar, e a depoente na frente dela recuou instintivamente na cadeira.

– Você tem certeza de que ela estava usando o xale naquele dia? Certeza mesmo?

– Tenho, sim. Cem por cento de certeza. Notei que estava pendurado um pouco torto, como se ela o tivesse colocado sem se olhar no espelho. Certeza absoluta. Significa alguma coisa?

– Talvez sim... – disse Tone-Marit num tom de voz tranquilo. – Talvez não... Você pode dar uma descrição mais detalhada?

– Bem, como eu disse, era preto, com padrão vermelho. Padrão provençal, eu chamaria assim. Era grande, aproximadamente...

Wenche Andersen mostrou as mãos afastadas cerca de um metro.

– E era de lã. Tenho certeza de que era lã pura. Mas agora desapareceu.

Tone-Marit virou-se para o computador ao lado da janela. Sem dizer nada, sentou-se e fez anotações por uns dez minutos.

Wenche Andersen tomou mais um pouco de água e olhou discretamente para o relógio de pulso. Sentiu-se de repente exausta. Além disso, tinha que fazer um esforço para manter os olhos abertos enquanto ouvia o som monótono da policial digitando no teclado.

– Você ouviu algum tiro?

Wenche Andersen se assustou. Devia ter adormecido momentaneamente.

– Não. Nenhum.

– Bem, podemos encerrar por hoje. Você pode pegar um táxi para casa e nos mandar o recibo depois. Obrigada por ter se dado ao trabalho de voltar aqui. Infelizmente, não posso prometer que seja a última vez.

Depois de apertarem as mãos em despedida, Wenche Andersen parou na porta hesitante.

– Você acha que vai pegá-lo? O assassino...

Os olhos dela, até então apenas um pouco vermelhos, pareciam agora cheios de lágrimas.

– Não sei. É impossível afirmar. Mas estamos fazendo a nossa parte, da melhor maneira possível – disse a policial. – Se isso serve de consolo... – emendou depois de alguns instantes.

No entanto, a secretária da primeira-ministra já havia saído, fechando cuidadosamente a porta atrás de si.

12h00, PLENÁRIO DA CÂMARA, PRÉDIO DO PARLAMENTO

O Plenário da Câmara em forma de meia-lua no prédio do Parlamento, semelhante a um anfiteatro, nunca havia estado tão lotado. Cada um dos 165 assentos estava ocupado havia mais de quinze minutos. Excepcionalmente, ninguém falava. Os membros do gabinete estavam sentados na frente, no primeiro semicírculo de cadeiras. Apenas o lugar da primeira-ministra estava vazio, exceto por um buquê de uma dúzia de rosas vermelhas que tinham sido colocadas ali às pressas, parecendo prestes a cair no chão a qualquer momento. Ninguém se sentia inclinado a endireitá-las. Os espaços reservados aos diplomatas estavam cheios de funcionários e representantes estrangeiros, todos vestindo roupas escuras e com rostos pálidos, a não ser o embaixador da África do Sul, que era negro e vestia um traje tradicional colorido. O único ruído, além de tosses e eventuais cochichos, vinha do zumbido dos motores das câmeras fotográficas no espaço reservado para a imprensa. A galeria acima da rotunda estava congestionada, com dois seguranças ocupados em manter os retardatários do lado de fora das portas.

A presidente do Parlamento entrou pelo lado esquerdo e atravessou o espaço caminhando com calma, de costas eretas e olhos inchados. Ela tinha sido uma das poucas amigas genuínas de Birgitte Volter e apenas o longo treinamento em decoro oficial a mantinha íntegra. Seus cachos tremiam tristemente na cabeça, como se também estivessem lamentando a perda de uma amiga íntima.

Ela bateu três vezes na mesa com um martelo antes de limpar a garganta e permaneceu por tanto tempo sem pronunciar palavra alguma que a atmosfera na Câmara ficou ainda mais tensa. Então engoliu a saliva tão ruidosamente e tão perto do microfone que o barulho podia ser ouvido em cada canto do recinto.

– O Parlamento está oficialmente convocado – ela disse afinal, antes de ler a lista de deputados, pela primeira vez de maneira relativamente rápida, o que era bom, já que muitas formalidades pareceriam mal colocadas num dia como aquele.

– A primeira-ministra Birgitte Volter faleceu – ela disse enfim. – E da maneira mais brutal imaginável.

Perdido em pensamentos, o ministro das Finanças, Tryggve Storstein, não prestou atenção ao discurso memorial. Tudo à sua volta parecia desfocado: a decoração em ouro no teto, o tapete felpudo a seus pés, o som da voz da presidente do Parlamento. Uma campânula de vidro parecia se formar em torno de sua cadeira, e ele se sentia totalmente sozinho. Ele se tornaria o líder do partido. Ruth-Dorthe não teria chance. Ela era muito controversa para isso. Mas será que ele também se tornaria primeiro-ministro? Ele nem ao menos sabia se queria. Claro, já havia pensado nisso em outra ocasião, antes do confronto final de 1992, quando Gro Harlem Brundtland renunciou à liderança do Partido Trabalhista, lançando a briga de cão e gato vencida por Birgitte Volter. Mas, e agora? Ele queria ser primeiro-ministro?

Ele sacudiu a cabeça com determinação. As pessoas não se faziam essas perguntas, e sim o que a situação exigia. Era o que o partido queria. Franzindo a testa como no velho clichê, ele fechou os olhos. Por um momento fugaz e libertador, considerou a possibilidade de a oposição assumir, mas essa visão insultante foi rapidamente descartada. Eles tinham que se manter no poder. Qualquer outra coisa significaria caos, derrota. E ele estava cansado de derrotas.

– Para terminar, proponho que os custos do funeral da primeira-ministra Birgitte Volter sejam custeados pelo Estado – disse a presidente.

Tryggve Storstein se aprumou.

– Proposta aprovada por unanimidade – declarou a presidente batendo o martelo e acariciando a bochecha rapidamente, num gesto de vulnerabilidade. – O ministro das Relações Exteriores pediu para falar.

O homem desajeitado parecia ainda mais magro e exausto do que naquela manhã. Uma vez instalado na cadeira da presidente, ele pareceu esquecer completamente de si mesmo, antes de juntar forças suficientes para enfrentar a plateia.

– Senhora presidente – ele disse com um breve aceno de cabeça, olhando para um pequeno pedaço de papel que colocara diante de si. – Tomei a liberdade de pedir para falar, pois pretendo mencionar que, por via de regra, todos os membros do governo colocam seus cargos à sua disposição agora, já que a primeira-ministra faleceu.

Isso foi tudo. Hesitando ligeiramente, ele ajustou os óculos, como se estivesse pensando em continuar; depois desceu da cadeira da presidente e voltou ao seu lugar sem levar o papel com ele.

– Nesse momento, eu gostaria de pedir um minuto de silêncio – disse a presidente do Parlamento.

O silêncio vazio, intenso, durou dois minutos e meio. De vez em quando, um soluço escapava e se tornava audível, mas nem os fotógrafos de imprensa interromperam a pausa solene.

– A reunião está encerrada.

A presidente parlamentar bateu o martelo de novo.

O ministro das Finanças, Tryggve Storstein, levantou-se. As trinta e seis horas sem dormir o faziam se sentir entorpecido. Ele estava fora de giro, mas ficou em pé, olhando as mãos, como se pertencessem inteiramente a outra pessoa.

– Quando será a reunião do gabinete, Tryggve?

Era a ministra da Cultura, cujo terninho grafite e maquiagem denunciavam que tinha passado muito tempo desde a última vez que ela se olhara no espelho.

– Às duas – ele respondeu abruptamente.

Todos saíram imediatamente da Câmara, de uma forma tranquila e ordenada, cabisbaixos, como uma procissão de pessoas que ensaiavam para um funeral. Os fotógrafos da imprensa notaram que a ministra da Saúde, Ruth-Dorthe Nordgarden, foi a única pessoa que deu a impressão de ter esboçado um sorriso oculto. Mas que também poderia ter sido apenas uma careta de despeito.

15h32, RESTAURANTE GAMLE CHRISTIANIA

– Um típico caso de "Christer Pettersson". Isso mesmo. Na mosca.

O sujeito vestia uma roupa em tecido brilhante, lembrando as capas impermeáveis de nylon da década de 1970, que parecia ter sido comprada num posto de gasolina da Texaco. Ele ergueu a caneca de cerveja de meio litro quase vazia e continuou falando, com um bigode de espuma acima do lábio.

– Os policiais vão bancar os idiotas, como na Suécia. Vão ficar completamente atolados em todo tipo de pistas estúpidas e quase exclusivamente políticas. E então a culpa de quem fez isso será de algum cara esquisito ou outro personagem desse gênero. Alguém como Christer Pettersson, o cara do Olof Palme.

– Ou de algum amante ciumento.

A mulher que expressou essa ideia não totalmente original era relativamente jovem, com cerca de 30 anos, e tinha voz quase em falsete.

– Alguém sabe alguma coisa sobre a vida amorosa de Birgitte Volter?

Quatro das cinco outras pessoas que estavam ao redor da mesa, todos homens, começaram a rir.

– Vida amorosa? Ela estava tendo um caso com Tryggve Storstein, com certeza. Maldito seja! Ele é outro que provavelmente também está envolvido até o pescoço, não é mesmo? Uma situação de certa forma delicada para a polícia, não acham? Pois ele deve estar na lista dos suspeitos! Estou sabendo que...

O sujeito com a roupa da Texaco parecia confiante, mas foi interrompido por uma voz forte, emitida por um enorme indivíduo barbudo de 40 e poucos anos. Ele tinha a cabeça raspada completamente, mas a barba negra descia até o peito.

– Esse boato sobre Volter e Storstein é uma bobagem. Storstein está tendo um relacionamento com *Helene Burvik*, não tinha nada com Volter. Se houve alguma coisa, terminou há muito tempo, bem antes do grande confronto de 92.

– Eu pensei que Tryggve Storstein estivesse feliz no casamento – murmurou a jornalista mais nova ao redor da mesa, uma garota do *Aftenposten* que ainda não conseguira definir um assento regular no restaurante Gamle. – Como alguém assim tem *tempo* para uma amante?

O silêncio foi total, pois todos ficaram estáticos. Por um momento, ninguém levantou o copo de cerveja. Embora estivesse profunda e inconvenientemente corada, a jovem teve coragem para continuar.

– O que estou querendo dizer é o seguinte: como podem saber se o que estão falando é *verdade*? Se eu acreditasse na metade dos boatos que escutei nos últimos seis meses, diria que a maioria dos membros do gabinete tem um passado desprezível e vida sexual digna de inveja. Isto é, exceto os gays, ou até mesmo eles, no caso da vida sexual. Como esse pessoal encontra *tempo* para isso? É o que me pergunto. Com todos esses lances sórdidos acontecendo, eles também deveriam ser afetados, eu acho. E como vocês sabem dessas histórias? Será que isso é realmente tão *interessante*?

Ela ergueu uma taça de vinho. Era a única que não tomava cerveja. Como se alguém tivesse agitado uma varinha mágica invisível, ela foi imediatamente empurrada para fora do grupo. Estava sentada à beira da mesa, num banquinho, e imediatamente os dois homens ao lado dela deram-lhe as costas: seus ombros se expandiram, formando uma parede que a separava dos outros.

– Tão doce... – murmurou o barbudo. – Doce e virtuosa, devo reconhecer.

Quando Little Lettvik entrou, viu o grupo e levantou a mão para cumprimentá-los. Três oscilantes canecas de cerveja de meio litro acenaram em resposta. Ela se aproximou do bar, depois dirigiu-se aos colegas, levando um copo.

– Tomando refrigerante, Little? Não acredito! – o cara da roupa de nylon sacudiu a cabeça. – Esse momento tem que ser imortalizado. Chamem o fotógrafo.

– Ao contrário de você... – Little Lettvik respondeu delicadamente, empoleirando-se num banquinho que sustentava apenas um pequeno círculo interno de seu traseiro; o restante transbordava, fazendo parecer que as quatro pernas da cadeira cresciam para fora do traseiro dela. – Eu estou trabalhando vinte e quatro horas por dia, por isso tenho que ficar sóbria. Você pode falar pelos seus jornais...

Ela levantou a caneca para os jornalistas do *Dagbladet* que estavam ao seu lado.

– É claro que vocês têm uma agenda diferente da nossa. O que noticiaram hoje? O jornal inteiro parece um longo tributo a Birgitte Volter.

Um presente de Deus para o país, a mais importante primeira-ministra dos nossos tempos! Alô, gente! O que aconteceu com o senso crítico de vocês? Com o jornalismo incisivo? Com o destaque contundente? O *Dagbladet* sempre na vanguarda! Hoje, para ser honesta, acho que está mais para a retaguarda.

– Entendemos que não devemos especular de forma selvagem, irrestritamente, se não temos conhecimento da droga toda.

O barbudo ficou ofendido. Era um jornalista muito experiente, várias vezes premiado. Em inúmeras ocasiões foi convidado para o cargo de editor, mas sempre respondeu com uma recusa veemente, apesar da satisfação pelo convite, uma vez que basicamente confirmava o quão inteligente ele era. Queria ser jornalista investigativo, sabia tudo sobre isso, e era boa companhia para aqueles que reconheciam sua primazia, mas para mais ninguém.

– Quando uma primeira-ministra norueguesa é baleada em seu gabinete, é *realmente* hora de especular – Little Lettvik afirmou. – O que acha que a polícia está fazendo? Claro que eles também estão especulando. Não sabem nada ainda. Estão inventando teorias, fazendo conjecturas e agindo de acordo com isso. Exatamente como nós.

– Hoje não é dia de especular – disse Ola Henriksen contrariado. – Amanhã haverá tempo suficiente para isso. Quando passar o luto das pessoas.

– Não temos que esperar até amanhã – a jovem condenada ao ostracismo esperneou com voz estridente.

– O que você está fazendo então? – perguntou Ola Henriksen, olhando para Little enquanto entornava várias vezes a caneca de cerveja. – O que você sabe que ninguém mais sabe?

Little Lettvik deu uma risada rouca e sincera.

– Como se eu fosse lhe contar!

De repente, ela olhou para o relógio plástico de pulso, com um amplo padrão de eczema ao redor da correia.

– Preciso fazer uma ligação – ela disse de repente. – Guardem o meu lugar.

Os outros permaneceram sentados, observando-a se afastar. Todos foram atingidos pelo mesmo desconfortável sentimento de que deveriam estar em qualquer outro lugar, fazendo coisas totalmente diferentes, em vez de ficarem ali sentados no Gamla, tomando cerveja. Todos se sentiram inúteis.

– Quando será que o outro bar, o Tostrup Kjelleren, vai abrir? – um dos caras mais velhos murmurou afinal.

Esse comentário soou como ofensa. Ninguém respondeu. Eles continuaram sentados, observando Little Lettvik, que não se contentou em apenas deixar aquelas instalações escuras; para se resguardar, ela atravessou a rua e foi se posicionar perto da loja de departamentos GlasMagasinet, a alguns metros da entrada do café.

Fazia frio lá fora. A garoa empurrou-a contra a parede. Ela ficou de costas para a rua enquanto digitava um número secreto.

– Storskog – a voz atendeu prontamente, como de costume.

– Konrad, Konrad, meu grande amigo – Little Lettvik ronronou, e a repercussão foi um silêncio total. – Só uma perguntinha hoje, aliás a mesma de ontem. Afinal, você não foi muito cooperativo...

A pausa não durou tanto quanto ela esperava.

– Esta é a última vez que eu lhe passo alguma coisa, Lettvik. Ouviu? A última coisa que vai conseguir.

A voz parou. Com certeza, ele estava à espera de ouvir uma promessa, que não veio.

– Está me ouvindo, Lettvik? Quero um fim para tudo isso agora. Combinado?

– Depende. O que você tem para mim?

Outra longa pausa para pensar.

– Benjamin Grande...

– Grinde.

– Isso mesmo, Grinde. Ele foi preso ontem.

– Preso?

Little Lettvik quase deixou cair o celular que emitiu alguns sons animados quando ela pressionou inadvertidamente várias teclas, sem conseguir conter seu estado de euforia.

– Olá? Você está aí?

– Sim.

– Você disse "preso"? Você *prendeu* um juiz do Supremo Tribunal?

– Devagar agora. Isso já foi corrigido há séculos. Foi um erro, com os advogados passando por cima, como sempre.

– Mas aconteceu mesmo? No papel? Um mandado de prisão por escrito?

– Sim. O chefe do DIC, o Departamento de Investigações Criminais, que o emitiu, mas levou uma bronca daquelas do próprio chefe da Polícia. Ele jamais *conseguirá* ser chefe da Polícia, com certeza.

Little Lettvik virou-se para o lado da rua, onde um cego tentava com dificuldade atravessar a correnteza de pedestres na calçada. Balançando uma bengala branca para se situar, acertou Little na canela.

– Consegue uma cópia para mim, Konrad?

– Não.

– Se conseguir uma cópia para mim, então fechamos um acordo. Prometo que nunca mais ligo para você.

– Não posso fazer isso. Já basta o que você tem.

– É um acordo tentador, Konrad. Nunca mais receberá uma ligação minha se me der uma cópia desse mandado de prisão. Palavra de honra.

O inspetor-chefe Konrad Storskog não respondeu, simplesmente encerrou a ligação. Little Lettvik ficou olhando para o celular durante um momento, antes de desligar o aparelho e enfiá-lo no bolso do casaco.

Então, sorrindo largamente, atravessou a rua, acenou para os seis jornalistas surpresos que a observavam e sumiu na direção do prédio do Parlamento. O copo de refrigerante ficou intocado sobre o balcão.

– Graças a Deus, Konrad odeia advogados – ela murmurou, rindo para si mesma. – Obrigada, meu Deus!

Ela tinha certeza de que Konrad Storskog agarraria com ambas as mãos qualquer oportunidade de se livrar dela. Isso aconteceu pouco antes de ela ter começado a assobiar.

19h04, BERKELEY, CALIFÓRNIA; PELO FUSO HORÁRIO DA NORUEGA

Caro Billy T.,

Obrigada pelo seu fax. Estou impressionada com o fato de você ter aproveitado o tempo para escrever. Espero que este fax não o acorde (o seu aparelho faz barulho quando inicia a transmissão?), porque, se estiver dormindo, certamente é um sono bem merecido. Você precisa conseguir um computador, assim podemos nos falar por e-mail! É mais barato e mais fácil.

O assassinato de Birgitte Volter ainda está recebendo certa atenção por aqui. Mas, graças a Deus, pela internet, devo dizer. Estive navegando nos sites de notícias noruegueses durante horas e constatei que não há um grande número de novas informações. A não ser o Kveldsavisen, *que está especulando um cenário após o outro. Bem, acho que eles precisam de algo para preencher todas aquelas edições extras.*

Fiquei bastante interessada no que você escreveu sobre os seguranças. Como só é possível conectar com alguma certeza quatro pessoas à cena do crime – a secretária, o juiz do Supremo Tribunal (aliás, não é ele o responsável pela comissão?) e os dois guardas –, eu dedicaria algum tempo procurando um método simples de acesso ao setor da primeira-ministra mas não parece muito fácil encontrar um motivo para um desses quatro, que estavam de fato presentes para o assassinato. Portanto, provavelmente foi outra pessoa, que deve ter encontrado uma maneira de entrar.

É típico do chefe do DIC investigar dutos de ventilação e janelas no décimo quinto andar! Reconheço a necessidade de isso ser feito, Billy T., mas você e eu sabemos que a resposta quase sempre está na solução mais simples. O segurança fez uma pausa? Era noite de sexta-feira. Pelo que entendi, havia bem pouco movimento de idas e vindas no gabinete. Alguém poderia ter entrado pela rota mais simples! O guarda fuma? Ele teve dor de estômago? Espero que os guardas passem por controles de segurança. Será que algo incomum foi detectado? Existem funcionários temporários?

E mais uma coisa: se eu estivesse trabalhando no caso, por enquanto deixaria de lado a questão do acesso. Procuraria as motivações. Acredito que os caras no andar de cima estejam apavorados até agora, com teorias extravagantes sobre terrorismo e esse tipo de coisa, mas e o bom e velho trabalho policial à moda antiga? Ela tinha inimigos? Certamente, pois a madame vinha subindo na vida desde sempre. E um detalhe também muito importante. Verifique se ela iria tomar alguma providência importante ou coisa assim. O governo estava prestes a aprovar alguma medida que representantes de interesses do poder pudessem temer? Tudo bem, não pretendo dizer que alguém tenha cometido um homicídio para impedir uma central de gás no oeste da Noruega, mas mesmo assim...

Simplicidade, Billy T., a solução mais simples é a melhor! Primeiro, encontre a motivação, em seguida, a questão do acesso ficará clara. Ninguém mata sem motivo. Não deliberadamente, pelo menos, e neste caso deve ter sido deliberado.

Não deixe os caras do Serviço de Inteligência o pressionarem. E tente não ser muito grosseiro com eles. Lembre que você já fez bastante inimigos por lá.

Devo dizer que toda nuvem escura tem seu lado brilhante. Cecilie e eu passamos três dias discutindo depois soubemos do assassinato. Ela queria prolongar a nossa estadia aqui. E eu me recusei definitivamente. "Não enquanto eu viver", cheguei a dizer. É verdade que adoro este bom e velho país, mas um ano longe do trabalho é suficiente. Agora, voltamos a ser boas amigas.

Por outro lado, agora provavelmente a sua tão aguardada visita não acontecerá tão cedo. Estou certa?

Estou torcendo para que o caso seja esclarecido rapidamente e aguardo seu próximo fax, trêmula de emoção. Dê a Håkon meus melhores cumprimentos, caso o veja, e diga a ele que há uma carta a caminho. Um beijo.

Com amor,
Hanne

21h13, ODINS GATE, Nº 3

– Eu não poderia deixar você sozinho com sua mãe numa noite como esta – ela cochichou quando colocou displicentemente o braço, quase de maneira fraterna, em torno dos ombros dele. – Não teria sido nada bom!

Benjamin Grinde sorriu enquanto amarrava o avental nas costas, mas seus olhos não registraram nenhuma emoção.

– Sinto muito por ter ligado ontem à noite, Nina. Espero que não tenha atrapalhado o sono de Geirr e das crianças.

– Não seja bobo – Nina Rambøl o tranquilizou. – Claro que você tinha que ligar! Você devia estar perturbado!

Ela comeu uma cenoura crua, de costas para o balcão da cozinha.

– Dor nas costas.

– Como?

– Você está com dor nas costas.

Sentada no balcão da cozinha, balançando as pernas, ela abriu um sorriso amplo. Os sapatos sem salto esbarraram várias vezes na porta do armário de panelas, e ela fingiu não notar a cara feia de desaprovação dele.

– Foi o que eu disse para os convidados – explicou ela. – Que você teve uma dor ciática tão terrível que a festa teve que ser cancelada. Tenho que lhe dar as mais carinhosas felicitações de todos e os mais sinceros desejos de uma recuperação breve.

– Muito obrigado – ele murmurou, olhando com desconfiança para a carne assada que tinha pegado na loja gourmet Smør-Petersen, dez minutos antes do horário de fechamento. – Eu deveria ter trazido postas de salmão. Salmão em massa folhada.

– Deixe para lá – disse Nina, olhando a lata de lixo, que por acaso estava no meio do caminho, antes de atirar o que restara da cenoura.

Errou o alvo e, por um segundo, pareceu que ela considerava a hipótese de saltar do balcão. No entanto, mudou de ideia e, em vez disso, pegou a generosa taça de vinho que estava ao seu lado.

– Você faz um barulho terrível quando bebe – ele murmurou.

Olhando para ele através do copo de vinho tinto, ela inclinou a cabeça.

– Benjamin, você realmente não é mais o mesmo.

Benjamin Grinde não tinha mulher. Um homem que considerava um gesto de carinho em seu paletó como um pretexto para discutir a qualidade da alpaca, não atraía mulheres, e sim amigas. Nina Rambøl era a melhor delas. Eles se conheceram quando ele era médico residente e ela secretária dos médicos. Ela era cinco anos mais nova do que ele. Quando ela se casou, o marido foi obrigado a aceitar o estranho fato de que a esposa tinha escolhido uma dama de honra do sexo masculino. Mas desde então uma geração já havia passado.

– Devo enviar Jon e Olav para casa também? – ela perguntou num tom de voz infantil muito reconfortante, enquanto acariciava as costas dele. – Você prefere assim? Eu errei deixando-os vir? Eles insistiram tanto...

– Não, não. Está tudo bem.

– Meninos e meninas! Agora vocês já *podem* vir aqui!

A explosão de alegria veio de uma mulher na entrada, que segurava uma taça de xerez e cambaleava um pouco. Com um sorriso no rosto bronzeado e enrugado como uma uva-passa, ela propunha um brinde levantando a taça, e a pele solta no braço batia graciosamente contra o top sem mangas, de um tecido com flores enormes. Seu *collant* alaranjado tinha saído de moda havia vários anos, e, mesmo em uma época anterior, realmente não pareceria muito elegante nas pernas de alguém de 72 anos.

– Cá estou, depois de ter voado como um passarinho desde a Espanha só para comemorar o aniversário do meu filhinho querido, e você parece deprimido! Vamos, Ben, venha juntar-se a nós. Venha ficar com a mamãezinha. Você, também, Nina. A propósito, esse vestido combina bem com você. Muito bonito! Claro, você sempre teve bom gosto para cores!

Dando passinhos pé ante pé, aproximou-se gingando e agarrou o braço de Benjamin. Ele se afastou, recusando-se a encarar a mãe.

– Já vou, mãe. Só um momento. Preciso terminar isto aqui primeiro. Pode chamar os outros para se sentarem à mesa.

Ele se virou para ela, com uma travessa de salada nas mãos, mas mudou de ideia e entregou-a a Nina. A mãe não revelou seus sentimentos sobre a óbvia falta de confiança dele, mas aventurou-se numa nova incursão pelo desafiador terreno da cozinha, mantendo a taça erguida.

– É muito chocante, um horror impensável – ela começou a falar assim que as velas foram acesas e a comida foi passando pela mesa. – Um doce de pessoa, a pequena Birgitte. *Linda*, a pequena Birgitte! Sim, como vocês sabem, é claro, Ben e Birgitte Volter foram *bons amigos* quando jovens! Ela estava sempre na nossa casa, a Birgitte. Uma garotinha meiga e bem-educada. É isso o que torna essa situação tão ruim para o Ben. Vocês sabem que ele é muito sensível... Herdou isso do pai. Posso ir com você ao funeral, Ben? É natural que eu vá, eu realmente quero fazer isso, ela frequentou minha casa durante *anos*! Quando e onde é o funeral, você sabe? Na catedral? Tem que ser na catedral de Oslo, claro.

Ela pegou a travessa e se serviu da salada de batatas, matraqueando o tempo todo. A mãe de Benjamin Grinde não falava, tagarelava, com sua voz esganiçada, de tom excepcionalmente alto. E ela insistia em ser chamada de "Birdie".[1]

– Nós não éramos *amigos*, mãe. E ela *não* frequentava nossa casa tanto assim; deve ter voltado do colégio comigo umas três vezes, no máximo. Às vezes, eu a ajudava na lição de casa. De vez em quando.

Ofendida, Birdie Grinde arregalou as pálpebras caídas, que ficavam ainda mais pesadas com a quantidade excessiva de sombra.

– Agora você está sendo realmente tolo, Ben. Acha mesmo que eu não saberia dizer quem entrava e saía da minha casa? É isso? Birgitte era uma amiga da família, eu quase a chamaria assim... Você era muito *ligado* a ela. Um pouco apaixonado com certeza você era, Ben.

Ela piscou para Jon, que desistiu de esperar a salada de batatas e começou a mexer na carne que estava no prato.

– Vocês poderiam ter se casado. Eu disse isso várias vezes ao meu marido. É uma pena que... Como é o nome dele, Ben? O marido da Birgitte? Como ele se chamava?

---

1 N.T.: Passarinho.

– Roy Hansen – murmurou Benjamin, tentando reaver a travessa com a salada de batatas.

Mas Birdie colocou-a fora do alcance do filho, enquanto prosseguia.

– Roy. Isso mesmo, Roy. Que nome horrível, não acha? Quem no mundo dá um nome desses ao filho? Pois bem. Ele não era muito atraente, se querem a minha opinião. Eu não quero ser indiscreta, longe disso, também não tenho preconceitos, nunca fui prudente, mas…

Ela se inclinou sobre a mesa, como se fosse fazer uma confidência, com o queixo quase tocando a salada de batatas, enquanto seu olhar lancinante dardejava insidiosamente de um lado para o outro.

– Eles *tiveram* que se casar.

Aliviada com a desforra, ela se recostou enquanto passava a salada para Nina.

– Mãe!

– Ops! Acho que falei demais!

Ela tapou a boca com a mão teatralmente, com os olhos arregalados.

– Ben não gosta de fofocas. Desculpe, Ben! Perdoe sua velha mãe por ficar um pouco à vontade num dia como hoje! Feliz aniversário, meu tesouro! Feliz aniversário!

Ela ergueu a taça tão repentinamente que o vinho tinto respingou na toalha de mesa.

– Saúde.

Os outros sorriram, olhando com simpatia para o homenageado ao fazer o brinde.

O telefone tocou.

Quando Benjamin Grinde se levantou da mesa, teve uma vertigem. Precisou se apoiar no encosto da cadeira para se refazer da súbita tontura e beliscou a ponta do nariz com o polegar e o indicador enquanto apertava os olhos.

– Está tudo bem, Benjamin? – Nina perguntou com ar preocupado, colocando a mão sobre a dele. – Não está se sentindo bem?

– Tudo bem, estou bem – ele agradeceu sensibilizado, soltando a mão para ir atender ao telefone no corredor.

A tontura não passava.

– Grinde. Pois não? – ele atendeu calmamente, enquanto fechava a porta da sala de estar.

– Olá! Aqui quem fala é Little Lettvik, jornalista do *Kveldsavisen*. Desculpe ligar tão tarde numa noite de sábado, mas trata-se de uma emergência...

– Você pode ligar para o meu escritório na segunda-feira – ele a interrompeu, preparando-se para desligar o telefone.

– Espere!

Ele se conteve, levando o telefone novamente ao ouvido.

– Do que se trata?

– É sobre o caso Volter.

– Como?

– O caso da Volter.

Instantaneamente o mundo parou, mas logo voltou a girar em velocidade acelerada. A série de cinco pequenas litografias na parede bem na frente dele corriam como um trem expresso. Ele teve que olhar para o chão.

– Eu realmente não quero falar sobre isso – ele disse engolindo em seco.

E sentiu a língua se contrair com a acidez estomacal.

– Por favor, apenas escute, Grinde...

– Estou com pessoas aqui em casa neste momento – ele a interrompeu, reprimindo a raiva. – Estou comemorando o meu quinquagésimo aniversário. Esta conversa é inadequada e impertinente. Vou desligar agora.

– Mas, Grinde...

Ele bateu o fone com tanta força que rachou o aparelho.

Ele podia ouvir o som abafado da voz estridente da mãe vindo da sala de estar.

– Mas, na verdade, ele estava *flertando! Imaginem só!* Um genuíno cavalheiro, um *señor* distinto, fogoso! Não é nada sério, vocês entendem. Mas eu fico lá oito meses por ano, como todos sabem, e é maravilhoso receber um pouco de atenção!

Birdie Grinde riu extasiada. Mais do que em qualquer momento anterior, tornava-se óbvio para Nina Rambøl o motivo pelo qual Benjamin Grinde dedicara sua infância a estudar com tanto afinco, trancado constantemente no quarto.

A mãe ainda estava sentada com a taça erguida quando ele entrou.

– Saúde novamente, querido! Quem era? Mais parabéns pelo aniversário, Ben?

Ela fez um gesto amplo com o braço ao longo da mesa, retinindo as pulseiras de ouro, enquanto admirava os muitos buquês de flores que haviam chegado durante o dia.

– Ben?

O rosto dele assumiu uma expressão séria, enigmática.

– Algo errado, Ben?

Jon e Nina, sentados de costas, viraram-se de repente.

Benjamin Grinde oscilava no meio da sala, com o rosto descorado e os olhos tão fundos que, sob a luz escassa do ambiente, mais pareciam dois buracos de bala em sua cabeça.

– *Mãe!* O meu nome não é Ben. Eu nunca fui chamado de Ben. *Eu sou Benjamin!*

Então, fechando os olhos imperceptivelmente, ele desmaiou.

Domingo, 6 de abril

07h30, NAS PROFUNDEZAS DAS FLORESTAS DE NORDMARKA, PERTO DE OSLO

A água o envolveu com força, obrigando-o a respirar esbaforido, repentina e superficialmente. Ele estava quase sem fôlego e com a pele se contraindo. O coração disparado martelava dentro da ampla caixa torácica. Ele tomou consciência da circulação do sangue pelo corpo; sentiu a pulsação rítmica espalhar-se do coração para as veias estreitas nas pernas, nos braços e nos dedos dos pés, antes que o sangue reagisse e voltasse para alimentar os pulmões que funcionavam com dificuldade naquele momento, garantindo-lhe mais forças, mais vida. Ele mergulhou novamente, dessa vez concentrando-se em prolongar as braçadas, firmes e consistentes. Ele era um albatroz na água, um tubarão-tigre. Rápido como um raio, bateu os pés como um peixe; moveu-se e conseguiu ganhar velocidade e impulso suficientemente fortes para emergir até a superfície vítrea e acinzentada do lago.

Ele nunca se sentiu tão vivo. Deslocando-se com um movimento ágil e contínuo, alcançou a margem e subiu numa pequena rocha prateada, lisa e escorregadia pelo efeito da erosão de milhões de anos, naquela incrivelmente bela paisagem que era seu lar. Ele examinou com orgulho o corpo nu, desde os pés, grandes e másculos, cobertos por uma tênue penugem loira, até os ombros, que exibiam sinais de trabalho árduo e de exercícios ainda mais pesados. Quando percebeu o membro semiereto, riu. A água fria era a melhor coisa que conhecia, e ele sempre nadava sem calção de banho, curtindo o desconforto que outros homens sentiriam. Mas estava sozinho.

Sem se secar – nem tinha se dado ao trabalho de levar uma toalha da cabana –, virou-se para observar o lago, que tinha se fechado logo atrás dele. Só em um ponto ou outro, ele podia observar algum peixinho se alimentando, quebrando a superfície com círculos minúsculos, que se expandiam perfeitamente.

A névoa da manhã se instalou entre as árvores, que ainda estavam nuas, assim como ele. Elas espiavam timidamente os próprios reflexos na água. De vez em quando, flocos de neve sujos se apegavam obstinadamente a tufos de urze e grama. A temperatura não era superior a quatro ou cinco graus. O ar estava úmido e fresco, com o perfume inconfundível da primavera que se aproximava. Sorrindo, ele inspirou profundamente.

Nunca estivera mais feliz.

Realmente ele não confiava naquele homem, mesmo tendo-lhe sido recomendado. Por várias pessoas, inclusive: dois membros do grupo achavam que valia a pena entrar em contato com o sujeito. Como líder, foi ele quem decidiu contra. Sentia uma certa fragilidade no cara, mesmo sem ter falado com ele. Não até então. Simplesmente o julgou à distância e afastou o insuspeito guarda de segurança do complexo governamental por um dia. Isso normalmente ajudava. Um dia seguinte alguém podia dar mais evidências a respeito do indivíduo do que todas as referências do mundo.

Não tinha certeza sobre qual requisito decidiria o assunto. Havia algo inaceitavelmente feminino no jeito como o rapaz andava. Além disso, ele não se vestia adequadamente. Esse também era um ponto fraco. Talvez fossem os olhos castanhos dele, embora isso não significasse nada em si mesmo. O mais preocupante era o olhar perdido, indeciso, hesitante.

– Fora de questão – ele decidiu. – Esse indivíduo representa risco.

Medidas de precaução, dupla checagem, garantias triplas: nunca essas coisas foram tão importantes como agora, quando a polícia de segurança que protegia os traidores do Parlamento era forçada a desviar a atenção da ameaça real, dos "vermelhos", para eles.

Ele havia conseguido construir algo parecido com uma organização eficaz. Na verdade, eles não eram muitos, e ele só confiava cem por cento em dez deles. Porém, era mais importante serem fortes do que numerosos. Eles tinham que fazer o recrutamento com extrema cautela. Um membro em potencial era investigado por vários meses antes que o grupo começasse a se aproximar da pessoa em questão.

O guarda de segurança era simpatizante do Partido do Progresso. Não era membro ou algo assim, mas apoiava abertamente a legenda. Em geral, esse não era um ponto de partida promissor. É claro, muitas vezes eram verdadeiros patriotas, como ele próprio, mas a maioria era gente estúpida. Sofria com o que ele denominava "excedente democrático". Ele gostava dessa expressão, que havia inventado. Os adeptos do Partido do Progresso não tinham uma noção real da necessidade premente do uso de outros meios além daqueles permitidos pela elite de poder da Noruega dominada pelos judeus.

Assim, ele disse não. Os dois assessores ficaram decepcionados, mas ele teve a impressão de que tinham acatado sua decisão. Eles tiveram que acatar.

"Primeiro, ele precisa dar provas de que é capaz", ele havia resolvido, fazia pouco mais de um ano.

Imediatamente depois disso, os dois assessores disseram-lhe que o guarda era amigo de um cara da organização clandestina Loke, uma gangue de tolos românticos, rapazes debochados que bebiam demais e depredavam carros pertencentes a paquistaneses. Brincadeiras de meninos. Eles careciam de fundamentação ideológica, não sabiam de nada e quase não liam outra coisa além das aventuras de faroeste de Morgan Kane. Mas o segurança tinha um trabalho interessante.

Nunca eles haviam tido a oportunidade de recrutar alguém tão próximo do alto escalão do governo. E esse guarda de segurança estava muito perto.

Então ele continuou a observação, mas por iniciativa própria, embora não frequentemente. Ele sabia tudo sobre esse guarda. Sabia quais jornais lia, quais revistas assinava, quais armas tinha. O guarda era proprietário de algumas armas e era membro de um clube de armas curtas. Como líder, ele tinha em casa uma pasta inteira com informações sobre o guarda de segurança. Sabia até que ele estava transando com a filha do supervisor, uma adolescente de 15 anos, e que usava loção pós-barba da marca Boss.

Lentamente, sempre bem lentamente, ele foi se aproximando do indivíduo. No início, por acaso. Pediu licença para se sentar ao lado dele em um café – o guarda de segurança estava sozinho numa mesa para quatro pessoas. Começou a folhear uma revista americana de armas. O guarda mordeu a isca e, depois disso, eles se encontraram umas cinco ou seis vezes.

O sujeito ainda não era membro. Ele nem conhecia o grupo, nada específico. Mas de alguma forma deve ter percebido que havia uma oportunidade ali. Ele, enquanto líder, havia dito o máximo de coisas que podia sem admitir nada de concreto, sem fazer circular rumores. E o segurança entendeu. Percebeu que poderia haver algo para ele também.

O mais importante era manter certa distância. Uma distância considerável, que de modo algum conectasse o guarda ao grupo. Isso era de suma importância.

– Finalmente, estamos instalados e funcionando – gritou Brage Håkonsen para dois corvos que descansavam um pouco numa árvore arrancada.

E assim, dando passadas largas, o rapaz bem constituído se dirigiu para a cabana de madeira no limite da floresta.

"Finalmente, estamos instalados e funcionando!"

Na cabana, ele tinha pilhas de papéis, meticulosamente organizadas e arrumadas em pastas e organizadores de plástico. Ele se sentou, ainda sem vestir as roupas. Tinha a pele coberta de manchas vermelhas por causa do frio.

— Finalmente, estamos instalados e funcionando — ele murmurou para si mesmo mais uma vez, enquanto permanecia sentado ali, olhando para uma lista de dezesseis nomes.

08h14, HOLMENVEIEN, Nº 12

Karen Borg olhou fascinada para Billy T. enquanto tentava, o mais discretamente possível, transferir outro pão do freezer para o micro-ondas.
— Tem mais?
O homem tinha comido oito fatias de pão e ainda estava com fome.
— Está chegando, só mais um momento — Karen disse, selecionando o programa de descongelamento no visor. — Cinco minutinhos!
O promotor de justiça, Håkon Sand, entrou na espaçosa e bem iluminada cozinha e prostrou-se numa cadeira de palha. Ele estava com os pés descalços embaixo das calças pretas e com os cabelos molhados. As pequenas manchas escuras visíveis em sua camisa azul-clara recém-passada indicavam que ele não tinha se incomodado de secar-se adequadamente. Despenteou os cabelos loiros brilhosos do menino de 2 anos que estava na cadeirinha, mas então retirou a mão bruscamente, olhando para a criança com desprezo.
— Karen! Ele tem geleia no *cabelo!*
Hans Wilhelm deu uma gargalhada e agitou no ar uma fatia de pão coberta com geleia de morango antes de se inclinar para a frente e esparramar a coisa toda na camisa do pai.
Billy T. riu, colocando-se de pé. O menino olhou para ele com prazer e estendeu os braços.
— Acho que vamos visitar o banheiro, hein? Você vai ao banheiro com Billy T., Hans Wilhelm?
— Banho, banho — gritou o garotinho. — Vai com Billitee para banho!
— E enquanto isso o papai pode trocar a camisa.
— Será que eu ainda tenho camisas limpas do uniforme? — Håkon perguntou aborrecido, enquanto puxava a frente da camisa, olhando consternado para a mancha escarlate.

– Sim, é claro – Karen sorriu.

– Meu Deus, Håkon! Você mesmo não cuida das camisas do seu uniforme?

Billy T. segurou o bebê no alto como um avião. A criança ria, abrindo os braços como asas.

– É um pássaro? É um avião? Não, é o *Super-homem!*

Descrevendo uma enorme curva no ar, Super-homem passou correndo pela porta, subindo e descendo do chão ao teto, rindo tanto que começou a soluçar.

– Pronto! – disse Billy T. quando voltou com o menino, de cabelos molhados e usando um agasalho novo. – Agora eu acho que vamos comer um pouco de salame.

Ele pegou uma fatia de pão que acabara de ser colocada na mesa e fez um sanduíche substancial para Hans Wilhelm. Por motivo de segurança, cortou a fatia ao meio e fez um "sanduba" de dois andares.

– Não faça bagunça – ele orientou com seriedade.

O menino devorou tudo com uma velocidade incrível, numa só bocada, sem deixar cair nenhuma migalha.

– Håkon, você tem muito a aprender com Billy T. – comentou Karen Borg, tentando manobrar a enorme barriga entre a cadeira e a mesa.

– Quanto tempo falta? – Billy T. perguntou, apontando para ela com um sanduíche repleto de salame italiano.

– Uns quinze dias para a data prevista, Billy T. É uma menina.

– De jeito nenhum. É menino. Estou vendo.

– Vamos para o porão – interrompeu Håkon Sand. – Tudo bem nos emprestar o escritório por um tempo?

Consentindo, Karen Borg resgatou um copo de leite da posição periclitante em que se encontrava, ao alcance do menino.

– Vamos.

Os dois homens desceram ruidosamente as estreitas escadas do porão e entraram numa sala incrivelmente agradável. O ambiente parecia bem-arrumado, apesar de ser uma adega, com apenas uma pequena janela se abrindo para a fraca luminosidade externa daquela manhã de domingo.

Billy T. tentou achar espaço para si num pequeno sofá-cama encostado em uma parede, enquanto Håkon sentava-se na cadeira do escritório, apoiando os pés sobre a mesa.

– *Belo* esquema! Você se deu bem mesmo, Håkon – Billy T. comentou, coçando a orelha. – Tem uma casa fantástica, uma esposa adorável e um supergaroto. A vida é uma brisa, hein?

Håkon Sand não respondeu. A casa não lhe pertencia, era de Karen. O dinheiro era dela, mas o que ela ganhava como advogada autônoma não podia ser comparado à fortuna que havia acumulado quando era a sócia mais jovem, e a única mulher, do maior escritório de advocacia comercial do país. Viver em Vinderen também tinha sido ideia dela. Não se casarem tinha sido escolha dela. Ela já havia casado uma vez e considerava que apenas uma vez bastava. Agora que o segundo bebê estava a caminho, era de se esperar que o pique dela diminuísse. Håkon respirou fundo enquanto passava os dedos nos cabelos.

– Eu daria qualquer coisa para poder dormir umas vinte horas.

– Eu também. Até mais do que isso.

– No que está pensando?

Billy T. desistiu de sentar e esticou-se no chão, com as mãos sob a cabeça e os pés apoiados no sofá-cama.

– Estou tentando compilar um perfil dela – ele respondeu, olhando para o teto. – Não é muito fácil. Já falei com três ministros do gabinete, quatro amigos, funcionários administrativos, colegas políticos, com todos os parentes dela e até com o diabo. Sabe, é estranho...

Karen Borg surgiu na entrada com uma bandeja de café e biscoitos. Billy T. girou a cabeça e abriu os braços.

– Nossa, Karen, quando você se cansar desse cara, eu me mudo para cá imediatamente.

– Eu *jamais* me cansarei desse cara – ela respondeu, colocando a bandeja sobre a mesa do computador. – Pelo menos não enquanto você estiver ameaçando assumir o lugar dele.

– Nunca vou entender o que essa mulher viu em você – Billy murmurou, colocando um biscoito na boca. – Ela adoraria me dar um tiro.

– Você ia falar de algo estranho... – Håkon disse, bocejando.

– Sim. É estranho formar uma opinião sobre alguém que você não conheceu. É difícil. As pessoas parecem... É tudo muito *diferente* do que as pessoas dizem. Todos dizem que ela era inteligente, trabalhadora, amiga e pragmática. Essa mulher não tinha nenhum inimigo neste mundo. Alguns fazem a ressalva de que ela muitas vezes era mal-humorada e obstinada e que, quando precisava superar competidores, tinha várias cartas na manga. Uma década atrás, pelo que dizem, num momento crítico da carreira, ela não teria hesitado diante de nenhum obstáculo para se posicionar. E, quando digo *nada*, eu quero dizer nada, nada. Aparentemente, ela se deitaria na cama da pessoa certa, se fosse necessário. Outras pessoas destacam como ela era admirável por jamais ter sido infiel. Jamais.

– Quem são essas outras pessoas? – pela primeira vez, Håkon Sand demonstrou algo parecido com interesse no assunto em discussão.

– Na verdade, provavelmente são as pessoas que a conheciam melhor, que afirmam que ela nunca se misturava com coisas desse tipo. Parece que... – Billy T. sentou-se e tomou um pouco de café. – Parece-me que, quanto mais próximas eram as pessoas, melhor opinião tinham sobre ela.

– Provavelmente, isso é natural – comentou Håkon. – São as pessoas mais próximas que mais gostam de nós.

– Mas será que são elas que nos *conhecem* melhor?

Eles ficaram em silêncio. No andar de cima, podiam ouvir a criança grunhindo como um porquinho zangado.

– Trabalho árduo criar filhos pequenos, hein, Håkon?

O chefe de polícia assistente revirou os olhos.

– Eu não fazia *ideia* de que daria tanto trabalho. É muito, muito *cansativo*...

– Não diga... – Billy T. sorriu. – Você deveria fazer como eu. Ter quatro filhos com quatro mães diferentes, que cuidam deles todos os dias e deixam para mim a tarefa de levá-los para passear e brincar com eles de vez em quando. É a melhor maneira de criar filhos!

Håkon o olhou de tal maneira que Billy T. sentiu que havia se tornado objeto de desprezo. Ele se deitou no chão novamente e continuou a examinar o teto minuciosamente.

– Tudo bem – Håkon retrucou calmamente. – Então é por isso que toda sexta-feira você fica feliz feito uma criança brincando numa caixa de areia e volta na segunda-feira seguinte azedo como vinagre? Acho que você deveria ficar feliz na hora de devolvê-los.

– Deixe para lá – Billy T. disse secamente. – Vamos mudar de assunto.

Håkon Sand levantou-se e serviu mais café para ambos.

– Cuidado para não derramar – ele advertiu, olhando para a maneira descuidada como a xícara estava sendo colocada sobre o tapete. – Então, o que acha?

Billy T. hesitou.

– Para começar, estou confiando mais naqueles que a conheciam melhor. O problema é que simplesmente...

Mais uma vez ele se levantou e se esticou para tocar no teto com as mãos.

– O problema é que a madame era mesmo extremamente *convencional*, Håkon! É *muito* difícil encontrar alguma coisa na vida dessa mulher que indique um motivo para alguém querer vê-la morta. Pelo menos não a ponto de fazer isso, quer dizer, a ponto de assassiná-la.

Ele suspirou.

– Isso pelo menos por enquanto. Ainda temos muito trabalho pela frente, para dizer o mínimo.

Ele suspirou novamente. Estava sendo um péssimo dia.

– Mas tem um detalhe, Håkon.

Billy T. pairava sobre ele e de repente caiu para a frente, apoiando as mãos sobre a mesa, despertando a atenção de Håkon.

– Existem apenas duas possibilidades. Ela foi morta porque era Birgitte Volter. Alguém queria que ela morresse, como *pessoa*, se é que me entende. Na verdade, até agora não há nada, absolutamente nada, que indique isso. Ou então alguém a matou porque ela era a primeira-
-ministra. Pessoas queriam matar a *personagem* que ela representava, por assim dizer. Um complô contra a Noruega, contra as políticas do Partido

Trabalhista ou algo nesse sentido. E eu tenho que admitir...

Era uma conclusão difícil, e ele engoliu em seco.

– Eu tenho que admitir que, no momento, essa é a hipótese mais provável. E isso significa que os caras do oitavo andar terão que entrar em campo. Não gosto nada dessa ideia.

A criança no andar de cima tinha parado de reclamar, e agora eles podiam ouvir uma batida rítmica, como se um brinquedo estivesse sendo golpeado no chão.

– Conte o que você sabe sobre ela, Billy T.

– Droga, não tem nenhum lugar aqui para eu me sentar!

– Aqui está. Pegue isto.

Håkon Sand passou a cadeira para ele. Billy T. sorriu.

– O aniversário dela seria na sexta-feira. O funeral está prestes a ser realizado no dia em que ela completaria 51 anos de idade. Ela se casou quando tinha apenas 18 anos, com Roy Hansen, um amigo de infância da mesma idade. Eles ainda eram casados e tiveram um filho, Per Volter, atualmente com 22 anos de idade, aluno da Academia Militar, alojado na base naval Fredriksvern, em Stavern, um rapaz decente. A única tristeza que ele parece ter dado aos pais é ser membro da ala dos jovens conservadores. Bastante inteligente na escola, vice-presidente de um clube de armas curtas, o menino herdou o talento da mãe para a organização.

– Clube de armas curtas? Ele tem acesso a armas?

– Sim, com certeza a muitas armas. Mas, naquele fim de semana, ele estava muitíssimo distante em uma expedição, no Planalto de Hardanger. Na verdade, o pessoal teve problemas quando tentou entrar em contato com ele, para informá-lo sobre a morte da mãe. E nada sugere que ele tenha tido um relacionamento tenso com a mãe. Pelo contrário. É um garoto bacana. Exceto essas coisas dos jovens conservadores. Mas, sinceramente, o rapaz está muito acima de qualquer suspeita.

– Prossiga – murmurou Håkon.

– Birgitte Volter nasceu na Suécia, em 11 de abril de 1946. O pai era sueco, a mãe fugiu de lá durante a guerra. Em 1950, eles se mudaram para a Noruega, para Nesodden. Ela se formou no ensino médio e logo passou a atuar no movimento sindical. Tornou-se secretária, ou algo dessa natureza, no Monopólio Estatal do Vinho, em Hasle. Depois, passou pelo governo local, em Nesodden, e gradualmente foi assumindo posições mais proeminentes no Sindicato do Serviço Civil da Noruega. E assim por diante. O resto é história, como dizem. Ótima garota. Grande favorita. Mesmo assim, a vitória de 1992 foi por pouco.

– Amigos?

– Isso também é estranho... – Billy T. disse, cutucando a orelha novamente. – Acho que estou tendo uma infecção de ouvido dos diabos. Era tudo o que eu precisava.

Ele olhou para o dedo indicador, mas não viu nada além de uma mancha de tinta do dia anterior.

– Você sabe como são todas essas coisas que lemos nos jornais. Sobre essas redes de relacionamentos, você conhece isso. Que tal pessoa conhece tal pessoa, que é a melhor amiga de fulano ou sicrano. Não acho isso certo. Ou então os jornais usam uma definição de amizade diferente da usada por você e por mim. Na verdade, não se trata de amigos, talvez seja melhor dizer que são colegas de partido. Pessoas assim parecem ter poucos amigos de verdade, que quase sempre não têm nada a ver com a política: conheceram-se em locais de trabalho comuns, na época da escola, coisas desse tipo. A única pessoa dentro da política que eu acredito que foi realmente amiga da Birgitte é a presidente do Parlamento.

– Então ela tinha inimigos?

– A mesma coisa novamente. Depende do que você queira dizer com inimigos. O que é um inimigo? Se for alguém que fala mal de você, então todos nós temos muitos inimigos. Mas é certo chamá-los assim? É óbvio que, quando alguém vai tão longe dentro de um partido político de grande envergadura como o Partido Trabalhista, o partido que está no poder, acaba encontrando muitas pessoas que de vez em quando saem feridas. Mas elas se tornariam suas inimigas? Será que alguém realmente chegaria tão longe, a ponto de cometer um assassinato? Não, não foi o que eu vi. Ainda não, pelo menos por enquanto.

– Não... – Håkon Sand foi até a janela e abriu uma fresta. – Na verdade, temos o mesmo problema se abordarmos tudo por um ângulo diferente – ele disse enquanto se sentava novamente.

– Um ângulo diferente?

– Sim, se considerarmos o personagem real dela. Não foi assim que você chamou? Então, parece realmente muito inofensivo, aqui na Noruega... E não poderíamos imaginar Anne Enger Lahnstein conspirando para matar Birgitte Volter, apesar de ela ser uma fanática que quer acabar com esse acordo de Schengen!

A gargalhada de Billy T. foi alta e estridente.

– Cara, seria algo espetacular! Essa tal de Lahnstein se infiltraria nos dutos de ventilação da torre com roupas de combate camufladas, faca na boca e revólver na cintura!

– Dá para imaginar isso!

Håkon Sand ainda se esforçava para secar os cabelos. O ar no porão estava um pouco úmido, por isso a secagem demorava mais do que o normal, obrigando-o a sacudir a cabeça várias vezes.

– Não pode ser ninguém de dentro do país. Não é assim que as coisas funcionam por aqui. E a teoria do maluco também não se sustenta. Ele escolheria outro lugar. Pelo amor de Deus, os ministros do governo norueguês recebem segurança mínima fora de seus gabinetes. Um louco a teria atacado fora de lá, numa loja, num jogo de handebol, algo assim.

– No cinema... – Billy T. emendou.

– Exatamente. O assassinato de Olof Palme foi um desafio muito maior para a polícia porque *qualquer um* poderia ter sido o autor! No caso de Birgitte Volter, temos um ponto de partida totalmente diferente.

Eles se entreolharam e de repente levantaram as xícaras de café simultaneamente, como um sinal invisível.

– Então, *ninguém* pode ter cometido esse assassinato – disse Håkon Sand.

– Então, teremos que tentar descobrir quem não é essa pessoa – concluiu Billy T. – Podemos ir?

Ir para o trabalho acabou se tornando uma missão quase impossível, pois o menino de 2 anos se agarrou à perna esquerda de Billy T. e não o deixava partir, como se ele fosse sua tábua de salvação.

— Banho com Billitee! Banho com Billitee!

Ele armou um berreiro quando os dois policiais entraram no carro estacionado do lado de fora da atraente casa branca em Holmenveien, nº 12. Mas parou de chorar de repente quando o cano de escapamento fez um estrondo assim que o Volvo se movimentou no acesso à garagem.

— Tchau, tchau, Billitee e papai — o menino acenou, empurrando o polegar para dentro da boca.

11h25, DEPARTAMENTO DE POLÍCIA DE OSLO

O colossal Departamento de Polícia na Grønlandsleiret 44 trepidava em meio a um zumbido constante, de baixa frequência, como se o prédio de fachada curva estivesse vivo como uma colmeia, que abrigava uma indústria sistemática e determinada. Nunca antes se comportara assim aquela vasta construção cinza e deteriorada pela ação do tempo, com sete andares oficiais e a divisão do Serviço de Inteligência desmembrada e isolada no sótão de dois andares. Estava acostumada a seus mil e seiscentos policiais que realizavam o trabalho individualmente, em batalhas exaustivas contra os criminosos que deitavam e rolavam debaixo da fuça de todo mundo. Mas agora, assim como o sol tímido de abril se erguia combalido no céu acima da colina em Ekebergåsen, o departamento parecia ter renovado as energias. Até o edifício parecia se alongar, tanto em comprimento como em altura; as janelas, que normalmente ficavam semicerradas, parecendo olhos mortiços que enxergavam um mundo que a polícia preferia ignorar, brilhavam vivamente. As persianas tinham sido puxadas, e as janelas estavam um pouco abertas. Lá dentro, as pessoas começaram quase imperceptivelmente a andar na mesma direção. Mesmo os dois andares segregados no topo se atreviam a olhar para a frente e para cima, não mais se agarrando firmemente ao telhado na esperança de evitar mais escândalos, mais investigações críticas.

– Vou agradecer ao chefe da Polícia – Billy T. comentou. – Ele fez um bom trabalho organizando isso.

No total, 142 policiais haviam sido alocados em tempo integral para a investigação do homicídio de Birgitte Volter, além de um número desconhecido de agentes da divisão policial do Serviço de Inteligência. Dezesseis subgrupos de vários tamanhos operavam fora do Departamento de Polícia de Oslo. O menor deles consistia de apenas três pessoas, cujo trabalho era manter contato com o Serviço de Inteligência; o maior, composto por 32 policiais, tinha requisitado o ginásio no sexto andar e era responsável pela coordenação da investigação tática. Toda a Seção de Inteligência Criminal da força policial estava ocupada por agentes apressados, que analisavam informações e tentavam montar um quadro de tudo o que havia ocorrido no submundo de Oslo nos últimos dias. Quatro pessoas ajudavam Billy T. a compilar um perfil da vida de Birgitte Volter, uma tarefa especial que ele considerava muito mais instigante do que os exaustivos depoimentos que ele havia tomado nos primeiros dias após a morte da primeira-ministra. Tone-Marit Steen não era membro desse grupo.

– Por que diabos eu deveria tomar o depoimento desse cara? Você já fez isso muito bem, não é? – Billy T. irritou-se.

– Eu gostaria que você fizesse outra tentativa com ele – argumentou Tone-Marit calmamente, entregando a Billy T. uma pasta fina, de cor verde.

– Escute – Billy T. continuou recusando-se e devolveu a pasta para a sargento de polícia. – Temos que fazer tudo corretamente. É seu trabalho fazer esse tipo de coisa. Esse guarda de segurança não pode ter nada de significativo para dizer a respeito da vida privada de Birgitte Volter.

– Não. Mas, sinceramente, Billy, você não pode receber isso como um elogio? Eu acho que o homem está mentindo, e você é um dos melhores investigadores que temos. Por favor.

– Quantas vezes eu tenho que *dizer*... – Ele bateu os punhos na mesa.

– Quantas vezes eu já lhe *disse* que o meu nome é "Billy" e "T.", "Billy T."? Não é só "Billy". Você não aprende mesmo!

Tone-Marit apresentou uma desculpa arrogante e curiosa.

– "T."? Billy T.! A propósito, o que significa esse "T" mesmo?

– Mas que merda! Isso não é da *sua* conta... – ele murmurou, abrindo um pouco mais a janela.

A aparência de Tone-Marit Steen enganava. O rosto redondo, com traços meigos, a fazia parecer ter uns 20 anos, quando, na verdade, faltavam apenas dois anos para o seu trigésimo aniversário. Alta e magra, tinha olhos estreitos e ligeiramente vesgos que sumiam quando sorria. Ela era jogadora veterana da seleção nacional de futebol feminino, na zaga esquerda. Essa era também a posição que ela adotava em seu trabalho na força policial: uma defensora ferrenha de tudo o que era justo e certo. Ela era decidida, preparada e não tinha medo de ninguém.

– Sabe, eu não estou aguentando mais isso.

Os olhos dela brilhavam, e um dos cantos da boca tremia.

– Você sempre me trata como uma bosta e não se importaria menos com qualquer outra coisa. Não vou mais admitir que você me trate assim. Entendeu?

Billy T. parecia um peixe fora da água.

– Calma, minha querida! Acalme-se!

– Eu não sou sua querida! E é você quem precisa baixar a bola! Você não passa de um *machista*, Billy T.! Seu *porco chauvinista*, você transa com qualquer mulher que aparece e pensa com a cabeça de baixo, mas a verdade...

Nesse momento ela bateu o pé no chão. Billy T. riu, deixando-a ainda mais irritada.

– A verdade é que você não *gosta* de mulher, Billy T., você tem *medo* delas. Não sou a única a perceber que você trata diferente colegas mulheres. Se quer mesmo saber, é a opinião de toda a equipe. Você tem medo de nós, isso, sim.

– Agora, *você* realmente vai ter que dar o braço a torcer. Tem muita garota aqui que...

– Ah, sim, claro, as garotas. Na verdade, só tem uma mulher neste prédio inteiro que você respeita de verdade, Billy T., Sua Alteza Real Hanne Wilhelmsen. E sabe por quê? Hein? Sabe?

Por um momento, ela pareceu hesitar, como se não se atrevesse a continuar. Ela molhou os lábios com a ponta da língua rosa e respirou fundo.

– Porque você nunca vai conseguir levá-la para a cama! Porque ela está fora de questão! A única mulher que você realmente respeita é lésbica, Billy T.! É algo em que você deveria parar para pensar. Por isso, é você quem tem que dar o braço a torcer.

Ele se levantou e chutou o cesto de papel, com tanta força que o atirou contra a parede. Então a sala ficou em silêncio. Mesmo o escritório vizinho, de onde antes se ouviam conversas altas, ficou quieto. Mas Billy T. não se rendeu.

– Não se atreva a vir aqui fazer comentários maldosos sobre Hanne Wilhelmsen! Você... Você não chega aos pés dela! Nem na sola dos pés! Jamais chegará!

– Não estou falando nenhuma maldade sobre Hanne – Tone-Marit prosseguiu, mais calma. – Nada disso, nem pensar. Estou sendo maldosa com você. Se eu tivesse alguma coisa para dizer a Hanne, diria na cara dela. No momento, estamos falando de você.

– Na cara de Hanne? Na cara de Hanne? Você teria que nadar um bocado, não é? Hein?

Tone-Marit não queria rir, mas seu olhar não permitiu que disfarçasse.

– Pelo amor de Deus, agora você está sendo infantil.

– Pelo amor de Deus, pelo amor de Deus... – ele zombou, fazendo uma voz fina e esganiçada.

Então Tone-Marit começou a rir. Ela se esforçou, mas não conseguiu conter o riso. Primeiro esboçou um sorriso, mas logo estava rindo alto. Lágrimas brotaram dos seus olhos. Ela então se esparramou sobre uma cadeira, segurando a barriga com as palmas das mãos, balançando de um lado para o outro, até que começou a gargalhar desenfreadamente, batendo nas próprias coxas, tanto que Billy T. também não conseguiu se conter. Rindo e praguejando, ele descontraiu.

— Então, é melhor falar com o cara — ele murmurou finalmente, segurando a pasta fina, de cor verde. — Onde ele está?

— Vou buscá-lo — disse Tone-Marit, secando os olhos, ainda sem conseguir se recompor.

— A propósito, suma com essa sua maldita carcaça daqui — Billy T. continuou, mas dessa vez rindo.

— Você realmente precisa procurar um psicólogo — Tone-Marit murmurou imperceptivelmente enquanto fechava a porta.

11h30, OLE BRUMMS VEI, Nº 212

— Não consigo encontrar em nenhum lugar — disse Roy Hansen à policial estagiária, de tranças e enormes olhos azuis. — Sinto muito.

— Você procurou bem? — a epítome da feminilidade norueguesa perguntou desnecessariamente, enquanto brincava com o quepe.

— Claro. Em toda parte, em bolsas e bolsos, armários e gavetas.

Era uma experiência extremamente dolorosa. Ele sentia o cheiro dela nas roupas. Todo o *closet* exalava o perfume de Birgitte. A frágil e delicada casca que se formara sobre a ferida que sangrava desde a noite de sexta-feira estava sendo arrancada. As bolsas dela, cheias de objetos que ele conhecia tão bem. O porta-chaves que ele tinha feito para ela no verão em que eles completaram vinte anos, com um nó-cego que nunca desatava e que ela costumava brincar que era tão sólido e seguro quanto o amor que eles tinham um pelo outro. Um batom vermelho-escuro que estava quase no fim; num clarão, ele a viu surgir em sua mente: a maneira suave e habitual de aplicar a cor sedosa nos lábios. Um velho e desbotado ingresso para uma peça de teatro, de uma noite que ele lembraria pelo resto da vida. Ao manusear essas coisas, ele teve que parar a busca. Sozinho no quarto que era deles, quando sentiu o cheiro do ingresso, desejou voltar no tempo, muitos anos atrás, ao momento em que eles embarcaram no projeto maior: a carreira política de Birgitte.

— O crachá dela *não* está aqui. Sinto muito.

Um rapaz estava sentado no sofá, e a policial estagiária deduziu que era o filho do casal. Ele estava fardado e era terrivelmente pálido. Ela tentou sorrir, enquanto ele mantinha os olhos fixos nela.

– Então teremos que desistir. Talvez ela o tenha perdido. Sinto muito por incomodá-lo.

Depois de fechar a porta da frente por onde saiu, ela parou na escada por um momento, profundamente pensativa. Na sexta-feira, Volter havia esquecido o crachá, conforme foi verificado. Mesmo assim, o gabinete dela foi examinado por completo, e não estava lá. Aparentemente, o crachá era do tamanho de um cartão de crédito, com foto e tarja magnética no verso. Era um crachá comum do governo que também não estava na casa do viúvo. Curioso.

Bem, a primeira-ministra podia tê-lo perdido. Simples assim: podia tê-lo colocado em algum lugar ou aposento da residência onde o marido não imaginou que pudesse estar. Afinal, ele havia acabado de perder a esposa, provavelmente não estava conseguindo pensar direito.

A estagiária sentou-se no banco do motorista e inseriu a chave na ignição. Mas ainda pensou por um momento antes de tomar a decisão de ligar o veículo.

O fato de eles não terem conseguido encontrar o tal crachá a incomodava.

12h07, DEPARTAMENTO DE POLÍCIA DE OSLO

Billy T. estava de mau humor, e o homem no lado oposto da mesa também não se mostrava muito contente.

– Vamos examinar isso mais uma vez – Billy T. disse rapidamente, tentando entrar em contato com o olhar evasivo do homem. – Então, o alarme tocou na sala de reuniões adjacente ao banheiro da primeira--ministra, às...

– Vinte e três para as seis. Se não acredita em mim, pode verificar o registro.

– Por que diabos acha que não acredito em você? – Billy T. comentou. – Ei! Olhe para mim!

O segurança não levantou a cabeça, mas ergueu os olhos lentamente.

– Por que não devemos acreditar em você?

– Por que eu fui chamado aqui pela segunda vez? – o guarda perguntou contrariado.

Ele tinha 27 anos e alguns meses de idade, de acordo com os papéis que estavam na mesa, diante de Billy T. Era um personagem estranho, não exatamente feio, mas certamente longe de ser bonito. Embora não chegasse a ser repulsivo, havia alguma coisa indefinida e desagradável na aparência dele como um todo: rosto amarrotado, queixo pontudo e cabelos precisando de um shampoo. Os olhos poderiam ser mais atraentes se ele se mostrasse mais cuidadoso. Os cílios eram longos e escuros. Ele poderia ter 20 anos ou talvez se aproximasse dos 40. Billy não conseguiu adivinhar a idade dele antes de verificar a papelada.

– Você precisa avaliar e entender que o seu testemunho é fundamental para esta investigação, cara!

Billy T. pegou um diagrama do décimo quinto andar, uma cópia da transparência que o chefe da Polícia havia mostrado no dia anterior, e o colocou de ponta-cabeça, voltado para o depoente.

– Veja isto!

Ele apontou para a sala de reuniões, que ficava separada do gabinete da primeira-ministra por um banheiro social estreito.

– Você estava aqui. Num ponto extremamente crítico nessa hora. Conte o que aconteceu.

O segurança bufou como um cavalo, pulverizando gotas de saliva sobre a mesa. Billy T. fez uma careta.

– Quantas vezes eu vou ter que repetir isso? – o guarda perguntou irritado.

– Tantas vezes quanto eu quiser.

– Posso beber algo, um copo de água?

– Não.

– Não tenho direito nem a um copo de água?

– Você não tem direito a nada. Se quiser, você pode se levantar e sair da delegacia. Você é testemunha, e nós pedimos que faça uma declaração voluntária. *Seria bem melhor assim! E sem mais nenhuma confusão!*

Ele esmurrou a mesa, arreganhando ferozmente os dentes. Ele estava bem mais calmo depois da explosão de meia hora antes, e uma pontada de dor percorreu-lhe os antebraços.

Isso ajudou. O segurança endireitou-se, sentando-se em posição vertical, e coçou os ombros.

– Eu estava sentado na sala da guarda. Então um alarme tocou na sala de reuniões. É um tipo silencioso de alarme, não pode ser ouvido no próprio local, apenas em nossa sala. Eles disparam o tempo todo, pelo menos uma vez por dia, por isso geralmente não damos muita importância.

Ele olhava para a borda da mesa enquanto falava.

– Mas, é claro, temos que verificar sempre. Então eu subi. Somos obrigados a fazer a verificação em dupla sempre, mas tivemos um dia bastante ocupado devido às obras de reforma, e o meu parceiro adormeceu. Então, eu fui sozinho.

Naquele momento, ele tentava se comunicar com o maltratado cesto de papel no canto.

– Então eu peguei o elevador até o décimo quarto andar, porque o outro cara, o que estava dormindo, tinha ficado com a chave que permite a subida do elevador até o fim. Eu cumprimentei o guarda na entrada e subi as escadas até o décimo quinto andar.

– Espere um pouco.

Billy T. fez um gesto, mostrando a palma da mão.

– É possível pegar o elevador diretamente até o décimo quinto andar? Sem passar pelo vigia na guarita de vidro?

– Sim, até o décimo sexto, inclusive. Mas é preciso ter a chave. Sem essa chave, o elevador só vai até o décimo quarto.

Billy T. se perguntou por que isso não havia sido mencionado quando o chefe da Polícia havia exposto o assunto no dia anterior. Ele não tinha dito nada, embora todos devessem ter sido alertados para um método tão óbvio de acesso ao gabinete da primeira-ministra. Ele rapidamente rabiscou "Elevador" numa nota amarela autoadesiva e grudou-a no abajur.

– Continue – ele pediu.

– Pois bem, então eu entrei na sala de reuniões, mas não havia ninguém lá. Como sempre acontecia, era alguma conexão com defeito. Ninguém conseguiu consertar esse sistema até hoje.

– A porta do banheiro estava aberta?

De repente o segurança olhou diretamente para ele, pela primeira vez, mas hesitou. Billy T. poderia jurar que percebeu um levíssimo tremor involuntário contrair o rosto do homem.

– Não. Estava fechada. Abri e espiei dentro do banheiro. Tive que fazer isso, porque alguém poderia ter se escondido lá, mas também estava vazio. A porta do banheiro para o gabinete da primeira-ministra estava trancada. Não toquei nela.

– E depois?

– E então... Sim, bem, então eu desci novamente. Foi isso.

– Por que você não falou com a secretária na antessala?

– A secretária? Por que eu deveria falar com ela?

O guarda parecia realmente surpreso. Ele tinha baixado o olhar e estava observando algo na camiseta do investigador.

– Normalmente, eu não... Além disso, ela não estava lá.

– Sim, ela estava. Ela esteve lá a tarde toda e a noite inteira.

– Não, ela não estava!

O segurança negou com um movimento vigoroso de cabeça.

– Ela pode ter ido ao banheiro, acho, mas definitivamente ela não estava lá. Daria para ver...

Ele se inclinou sobre o diagrama e apontou determinado lugar.

– Está vendo? Eu a teria visto a partir daqui.

Billy T. mordeu a língua.

– Hum... Tudo bem.

Ele removeu a nota amarela fixada na luminária Anglepoise, anotou "Toalete?", e recolocou-a no lugar.

– Então, você voltou para... Como você chamou o local?

– A sala da guarda.

– Isso mesmo.

Virando-se para uma prateleira de alumínio esmaltado às suas costas, Billy T. pegou uma garrafa térmica e serviu-se de um pouco do café fumegante numa xícara decorada com um retrato de Puccini. O guarda olhou com expectativa para a xícara de café, mas Billy T. não lhe ofereceu.

– Vejo que você se interessa por armas – observou Billy T., assoprando ruidosamente a bebida escaldante.

– É tão óbvio assim? – o guarda perguntou em tom de reclamação, olhando para o relógio.

– Muito engraçado, você tem mesmo senso de humor, não é? Consta nos arquivos, você sabe disso. Está lá dentro. Eu sei muita coisa sobre você, como pode perceber. E também estou com a sua credencial de segurança aqui.

Ele agitou provocativamente uma folha de papel antes de recolocá-la no fim da pilha.

– Você não deveria ter acesso a isso – disse o guarda com raiva. – Não está de acordo com os regulamentos!

Billy T. sorriu largamente e fixou os olhos nos olhos do guarda: dessa vez o homem não conseguiu evitar o olhar dele.

– Agora, ouça uma coisinha: não estamos prestando muita atenção ao regulamento aqui na delegacia. Se você tem alguma coisa a reclamar, vá em frente e tente. Então, veremos se podemos escalar alguém para tratar disso no momento. Eu duvido muito que você consiga. Que tipo de arma você tem?

– Eu tenho quatro armas, todas registradas. Estão todas em casa. Se quiser, você pode voltar para casa comigo ou então...

Ele parou abruptamente.

– Ou então o quê?

– Eu posso trazê-las aqui, como queira.

– Como você deve imaginar, eu gostaria que você fizesse exatamente isso – Billy T. disse. – Mas enfatizo que é uma ação voluntária de sua parte. Não estou mandando-o trazê-las aqui.

O homem murmurou algo em voz baixa, que Billy T. não conseguiu entender.

– Mais uma coisa... – disse de repente o inspetor-chefe. – Você conhece Per Volter?

– O filho da primeira-ministra?

– Sim. Aliás, como sabia disso?

– Tenho lido os jornais... Inúmeros jornais nos últimos dias. Não, não o conheço.

Ele foi ficando visivelmente cada vez mais agitado. Muito nervoso, cruzou rapidamente o pé esquerdo sobre o direito.

– Mas... – acrescentou de repente. – Eu sei quem ele é, claro: tem boa pontaria, é um atirador de competição.

– Isso significa que você o conheceu?

O segurança levou um tempo sensivelmente longo para decidir sobre isso.

– Não – respondeu finalmente e, pela segunda vez, olhou Billy T. diretamente na frieza de seus olhos azuis. – Jamais o conheci, nunca, na minha vida inteira.

14h10, MOTZFELDTS GATE, Nº 4

A caixa de som do computador começou a emitir o pomposo toque indicando a inicialização do sistema, antes de evoluir para uma melodia que lembrava um lamento tenso e prolongado. Little Lettvik se arrastava pela sala de trabalho, com uma enorme blusa amarrada na cintura, como um avental, e uma cigarrilha na boca, dando tempo ao computador para receber as notificações de e-mail. Assim que o pequeno ícone do envelope apareceu no canto inferior direito da tela, ela imediatamente clicou na caixa de entrada.

A mensagem não tinha remetente. Ela apontou o cursor na linha superior e voltou a clicar duas vezes. Era o mandado.

Konrad Storskog havia cumprido sua promessa, mas ela não estava totalmente certa se cumpriria a dela.

16h30, DEPARTAMENTO DE POLÍCIA DE OSLO

– Estou começando a ficar cansado dessas coletivas de imprensa – murmurou o chefe de polícia assistente, Håkon Sand.

O assessor de imprensa do departamento tinha vindo de um cargo bem pago no jornal *Dagbladet* e surpreendeu a todos quando assumiu a tarefa ingrata de manter a sociedade informada sobre tudo o que a polícia não conseguia realizar.

– É *comunicado* de imprensa, e não coletiva de imprensa, Håkon – ele corrigiu, mantendo aberta a porta que dava acesso à parte externa do gabinete do chefe da Polícia.

– Mas quatro vezes por dia? Isso é mesmo necessário?

– É a melhor forma de evitarmos especulações. Aliás, você já fez um bom trabalho. Esse uniforme combina bem com você! Além disso, teremos quatro horas até o próximo. Pode esperar ansiosamente por isso.

– No entanto, ainda não temos nenhuma novidade para anunciar – comentou Håkon Sand, ajeitando o colarinho que o infernizava, cujo material sintético o deixava com o pescoço vermelho e dolorido.

Havia seis homens no gabinete do chefe da Polícia: um configurava o projetor de slides enquanto outro tentava descobrir como funcionavam as venezianas. Nenhum deles foi bem-sucedido, e a secretária teve que ser chamada. Em trinta segundos ela escureceu a sala e acendeu a luz, antes de fechar a porta ao sair.

– Recebemos um relatório preliminar da autópsia – anunciou o chefe da Polícia.

A penugem sombreada em seu rosto estava a ponto de se tornar uma barba cerrada.

– Esse relatório é, de fato, bastante específico. Estávamos certos quanto ao horário do assassinato, aconteceu mesmo entre 5h30 e 7h.

Ainda não podemos ser mais exatos do que isso, já que houve variações extremas de temperatura na sala, o que torna difícil qualquer afirmação a respeito.

Ele fez um sinal para Håkon Sand, que se levantou e pressionou o interruptor de luz.

Uma imagem apareceu na parede, um *close* enorme da cabeça da primeira-ministra Birgitte Volter. No meio da cabeleira loira, era possível ver claramente um buraco, bem pequeno, quase redondo, com as bordas pretas e uma listra de sangue seco nos fios. O chefe da Polícia acenou com a cabeça para o chefe do DIC, que se aproximou do facho do projetor com uma caneta telescópica.

– Como vocês podem ver, o ferimento de entrada é pequeno. A bala parou aqui...

Ele clicou no controle remoto, e uma nova imagem apareceu. Sob os cabelos era claramente visível uma pequena protuberância, quase como uma espinha dolorosa e repugnante.

– Entrou pela têmpora, atravessou o cérebro e o crânio do outro lado e, por fim, parou aqui, logo embaixo da pele. Birgitte Volter morreu instantaneamente.

Ele clicou de novo.

– Esta é a bala.

Parecia minúscula, embora estivesse enormemente ampliada: uma fita métrica em preto e branco ao lado indicava que a munição era de baixo calibre.

– O estranho é que... – ele começou a dizer, mas cortou o comentário. – Não, em primeiro lugar, vamos ver as conclusões dos peritos.

Mais um clique e surgiu o desenho de uma mulher sentada numa cadeira de escritório com as mãos em cima da mesa. Atrás dela havia um homem sem rosto, com uma arma na mão, um revólver apontado para a têmpora dela.

– Deve ter acontecido algo parecido. Ficou bastante óbvio que a arma estava encostada na têmpora quando o tiro foi disparado. Isso pode ser deduzido pelas marcas de queimaduras ao redor do ferimento de entrada, o que revela que o autor devia estar em pé atrás dela. Com certeza não havia espaço na frente da vítima.

A ponta da caneta indicou a mesa do escritório na imagem.

– Não vamos especular, é claro, mas pode ser...

– O cenário de uma chantagem – Håkon Sand concluiu.

Os outros olharam para ele. O chefe do Serviço de Inteligência, que vestia um terno grafite e gravata vermelha, fechou os olhos e respirou tão profundamente que soltou um assobio pelas narinas.

O chefe do DIC prosseguiu.

– Pode parecer que sim. E, além disso...

Ele apresentou uma nova imagem, agora com o foco sobre o ferimento na cabeça da primeira-ministra ampliado mil vezes.

– Vemos aqui fragmentos de material, fibras de lã, ao que parece. Presumimos que sejam do xale que ela usava, mas que ainda não encontramos. São fibras de lã pretas e vermelhas. Isso significa que...

– Ela foi baleada *através* da própria estola? – perguntou Håkon Sand. – Ela estava usando isso na cabeça?

O chefe do DIC mostrou-se irritado com as interrupções.

– Sugiro que a discussão seja aberta logo em seguida – ele disse de maneira agressiva, balançando a caneta, até que de repente a ponta ficou parada no gancho de um quadro retirado para a ocasião. – Não, ela não o usava na cabeça, mas no ombro. O xale pode ter sido colocado sobre a cabeça naquele momento, quase como um...

– Um capuz! – murmurou Håkon Sand. – O criminoso cobriu a cabeça dela com o xale.

– Exatamente... – interveio o chefe do Serviço de Inteligência, ajustando o nó da gravata enquanto se inclinava para a frente. – O assassino pode ter colocado o xale sobre a cabeça dela para assustá-la ainda mais. Essa é uma tática bem conhecida para evitar que a vítima veja alguma coisa. Além disso, deixa as pessoas confusas, por causa da escuridão. Então, chegamos ao que me parece o aspecto mais singular deste caso.

Evidentemente, o chefe do DIC estava decidido a não permitir que apartes injustificados o interrompessem.

– O calibre... – mais uma vez a imagem da bala apareceu na parede. – É muito baixo.

O chefe da Polícia estava em pé, perto da janela, observando a sala, enquanto esfregava a parte inferior das costas.

– O que você quer dizer com muito baixo?

– É um calibre baixo: 7,62 milímetros. Geralmente, o calibre mais comum para uma arma de fogo é de 9 milímetros, ou "ponto 38", como se diz nos Estados Unidos. Com uma munição de um calibre tão baixo como esse, não se pode garantir... – ele coçou a testa hesitante.

– Não se pode garantir a morte da vítima! – ansioso, Håkon Sand inclinou-se para a frente no lugar em que estava sentado.

– Exatamente – o chefe do DIC murmurou desesperado, olhando para o teto.

– Já vi isso uma vez – continuou Håkon Sand. – Um cara teve que atirar duas vezes na própria cabeça. Duas vezes! O primeiro tiro entrou no cérebro sem provocar muitos danos, pelo menos não o suficiente para matá-lo imediatamente. Mas por que...

Agora foi ele quem hesitou. O chefe do DIC retomou a explanação.

– Sim, exatamente isso. Por que alguém, com a intenção de matar a primeira-ministra, suficientemente esperto para entrar no que é provavelmente o gabinete mais bem protegido da Noruega, levaria consigo uma arma que, estritamente falando, não era adequada para o trabalho? E como se isso não bastasse...

Ele destacou a bala com a ponta vermelha da caneta.

– Este é um calibre extremamente *raro*, pelo menos neste país. Não se pode comprá-lo no balcão, é preciso fazer uma encomenda especial.

– No entanto... – o chefe da Polícia começou a falar, cruzando o lado da parede que servia de tela. – Talvez o assassino tivesse ido fazer algum tipo de extorsão, isto é, chantagem, e não quisesse matá-la... O que será que ele pretendia? Por que a matou, se essa não era sua intenção inicial?

A sala ficou em silêncio. O ambiente estava abafado. Então, o chefe da Polícia apertou uma tecla do telefone.

– Café – ele pediu de repente, soltando a tecla em seguida.

Dois minutos depois, os seis homens ao redor da mesa de reuniões do chefe da Polícia estavam tomando café. Por fim, o chefe do Serviço de Inteligência largou a caneca branca sobre a mesa e limpou a garganta.

– O rei da Jordânia deveria chegar aqui na próxima quarta-feira. Incógnito.

Os outros entreolharam-se, e o chefe da Polícia olhou atentamente para o chefe da Seção de Informações Criminais, um magnânimo homem ruivo que, surpreendentemente, contrariando seu estilo, não havia pronunciado uma única palavra durante toda a reunião.

– Seria uma tentativa de resgatar os últimos vestígios do Acordo de Oslo – continuou Ole Henrik Hermansen, o chefe do Serviço de Inteligência, depois de uma breve pausa, durante a qual ele observou ao redor, obviamente procurando alguma coisa. – É permitido fumar aqui?

– Na verdade, não – disse o chefe da Polícia, coçando a cabeça. – Mas podemos abrir uma exceção hoje.

Ele pegou um cinzeiro de vidro na gaveta da mesa e colocou-o na frente de Hermansen, que já havia acendido um cigarro.

– Por causa da morte da primeira-ministra Volter, a visita não acontecerá. É claro que isso poderia dar manchete. Por outro lado, existiriam outras formas bem menos dramáticas de impedir a visita do rei da Jordânia. Se os detalhes da viagem dele tivessem vazado, bastaria uma ameaça por telefone para nós.

Os anéis de fumaça formavam uma espécie de auréola sobre a cabeça do homem.

– Pois bem, é claro que existem extremistas de direita. Como vocês sabem, eles começaram a se mexer. Certamente os jornais exageram, mas sabemos que existem ao menos dois ou três grupos suficientemente comprometidos com suas causas para de fato planejarem um assassinato. Até agora, eles eram considerados insignificantes, por não serem extremamente fanáticos. Parece que não é mais o caso.

– Mas...

Håkon Sand fez um aceno com o dedo indicador, como um candidato a exame excessivamente entusiasmado.

– Se eles estão por trás disso, por que não reivindicaram a autoria do assassinato? Não valeria a pena cometer o assassinato e não ser revelada a autoria...

– Você tocou no ponto – admitiu Ole Henrik Hermansen, sem olhar na direção de Håkon Sand.

– Esperávamos uma mensagem, mas não houve nenhuma. Se for *verdade* que um ou vários desses grupos são responsáveis pela morte, então temos um grande problema: a sexta-feira.

– O funeral – disse o chefe da Polícia, com um tom de desânimo na voz.

– Exatamente. A primeira-ministra estava no topo das chamadas listas de alvos para serem eliminados. Todos os outros dessas listas, isto é, *cada um* deles, estarão no funeral.

– E isso será o inferno na terra – comentou o chefe do Esquadrão Antiterrorismo, um homem enorme, troncudo, de cabelos escuros.

– Vocês estarão lá – respondeu o chefe do Serviço de Inteligência, esmagando o cigarro com um movimento brusco e opressivo. – Pode ser por isso que ainda não emitiram nenhuma declaração. Estão esperando. Isso é bem possível, claro. Definitivamente, é possível.

21h39, STOLMAKERGATA, Nº 15

Non potendo carezzarmi,
Le manine componesti in croce,
E tu sei morto senza sapere
Quanto t'amava questa tua mamma.

Billy T. estava em um quartinho que parecia ainda menor por causa dos beliches dispostos de ambos os lados, cuja distância entre eles era de apenas meio metro, mais ou menos. Ele fez uma pausa para arrumar as camas e segurou a cabeça com as mãos enquanto se apoiava no beliche superior. A música invadiu todo o apartamento. Todos os cômodos tinham caixas de som. Mesmo o quarto dos meninos, embora suas insistentes tentativas de ensinar os quatro garotos de 6 a 8 anos a gostarem de ópera tivessem caído em solo pedregoso até então.

A irmã Angelica lamentava a perda do filho, morto no meio da segunda parte do *Il trittico* de Puccini, o Tríptico. Billy T. levou a roupa ao rosto, fechando os olhos. Sentia uma sensação incômoda por trás das pálpebras. Desde a manhã de sexta-feira, tinha dormido apenas cinco horas, e mesmo assim foi um sono intranquilo, durante o qual ele se revirou de um lado para o outro e acordou ainda mais cansado do que quando se deitara. Logo teria que apelar para os comprimidos tranquilizantes de Rohypnol que ficavam guardados no armário do banheiro como uma tábua de salvação. Havia um ano não precisava deles.

Ele esfregou a roupa de cama no rosto. Os olhos doíam implacavelmente. Os meninos tinham se preparado para ficar com ele no fim de semana. Demonstrando paciência e amadurecimento acima da idade, os quatro meios-irmãos foram devolvidos às casas de suas respectivas mães no sábado de manhã, depois que a irmã de Billy T. enviou um breve recado na sexta-feira à noite.

– O papai tem que encontrar o assassino – o mais velho, Alexander, explicou ao irmão caçula. – O papai vai encontrá-lo. Não é mesmo, papai?

O papai estava cansado, acabado. Ele abriu caminho na sala de estar e se atirou na única cadeira boa: uma enorme poltrona clássica inglesa de couro desgastado. Ele balançou os pés na mesa de centro, um móvel velho e danificado de uma loja de segunda mão, e aumentou mais ainda o volume do enorme sistema estéreo pelo controle remoto.

M'ha chiamata mio figlio!
Dentro un raggio di stelle
M'è apparso il suo sorriso
M'ha detto: Mamma, vieni in Paradiso!
Addio! Addio!
Addio, chiesetta! In te quant'ho pregato!

Ele sentou-se com o libreto da ópera diante de si, embora soubesse praticamente toda a letra de cor e salteado. O folhetim quase desapareceu em suas mãos enormes, e ele permaneceu ali, inerte, olhando para o espaço vazio.

Então ouviu a campainha tocar. Irritado, foi verificar a hora. Seu olhar enfim encontrou o relógio em cima do fogão enquanto abaixava o som.

– Já vou, *já vou* – ele disse impaciente quando a campainha tocou pela segunda vez antes de ele conseguir chegar à porta da frente.

Atrapalhando-se com a corrente do pega-ladrão, ele escutou o toque novamente.

– Já vou – ele rosnou e escancarou a porta.

A primeira coisa que notou foi uma enorme mochila de lona, que não estava fechada corretamente na parte superior, com um grande suéter de lã para fora. Em seguida, viu um par de botas, lindíssimas e incomuns, feitas de pele de cobra, com esporas de prata pura. Então, ele ergueu os olhos.

A mulher que estava diante dele sorria. Ela tinha cabelos castanho-claros e olhos azuis brilhantes, com um círculo preto característico em torno da íris. A jaqueta de couro desbotado era nova, com franjas curtas no peito e bordados indígenas americanos nos bolsos. Ela estava bronzeada, num tom dourado fosco sem vestígios de vermelhidão, como se tivesse passado muito tempo em climas ensolarados. Na altura dos olhos, uma linha esbranquiçada marcava cada têmpora. Ela começou a rir.

– Você parece completamente maluco! Posso entrar e ficar com você?

– Hanne – ele sussurrou. – Não pode ser verdade! *Hanne!*

– Em carne e osso – ela disse, enquanto soltava no chão a mochila que segurava com um abraço de urso, para entrar de costas no apartamento.

Ele a deixou se atirar na poltrona clássica. Então abriu os braços e bradou:

– Hanne! Por que cargas-d'água está aqui? Quando chegou? Vai ficar muito tempo?

– Você vai trazer a minha mochila, não vai?

Billy T. recolheu a mochila e desligou o som.

– Aceita alguma coisa? Algo para beber?

Ele parecia um adolescente e podia sentir que estava corando de prazer, uma sensação totalmente desconhecida, mas que por algum motivo não era totalmente desagradável. Hanne Wilhelmsen tinha voltado! Ela havia voltado para casa novamente, e ficaria com ele. Na geladeira, ele tinha meia pizza caseira que sobrara de sexta-feira e cinco latinhas de cerveja. Pegando duas delas, acendeu o forno e atirou uma das latas para a amiga, ainda sentada na poltrona.

– Conte-me – ele disse, sentando-se no chão perto dela, abraçando os joelhos e olhando diretamente nos olhos dela. – Quando chegou?

– Agora mesmo. Muitos atrasos e esse tipo de coisa. Estou morta de cansaço. Que horas são, por falar nisso?

Sem esperar a resposta, de repente ela acariciou a careca dele.

– É muito *bom* vê-lo, Billy T.! Como *você* está?

– Tudo bem, tudo bem – ele disse ansioso. – Está retomando o trabalho? De vez?

– Não, estou no período sabático até o Natal. Vou voltar para a Califórnia em breve. Mas eu não conseguia ficar de fora do caso. Cecilia entendeu. Ela percebeu que eu ficaria maluca por lá, com tudo isso acontecendo...

Ela puxou o anel da lata de cerveja, espirrando um pouco do líquido ao redor.

– Eu não poderia deixá-lo sozinho para resolver este caso. Posso ajudar como uma espécie de freelancer?... Pois bem, você não está sozinho.

– Sozinho?

Ele mergulhou a cabeça no colo dela. Agarrou-lhe as pernas com força, e as balançou, sacudindo a ambos.

– Somos cerca de duzentos, como você sabe!

– Mas ninguém gosta de mim – disse Hanne Wilhelmsen rindo.

Ah, aquela risada! Ele a sorveu, e, como uma onda, aquele som tão agradável para ele vibrou e penetrou suavemente em seus ouvidos e em seu cérebro e se espalhou deliciosamente pela espinha dorsal. A inspetora-chefe Hanne Wilhelmsen estava em Oslo, de volta à Noruega. E iria ajudá-lo.

– Estou tão feliz por você estar aqui – ele sussurrou. – Eu tenho...

Ele parou de repente e coçou as costas.

– Você sentiu saudades de mim, não foi? Eu também! Aonde vou dormir? O meu apartamento está alugado, então espero que tudo bem se eu ficar aqui.

– Isso depende – Billy T. retrucou. – Vai correr o risco de compartilhar a cama de casal comigo ou prefere pegar um dos beliches dos meninos?

– Acho que a última opção seria mais segura – ela disse, bocejando enfaticamente.

– Mas primeiro vamos tomar um pouco de vinho, que tal?

Hanne Wilhelmsen olhou para a lata de cerveja quase cheia.

– Não há nada que eu gostaria mais de fazer agora do que compartilhar uma garrafa de vinho com você. Nada.

– Com um pedaço de pizza – Billy T. sorriu. – Que eu fiz...

O despertador em cima da mesa de cabeceira brilhou com números fluorescentes verdes, anunciando que o novo dia havia nascido havia quatro horas e cinco minutos. Billy T. jogou longe a colcha e permaneceu deitado atravessado na cama, feita sob medida para ele. Usando cueca boxer e uma camisa do time de futebol americano San Francisco 49ers, tamanho XXXL, presente de Cecilie, ele continuou roncando levemente com a boca entreaberta. Hanne ficou observando-o por um tempo e quase mudou de ideia. Então ela se esgueirou e se aconchegou ao lado de seu enorme corpo.

– Estava tendo um monte de pesadelos – ela sussurrou. – E a cama lá é muito dura.

Ele molhou os lábios ligeiramente e se afastou mais para o lado da cama de casal. Então jogou o braço esquerdo por cima dela e murmurou:

– Eu sabia que conseguiria colocar você na minha cama.

Hanne riu na escuridão, antes que ambos caíssem profundamente adormecidos.

Segunda-feira, 7 de abril

09h15, SUPREMO TRIBUNAL

Benjamin Grinde olhou para o presidente do Supremo Tribunal e, com ar abatido, balançou a cabeça.

– Sinceramente, não sei o que dizer. Como disse ao telefone ontem, a polícia admitiu que tudo isso constituía um grande erro. Eu não faço ideia de como a imprensa soube disso.

O presidente do Supremo Tribunal levantou o jornal para enxergar de perto. Os óculos de leitura eram muito fortes e tornavam a aparência de seus olhos tão pequenos que eles virtualmente desapareciam. Então, ele também passou a forçar a vista.

JUIZ DO SUPREMO TRIBUNAL ACUSADO
Benjamin Grinde foi a última pessoa a ver Volter viva

Por Little Lettvik e Trond Kjevik (foto)

Embora a polícia tenha passado os três últimos dias negando que tivesse realizado prisões no caso Volter, essa não é a verdade. O que a polícia e o juiz Benjamin Grinde, da Suprema Corte, estavam tentando ocultar desesperadamente é que Grinde foi preso em sua casa no fim da noite de sexta-feira.

Apenas meia hora depois que a primeira-ministra Birgitte

> Volter foi encontrada morta em seu gabinete, um mandado de prisão foi emitido para o juiz do Supremo Tribunal Grinde (ver fac-símile). O conhecido advogado, que também é presidente da chamada Comissão Grinde, nomeada pelo Parlamento no último outono, aparentemente foi a última pessoa a ver a primeira-ministra viva. Grinde, que se recusou a fazer declarações sobre o assunto ao Kveldsavisen, afirma peremptoriamente que sua visita ao gabinete de Birgitte Volter no fim da tarde de sexta-feira foi uma audiência meramente rotineira. No entanto, a polícia não confirmou isso ainda. Quanto à polícia de Oslo, uma cortina de fumaça envolve o mandado de prisão. O chefe da Polícia, Hans Christian Mykland, só confirmou que o mandado fora revogado havia algum tempo quando foi constatado que um "erro" tinha sido cometido.
> As reações nos círculos policiais variam do choque à expectativa. Veja a matéria nas páginas 7, 8 e 9.

– Isso não é nada bom... – o presidente do Supremo Tribunal murmurou. – Nada bom mesmo.

Benjamin Grinde olhou para a mesa diante dele, e fixou o olhar num código de leis bastante ensebado. O leão no brasão nacional olhava para ele, arrogante e debochado, e Grinde piscou.

– Não é difícil concordar com isso – ele disse com calma. – O que você quer que eu faça? Abster-me da atividade judicial até nova convocação?

Baixando o jornal, o presidente do Supremo Tribunal levantou-se e contornou a enorme mesa de carvalho das câmaras judiciais antes de se aproximar da janela, emoldurada por cortinas de veludo verde-escuro. Olhou para a fachada em frente, onde os versos iniciais do hino nacional estavam esculpidos em pedra. Talvez o Ministério das Finanças estivesse querendo reafirmar para o exterior as suas inclinações nacionalistas, num momento em que tudo estava sendo feito para acumular a fortuna que jorrava do incontrolável e inesgotável abastecimento de petróleo do Mar do Norte.

– Bela foto – ele murmurou, apoiando-se na janela.

– O que quer dizer?

– Que a sua foto no jornal está realmente muito boa.

Ele virou-se e voltou a sentar-se, em silêncio. Por um momento, pareceu estar numa viagem distante; mas Benjamin Grinde sabia que o presidente do Supremo Tribunal era um homem que pensava antes de falar, e por isso ignorou a longa pausa.

– Não seria justo – o presidente do Supremo Tribunal disse enfim. – O mandado de prisão obviamente não era legítimo, e se você renunciasse à sua posição significaria ceder às especulações. No entanto, para se resguardar, isso deve ser verificado com os advogados.

Ele se levantou e deixou a porta aberta para os outros quatro juízes do Supremo Tribunal, que esperavam lá fora, com suas togas pretas e os paramentos de veludo roxo. Chamou o decano e eles conversaram reservadamente para que os outros não ouvissem. Quando o presidente do Supremo Tribunal abriu a porta para que eles passassem, o escrivão se postou na entrada para fazer seu anúncio ritual: "Advogados, fiquem em pé no tribunal".

O juiz decano acenou com a cabeça para os outros juízes do Supremo Tribunal, que reagiram alinhando-se atrás dele, segundo uma ordem predeterminada, com Benjamin Grinde, o último a ser nomeado, no final.

O presidente sentou-se, e, depois de um breve aceno formal para os advogados, Grinde seguiu o exemplo. Mas ele não tinha a sensação de solenidade que normalmente o impregnava nessas ocasiões. A cadeira de espaldar alto parecia-lhe desconfortável, e o colarinho estava muito apertado.

– Declaro aberta a sessão do tribunal. Hoje, vamos deliberar sobre o recurso no processo número...

Benjamin Grinde sentiu-se incapacitado. Fez menção de pegar um copo de água, mas suas mãos tremiam e ele desistiu a meio caminho.

– Há alguma objeção quanto à composição do tribunal?

O presidente do Supremo Tribunal olhou de um advogado para o outro, quando ambos se posicionaram atrás da tribuna, diretamente na frente da mesa em semicírculo dos juízes. O pomo-de-adão do advogado que enfrentava o primeiro caso, movia-se para cima e para baixo como um ioiô, impedindo-o de pronunciar qualquer coisa. Em vez disso, ele meneou a cabeça de modo febril, enquanto sua adversária, uma advogada com cerca de 60 anos, respondeu em alto e bom som: "Não".

– Estou ciente de que hoje estamos enfrentando uma situação especial – continuou o presidente do Supremo Tribunal, folheando inutilmente os papéis à sua frente, pacotes com súmulas judiciais de qualidade variada, em busca de algo que ele havia observado anteriormente. – Espero que os defensores tenham tomado conhecimento da importante cobertura num dos jornais desta manhã, na qual o juiz Grinde foi mencionado...

Ele acenou brevemente com a cabeça para a esquerda.

– Ele foi acusado de ter conexão com o trágico caso de assassinato com o qual todos estamos familiarizados. Bem. Da nossa parte, fizemos investigações e recebemos garantias do diretor-geral de procuradores públicos de que toda a situação é consequência de um mal-entendido. Portanto, não consigo ver por que um artigo especulativo num jornal tabloide... – ele parecia ter mordido um limão azedo – ... deveria levar um juiz do Supremo Tribunal a renunciar à sua posição. No entanto, como eu disse, esta é uma situação especial, e peço aos defensores que expressem os seus pontos de vista com relação à decisão de que o juiz Grinde continue a ter a confiança necessária. Por isso, repito a minha pergunta, como eu disse, simplesmente como uma questão formal: há alguma objeção quanto à composição do tribunal?

– Não!

Dessa vez, os dois defensores responderam em coro, e o mais jovem se inclinou sobre a pesada tribuna de madeira. Várias vezes engolindo em seco, ele voltou a se aprumar em toda a sua estatura quando o presidente do Supremo Tribunal o convocou para falar.

Seguiu-se uma pausa, uma longa pausa. Ele vacilava. A visão a partir da mesa dos juízes era restrita, então eles não viram a adversária fazer um gesto de incentivo ao novato, com a mão fechada e o polegar apontado para cima. Ela fez isso discretamente, escondida pela tribuna, e o jovem ao lado dela, que estava muito perdido, não percebeu.

Benjamin Grinde foi dominado por um impulso incontrolável de rir. Ele cobriu a boca com os dedos, tentando conter o riso inadequado. Isso jamais havia acontecido, ele sempre teve o maior respeito pela deferência e a seriedade que o mais alto tribunal do país merecia. Tudo tinha que ser solene. Ele sabia por que o defensor estava lutando.

O rosto do advogado que passava pelo seu primeiro caso estava branco feito giz, e a boca aberta como a de um peixe fora da água. Afinal, ele começou.

– À egrégia corte...

O presidente do Supremo Tribunal pigarreou, estrondosa e teatralmente. O advogado parou abruptamente. Agora ele parecia estar à beira das lágrimas. O presidente do Supremo Tribunal conhecia muito bem a continuação da frase: "dos juízes mais ricos do reino". Ele ergueu a mão discretamente em direção ao escrivão, que rapidamente rabiscou algumas palavras numa nota amarela autoadesiva e colocou-a diante do infeliz. O principiante, agora com o rosto ruborizado, estava com a região acima do lábio superior transpirando, parecendo um bigode de suor.

– À corte mais honrada, aos juízes supremos do reino – ele começou de novo e teve a impressão de que toda a sala respirou aliviada, as paredes escuras já não eram tão severas, nem tão exageradas.

Quatro juízes sorriram sutilmente e começaram a fazer anotações.

Benjamin Grinde não sentiu mais a menor inclinação para rir.

Nem percebeu quando Little Lettvik se levantou da última fileira dos bancos reservados ao público e deixou a câmara.

12h00, DEPARTAMENTO DE POLÍCIA DE OSLO

Nem mesmo o ligeiro sotaque de Kristiansand disfarçava seu furor. O chefe da Polícia, Hans Christian Mykland, esmurrou a mesa diante dele, e quase cento e cinquenta agentes da polícia se endireitaram em seus assentos.

– Eu considero este assunto *extremamente* sério. Extremamente sério. Achei que havia deixado isso bem claro quando me dirigi a todos vocês no sábado: nada de vazamentos para a imprensa. Eu fui *claríssimo*!

Ele bateu na mesa com a palma da mão, e a sala ficou tão quieta que Billy T. não se atrevia a respirar; o estômago dele doía.

– Esse mandado de prisão foi um erro, todos sabemos isso. Agora, corremos o risco de um processo de indenização bem salgado, por acusação injustificável. Vocês percebem o que significa ofender o judiciário, o Terceiro poder?

Ninguém se considerou apto a responder. A maioria dos presentes examinava o próprio joelho, em riqueza de detalhes.

– Isso terá consequências, será investigado. Eu providenciarei pessoalmente que a pessoa que deixou esse mandado vazar leve uma severa advertência. *De mim!*

O chefe da Polícia finalmente encontrara tempo para se barbear. Havia algo nele que indicava um novo senso de determinação. Ele parecia ter crescido em estatura durante o fim de semana.

– Muito bem. Por enquanto, vamos deixar esse assunto de lado. Na próxima coletiva de imprensa, eu devo...

Ele olhou para o assessor de imprensa e se corrigiu.

– No próximo comunicado de imprensa, vou deixar tão claro quanto possível que Benjamin Grinde cooperou conosco como testemunha. Então, veremos o tamanho do incêndio e se podemos apagá-lo. Agora vou passar a palavra ao chefe do DIC.

O chefe do DIC pareceu assustado, como se não estivesse acompanhando a bronca, já que não se aplicava a ele.

– Seria útil fazer um breve resumo – ele começou, enquanto colocava uma transparência no retroprojetor.

– Quem não tem nada a dizer tem que passar por cima – Billy T. murmurou.

Ele voltou a sentar-se no fundo da sala, com Tone-Marit ao seu lado. Ela fingiu não ouvir.

– Como vocês sabem, estamos trabalhando incansavelmente em todas as frentes. Antes de mais nada, é importante descobrir como e por quê. No que diz respeito a este último, achamos conveniente dividir os possíveis motivos em três categorias principais.

Ele virou-se para a tela e apontou sem se levantar.

– Um: o motivo pessoal. Dois: o motivo internacional. Três: o motivo extremista. Sem nenhuma ordem em particular.

– É um ato bastante extremo matar a primeira-ministra, independentemente do motivo – disse Tone-Marit em tom brando.

Billy T. olhou para ela surpreso.

– Acho melhor você ser uma boa garota e ficar quietinha... – ele disse com um sorriso.

– Decidimos restringir ao máximo os depoimentos dos membros mais próximos da família, pelo menos até o funeral, que ocorre na sexta-feira. E isso nos cria um novo problema.

Ele ergueu a mão em direção ao chefe da Polícia de Prevenção de Atividades Terroristas, ou Esquadrão Antiterrorismo, como era mais educadamente descrito no papel. O grandalhão de cabelos pretos e barba negra levantou-se formalmente.

– O funeral exigirá o mais alto nível de medidas de segurança. Estamos fazendo uma lista dos grupos que representam risco, isto é, terroristas internacionais, agentes secretos estrangeiros, extremistas nacionais, tanto de direita quanto de esquerda...

Ele sorriu para o chefe do Serviço de Inteligência, que não retornou a gentileza. Obviamente ficou meio ofendido, mas continuou.

– E, claro, pessoas mentalmente perturbadas. Sabemos, de experiências anteriores, experiências anteriores na arena internacional, devo frisar, que pessoas desequilibradas rastejam para fora da toca quando acontecem eventos como esse. Além disso, estamos bastante atentos aos que são conhecidos dentro da fraternidade criminal, mesmo que não sejam suspeitos de terem qualquer coisa a ver com o caso. Haverá uma conversa especial sobre isso amanhã de manhã.

Voltando ao seu lugar, o chefe do Esquadrão Antiterrorismo olhou para o chefe do Serviço de Inteligência, esperando antecipadamente o reconhecimento, mas ainda dessa vez ficou sem receber atenção.

O chefe do DIC começou a falar de novo.

– Neste momento, estamos digitando todos os depoimentos tomados de funcionários da torre do governo. Vamos tentar descobrir possíveis acessos não autorizados ao gabinete da primeira-ministra. Portanto, é extremamente importante que todos os depoimentos estejam gravados no sistema...

– Se tivéssemos melhores equipamentos, isso poderia ser feito com alguns toques de teclado – Billy T. suspirou enquanto se levantava.

– Já vai? – Tone-Marit perguntou em um sussurro.

– Tenho coisa melhor para fazer – Billy T. respondeu.

Algo o incomodava, mas ele não conseguia definir exatamente o quê. Era alguma coisa que havia esquecido, uma informação recebida, mas que estava perdida em algum lugar de seu disco rígido, dentro de sua cabeça.

– Overdose – ele murmurou para si mesmo quando passou pela porta em direção à zona amarela, no terceiro andar do departamento. – Na verdade, acho que não consigo processar mais nenhuma informação.

12h24, CENTRO DA CIDADE DE OSLO

Brage Håkonsen usava calças jeans e um enorme agasalho colegial vermelho ferrugem, com a inscrição "Washington Redskins" estampada no peito; nas costas, a imagem de um chefe indígena americano com cocar de penas. Os outros acharam estranho que ele quisesse se vestir com a imagem de um silvícola no blusão, mas isso era só porque os outros não tinham ideia de nada. Os indígenas norte-americanos eram uma raça orgulhosa e majestosa. Em contraste com seus incompetentes congêneres do Sul, aquelas pequenas criaturas de pele escura em roupas escandalosas, os povos nativos da América do Norte tinham uma cultura magnífica, eram inteligentes, compreendiam e respeitavam a natureza e o reino animal. Mas o governo americano, infiltrado de judeus, vinha pegando pesado com eles há vários séculos, tirando deles seus direitos naturais evidentes sobre a água, a terra e as pradarias. Esse simples pensamento o deixava com as orelhas fervendo de raiva.

O segurança olhou de relance na direção dele. Rápido como um raio, Brage Håkonsen se espremeu atrás de um caminhão de entregas que estava parado, cheio de roupas destinadas à loja no fim da rua Storgata.

Quando espiou novamente, com o boné de beisebol puxado para baixo na testa, viu o guarda caminhando: parecia vigilante, demonstrando um nervosismo que não era evidente antes. Ele não se comportava de forma evasiva nem agia como covarde, como normalmente fazia, mas parecia ter se tornado mais cauteloso, como um animal selvagem durante a temporada de caça. Então ele se aproximou de uma loja, a G-Sport, olhando para a esquerda e a direita antes de entrar.

Brage Håkonsen passou pelo McDonald's e atravessou correndo o cruzamento, ignorando a advertência do homenzinho do sinal vermelho e forçando um carro a frear repentinamente, sem se virar para encarar o motorista.

Demorou um tempo considerável até o segurança reaparecer. Ele não estava carregando nada, nem uma sacola; então, se tivesse comprado algo, era suficientemente pequeno para ter enfiado no bolso. Ele ainda parecia cauteloso e examinava o entorno constantemente. De vez em quando, parava de forma abrupta, girava e começava a correr, não muito, apenas alguns metros, antes de retomar o ritmo lento da caminhada, avançando com uma estabilidade quase exagerada.

Nem sempre ele foi assim. O segurança tinha sido o alvo da campanha mais fácil do mundo. Ele nunca olhava para ninguém, evitava qualquer contato visual, e várias vezes Brage Håkonsen conseguiu segui-lo de perto; de fato, aconteceu até mesmo de ficarem frente a frente, a apenas dois ou três metros de distância, num delicioso ato de imprudência. O guarda nunca reparou nele. Mas agora ele tinha olhos na parte de trás da cabeça. Segui-lo era cansativo, e Brage Håkonsen lamentava ter escolhido aquele agasalho. Teria sido melhor colocar algo mais neutro, uma camisa e uma jaqueta, algo marrom ou cinza.

Por fim, o guarda atravessou a ponte em Nybrua. Estava mais vazio por ali, e Brage Håkonsen conseguiu se manter a uma centena de metros entre eles, sem se arriscar a perdê-lo de vista. De repente, uma sirene de ambulância da unidade de Pronto Atendimento tocou, e Brage viu que o segurança se assustou. Por um momento, teve a impressão de que o rapaz estava pensando em se atirar no rio Akerselva, pois se encostou no gradil e olhou desesperado em volta.

Brage Håkonsen sorriu. Ele não podia estar enganado. A mosca na sopa era o fato de o guarda estar se comportando de um jeito tão suspeito que ele poderia acabar detido se algum policial o visse. Por outro lado, apesar de a polícia certamente já ter tomado o depoimento dele, talvez até mais de uma vez, ele ainda perambulava livre, leve e solto pelas ruas de Oslo.

Quando o segurança do complexo do governo virou a esquina da rua onde morava e inseriu a chave na porta da frente do prédio, sem conversar com a filha do supervisor – que apareceu ao lado dele, rebolando indecorosamente e olhando-o de forma provocativa –, Brage Håkonsen sentiu que pisava em terra firme.

Ele permaneceu em pé, olhando para o prédio de apartamentos degradado na rua Jens Bjelkes até o guarda entrar no apartamento.

Então Brage Håkonsen foi pegar um táxi.

14h47, REDAÇÃO DO *KVELDSAVISEN*

A dor no joelho esquerdo de Little Lettvik havia diminuído. Ela se absteve de praticar qualquer atividade nociva à saúde durante todo o fim de semana, e como seu corpo parecia ter reagido a esse tratamento inesperadamente sóbrio, desenvolvendo uma aversão às cigarrilhas, ela não fumava havia cinco horas. Little Lettvik sentia-se excepcionalmente bem-disposta.

A polícia não negou nada. Era verdade que eles tinham remado a uma velocidade vertiginosa no comunicado de imprensa, menos de uma hora antes – a água tinha respingado positivamente no chefe da Polícia –, mas as informações sobre o mandado de prisão não foram desmentidas. Little Lettvik pensou com carinho em Konrad Storskog, e cogitou, momentaneamente, se não deveria mesmo deixá-lo em paz a partir de então.

Claro, o *Kveldsavisen* foi o único jornal a cobrir a história. Em reconhecimento, o editor deu sinal verde para ela continuar trabalhando na conexão entre o assassinato de Birgitte Volter e a visita de Benjamin Grinde ao gabinete da primeira-ministra, embora ele se mostrasse cético quanto a isso.

– Provavelmente não há mais suco a ser espremido desse limão agora – ele protestou cauteloso, enquanto mordia o lábio, em dúvida. – Foi uma história picante hoje, Little. Mas é óbvio que a polícia já não suspeita desse cara. Jesus Cristo, ele estava sentado no Supremo Tribunal novamente esta manhã!

– Escute, Leif – disse Little Lettvik. – Os políticos descobriram uma mina de ouro. Há muito trabalho a fazer com isso.

– Eles estão com o prato cheio por enquanto. Ainda não está claro que tipo de governo teremos na sexta-feira. A seção de política nunca esteve tão divertida desde que o caso Furre explodiu.

– Exatamente! E qual foi o aspecto central do caso Furre?

O editor não respondeu, mas ela havia conseguido despertar a atenção dele, como revelava a brincadeira que fazia com a mancha de tinta na mesa. Estava seca, mas estufada nas bordas, e o fato de o editor-chefe Leif Skarre apertar a beirada era o sinal mais seguro de que estava interessado em algo.

– Em primeiro lugar, a crítica foi feita depois da revelação de que Berge Furre, um ex-político da esquerda socialista, estava sendo investigado secretamente pelo Serviço de Inteligência da Polícia. Certo? Especificamente, ele foi investigado quando participava da Comissão Lund, que havia sido instalada para examinar as atividades desse mesmo Serviço de Inteligência. Correto? Simplificando, a discussão surgiu *porque*

Furre era membro da Comissão Lund, e ele não deveria estar sujeito a tais investigações. Então, o advogado de defesa do Serviço de Inteligência começou a gritar que ninguém estaria isento em tais casos, independentemente se um gato ou um rei. Agora eles acusaram um juiz do Supremo Tribunal, o próprio rei Salomão, por assim dizer! Sem nenhuma decisão legal! Aí tem coisa, como você sabe, mais do que imaginamos.

O editor ficou sentado em silêncio por algum tempo antes de acenar com a cabeça em direção à porta. Era o consentimento de que ela precisava.

No entanto, ela não descobriu muito mais sobre Benjamin Grinde. Quando folheou a pasta dele, impressionou-se com o fato de que quase ninguém parecia conhecê-lo de fato. Nem mesmo a amigável e excepcionalmente ingênua assessora do gabinete do Supremo Tribunal, com quem Little se deu tão bem na tarde de sexta-feira, pôde de ajudá-la. Apesar de evidentemente considerar excitante ao máximo que uma jornalista de Oslo estivesse interessada em suas opiniões sobre algo.

— Não, o juiz Grinde realmente *nunca* recebe telefonemas pessoais — ela tagarelou do outro lado da linha telefônica.

Benjamin Grinde tinha inúmeros conhecidos e colegas, mas obviamente não eram amigos, pelo menos não no Poder Judiciário. As descrições que ela tinha recebido em onze conversas telefônicas em que desperdiçara seu tempo eram chatas e inúteis: Benjamin Grinde era inteligente, correto e trabalhador.

— Escritório do advogado Fredriksen, como posso ajudar?

Little Lettvik finalmente acendeu uma cigarrilha, e soltou a fumaça pelo nariz enquanto se apresentava e pedia para falar com Frode Fredriksen. Demorou apenas alguns segundos para ele estar do outro lado da linha: Fredriksen não era o tipo de pessoa que deixava passar a oportunidade de fazer uso de seu direito constitucional de dar uma declaração.

— É um escândalo judicial! — ele balbuciou.

Little Lettvik praticamente podia ouvi-lo escovar a caspa das ombreiras do terno, como sempre fazia quando enfatizava um ponto.

– Eu vou lhe dizer uma coisa, Little Lettvik: se a comissão não investigar este caso a fundo, eu *pessoalmente* vou garantir que as pessoas certas prestem contas. É a droga do meu *dever* como porta-voz dos indefesos!

Então Frode Fredriksen passou a usar as expressões mais pomposas sobre as origens de uma fatia de pão. Little Lettvik não se deu ao trabalho de anotar isso, muito pelo contrário, interrompeu o discurso antes que ele conseguisse chegar aos "direitos humanos invioláveis dessa gente".

– Mas o que é realmente tão escandaloso? O que aconteceu?

– As autoridades querem esconder algo, Little, estão escondendo alguma coisa!

– Sim, percebo que é isso que você quer dizer. Mas, e daí?

– Eu não sei, obviamente, mas vou lhe contar uma coisa: nunca vi nada parecido com esse silêncio mortal em que estão as várias autoridades em torno deste caso. Nunca em toda a minha carreira, que, como você sabe, e modéstia à parte, vem de longa data.

– Que tipo de silêncio, então?

Little Lettvik acendeu uma nova cigarrilha na brasa da anterior.

– Faltam registros – continuou Frode Fredriksen. – Eles se recusaram a liberar os prontuários, que estavam incompletos quando os recebi da primeira vez. Os hospitais deste país são a polícia de segurança do Serviço Público de Saúde, eu posso lhe garantir, Lettvik; eles agem com sigilo indevido e arrogância de poder até o fim. Mas isso não vai nos deter.

– Mas você solicitou o adiamento da audiência sobre os pedidos de indenização *ex gratia*.

– Sim, de fato. Espero que a Comissão Grinde jogue luz sobre o caso. Os valores podem ser mais elevados por esse motivo.

– Mas ouça aqui, Fredriksen... – impaciente, Little Lettvik mudou o receptor do telefone para a outra orelha. – ... você deve ter alguma opinião sobre o que pode ter acontecido, isto é, de acordo com o mandato da comissão, deve informar sobre o que possivelmente aconteceu e até que ponto os familiares receberam informações adequadas do Serviço de Saúde. Mas, honestamente, isso aconteceu há mais de trinta anos, então como pode ser assim tão explosivo? E por que você está tão indignado, já que recebeu tudo o que pediu? A comissão foi criada. Não foi a primeira coisa sobre a qual você insistiu?

Fredriksen ficou mudo do outro lado da linha. Little Lettvik deu uma profunda tragada e prendeu a respiração, curtindo a sensação reconfortante à medida que a nicotina pulsava por sua corrente sanguínea.

– Mais de 800 crianças morreram em 1965, Little Lettvik – ele enfim comentou, calma e dramaticamente, com voz sincera; ela escutava no fundo um ruído de papel sendo manuseado. – Pelo menos 800 crianças! Em 1964, 1.078 crianças menores de um ano de idade morreram neste país. Em 1966, o total foi de 976. O número dos anos anteriores e posteriores a isso é relativamente constante, cerca de mil. Hoje, caiu para cerca de 300. Mas, em 1965, Little Lettvik, 1.914 crianças morreram! Tal flutuação não pode ser apenas um acaso. Elas morreram em consequência de algo. E as autoridades não investigarão o que foi. É um escândalo. Eu repito: um imenso escândalo.

Little Lettvik sabia de tudo isso. Havia lido tudo sobre o caso. Ela ainda não tinha recebido nenhuma resposta e, por um momento, se perguntou se teria energia para continuar a conversa. Então, de repente, mudou de tática.

– E quanto a Benjamin Grinde?

O advogado Fredriksen deu uma risada alta e estrondosa.

– Você com certeza está longe de acertar o alvo! Ou a polícia, pelo menos. E os policiais já perceberam isso, pelo que eu notei, mesmo que você tenha exagerado. Benjamin Grinde é um homem excelente. Um pouco chato, um tanto pomposo, mas isso vem no pacote. É da lei, como se diz. Ah! Não, Benjamin Grinde é um advogado excepcionalmente talentoso e um cidadão irrepreensível. Fiquei muito satisfeito quando o escolheram para presidente da comissão de inquérito. E tomei a liberdade de dizer isso a ele. Na surdina.

Era inútil. Little Lettvik agradeceu pelas informações sem entusiasmo tangível e depois discou um derradeiro número de telefone. Ela precisaria comer algo em breve.

– Edvard Larsen – uma voz agradável respondeu do outro lado.

– Oi, Teddy. Aqui é Little Lettvik. Como vai?

– Tudo bem – respondeu resignado o assessor de imprensa do Ministério da Saúde.

Little Lettvik ligava muitas vezes e parecia ter uma compreensão limitada de que ele não podia permitir que ela entrasse em contato direto com Ruth-Dorthe Nordgarden.

– Como posso ajudá-la hoje?

– Escute aqui, eu realmente *preciso* falar com a ministra da Saúde.

– Do que se trata?

– Infelizmente, não posso lhe dizer. Mas é importante.

De um modo geral, Teddy Larsen era o mais paciente dos seres humanos, um talento inestimável em seu cargo de porta-voz da ministra no mundo da mídia. Mas estava prestes a encalhar.

– Você sabe muito bem que eu preciso saber do que se trata. Nós não precisamos discutir isso mais uma vez, não acha?

Ele tentou amenizar a irritação e riu ligeiramente. Little Lettvik rosnou.

– Está bem então. É algo inofensivo, mas importante. Quero perguntar algo que tem conexão com o trabalho da Comissão Grinde.

– Basta me passar as perguntas, e eu garanto que você receberá as respostas o mais rápido possível.

– Agradeço pela ajuda, mas, não, obrigada – disse Little Lettvik, batendo o aparelho.

No entanto, ela não ficou muito desaminada. Nenhum outro membro do governo era tão fácil de conseguir contato como Ruth-Dorthe Nordgarden. Era apenas uma questão de encontrar alguma coisa que lhe servisse para puxar o saco da ministra do governo. Uma troca. Little Lettvik sentou-se distraidamente, começou a mexer em seu Filofax e, como que por vontade própria, seus dedos encontraram o caminho para o número confidencial da casa de Ruth-Dorthe Nordgarden.

O irritante é que ela teria que esperar até a noite.

20h50, STOLMAKERGATA, Nº 15

– Você realmente poderia fazer um esforço e tentar deixar este lugar um pouco mais atraente, por causa dos meninos.

Hanne Wilhelmsen usava um avental em torno da cintura, salpicado de manchas de vinho e comida espalhadas pelo couro envelhecido. Ela agitou a colher de pau no ar, espirrando molho de tomate para os lados.

– Então, você poderia ao menos tentar não lambuzar a cozinha inteira com molho – Billy T. reclamou, rindo. – Isso não ajuda a tornar o lugar mais atraente...

Ele limpou a porta da geladeira com o dorso da mão e lambeu a meleca vermelha.

– Hum! Delicioso. Os meninos deveriam estar aqui. Espaguete com carne moída e tomate é o prato favorito deles.

– *Tagliatelle alla bolognese* – ela o corrigiu. – Isso não é *spaghetti*. – Ela levantou o pacote na frente dele.

– É espaguete achatado – ele afirmou. – Mas o que acha que vai fazer com isso?

Ele jogou na boca um pedaço de salsão e apontou para uma noz-moscada inteira.

– Não *toque* nisso! – ela agitou de novo a colher de pau, desta vez acertando em cheio uma grande mancha vermelha na imaculada camiseta branca dele.

– Olhe para esta sala de estar – ela disse desconsolada, enquanto segurava a tampa na panela. – Essas cortinas devem ser de algum momento dos anos 70!

Provavelmente ela estava certa. As cortinas eram de tecido grosso, alaranjadas com listras marrons e estavam penduradas tristemente tortas. Nas dobras, podia-se ver a poeira acumulada ao longo dos anos.

– Pelo menos, poderia ter lavado. No entanto, olhe só para isso.

Ela fuçou entre os armários superiores e inferiores da cozinha em plano aberto, e também no aparelho de som, que ficava na estante de livros, que brilhava e rebrilhava sob a claridade de uma luminária de aço com três lâmpadas e cúpula de rafia.

– Quanto custou essa coisa?

– Oitenta e dois mil – murmurou Billy T., tentando alcançar a panela com uma colher.

– Não toque, eu já disse. Oitenta e dois mil? Você poderia ter gastado apenas a metade desse valor na IKEA e ter um ambiente muito mais agradável aqui. Você nem tem um sofá apropriado!

– Os meninos gostam de sentar no chão.

– Você é mesmo um cara estranho – ela sorriu. – Vou ver o que posso fazer enquanto estiver por aqui.

Billy T. arrumou a mesa e ligou a televisão para que eles pudessem assistir ao Canal 21 enquanto comiam. Então ele abriu duas cervejas e as serviu, ao mesmo tempo que ajustava o volume.

– Por enquanto, as pessoas estão sendo informadas por todos esses boletins extraordinários – murmurou Hanne Wilhelmsen enquanto tirava o avental. – Já assisti a dois hoje, e repetem a mesma coisa o tempo todo, ou quase a mesma coisa.

A apresentadora que aparecia na tela era inteligente e inspirava confiança, mesmo que, para Hanne, ela lembrasse um personagem de desenho animado.

– Meu Deus, ela cortou o cabelo – comentou Hanne Wilhelmsen. – Parece adorável, na verdade.

– Essa mulher deve estar quase tão exausta quanto nós agora – observou Billy T., derrubando comida. – É fantástico, incrível! Ela faz vários boletins por dia. E a programação do Canal 21 não está normal. Primeiro vem o noticiário, depois os esportes e em seguida os comentários. Tudo agora está virado de cabeça para baixo, até eles.

Ele usava a colher para apontar a tela.

– Silêncio – Hanne pediu. – Fique quieto.

– *E no estúdio para esta entrevista temos conosco o chefe da Polícia, Hans Christian Mykland. Bem-vindo, senhor!*

– *Obrigado.*

– *Então, eu vou diretamente ao ponto, senhor, já que não quero tomar muito o seu tempo, pois compreendo que ainda tem muita coisa importante para fazer. Pode dar uma resposta direta sobre o caso Volter? A polícia está agora mais perto de resolver tudo, quase exatamente três dias depois do assassinato?*

– Pobre homem – murmurou Hanne quando ouviu a resposta do chefe da Polícia. – Na verdade, ele não tem nada para relatar, mas tem que fingir que tudo está praticamente resolvido. Você também está perdido assim, Billy T.?

– Quase.

Ele devorou o *tagliatelle* com tanta vontade que uma grande mancha vermelha se formou no canto da boca.

– Palhaço... – murmurou Hanne.

– Nós temos algo mais – Billy T. disse, limpando a boca no antebraço. – Por exemplo, temos uma arma com calibre bastante raro.

– Oh! Muito raro?

– É uma 7,62 milímetros. Acho que em breve teremos a resposta para o tipo da arma que foi usada. Mas ele não pode dizer isso para a imprensa.

Ele apontou novamente na direção da televisão.

– Eu não consigo entender essa questão de aparecer na TV, se ele não pode dizer nada. Ele está furioso com as bobagens que surgiram sobre o mandado de prisão, e agora todos temos um farejador extraordinário, com focinho duplamente reforçado, colado em nós.

– Há poucas esperanças de que isso seja particularmente eficaz – Hanne disse enquanto pegava uma latinha de cerveja. – A polícia de Oslo vaza como uma peneira, sempre vazou.

O chefe da Polícia ficou incrivelmente aliviado quando afinal lhe permitiram sair. A apresentadora ruiva transferiu os telespectadores para outro estúdio, onde os líderes dos partidos representados no Parlamento estavam sentados ao longo de uma mesa em formato de bumerangue. No centro, o anfitrião do programa ficou muito tempo diante da câmera antes de começar a falar. Foi apresentado o trailer de um filme, que também só apareceu depois de uma longa pausa.

– Por que eles *nunca* conseguem sincronizar? – perguntou Hanne com um sorriso. – Nos Estados Unidos, nunca se vê esse tipo de coisa. Eles sempre fazem tudo sem nenhum problema.

Com o acompanhamento de imagens sem sentido do Parlamento, um comentarista dava conta do difícil jogo de paciência que agora estava sendo disputado. Por fim, o programa no estúdio passou a ser apresentado por um sujeito impecável e extremamente solene, que usava uma jaqueta de tecido leve.

– Eu achava que a líder do Partido Democrata Cristão era aquela mulher – Billy T. comentou –, e não esse cara aí.

– Ela é a líder, mas ele é o parlamentar... Silêncio!

– *Seria uma completa insanidade se quiséssemos fazer capital político com uma situação tão trágica como a que ocorreu no caso do assassinato da primeira-ministra Volter.*

– *Isso significa que a sua coalizão centrista, o Partido do Centro, os Liberais e o seu partido, os Democratas Cristãos, não aproveitarão essa oportunidade para assumir o poder?*

O anfitrião do programa falava numa estranha mistura de dialetos, com um leve vestígio de um sotaque de Trøndelag, e uma estranha mecha de cabelo na altura da nuca subia e descia acompanhando sua voz.

– *Como eu disse, um evento particularmente trágico atingiu nosso país, e nós, os partidos do centro, decidimos que este não é o momento de fazer mudanças. Todos devemos permanecer juntos durante este período difícil, e as pessoas terão a chance de decidir o futuro do governo do país nas eleições de setembro.*

O democrata-cristão não havia terminado, mas o entrevistador virou-se para a esquerda e dirigiu-se a um homem de barba cerrada, bem cuidada e grisalha, com uma expressão resignada.

– *Como vocês, do Partido Conservador, interpretam isso?*

O político sacudiu a cabeça quase imperceptivelmente, com ar desanimado, e de imediato fixou o olhar no entrevistador.

– Curso de mídia – Hanne disse. – Ele fez curso de mídia.

– O quê? – Billy T. perguntou, servindo-se novamente.

— Esqueça. Silêncio.

— *Este é um momento difícil, e certamente não é hora de fazer jogo político nem de atirar lama. No entanto, eu tomo a liberdade de dizer que isso demonstra claramente quão irreal é a alternativa centrista. Há vários meses, os três partidos centristas têm promovido sua coalizão montada para a eleição neste outono, mas, agora que surgiu uma oportunidade, largaram a ideia como uma batata quente. Isso mostra que nós, conservadores, estávamos certos o tempo todo. Uma alternativa ao Partido Trabalhista deve incluir os Conservadores.*

— *Não teremos a resposta para isso antes do outono, porém* — o representante democrata-cristão interveio, mas o entrevistador o interrompeu com firmeza.

Hanne riu alto.

— Eles não querem o poder, nenhum deles! Estão com muito medo!

— Politicagem — Billy T. resmungou, servindo-se pela terceira vez. — Você tem um emprego garantido aqui, como cozinheira.

— Como *chef* — Hanne disse distraidamente, sem tirar os olhos da tela da TV.

— O quê?

— Como *chef*. Cozinheiros realmente muito bons, homens ou mulheres, são chamados de *chefs*. Mas eu quero ouvir isso, se você não se importa.

— *Seria errado tirar proveito desta situação excepcional* — dessa vez foi o representante do Partido do Centro a ecoar seu aliado democrata-cristão na coalizão; o conservador balançou a cabeça novamente, de forma mais decidida.

— *Mas qual é a diferença?* — ele perguntou. — *O que exatamente será diferente, quando chegar o outono? O Partido Trabalhista está em minoria hoje e ainda assim estará em setembro. Como esteve durante todo o período do pós-guerra. O Partido do Centro, os Liberais e os Democratas-Cristãos acreditam realmente que ganharão maioria no Parlamento depois das eleições?*

— *Como eu disse, é o que veremos* — o representante democrata-cristão tentou intervir, mas o anfitrião do programa acenou a mão com firmeza e o conservador não fez nenhum aparte.

– *Então, é hora de sabermos quais são as suas políticas para questões importantes. Os eleitores têm o direito de ouvir. Qual a sua posição quanto à construção de centrais elétricas a gás? E quanto ao Espaço Econômico Europeu? Salário-família? O que vocês realmente acreditam ser melhor para o sistema de assistência médica? Vamos descobrir alguma coisa sobre esses assuntos antes que as pessoas cheguem às urnas?*

Todos começaram a falar imediatamente.

– Quando o gato sai, os ratos fazem a festa – comentou Hanne.

– Mas essa turma não quer saber de jogar – Billy T. disse. – Eles continuam sentados no banco de reservas, com medo que alguém os convide para entrar em campo! Doente, eles me deixam doente!

Mesmo assim, a fome dele continuava insaciável. Então, ele encheu o prato pela quarta vez, raspando o fundo da panela.

– Posso colocar uma música em vez disso? – ele perguntou.

– Não, por favor, isso é importante.

Por fim, os entrevistados pararam de discutir ou, pelo menos, não puderam continuar. Os telespectadores foram transferidos para a apresentadora, que estava no outro estúdio, com Tryggve Storstein de pé ao seu lado.

– Caramba, *ele* parece exausto, não acha? – Hanne disse em voz baixa, enquanto colocava a caneca de cerveja na mesa, sem tomar outro gole.

Tryggve Storstein estava tão acabado que nem os maquiadores da NRK conseguiram fazer algo por ele. As olheiras pronunciadas e escuras ficavam óbvias sob a luz forte, e a boca adotou uma expressão triste e amuada, que persistiu durante toda a entrevista.

– *Sim, Tryggve Storstein, apesar das circunstâncias trágicas, podemos parabenizá-lo por se tornar o novo líder do partido?*

Ele murmurou algo que poderia ter sido interpretado como "obrigado".

– *Você estava aqui comigo ouvindo a discussão. Por acaso caberá a você formar uma nova administração na sexta-feira?*

Tryggve Storstein limpou a garganta e assentiu com a cabeça.

— *Sim.*

O entrevistador pareceu perplexo com a resposta concisa, e fez alguns movimentos vigorosos com o braço antes de conseguir colocar outra questão. Storstein continuou a ser conciso, às vezes parecia desdenhoso e desprezível, e o apresentador se esforçava para preencher o tempo que a agenda do programa obviamente atribuía à entrevista.

— Ele não parece exatamente a salvação da lavoura — disse Hanne Wilhelmsen enquanto começava a limpar a mesa. — Café?

— Sim, por favor.

— Então, pode fazer.

O anfitrião de óculos com sotaque de Trøndelag assumiu a bancada mais uma vez. Agora, seus convidados eram três editores de jornais, que comentavam a situação atual com grande empatia e seriedade.

— *Como podemos ter um processo político normal e saudável nos próximos dias, na medida em que avançamos para a formação de um novo governo, quando está sendo conduzida uma investigação policial que poderia, e, enfatizo, pode levar à descoberta de suspeitos de assassinato nos círculos de onde o governo surgirá?*

Foi o apresentador do programa quem colocou a questão.

— Eu realmente queria que as pessoas aprendessem a falar usando frases com ponto final — Hanne disse quase para si mesma.

Billy T. estava assobiando enquanto manejava a cafeteira.

O editor do *Dagbladet* inclinou-se para a frente ansiosamente, com a barba quase tocando na mesa.

— *Agora, é de suma importância que a polícia fique fora do processo político. É preciso deixar bem claro que nenhuma dessas considerações deve prejudicar o trabalho da polícia. Mas, por outro lado, não podemos ter uma situação em que o partido que formará o governo seja emasculado pelo fato de que a maioria dos atuais candidatos ao cargo de primeiro-ministro conhecia Birgitte Volter.*

— Típico — Hanne Wilhelmsen suspirou. — Ninguém acredita que seja alguém próximo a ela, apesar das estatísticas mostrarem que os assassinos quase sempre pertencem ao círculo íntimo da vítima. Mas toda a elite política na Noruega conhecia Birgitte Volter. Então, torna-se muito perigoso acreditar nas estatísticas.

Ela levantou-se e desligou o televisor.

– Música? – Billy T. perguntou otimista.

– Não! Quero um pouco de silêncio, tudo bem?

Por falta de um sofá em condições, eles foram deitar no quarto, com a cabeça em direções opostas na cama de casal. Hanne apoiou a cabeça na parede e descansou as costas num pufe muito gasto e murcho. Ela experimentou o café que ele preparara.

– Que nojo! – ela reclamou, cuspindo o café e fazendo uma careta. – Mas que droga é esta? Alcatrão?

– Muito forte?

Sem esperar resposta, ele pegou leite da geladeira e serviu uma porção generosa na xícara dela.

– Pronto. Agora ficaremos acordados por um bom tempo.

Ele tentou encontrar uma posição confortável na cama, mas não havia mais almofadas; então resolveu se sentar.

– Tem alguma coisa errada com Ruth-Dorthe Nordgarden... – ele disse, coçando a orelha. – Foda-se, tem algo errado aqui. Às vezes, dói.

– O que você quer dizer com alguma coisa errada?

– Bem, acho que uma infecção ou algo assim.

– Cretino! Eu me referi a Ruth-Dorthe Nordgarden.

– Ah!

Billy T. examinou a ponta do dedo, mas ainda não havia nada visível.

– Mulher estranha – ele falou. – Faz muitos movimentos nervosos com as mãos e muitas caretas peculiares. Mas, ao mesmo tempo, dá a impressão de ser fria!...

Ele agitou o dedo indicador no ar.

– Ela parece fria como gelo, como um peixe! Tem alguma coisa ali, eu sei, e gostaria de investigar mais, pois não consigo entender o que é, e não há nenhuma razão para pensar que ela estava perto do GPM na noite do assassinato.

– GPM?

– O gabinete da primeira-ministra. Agora você terá que aprender a falar a gíria.

– Ela era amiga da primeira-ministra?

– Não, não de acordo com o que ela mesma afirma. Elas não conviviam bem, pelo que ela me contou. É uma mulher peculiar, maligna. Tem algo assustador nela... Eu fico muito nervoso quando estou no mesmo lugar que ela!

Hanne Wilhelmsen não respondeu. Segurando a xícara fumegante, observou um desenho infantil pendurado no quadro de avisos: um Batmóvel muito incrementado, com asas e canhões embutidos.

– E essa...

– Silêncio – Hanne o interrompeu bruscamente.

Billy T. se assustou e derramou o café.

– Mas o quê...

– Silêncio!

Billy T. disse um palavrão, mas Hanne fingiu não ter escutado. Enquanto isso, ela examinava a parede atrás dele. Billy T. virou-se para onde ela estava olhando, para tentar descobrir o que ela observava com tanta concentração.

– Alexander – ela disse, apontando o desenho. – Foi Alexander quem desenhou isso.

De repente, ela olhou diretamente para ele. Os olhos dela pareciam maiores do que o normal, e os círculos negros em torno das íris ficaram ainda mais pronunciados.

– Ela disse que elas não conviviam bem?

– Sim. O que tem de mais nisso?

Hanne levantou da cama e colocou a xícara de café no chão antes de atravessar o quarto para ver mais de perto o desenho de Alexander. Aproximando-se, examinou-o com curiosidade.

– O que tem esse desenho? – Billy T. perguntou.

– Nada, nada – Hanne disse. – É maravilhoso. Mas não é nisso que estou pensando.

Ela virou-se para encará-lo, com as mãos nos quadris e a cabeça inclinada para o lado.

– O filho de Birgitte Volter, Per, é um bom atirador. Encontrei-o algumas vezes no campo de tiro Løvenskiold. Quando era mais novo, o pai geralmente o acompanhava. Não posso dizer que o conheço, mas conversamos de vez em quando, e seria natural nos cumprimentarmos se nos encontrássemos na rua. E...

Billy T. olhava para ela, ainda com o dedo introduzido no canal auditivo.

– Se for realmente uma infecção, você não deveria fazer isso – Hanne advertiu, afastando a mão dele. – Mas, então, há um ano ou mais... Não, na verdade, foi antes de eu ir para os Estados Unidos, em novembro, então deve ter sido na época da mudança de governo... Eu dei de cara com Roy Hansen e Ruth-Dorthe Nordgarden no Café 33, em Grünerløkka.

– No Café 33? Naquele *buraco*?

– Sim, isso mesmo. Entrei para entregar alguma coisa a alguém que trabalha lá, e eles estavam sentados no fundo do bar, tomando cerveja. Sim, deve ter sido depois da mudança de governo, porque antes disso eu mal sabia quem era Ruth-Dorthe Nordgarden. Ela é realmente muito bonita... Loira, graciosa, com tudo em cima, fácil de notar. Inicialmente, pensei em cumprimentar Roy, mas por algum motivo me contive, e fui embora sem que ele me visse.

– Mas, Hanne, como você pode se lembrar disso tão claramente?

– Porque nesse mesmo dia eu li um artigo num jornal, no *Dagbladet*, eu acho, sobre essas redes de relacionamento pelas quais os jornalistas são tão fascinados, sobre dinastias e coisas semelhantes. Acho até que eu tinha um jornal desses comigo quando entrei no Café 33.

– Merda – murmurou Billy, esfregando o lóbulo da orelha. – Acho que preciso ir ao médico.

– Não acha muito estranho, Billy T.? – Hanne observou pensativa, olhando novamente para o Batmóvel, e então verificou que havia uma televisão no capô e a inscrição "Il Tempo Gigante" no porta-malas. –

Não é mesmo impressionante Ruth-Dorthe Nordgarden dizer que ela não convivia com Birgitte Volter fora do trabalho quando, na verdade, apenas seis meses antes estava tomando cerveja com o marido dela num boteco imundo da Grünerløkka?

Billy T. olhou para ela, esfregando a cabeça repetidamente.

– Sim – ele concordou afinal. – Você está certa. É muito estranho.

Terça-feira, 8 de abril

09h00, DEPARTAMENTO DE POLÍCIA DE OSLO

— E pensar que você parou de fumar, Hanne!
— Você está afiado: levou apenas dez minutos para registrar isso. Billy T. ainda não percebeu. E você se tornou chefe de polícia assistente. Esplêndido!

Sorrindo de orelha a orelha, Håkon Sand agarrou e apertou a mão dela com força.

— Vá nos visitar assim que puder. Hans Wilhelm está crescendo bastante!

O filho caçula de Håkon recebeu o nome em homenagem a Hanne Wilhelmsen, e ela agradeceu aos deuses, nos quais não acreditava, por ter se lembrado de levar um presente. Na verdade, foi Cecilie quem se lembrou, às pressas no aeroporto, quando Hanne resolveu vir da Califórnia tão repentinamente: uma camisa de futebol para Billy T. e um enorme jacaré amarelo brilhante para Hans Wilhelm.

— Não vai ficar conosco?

Era como se uma brilhante ideia tivesse acabado de surgir para ele, e todo o seu rosto se abriu num convite sincero.

— Karen talvez não fique muito feliz com uma inquilina — Hanne disse, afastando-o de lado.— Ela está grávida, não está?

— No próximo fim de semana — murmurou Håkon, sem insistir. — Mas venha nos visitar, em breve.

Houve uma leve batida na porta e em seguida um policial uniformizado entrou. Surpreso, o agente ficou olhando para Hanne.

– Salve, salve! Você já voltou? Bem-vinda! Quando chegou? Está voltando ao trabalho?

Enquanto olhava para Hanne em busca de respostas, colocou uma pasta na frente do chefe de polícia assistente.

– Não, é que estou de férias – Hanne sorriu sem graça. – Apenas duas semanas.

– Ah! Ficarei surpreso se você conseguir ficar longe do departamento agora!

Era possível ouvir a risada do policial bem depois que a porta tinha sido fechada atrás dele.

– O que é isso? – Hanne perguntou, apontando para a pasta.

– Vamos dar uma olhada.

Håkon Sand examinou o conteúdo da pasta, e Hanne Wilhelmsen teve que se conter para não se levantar e ler sobre o ombro dele. Esperou uns dois minutos, depois não aguentou mais.

– O que é isso? É algo importante?

– A arma. Acho que sabemos de que tipo de arma a bala foi disparada.

– Deixe-me ver – Hanne disse com entusiasmo, tentando pegar os papéis.

– Ei, ei – Håkon protestou, segurando o maço de papéis com ambas as mãos. – Assunto confidencial, como você sabe. Você está de licença. Não se esqueça disso.

– Sem essa!

Por um momento, pareceu que ele queria mesmo dizer isso. Ela olhou para ele com incredulidade.

– Uma vez policial, sempre policial. Sinceramente!

– Seu tonto!

Rindo, ele entregou à colega a pasta verde.

– Nagant... – murmurou Hanne Wilhelmsen, examinando a papelada. – Provavelmente um modelo russo de 1895. Estranho, assustadoramente estranho.

– Por quê?

Ela fechou a pasta, mas continuou a segurá-la no colo.

– É um revólver interessante, extremamente raro. Possui um dispositivo patenteado totalmente exclusivo no tambor. Esse mecanismo gira quando o cão é armado e depois move-se para a frente sobre uma pequena projeção no cano, como uma espécie de "selante", evitando o escape de gases entre o tambor e o cano. Realmente curioso, porque a patente foi roubada de um norueguês!

– Como?

– Hans Larsen de Drammen. Ele inventou um sistema exclusivo para revólveres selados a gás e o enviou para ser produzido em Liège, na Bélgica. Eles não se importaram com a arma, roubaram a patente, e no fim do século 19 o sistema foi desenvolvido em um revólver na Rússia, do czar e de toda aquela turma.

– Você nunca deixa de me surpreender – Håkon Sand sorriu.

Mas ele sabia que Hanne tinha muito conhecimento sobre tiro ao alvo, tanto que, anos antes, vários colegas tentaram inscrevê-la como concorrente no programa de TV *O Dobro ou Nada*. Ela reclamou muito quando a NRK entrou em contato com ela, e acabou dando em nada.

– E qual o objetivo de ter um cano com o gás selado, como você mesma chamou?

– Mais precisão – explicou Hanne. – O problema num revólver é que há perda de pressão entre o tambor e o cano, então a precisão diminui. Normalmente, não importa muito, porque os revólveres não são feitos para serem usados a grandes distâncias. Mas eu vi uma vez.

Ela ficou em silêncio e continuou.

– Aqui diz que existem apenas cinco dessas armas no registro de armas. Mas você tem um grande problema, Håkon, um grande problema.

Ela fechou a pasta novamente, dando a impressão de que ia enfiá-la furtivamente na bolsa ao lado da cadeira. No entanto, colocou-a em cima da mesa.

– Pelo que eu sei, temos mais de um problema enorme neste caso –

disse Håkon, bocejando. – Temos uma linha completa de problemas, por assim dizer. Mas a qual deles você está se referindo?

– Esta arma foi produzida em série por um período bem longo. Você vai encontrá-la em muitos países, especialmente em regiões que estiveram sob influência soviética. Foi vendida a preços acessíveis a todos os aliados deles, tanto na Europa quanto na África na década de 1950. Por exemplo, você vai encontrá-las...

Ela hesitou e passou a mão rapidamente pelos olhos.

– ... no Oriente Médio. Algumas até vieram parar na Noruega, mais de cinco, pelo menos. Elas normalmente chegam aqui de maneiras curiosas. Aquela que eu vi pertencia a um exilado russo, que a herdou do pai, que serviu no Exército Vermelho durante a Segunda Guerra Mundial.

– Uma arma não registrada – disse Håkon em voz baixa, abatido, soprando as bochechas. – Isso é tudo o que precisávamos.

Hanne Wilhelmsen riu sinceramente e passou a mão nos cabelos.

– Mas você não esperava outra coisa, não é, Håkon? Você não imaginou que a primeira-ministra norueguesa seria morta com uma arma listada em nosso registro de armas, totalmente inútil e cheio de falhas... Sinceramente, pensou isso?

09h45, MINISTÉRIO DA SAÚDE

Na verdade, ninguém conseguia entender como ela se tornou ministra da Saúde. Foi isso o que Teddy Larsen pensou quando ela encerrou a reunião com uma careta estranha. Ela sempre se manifestava assim, com expressões faciais bizarras, cacoetes, tiques nervosos repentinos, inesperados e inexplicáveis. Então, ocorreu-lhe que, na verdade, ninguém entendia por que ela estava lá. Dificilmente alguém de fora do triângulo imprensa, parlamento e governo sabia quem ela era quando foi nomeada ministra da Saúde, apesar de ter sido vice-líder do Partido Trabalhista por quatro anos. Essa mulher é diplomada em História, estudou um par de outros assuntos insignificantes e certa vez trabalhou como professora, há muito tempo. É divorciada, tem filhas gêmeas adolescentes e, de fato, ficou em casa um período de tempo bem razoável. Depois, deu um passo aqui e outro ali; ficou um tempo, não muito longo, na Confederação dos Sindicatos da Noruega, além de outro período na Associação de Educação dos Trabalhadores, mas que também não durou muito. Gradualmente, ela galgou posições mais poderosas, enquanto ainda conseguia manobrar com desenvoltura nos bastidores. Até se tornar ministra, jamais se distinguira em assuntos de saúde.

Teddy Larsen não gostou da nova chefe, e isso o incomodava imensamente.

– Vamos encerrar a reunião desta manhã agora.

O subsecretário, o assessor político e a secretária particular sênior levantaram-se ao mesmo tempo que Teddy Larsen.

– Você!

Assustados, todos se voltaram para encarar a ministra.

– Gudmund! Você fica.

O assessor político, um jovem saudável de Fauske, encolheu-se e olhou com inveja para os outros que saíam da sala, aliviados.

Ruth-Dorthe Nordgarden saiu da mesa de reuniões e foi para sua cadeira executiva. Ali, sentou-se olhando para Gudmund Herland. A mulher parecia uma boneca Barbie levemente estragada pelo tempo, com rosto inexpressivo e olhos arregalados, e fazia um estranho gesto com o lábio superior, que forçava o jovem nervoso a olhar pela janela.

– Este caso Grinde… – ela começou dizendo vagamente.

O assessor político não sabia se deveria sentar-se, mas também não recebeu orientação da chefe, por isso permaneceu em pé. Ele se sentia um perfeito idiota.

– Sim – ele arriscou cautelosamente.

– Por que não fui informada de que ele queria mais dinheiro?

– Mas… – começou Gudmund Herland. – Tentei levantar o assunto…

– Tentou! Eu não aguento mais não ser mantida informada sobre assuntos tão importantes.

Ela brincava com uma caneta, que ameaçava se desintegrar por causa da pressão dos movimentos rígidos e pungentes.

– Ruth-Dorthe, eu lhe disse que ele queria uma reunião para discutir isso com você, mas você...

– Você não me disse a respeito do que se tratava.

– Mas...

– Isso é o fim da picada.

Ela estava determinada, agitando as mãos sem olhar para ele.

– Você precisa se aprimorar. Você realmente tem que melhorar. Pode ir agora.

Gudmund Herland não saiu. Ficou parado no meio da sala, calado e de olhos fechados, sentindo uma onda de raiva incontrolável tomar-lhe o corpo todo. A cadela sangrenta, a maldita harpia bastarda. Além de tê-la informado de que Benjamin Grinde queria conversar com ela, também a aconselhou com a maior firmeza possível que deveria marcar uma reunião com ele. O escândalo da saúde era algo que ela poderia usar para fazer seu nome, já que demonstraria iniciativa. Se havia algo que esse governo precisava fazer, era mostrar exatamente esse tipo de capacidade para agir. Mas ela não lhe deu ouvidos e ainda o enxotou de sua presença. Ela não tinha tempo. Talvez mais tarde. Esse era seu comentário perene: talvez mais tarde. Essa mulher não tinha ideia do que significava ser ministra do governo. Ela achava que tudo poderia ser resolvido no horário normal de expediente e ficava literalmente alucinada se alguma coisa atrapalhasse seu jantar com as lindas filhas.

Ele apertou os dentes com tanta força que soltou um som agudo. Ele só conseguiu ouvi-la rosnar.

– Vai ficar aí parado sem fazer nada?

Ele abriu os olhos. Agora ela parecia um membro da Família Addams, tão diabólica era a expressão dela. Ela não valia a pena. A carreira política dele não encalharia nesse obstáculo infernal. Sem dizer nada, ele deu meia-volta e se retirou, sentindo certo prazer ao bater a porta com força desnecessária ao sair.

Ruth-Dorthe Nordgarden pegou o telefone e pediu à sua secretária que chamasse a secretária particular sênior. Enquanto esperava, ela se recostou na cadeira, descansou os pés no cesto de papel e ficou observando as cortinas, que não eram do seu agrado. Ela se irritava com o fato de ainda não terem sido substituídas, apesar de ter dado instruções a respeito várias vezes.

Estava nervosa com esse caso da mortalidade infantil. Duvidava muito que fosse perder seu cargo ministerial na reestruturação, isso só poderia acontecer se ela tivesse se esquecido de algo que pudesse ser usado contra ela. O que Benjamin Grinde queria discutir com ela, que preferiu levar para Birgitte? Seria só alguma tramoia sobre o dinheiro ou havia algo mais além disso? Algo mais?

Ela mergulhou um cubo de açúcar na xícara de café e levou o melado à boca. Irritada, e de certa forma ansiosa, refletiu sobre a conversa com Little Lettvik na noite anterior. Não tinha entendido o que a jornalista estava procurando e também não tinha dado nada a ela. Mas a conversa deixou Ruth-Dorthe Nordgarden com uma corrosiva sensação de desconforto, e ela engoliu um refluxo amargo junto com o doce do cubo de açúcar.

A secretária particular sênior surgiu na soleira da porta.

– Queria falar comigo?

– Sim – Ruth-Dorthe fungou e sentou-se adequadamente na cadeira, tendo que mastigar rapidamente o açúcar, e por isso engolir várias vezes a saliva melada. – Quero que me traga todos os documentos sobre o caso da mortalidade infantil. Imediatamente.

A secretária particular sênior fez que sim com a cabeça, demonstrando submissão, ciente de que aquela ordem na verdade significava que a chefe preferiria ter recebido a papelada no dia anterior.

12h39, SEÇÃO DO SERVIÇO DE INTELIGÊNCIA, DEPARTAMENTO DE POLÍCIA DE OSLO

Quando Ole Henrik Hermansen ria, o som era explosivo e estranho. O chefe do Serviço de Inteligência era um homem de elegância exagerada e duvidosa, em todos os aspectos. A aparência impecável e as características pessoais inexpressivas o tornavam o clichê do agente secreto. Seu rosto era impassível e carecia de traços marcantes, do cabelo grisalho penteado, os olhos pálidos e aguados, à boca reta, de lábios finos. Ele poderia se misturar e passar despercebido em qualquer grupo de seres humanos, em qualquer lugar do mundo ocidental.

– Onde conseguiu isso?

O policial diante dele olhou para o próprio peito e sorriu.

– Eu só uso isto aqui no trabalho. Nunca fora.

Letras em negrito em toda a frente da camiseta cinzenta anunciavam: "Eu tenho a sua ficha".

– Certamente que não. Eu espero que não. Esse tipo de coisa poderia nos trazer problemas.

– Mais problemas estão aqui, chefe – disse o policial, colocando uma pasta de arquivo na mesa dele e procurando uma cadeira.

– Sente-se. O que é isso?

– Um relatório do serviço secreto sueco. Muito preocupante.

Massageando o ombro direito com a mão esquerda, ele fez uma careta. O chefe do Serviço de Inteligência não tocou na pasta, mas olhou atentamente para o subordinado.

– Ontem à tarde, um pequeno avião, um Cessna de seis lugares, caiu no norte da Suécia, em Norrland, no condado de Västerbotten, entre Umeå e Skellefteå – o agente de camiseta começou a ler.

Então ele mudou de tática e forçou bruscamente o ombro esquerdo com a mão direita.

– Emitimos um alerta de emergência total a todos os países vizinhos na sexta-feira à noite, e as medidas de segurança em torno do primeiro-ministro sueco, Göran Persson, e seu homólogo dinamarquês, Poul

Nyrup Rasmussen, foram ampliadas. Portanto, felizmente isso não vazou...

Hesitante, ele olhou para a pasta que havia colocado diante do chefe. Seria melhor se o próprio chefe lesse. Mas, Ole Henrik Hermansen ainda não tinha feito menção de tocar em nada. Apenas um levantamento quase imperceptível das sobrancelhas indicava sua crescente impaciência de ouvir o restante.

– O primeiro-ministro Göran Persson deveria estar nesse avião. Ele tinha agendado a inauguração de uma grande exposição de barcos em Skellefteå, mas, por causa da conferência nacional da social-democracia em Umeå, teve que pegar um pequeno avião para participar dos dois eventos.

– Ele deveria estar nesse voo – comentou cautelosamente o chefe do Serviço de Inteligência, cujas palavras dissimulavam uma pergunta.

– Sim. Mas felizmente ele teve que cancelar a viagem no último minuto. O piloto levantou voo sozinho. Pelo que eu entendi, esse tal piloto morava lá, em Skellefteå. E agora ele está morto.

Por fim, Hermansen abriu a pasta e a folheou rapidamente, mas tão depressa que não seria possível absorver a maior parte do conteúdo.

– E o que dizem os nossos amigos suecos? Sabotagem?

– Eles não sabem. Por enquanto, estão contentes, principalmente porque a história não vazou. Mas eles têm as próprias conclusões sobre o caso. Como nós.

Ole Henrik Hermansen levantou-se e foi até um mapa da Escandinávia fixado na parede. Estava coberto de alfinetes vermelhos, agrupados em vários lugares. O mapa era bastante usado. Ele percorreu com o dedo ao longo da costa leste da Suécia.

– Mais para cima – disse o policial. – Aqui.

Ele seguiu o chefe e colocou o indicador gorducho no mapa.

– Bem no meio do caminho, entre Kvärnbyn e Vebomark.

Dois alfinetes cruelmente espetados em Malmö caíram no chão, sem nenhum dos dois homens terem tocado neles.

– Preciso de um mapa novo – disse Hermansen. – Isso deve estar pendurado aqui desde o início dos tempos. Quantas pessoas sabiam que ele deveria fazer essa viagem?

– Quase ninguém, nem mesmo o piloto.

– Nem mesmo o piloto – o chefe do Serviço de Inteligência repetiu cautelosamente, coçando a risca do cabelo com o dedo. – Qual o nível de preocupação do serviço secreto sueco?

– Alerta máximo.

O policial ergueu os ombros e revirou a cabeça de um lado para o outro.

– Além disso, Göran Persson está vindo aqui para a Noruega. Para o funeral.

Ole Henrik Hermansen respirou fundo.

– Sim. Quem é que não vem?

O policial caminhou até a porta e já estava prestes a fechá-la quando Hermansen de repente gritou.

– Ei!

O policial colocou a cabeça pela porta novamente.

– Sim?

– Tire essa camiseta e guarde-a em algum lugar. Pense bem, isso não tem graça nenhuma. Retire-se, por favor.

15h30, GPM

– Eu estava sentada aqui. Eu apenas... Eu apenas estava sentada aqui!

Wenche Andersen enterrou o rosto nas mãos e começou a chorar, discreta e inconsolável. Seus ombros tremiam sob a jaqueta avermelhada. Agachada ao lado dela, Tone-Marit colocou a mão nas costas dela. Enfim, a secretária da primeira-ministra começava a revelar que os acontecimentos dos últimos dias deixaram marcas: ela parecia ter encolhido e ficado muito mais velha.

– Posso lhe oferecer algo? Talvez um copo de água?

– Eu estava sentada ali. E não fiz nada!

Ela tirou as mãos do rosto. Sob o olho esquerdo, havia uma risca negra, resquício do rímel que tinha começado a escorrer.

– Se ao menos eu tivesse *feito* alguma coisa... – ela soluçou. – ... talvez a tivesse salvado!

Uma reconstituição nunca é fácil para ninguém. Billy T. apenas suspirou ao vislumbrar o juiz Benjamin Grinde do Supremo Tribunal, que de alguma forma também parecia ter diminuído. Seu terno estava mais solto, e o leve bronzeado desaparecera completamente. Agora era possível perceber o padrão suave dos vasinhos sanguíneos que se espalhavam em cada uma das bochechas do juiz, e seus lábios grudados, formando um traço apertado e pouco atraente.

– Você não poderia salvá-la – Tone-Marit a consolou. – Ela morreu instantaneamente. Já sabemos disso. Não havia nada que você pudesse ter feito.

– E quem no mundo *fez* isso? Como conseguiu *entrar*? Teria que passar por mim, de uma forma ou de outra. Por que eu simplesmente fiquei *sentada* aqui?

Wenche Andersen esticou-se ao lado da mesa. Billy T. olhava para o teto, tentando encontrar a paciência que ele tinha perdido havia muito tempo. O teste de som demorou um tempo desnecessariamente longo para ser realizado: um policial com cartuchos de festim disparou vários tiros no gabinete da primeira-ministra. Embora os disparos só pudessem ser escutados vagamente através das portas duplas, Wenche Andersen ficou sobressaltada todas as vezes. Do banheiro, nada podia ser ouvido. O problema era que Wenche Andersen não conseguia dizer ao certo quando tinha deixado seu posto.

– Talvez a gente já possa começar – ele sugeriu. – Não acham melhor fazer de uma vez e acabar logo com isso?

A secretária passou a chorar e soluçar escandalosamente, mas ao menos se aprumou e pegou o lenço de papel que Tone-Marit lhe ofereceu.

– Acho que sim – Wenche Andersen murmurou. – Talvez seja melhor começarmos.

Benjamin Grinde olhou para Billy T. e, depois de receber um aceno como sinal para que se retirasse, foi para o corredor.

– Espere! – Billy T. gritou. – Não entre antes que eu chame!

Então ele se inclinou para a mesa de Wenche Andersen e disse com calma:

– Pois bem, eram quinze para as cinco ou por volta disso. Os que ainda estavam no local eram...

Ele vasculhou a papelada disposta à sua frente.

– Øyvind Olve, Kari Slotten, Sylvi Berit Grønningen e Arne Kavli – Wenche Andersen completou prestativamente, com um soluço entre cada nome. – Mas eles não ficaram o tempo todo. Saíram no decorrer da meia hora seguinte. Todos.

– Muito bem – Billy T. disse.

Virando-se para a porta, ele gritou:

– Entre!

Benjamin Grinde passou pela soleira, tentando extrair um sorriso da careta fixa que exibia desde a chegada. Ele acenou com a cabeça para Wenche Andersen.

– Tenho um compromisso com a primeira-ministra – disse.

– Pare – Billy T. ordenou, coçando a orelha. – Não há necessidade de fazer nenhuma encenação aqui. Apenas conte o que você fez.

– Tudo bem – Benjamin Grinde murmurou. – Então, eu entrei e disse isso. Aí me pediram que esperasse um segundo e depois...

Ele se concentrou. Mais uma vez, Wenche Andersen se adiantou e respondeu por ele.

– Eu me levantei e fui ver a sra. Volter, que apenas acenou, solicitando que ele entrasse; então eu disse que ele poderia seguir em frente; e ele passou por mim, assim.

Benjamin Grinde moveu-se hesitante em direção a Wenche Andersen. Eles não conseguiam concordar quanto ao lado que um passaria pelo outro, e não saíam do lugar. Ficaram balançando de um lado para o outro como dois galos de rinha, que não sabiam quem era o mais forte.

– Parem – Billy T. pediu novamente, respirando fundo e lançando um olhar significativo na direção do chefe do DIC, que ainda não havia pronunciado uma palavra. – Como eu disse agora mesmo...

Ele falou num tom exageradamente lento e claro, como se estivesse diante de crianças de 5 anos que ainda não sabiam jogar Ludo.

– ... não façam isso. Tentem ficar calmos. Não é muito importante como você ficou e por qual lado você passou. Assim...

Empurrando Benjamin Grinde pelo braço, ele o conduziu resolutamente pelas portas do gabinete da primeira-ministra.

– Você entrou aqui, e então...

Benjamin Grinde permitiu ser conduzido voluntariamente além da mesa de reuniões até o centro do espaço. Billy T. soltou o braço dele e fez um gesto para que seguisse em frente. Não adiantou. O juiz do Supremo Tribunal permaneceu imóvel, intrigado, parecendo ainda mais pálido.

– Suponho que você a cumprimentou – Billy T. sugeriu, ciente de que estava indo muito mais longe do que tinha aprendido a fazer na Academia de Polícia. – Você a abraçou? Apertou a mão dela?

Benjamin Grinde não respondeu, simplesmente olhou para a mesa diante dele, agora limpa e arrumada, sem nenhum vestígio da tragédia acontecida na noite da última sexta-feira.

– Você apertou a mão dela, Grinde?

Ele vacilou. De repente parecia ter percebido onde estava e o que se esperava dele.

– Apertamos as mãos, trocamos um ligeiro abraço. Era o que ela queria, o abraço, eu acho. Pessoalmente, achei um pouco incomum. Não nos víamos havia muito tempo, muitos anos.

A voz dele era baixa, intensa e totalmente monótona.

– E depois?

Billy T. girou a mão, na esperança de incentivar Grinde.

– Então eu me sentei, aqui.

Despencando numa cadeira, colocou a pasta de couro bordô na mesa em frente.

– Você colocou isso aí?

– O quê? Ah! A minha pasta? Não.

Ele pegou a pasta e a colocou ao lado, encostada na perna da cadeira.

– Eu me sentei assim.

– Durante quarenta e cinco minutos – Billy T. disse. – E você falou sobre...

– Billy T., não é necessário trazer isso aqui – o chefe do DIC interveio, limpando a garganta. – Não é um interrogatório, o juiz Grinde, do Supremo Tribunal, já prestou depoimento. Estamos apenas fazendo uma reconstituição.

Um sorriso servil foi dirigido a Benjamin Grinde, mas os pensamentos do juiz estavam inteiramente em outro lugar.

– Tudo bem – Billy T. disse, sem tentar esconder a irritação. – E depois que terminou de falar?

– Eu me levantei e saí. Nada mais aconteceu.

Ele olhou para Billy T. com olhos mais tristes do que antes, com a íris castanha se fundindo nas pupilas pretas. O branco dos olhos estava injetado de sangue, e a boca mais comprimida do que nunca.

– Desculpe, não há mais nada para contar.

Momentaneamente, pareceu que Billy T. não sabia o que fazer. Em vez de continuar com a reconstituição, ele atravessou a sala até a janela. À luz do dia, a cidade parecia mais esparsa e cinza do que da última vez que ele esteve ali, quando todas as luzes cintilantes tornavam Oslo quase linda. Embora os prédios diretamente opostos fossem novos, como a redação de um jornal adjacente ao R5, havia algo ensebado na paisagem, algo eternamente inacabado. Os projetos de construção na esquina ao lado da loja de departamentos Hansen & Dysvik reforçavam a impressão de que Oslo era uma colcha de retalhos do antigo e do novo e que nunca, nem em um milhão de anos, a cidade chegaria ao ponto de surgir como um projeto inteiramente concluído.

De repente, ele se virou novamente para a sala.

– O que ela disse quando você saiu?

Benjamin Grinde, ainda sentado, olhou para a frente e respondeu:

– Ela disse: "Tenha um bom fim de semana".

– Tenha um bom fim de semana? Apenas isso?

– Sim, apenas isso. Ela me desejou um bom fim de semana e eu saí.

Então ele ficou em pé, enfiou a pasta embaixo do braço e caminhou em direção à porta.

– O juiz Grinde pode ser dispensado agora?

Era o chefe do DIC, cuja pergunta era mais uma ordem do que uma pergunta.

– Tudo bem – Billy T. murmurou.

Mas com certeza nada estava bem. Aquilo não estava certo. Benjamin Grinde não falava a verdade. Ele era o pior mentiroso que Billy T. já havia encontrado. Suas mentiras vinham acompanhadas de luzes e sirenes azuis brilhantes: óbvias e conspícuas, embora ainda não fosse possível interpretá-las.

– Traga o segurança – ele solicitou a um policial uniformizado, enquanto seguia Benjamin Grinde.

No meio da escada, ele voltou a segurar o braço do juiz. Grinde parou de repente e ficou estático, mas não se virou. Billy T. passou por ele e se posicionou dois degraus abaixo. Quando se virou para encará-lo, os olhos dos dois estavam nivelados.

– Eu acho que você está mentindo, Grinde – ele disse friamente.

Quando o juiz baixou o olhar, Billy T., agindo por impulso, segurou o queixo do magistrado. Não era um gesto grosseiro, nem mesmo hostil, mas quase da mesma forma que fazia com os filhos quando eles não o olhavam nos olhos. Foi um gesto extremamente desrespeitoso; mas, por algum motivo, Benjamin Grinde aceitou a indignidade. Billy T. sabia a razão. Ele levantou a cabeça do juiz e continuou segurando-o pelo queixo enquanto falava.

– Não acredito que você tenha dito a verdade. E não faço a menor ideia do motivo. Tenho certeza de que você não matou Birgitte Volter. Não me pergunte a razão, mas tenho certeza. Mas você está escondendo algo. Algo que foi dito, provavelmente. Algo que poderia ajudar a esclarecer este homicídio.

Grinde se recuperou. Com um movimento abrupto, desvencilhou-se de Billy T. e deu um passo para trás. Então, olhou para o inspetor-chefe.

– Eu disse tudo o que tinha a dizer sobre esse assunto.

– Então admite que há coisas que não foram ditas?

Billy T. continuou mantendo contato visual.

– Eu disse tudo o que tinha a dizer. Agora eu quero ir.

Ele ultrapassou o agente de polícia, de estatura mais elevada, e virou o canto ao pé da escada sem olhar para trás.

– Droga – Billy T. sussurrou para si mesmo. – Puta merda.

– Agora você realmente tem que entrar em ação, garoto!

O segurança não era alguém cujo queixo Billy T. se sentia inclinado a segurar, numa tentativa amigável de obter alguma cooperação. Era o tipo de pessoa que qualquer um gostaria de colocar no colo e surrar: mal-humorado, grosseiro e aparentemente nervoso ao extremo.

– Você tocou ou não na maçaneta desta porta?

Billy T. e o guarda estavam em pé no pequeno banheiro entre o gabinete da primeira-ministra e a sala de reuniões.

– Já falei *mil* vezes – o guarda respondeu com raiva. – Eu não toquei nesta porta.

– Mas, então, como explica as suas impressões digitais encontradas aqui?...

Billy T. fez um movimento circular em torno do batente da porta com o dedo indicador.

– E aqui, na maçaneta?

– Eu já estive aqui cerca de cem vezes antes, obviamente – o guarda argumentou, revirando os olhos. – Por acaso você tem as marcas de tempo dessas impressões digitais?

Billy T. fechou os olhos e começou a contar. Quando chegou a dez, ele voltou a olhar para o guarda.

– O que acontece com você, hein? Será que não entende a gravidade deste caso?

Ele esmurrou a parede com força.

– Hein? Você não entende nada, não é?

– Você acha que eu matei essa tal de Volter, mas *eu realmente não fiz isso, caramba!*

A voz dele se elevou para um falsete e seu lábio inferior começou a tremer. Por um tempo considerável, Billy T. ficou olhando para o homem sem dizer uma palavra. Então, ele insistiu. Colocou a mão no queixo do guarda e o forçou a fazer contato visual. O segurança tentou se livrar, mas a pressão daqueles dedos era muito firme.

– Você não sabe o que é de seu próprio interesse – Billy T. disse em tom brando. – Você não entende que podemos nos ajudar mutuamente. Se puder apenas me dizer o que aconteceu naquela noite, nós dois vamos nos sentir muito melhor depois disso. E tem mais: se você matou Volter, tenha certeza de que eu vou descobrir. Eu prometo. Mas não acho que você tenha feito isso. Não por enquanto. Por isso você tem que me ajudar. *Consegue entender?*

A pressão que Billy T. aplicava no rosto do guarda era tão forte que marcas vermelhas se formavam em seus dedos. O chefe do DIC se aproximou e o avisou de algo, em voz baixa.

Mas Billy T. estava de costas e não ouviu. Continuou olhando nos olhos castanhos do segurança, cercados por cílios invulgarmente longos. Os cabelos na nuca de Billy T. se eriçaram quando ele reconheceu um brilho nos olhos do guarda: era pura angústia, um medo insondável.

– Você está assustado, e não é apenas por minha causa – Billy T. disse brandamente, quase em um sussurro, pois não queria que ninguém mais ouvisse. – Se você se preocupasse consigo mesmo, me contaria qual é o problema. Porque com certeza há alguma coisa, e eu vou descobrir, é só uma questão de tempo.

Então ele soltou o rosto do guarda com um gesto brusco e irritado.

– Pode ir – ele disse enfurecido.

"Pelo menos esta mulher não está contando mentiras", Billy T. murmurou consigo. Com um constante nó na garganta, Wenche Andersen teve que explicar no mais ínfimo detalhe tudo o que tinha feito desde o momento que viu Birgitte Volter pela última vez até encontrar a primeira--ministra morta em seu gabinete. Ela foi ao banheiro três vezes, pelo que relatou, extremamente envergonhada, esclarecendo que uma vez tinha sido para fazer o número dois, e duas vezes para fazer o número um. Tone-Marit sorriu desconcertada e enfatizou que não era necessário entrar nesses pormenores.

– Então eu liguei para a polícia.

Assim que terminou, Wenche Andersen pareceu mais tranquila.

– Excelente – Tone-Marit elogiou.

Esse consistente depoimento, do tipo professora de creche, era mais claro do que qualquer outro que ela tinha ouvido.

Billy T. fechou os olhos e esfregou o rosto.

Com um sorriso sem graça, Wenche Andersen agradeceu o elogio. Então, de repente, corou envergonhada. Tone-Marit podia ver literalmente a agitação sufocando a mulher: a artéria carótida inchada pulsava repetidamente na garganta dela.

– Eu me esqueci de mencionar uma coisa – Wenche Andersen disse. – Eu me esqueci *de novo*!

Ela imediatamente correu para o gabinete da primeira-ministra, sem pedir permissão desta vez.

– A caixinha – ela sussurrou, virando-se para encarar Billy T., que a tinha seguido. – A caixinha porta-comprimidos. Vocês a retiraram daqui?

– Caixinha porta-comprimidos?

Billy T. olhou intrigado para a policial de uniforme, que consultou a lista dos itens que foram removidos, analisando-a mais atentamente.

– Não consta nada aqui sobre isso – disse a policial, balançando a cabeça.

– Como é essa caixinha porta-comprimidos? – Billy T. perguntou, inclinando a cabeça de lado enquanto colocava a palma da mão contra a orelha, que doía terrivelmente.

– Pequena e requintada, um enfeite em ouro esmaltado – explicou Wenche Andersen.

Ela desenhou um pequeno formato quadrado no ar.

– Esmaltada e dourada, embora não seja feita de ouro. Parecia extremamente antiga e ficava sempre aqui na mesa.

Ela apontou o local.

– Eu...

Ela parecia perplexa, mas aquela perplexidade se misturava a algo parecido com vergonha, e ela hesitou.

– Mas talvez eu a tenha retirado daqui – ela finalmente disse, olhando para o chão. – Uma vez eu tentei...

Mais uma vez, ela enfiou o rosto entre as mãos, e a voz ficou distorcida, como se ela estivesse falando com um abafador.

– Tentei abri-la, mas o fecho estava pegajoso, e estava com ela nas mãos quando a primeira-ministra entrou na sala...

Então ela voltou a mostrar o rosto. Com lágrimas escorrendo pela face, ela soluçou, tentando recuperar o fôlego.

– Isso é terrivelmente embaraçoso – ela sussurrou. – Eu não tinha que fazer aquilo. Ela não disse nada e simplesmente... o tirou de mim, e nunca mais tocou no assunto.

Billy T. sorriu cordialmente para a secretária com traje vermelho.

– Você fez um trabalho brilhante hoje – ele a consolou. – A curiosidade pode revelar a melhor parte de todos nós em qualquer situação. Você pode sair agora.

Ele, porém, permaneceu no gabinete da primeira-ministra depois que todos os outros tinham saído.

– Uma caixinha porta-comprimidos... – ele disse para si mesmo finalmente. – Será que havia mesmo comprimidos guardados ali?

17h10, OLE BRUMMS VEI, Nº 212

– Serei incrivelmente discreta – disse Hanne Wilhelmsen. – Vou me confundir com o papel de parede.

– *Você* se confundir com o papel de parede? Impossível!

Billy T. ainda não estava convencido de que tinha sido uma boa decisão levar Hanne Wilhelmsen até a casa de Roy Hansen.

– Não abra a boca para dizer nada – ele murmurou enquanto caminhavam até a porta da frente do apartamento amarelo. – E, em nenhuma circunstância, diga algo sobre isso a alguém do trabalho.

Quando chegaram à porta, Hanne pensou ter notado algo estranho pela visão periférica. Ela virou-se e viu apenas a sebe, alta até a cintura, ao longo dos dois lados do jardim frontal estreito, nada mais. Balançando a cabeça, Hanne seguiu Billy T., que já havia tocado a campainha, e ficou aguardando serem atendidos.

Billy T. tocou novamente, mas ninguém apareceu para abrir a porta. Hanne se aproximou das escadas para dar uma espiada no andar de cima.

– Tem alguém em casa – ela disse calmamente. – A cortina foi puxada.

Billy T. hesitou por um momento antes de pressionar o botão novamente.

– Sim?

Um homem surgiu na frente deles com ar enfezado e uma barba de três dias, piscando os olhinhos miúdos, como se tivesse acabado de sair da cama. Havia pasta de dente nos cantos da boca e manchas de ovo na frente da camisa, de gema amarelada, seca e escurecida. Hanne, que detestava ovos, afastou-se instintivamente por um momento. Respirando fundo pelo nariz, ela sorriu para uma pequena macieira num vaso sob os degraus.

– Roy Hansen? – Billy T. perguntou, recebendo um aceno rápido como resposta.

– Somos da polícia – anunciou Billy T., mostrando o crachá de identificação com a mão esquerda, enquanto estendia a direita para cumprimentá-lo. – Lamento muito incomodá-lo. Podemos entrar?

O homem deu um passo em direção a eles e olhou atentamente em volta.

– Tudo bem – ele murmurou. – A campainha já tocou quatro vezes hoje. Eram jornalistas.

Roy Hansen conduziu-os por um pequeno corredor até uma sala de estar pouco iluminada, onde o pó no ar ficava evidente sob a claridade da luz entre as cortinas fechadas. Desabando no sofá com um leve gemido, ele fez um gesto para que os dois policiais se sentassem.

O ar estava abafado e úmido, com um aroma suave, mas enjoativo, de frutas cítricas e flores em decomposição. Hanne olhou para uma enorme tigela de frutas cujas laranjas haviam adquirido manchas de mofo cinzentas e esverdeadas. Ao lado da tigela, num aparador de pinho ao longo da parede da aresta do frontão, havia pilhas de correspondências fechadas. Num canto da sala de estar, uma montanha de buquês de flores que tinham sido colocados displicentemente ali assim que chegaram: quarenta ou cinquenta coroas enormes, a maioria embrulhada em papel cinzento, algumas em invólucros de celofane azul. Os quadros nas paredes, com imagens populares, mas de bom gosto, pareciam aborrecidos e desbotados, como se tivessem desistido da tentativa de agradar aos ocupantes daquela casa, que agora estava à beira de não mais ser uma casa.

– Posso ajudar com as flores? – Hanne Wilhelmsen perguntou, ainda de pé. – Isso tudo não deveria ficar ali.

Roy Hansen não respondeu. Ele olhou para o canto repleto de flores, mas os buquês, que ocuparam vários metros quadrados da sala, não pareciam preocupá-lo de maneira alguma.

– Pelo menos, vou pegar os cartões – sugeriu Hanne. – Para que você possa agradecer mais tarde às pessoas. Quando estiver em condições de fazer isso.

Roy Hansen sacudiu a cabeça com ar abatido e fez um gesto na direção das flores.

– Não importa. O caminhão de lixo vai passar amanhã.

Hanne se sentou.

Com certeza, a sala de estar havia sido aconchegante um dia. Se a entrada da luz fosse permitida, os móveis pareceriam alegres e brilhantes, e as plantas nos vasos verdes ao lado da grande janela panorâmica ficariam maravilhosas. Embora naquele momento as paredes parecessem de uma tonalidade branca acinzentada, na realidade a cor delas era amarelo-clara; com iluminação e ar fresco na sala, combinariam com o piso claro de pinho. Apenas quatro dias antes, aquela sala era o coração de um saudável e agradável lar norueguês. Hanne estremeceu ao pensar nas consequências da morte: não apenas o viúvo parecia perdido, mas a própria casa também.

– Sinto muito por isso – Billy T. disse, e pela primeira vez, se sentou completamente imóvel, com as pernas esticadas educadamente diante de si. – Foi-lhe dito que o deixaríamos em paz até depois do funeral. No entanto, surgiu algo que precisa de uma resposta imediata. Bem, antes de mencionar o que eu vim...

Um jovem de 20 e poucos anos desceu do andar de cima, usando um agasalho esportivo e tênis pretos. Ele era loiro, de estatura mediana e rosto extraordinariamente comum, quase anônimo.

– Vou sair para correr – ele disse calmamente, indo para a porta do corredor, sem nem olhar na direção dos dois policiais.

– Per! Espere!

Roy Hansen abriu os braços na tentativa de deter o filho.

– Você sabe que eles vão querer falar com você – ele disse ao filho, olhando para Billy T. e parecendo desolado. – Eles nos cercam toda vez que saímos!

Irritado, Billy T. se levantou.

– Jornalistas sórdidos – ele murmurou, indo até a porta da varanda. – Você não pode sair por aqui? Basta pular a sebe do jardim do vizinho!

Ele abriu a porta e olhou para fora.

– Ali – ele disse, apontando. – Está vendo aquela sebe?

Per Volter hesitou um pouco. Então, com ar decidido e os olhos no chão, atravessou a sala de estar e saiu pela porta da varanda. Billy T. o seguiu.

– Billy T. – ele se apresentou, estendendo a mão. – Sou da polícia.

– Já sabia disso – disse o jovem, sem retribuir o cumprimento.

– Meus pêsames – Billy T. falou.

Era óbvio que achou a palavra difícil e desconhecida, mas não conseguiu pensar em nada melhor.

– Sinto muitíssimo.

O rapaz não respondeu. Em vez disso, começou a se aquecer no local, como se realmente quisesse sair, mas era muito bem-educado para ser mais descortês do que já tinha sido.

– Só mais uma coisa antes de você ir, aproveitando que está aqui... – Billy T. continuou. – É verdade que você é membro de um clube de tiro?

– Clube de pontaria – corrigiu Per Volter. – Sou o vice-presidente da Associação de Pontaria Groruddalen.

Pela primeira vez, algo que lembrava um sorriso atravessou o rosto do jovem.

– Você conhece todos por lá?

– Virtualmente. Pelo menos todos os que são realmente ativos.

– E você compete?

– Sim, embora no momento só participe de campeonatos militares. Estou no Colégio Militar.

Billy T. acenou, pedindo permissão, antes de mostrar uma fotografia. Uma foto Polaroid, tirada sem autorização e sem o segurança do complexo do governo ter tido a oportunidade de protestar.

– Conhece este cara aqui?

Ele entregou a imagem para Per Volter, que parou de correr no mesmo lugar e examinou a foto por vários segundos.

– Não – ele disse hesitante. – Acho que não.

– Tem certeza?

Per olhou para a imagem durante mais um tempo. Então ele sacudiu a cabeça com força, devolveu a fotografia e olhou Billy T. diretamente nos olhos.

– Certeza absoluta. Nunca vi esse cara antes.

Acenando ligeiramente, ele correu para o jardim em direção a uma cerca de um metro e meio de altura e saltou com um pulo elegante antes de desaparecer entre os arbustos do outro lado.

Billy T. franziu a testa enquanto o observava partir, depois voltou para onde estavam Hanne Wilhelmsen e Roy Hansen.

– Encontraram o crachá? – ele perguntou enquanto se sentava.

– Não. Sinto muito. Não deve estar aqui.

Billy T. e Hanne trocaram um breve olhar de cumplicidade, e Billy T.

não conseguiu ficar quieto por mais tempo. Ele se inclinou para a frente, embora a poltrona fosse tão baixa que sua postura se tornava dolorida e ele tinha que ficar quase de cócoras.

– Sabe se Birgitte tinha uma caixinha porta-comprimidos de ouro?

– Esmaltada – acrescentou Hanne. – Uma pequena caixa esmaltada, deste tamanho... – ela juntou os polegares e os dedos indicadores.

Roy Hansen olhou para os dois.

– Uma caixinha porta-comprimidos? Como?

– Um pequeno recipiente – explicou Hanne. – Provavelmente muito antigo. Uma herança, talvez?

Erguendo a cabeça, Roy Hansen coçou a bochecha e os outros dois puderam ouvir o ruído da barba arranhada. Então, ele se levantou inesperadamente para buscar um álbum numa estante repleta de coisas. Ao sentar-se novamente, ele o folheou.

– Aqui – ele disse de repente. – Seria isto?

Ele curvou-se sobre a mesa de centro e colocou o álbum de fotos entre ele e Hanne Wilhelmsen, apontando para uma fotografia em preto e branco. Uma ampliação feita obviamente por um fotógrafo profissional com filme de grande formato: mesmo os detalhes mais ínfimos eram evidentes. Uma Birgitte Volter jovem e extremamente feliz estava em pé, usando um vestido de noiva e véu, ao lado de um Roy Hansen radiante, que exibia a cabeça repleta de cabelos e óculos pretos com armação de chifre de boi. O casal de noivos estava em pé ao lado de uma mesa cheia de presentes, que incluíam dois ferros elétricos, uma grande tigela de vidro, talheres, duas toalhas de mesa, um conjunto para café com leite feito de algo que poderia ser cristal e muitos outros objetos difíceis de distinguir. E ali mesmo, na parte da frente da imagem, uma caixinha bem pequena.

– Está quase invisível – Roy Hansen se desculpou. – E, para ser bem sincero, eu tinha me esquecido disso. Há muitos e muitos anos eu não via essa caixa. Não consigo nem lembrar quem nos deu.

– Lembra a cor?

Roy Hansen sacudiu a cabeça.

– Nem de onde veio? Tem certeza?

O viúvo continuou negando. Seu olhar estava distante, como se tentasse recuperar as lembranças do casamento em algum canto esquecido do cérebro. Seus olhos estavam fixos na fotografia, naquela cena feliz, e uma lágrima tremia no canto do olho esquerdo.

– Muito bem – Billy T. disse. – Não o incomodaremos mais.

A campainha tocou. Roy Hansen ficou claramente assustado: a lágrima escorreu pela bochecha até o canto da boca e ele a limpou rapidamente com o dorso da mão.

– Quer que eu atenda? – Hanne se ofereceu.

Roy Hansen levantou-se lenta e laboriosamente, esfregando várias vezes o rosto com as mãos.

– Não, obrigado – ele murmurou. – Estou esperando a minha mãe. Deve ser ela.

Parecia que o pó, a luz fraca e o ar sufocante tinham afetado a acústica. O tique-taque marcante do antigo relógio de parede dava a impressão de que os mecanismos internos estavam envoltos num pano de algodão. A sala inteira parecia acolchoada. Tudo era tão suave e abafado que as vozes do corredor cortaram o ar bruscamente, como facas cegas.

– Quem é você?

Os policiais ouviram Roy Hansen perguntar em voz alta, quase gritando, evidentemente com a intenção de que eles o ouvissem. Hanne Wilhelmsen e Billy T. imediatamente se levantaram e foram até o corredor. Acima dos ombros curvados de Roy Hansen, Billy T. podia ver um homem alto, de aproximadamente 40 anos, com cabelos arrepiados, como se tivesse levado um choque. Ele ofereceu um gigantesco buquê de flores desembrulhado ao viúvo de Birgitte Volter. Confuso, Hansen recuou alguns passos. Aproveitando a oportunidade, o homem com as flores estava quase ultrapassando a soleira da porta. Billy T. passou por Roy Hansen, ergueu o enorme punho e o encostou no peito do recém-chegado.

– Quem é você? – ele perguntou ferozmente.

– Quem sou eu? Eu sou da revista *Kikk og Lytt*. Queremos apenas oferecer as nossas condolências e quem sabe conversar um pouco...

Billy T. virou-se para ver Roy Hansen. O homem já estava com uma aparência terrível quando eles chegaram, Billy T. detestava incomodá-lo, mas seria tão importante esclarecer a questão da caixinha porta-comprimidos que não viu nenhuma outra opção, e agora estava roxo, com a testa escorrendo suor frio.

– Que diabos você acha que está fazendo, aparecendo assim? – Billy T. esbravejou. – Você não respeita *nada*!

Hanne Wilhelmsen arrastou Roy Hansen para a sala, de volta com ela, e fechou a porta.

– Saia – Billy T. rosnou. – Saia daqui, pelo amor de Deus, e fique longe de toda esta área *agora mesmo*!

– Nossa, que tumulto. Estávamos apenas tentando ser gentis!

– *Gentileza*, hein? – Billy T. fez cara de desdém, afastando o outro com tanta força que ele cambaleou e deixou cair as flores. – Suma daqui, eu já disse!

– Acalme-se! Eu já vou sair. Estou indo!

O jornalista se abaixou para recuperar o buquê e deu um passo para trás.

– Poderia então colocá-las na água?

Billy T. não o agrediu. Ele já havia destruído muitas bugigangas em ataques de raiva: cestos de lixo, abajures, janelas, espelhos de veículos... mas não encostava um dedo em ninguém desde que, quando jovem, brigou com a irmã. Ele também não bateu no jornalista, apesar de que um poderoso tranco estava apenas por um fio. Mas, com os punhos cerrados no rosto do repórter, ele continuou a esbravejar.

– Se *por acaso* eu avistar você em algum lugar perto daqui outra vez... Se eu *sentir* a sua presença ou a de qualquer outra pessoa dessa porcaria escandalosa em que você trabalha, então...

Ele fechou os olhos e contou até três.

– Caia fora. Já.

Quando ele estava prestes a fechar a porta da frente, o buquê de flores foi empurrado pela abertura.

– Você pode providenciar para que eles recebam estas flores? – ele ouviu o jornalista dizer.

Billy T. usou a porta para prender o braço que segurava o buquê. O repórter, do lado de fora, soltou as flores, urrando de dor.

– Maldito dos infernos! Você quer me *matar*?

Billy T. abriu a porta por um segundo, e o braço foi imediatamente retirado. Ele então bateu a porta furioso, depois respirou profunda e rapidamente, para recuperar o autocontrole.

– Você não pode permanecer aqui – ele disse a Roy Hansen quando retornou à sala de estar, depois de alguns segundos na entrada, até sentir que estava suficientemente racional. – Eles continuam fazendo isso o tempo todo?

– Não, nem sempre. Hoje particularmente foi pior. É como se... É como se eles esperassem que o meu sofrimento acabasse agora. Como se três dias fosse tudo o que me foi concedido, de certa forma.

Inclinando-se sobre os próprios joelhos, ele explodiu em soluços, em um desespero de partir o coração.

Hanne Wilhelmsen queria ir embora. Ela sentiu um desejo incontrolável de sair, de estar longe daquele lugar úmido e abafado e da visão de seus dois ocupantes aflitos que não conseguiam falar um com o outro. Roy Hansen precisava de ajuda, mas nem ela nem Billy T. podiam lhe dar isso.

– Posso chamar alguém? – ela disse com delicadeza.

– Não. A minha mãe está vindo.

Os dois policiais trocaram olhares e decidiram deixar Roy Hansen entregue àquele desespero que lhes era impossível compartilhar. No entanto, permaneceram na viatura, em frente à casa, por 45 minutos, até que uma senhora, com a ajuda de um motorista de táxi, passou com segurança pela soleira da porta da frente, sem jornalistas no encalço.

Obviamente, eles ficaram atentos à luz azul intermitente no teto do carro de patrulha girando seu aviso ao longo da rua.

Quando eles saíram, Billy T. jogou no lixo o belo buquê da *Kikk og Lytt*, que devia ter custado quase mil coroas...

18h30, RESTAURANTE BOMBAY PLAZA

Eles sentaram-se no canto mais afastado do restaurante indiano, e comiam *paparins* enquanto esperavam o frango *tandoori*. As bolachas finas e crocantes apimentadas deixaram o rosto de Øyvind Olve corado. Ele quase não tinha dormido depois da manhã de sexta-feira e sentiu os três goles de cerveja subirem direto para sua cabeça.

– Que ótimo ver você – ele disse, levantando a caneca para saudar Hanne Wilhelmsen. – Quando Cecilie chega?

Hanne Wilhelmsen não tinha certeza se estava sendo insultada sempre que alguém que conhecia ela e sua companheira perguntava quando Cecilie voltaria para casa, antes mesmo de perguntar sobre qualquer outra coisa. Ela decidiu não se aborrecer.

– Não antes do Natal. Eu ainda volto para os Estados Unidos, em breve. Este é apenas um período, uma espécie de férias, por assim dizer.

Com quase 40 anos, o homem sentado na frente dela parecia um ursinho de pelúcia fofinho. Não porque fosse particularmente grande, robusto ou corpulento, mas pelas orelhas de abano que se destacavam alegremente da cabeça, redonda como uma tigela, coroada pelos cabelos bem pretos cortados em estilo militar, e pelos olhos atrás dos pequenos óculos redondos, calorosos e tranquilizadores, como se nunca tivessem visto nenhuma miséria no mundo. O que era uma ilusão, já que ele era um político extremamente experiente.

Até a sexta-feira anterior, ele tinha sido chefe de Gabinete de Birgitte Volter. Secretário de Estado no gabinete da primeira-ministra e amigo íntimo de Cecilie Vibe. Ele veio de Kvinnherad, e crescera na fazenda ao lado da cabana de verão dos pais de Cecilie. O relacionamento de Cecilie com seu passado era menos complicado do que o de Hanne, Cecilie incluía Øyvind e sua irmã Agnes, amigos de verão na infância, em sua vida adulta. Hanne Wilhelmsen cortou todos os vínculos que teve na infância. Havia uma linha divisória distinta em sua vida marcada pelo dia em que ela e Cecilie se juntaram, muito tempo atrás. Para compensar a perda dos amigos, ela compartilhava os de Cecilie.

– O que vai fazer agora?

Ele não respondeu logo. Permaneceu sentado, olhando a caneca de cerveja enquanto a girava repetidamente no próprio eixo. Então afagou a cabeça ligeiramente e sorriu.

– Somente os deuses sabem. De volta ao escritório do partido, espero. Mas, antes de tudo, vou tirar férias...

– Bem-merecidas! Como foram os últimos seis meses?

Antes que ele conseguisse responder, ela sorriu.

– Vá ver Cecilie, então! A Califórnia é maravilhosa nesta época do ano! Temos muito espaço, a apenas cinco minutos da praia.

– Vou pensar nisso. Obrigado. Mas pode não ser conveniente, para a Cecilie, quero dizer.

– É claro que será conveniente! Ela vai ficar encantada. Todo mundo promete nos visitar, mas ninguém aparece.

Ele sorriu, mas deixou o assunto morrer.

– Foram os seis meses mais turbulentos da minha vida. Tudo o que poderia dar errado, deu. Mas...

Ele passou as mãos nos cabelos mais uma vez, um gesto acanhado que ele fazia desde sempre, desde quando se conheceram.

– ... também foi emocionante. Isso constrói solidariedade. Acredite ou não, nem todas as críticas negativas esmagaram Birgitte, pode ter certeza. Ela conseguia nos manter unidos. Éramos nós contra eles, em certo sentido. Os responsáveis contra os levianos.

Um negro alto trouxe a comida. O frango vermelho flamejante na frente deles soltou vapor, liberando um aroma sedutor, e Hanne Wilhelmsen se deu conta de que não comia desde o café da manhã. Ela agarrou um pedaço de pão *naan* e falou com a boca cheia.

– Como era Birgitte Volter? Na vida real, quero dizer. Evidentemente, você trabalhou próximo a ela por muitos anos, não é mesmo?

– Sim.

– Como ela era?

Øyvind Olve era um homem firme do oeste da Noruega. Ele saiu de uma base da classe trabalhadora e progrediu nas fileiras do partido, como resultado de muito trabalho árduo e honesto, e tinha inteligência suficiente para manter a boca fechada quando devia. Assim, ele não tinha ideia do que dizer. Na verdade, Hanne Wilhelmsen era uma boa amiga, mas também era policial. Ele já havia sido interrogado duas vezes, na primeira ocasião por um gigante enorme que, se estivesse usando outras roupas, poderia ter saído de um cartaz de propaganda da Alemanha nazista dos anos 1930.

Além de hesitar, Øyvind Olve sentia a cabeça girando sob o efeito do álcool.

– Ela foi uma das pessoas mais empolgantes que já conheci – ele disse afinal. – Ela era atenciosa e competente. Tinha sonhos e visão. O mais notável nela, talvez, era seu extremo senso de responsabilidade. Ela nunca deixava a peteca cair, sempre assumia a responsabilidade. E também era muito amável...

– Amável? Hanne riu. – Existe essa coisa de político amável? O que você quer dizer com amável?

Øyvind Olve refletiu por um momento, antes de chamar o garçom para pedir mais uma caneca de cerveja. Ele olhou significativamente para Hanne, mas ela fez um aceno com a mão, numa resposta negativa.

– Birgitte queria fazer o bem. Ela estava genuinamente engajada com a ideia de que a política diz respeito à criação de uma sociedade melhor para o maior número possível de pessoas. Não somente nos discursos, não apenas no papel; ela realmente estava interessava nas pessoas. Por exemplo, ela fazia questão de ler cada uma das cartas que chegavam, de qualquer um, de qualquer lugar da Noruega, em que o remetente relatava seus problemas. Era muita gente, posso garantir. Não podíamos fazer muita coisa, mas ela lia atentamente uma por uma, e algumas das circunstâncias de que tomou conhecimento a impressionaram de fato. Em algumas ocasiões, ela interveio, para grande irritação dos burocratas. Irritação extrema.

– Ela não era popular entre eles, então? Entre os burocratas?

Øyvind Olve olhou para ela por algum tempo antes de retomar a refeição.

– Bem, é quase impossível afirmar isso. Nunca encontrei alguém tão aparentemente leal como os servidores do gabinete da primeira-ministra. É impossível dizer se eles gostavam ou não dela. E talvez isso não seja de tão grande interesse também.

Ele esfregou os olhos com os nós dos dedos dobrados, como uma criança cansada.

– E quanto à vida pessoal dela? – Hanne perguntou.

A pergunta o surpreendeu. Tirando os dedos do rosto, ele olhou para ela quase em choque.

– Pessoal? Não posso dizer que a conheci pessoalmente.

– Você não a conheceu? Mas trabalhou em estreita colaboração com a ela durante anos!

– Trabalhei, sim. Mas isso não é o mesmo que conhecer alguém pessoalmente. Você deve saber disso.

Sorrindo, percebeu que Hanne ficou ligeiramente corada. Ela trabalhou no Departamento de Polícia de Oslo por treze anos, mas apenas dois colegas chegaram a colocar os pés no apartamento que ela compartilhava com Cecilie Vibe.

– Mas sempre há algum evento social e coisas desse tipo – insistiu Hanne. – No partido, quero dizer. E você viajou pelo mundo todo com ela, não foi?

– Não muito. Mas o que você quer saber exatamente?

Hanne Wilhelmsen descansou a faca e o garfo e limpou a boca com um enorme guardanapo de linho branco.

– Vou tratar de outro assunto – ela disse tranquilamente. – Foi Birgitte Volter quem escolheu Ruth-Dorthe Nordgarden para ser ministra da Saúde?

Foi a vez de Øyvind Olve ficar com as bochechas coradas. Ele pegou um pedaço de pão *naan* que estava mergulhado no molho, e manchas vermelhas respingaram em sua camisa.

– Eu não lhe contaria isso se não fosse pelo fato de ela estar morta – ele murmurou, tentando limpar as manchas, que aumentavam ainda mais conforme ele tentava limpá-las com um guardanapo seco. – Talvez seja difícil entender.

— Tente! — Hanne sorriu.

— Montar um governo é um quebra-cabeças tremendamente complicado — ele começou a explicar. — Naturalmente, não cabe à primeira-ministra escolher os membros do gabinete. Muitas considerações diferentes devem ser ponderadas. Geografia, gênero...

Ele tentou conter um arroto.

— Os sindicatos querem dar sua opinião, as figuras importantes do partido, o secretário do partido também, e assim por diante.

Então arrotou, batendo no peito.

— Azia... — murmurou, pedindo desculpas.

— Mas, e quanto a Ruth-Dorthe Nordgarden? — Hanne perguntou novamente.

Ela empurrou o prato de lado e apoiou os cotovelos na mesa.

— Quem a escolheu?

Øyvind Olve tirou do bolso um pequeno envelope de antiácido e tentou ingerir o conteúdo o mais discretamente possível. Não foi fácil.

— Você não deveria comer comida indiana se tem problemas de estômago — Hanne aconselhou. — E a Nordgarden?

— Birgitte não a queria, de jeito nenhum. Ruth-Dorthe foi imposta pela cúpula.

— Por quem?

Ele lançou a ela um olhar persistente, e então balançou a cabeça.

— Sinceramente, Hanne. Você nem é membro do partido.

— Mas eu voto em você! — ela sorriu. — Sempre!

De qualquer modo, ela entendeu que não conseguiria obter mais nada. Não sobre esse assunto. Mas talvez conseguisse sobre o que mais lhe interessava.

— Ruth-Dorthe Nordgarden teve um caso com Roy Hansen? — ela arriscou, tão diretamente que Øyvind Olve arrotou violentamente de novo; um resto de Balancid escorreu-lhe pelo canto da boca, e mais uma vez ele recorreu ao maltratado guardanapo.

— Você não deveria dar ouvidos a boatos, Hanne — ele disse com calma.

— Isso quer dizer que você já ouviu essa história antes?

Øyvind Olve revirou os olhos.

– Se eu fosse contar tudo o que ouvi sobre quem está dormindo com quem nos círculos políticos noruegueses, teríamos que reservar esta mesa para o restante da semana – ele disse, sorrindo meio sem graça.

– Onde há fumaça, há fogo – Hanne retrucou.

– Vou contar uma coisa, Hanne – ele disse com intensidade na voz, inclinando-se para ela. – Já vi muitos quartos cheios de fumaça, mas sem sinal algum de chama. Aprendi isso há muito tempo, e você também deve saber disso. Quantos nomes de homens estavam ligados ao seu até as pessoas começarem a adivinhar a verdade? E com quantas mulheres você acha que ele esteve envolvido, de acordo com o boletim informativo da boataria?

O ambiente já não era mais agradável. Os restos do *tandoori* exalavam um cheiro forte e pungente, e a cerveja estava choca. O restaurante parecia superaquecido, e ela afrouxou a gola do suéter. Hanne Wilhelmsen vivia em monogamia fiel com Cecilie há quase dezenove anos e estava ciente de que, no Departamento de Polícia de Oslo, seu nome era mencionado em conexão com as alianças sexuais mais improváveis. Ela piscou nesse momento.

– Tem uma coisa... – ela mudou um pouco o rumo. – Elas se conheciam? Birgitte Volter e Ruth-Dorthe Nordgarden?

– Não – respondeu Øyvind Olve, fazendo um gesto ao garçom, para que trouxesse a conta. – Não no sentido que você definiria como conhecer alguém. Não fora da política. Elas eram camaradas de partido.

– E você não sabe nada sobre Ruth-Dorthe? Por sinal, que tipo de nome é esse? – ela continuou com um sorriso. – Será que ela conhecia Roy Hansen?

– Pelo que eu saiba, não.

Øyvind Olve sacudiu a cabeça.

– Então, se eu lhe disser que eu...

O garçom apareceu com a conta, e, após um momento de hesitação, colocou-a na frente de Hanne, apesar de Øyvind tê-la pedido.

– Viu? Sente o tipo de autoridade que você irradia? – Øyvind riu.

– Você ficaria surpreso se eu lhe contasse que vi essa tal de Ruth-Dorthe e Roy Hansen sentados juntos, tomando cerveja no Café 33, há uns seis meses?

Ele olhou sério para ela, com uma ruga no meio da testa, entre os olhos de ursinho de pelúcia.

– Sim – ele disse, curvando a cabeça. – Isso me surpreenderia muito. Você tem certeza de que eram eles mesmos?

– Certeza absoluta – afirmou Hanne Wilhelmsen, empurrando a conta para o outro lado da mesa. – Eu não estou trabalhando no momento!

– Isso possivelmente se aplica a mim também – Øyvind Olve murmurou; mesmo assim, pegou a conta.

23h10, VIDARS GATE, Nº 11C

– Você tem que me ajudar – sussurrou o segurança. – Mas que diabos, Brage, eu preciso de ajuda!

Brage Håkonsen, de camiseta branca brilhante e cueca *boxer* de camuflagem, não podia acreditar nos próprios olhos. O guarda do complexo do governo estava parado diante de sua porta de entrada, parecendo um completo demente, com os cabelos desgrenhados, saindo em todas as direções, e os olhos injetados, como se tivesse acabado de ver um vampiro. Ele usava roupas largas, com os ombros inteiramente sumidos dentro da jaqueta militar.

– Você está fora de si? – Brage chiou. – Vir aqui! Fora, já, desapareça da minha frente e não mostre a cara por aqui novamente!

– Mas, Brage – resmungou o guarda. – Cacete, eu preciso de *ajuda*! Eu...

– Eu não me importo com o que você fez!

– Mas, Brage – o guarda balbuciou novamente. – Pelo menos me ouça! Deixe-me entrar, tenho algo a dizer!

Brage Håkonsen colocou o enorme punho no peito do guarda. Ele era bem mais alto e se debruçava sobre o outro.

– Pela última vez, vá embora daqui.

Alguém abriu uma porta embaixo. Assustado, Brage Håkonsen empurrou com força o guarda para o mezanino, e em seguida trancou a porta. O guarda ainda o ouviu passar a corrente do pega-ladrão.

Um rapaz subiu as escadas. O guarda levantou a gola do casaco até as orelhas e ficou contemplando a parede enquanto o jovem passava; continuou parado, ouvindo os passos subirem até o quarto andar.

O que deveria fazer? Com os lábios trêmulos e os olhos cheios de lágrimas, ele se sentia péssimo. Sentindo que poderia cair a qualquer momento, precisou sentar nos degraus.

– Eu tenho que ir embora – ele disse para si mesmo. – Merda, eu preciso fugir.

Por fim, ele se levantou e saiu tropeçando sem rumo pela noite de Oslo.

Quarta-feira, 9 de abril

08h32, DEPARTAMENTO DE POLÍCIA DE OSLO

A arma estava dentro de um envelope acolchoado, em que constava apenas a anotação "Departamento de Polícia de Oslo" feita com pincel atômico preto. A remessa não era franqueada. O policial que surgiu na porta do escritório de Håkon Sand, o chefe de polícia assistente, chegou esbaforido e quase sem fôlego.

– Veio numa sacola de correspondência da agência central dos correios – ele gaguejou. – Os funcionários do correio suspeitaram que isso poderia ser importante e acabaram de entregar.

Håkon Sand usava luvas de látex. O envelope já havia sido aberto, o que constituía um erro de avaliação grosseiro, pois ali poderia haver uma bomba. No entanto, não era um artefato explosivo. Håkon Sand pescou o revólver e, com extremo cuidado, colocou-o sobre uma folha de papel branca na frente dele.

– É um Nagant – Billy T. sussurrou. – Um modelo russo de 1895.

– Essa não! Você também? – Håkon suspirou. – Por acaso o passatempo seu e de Hanne nas noites de sábado é resolver charadas?

– Adivinhou – Billy T. disse tranquilamente. – Sobre armas e motos. Ela sabe tudo o que se pode saber sobre ambos.

– Não toque – advertiu Håkon Sand quando Billy T. se inclinou sobre o revólver.

– Não sou estúpido, como você sabe – murmurou Billy, estudando a arma a uma distância de dez centímetros. – Além disso, pouco importa, na verdade. Aposto que essa arma foi clinicamente limpa de quaisquer vestígios possíveis que possam nos levar a qualquer coisa. Foi esfregada e polida e parece boa como nova.

– Nesse caso, você provavelmente tem razão – Håkon suspirou de novo. – Mas, apesar disso, não toque em nada. Nem no envelope. Tudo vai ser encaminhado para a perícia forense.

– Ei! Um momento!

Billy T. teve de repente uma ideia brilhante.

– Isso foi colocado numa sacola da agência central... E a fita de vídeo? O local não é todo vigiado por câmeras?

– Eu já tinha pensado nisso – Håkon mentiu. – Ei, você!

Esticando o pescoço, chamou o policial que ainda estava de pé na entrada.

– Peça a alguém que consiga as fitas do circuito interno nas últimas vinte e quatro horas. Não, na verdade, traga das últimas quarenta e oito horas.

– E então, encontraremos um cara insignificante e grosseiro com um boné de beisebol que, no mínimo, estava louco para cair fora – Billy T. murmurou.

– Você tem alguma sugestão melhor, então? – Håkon disse, num tom ligeiramente alto demais.

Billy T. apenas deu de ombros e voltou para seu escritório.

12h03, JENS BJELKES GATE, Nº 13

É claro, era loucura dizer que estava doente, quase uma estupidez. Mas pelo menos o chefe o olhou preocupado e confirmou que a aparência dele estava terrível. Como de fato sentia-se assim, foi fácil fazê-lo acreditar.

Ele precisava fugir. De preferência, do país. Mas isso poderia parecer suspeito, ele avaliou. Seria melhor viajar para Tromsø, para esquiar. Isso lhe faria bem. Morten era seu melhor amigo e o havia convidado várias vezes. Tinha muita neve nesse inverno.

Depois de arrumar uma enorme mochila, ele se dirigiu ao Aeroporto de Fornebu sem ter comprado passagem. Era impossível que os voos estivessem lotados numa quarta-feira de abril. Não no meio do dia, de qualquer modo.

Quinta-feira, 10 de abril

FIM DA MANHÃ, COMPLEXO DO GOVERNO

– *Todas as previsões apostam agora que o novo governo será muito semelhante ao anterior, com uma única mudança: Joachim Hellseth, atualmente porta-voz da política fiscal no Parlamento, será nomeado ministro das Finanças. Qualquer outra substituição na composição do governo será recebida como uma grande surpresa.*

O ministro da Agricultura desligou o rádio e recostou-se na cadeira do escritório. O repórter provavelmente estava certo. Foi a mesma impressão que Tryggve tentava lhe passar na véspera. Ele sorria embora tal sorriso não parecesse particularmente sincero, e dera um tapinha no ombro.

Não que isso fosse tão importante assim. Naturalmente, ele queria continuar. Estava gostando. O Ministério da Agricultura era um lugar incrível e ele estava realizando um trabalho importante e desafiador, portanto gostaria de continuar no cargo. Mas, se não desse para continuar, então não era para continuar. Havia muitos outros empregos disponíveis.

O telefone tocou. Por um momento, ele permaneceu sentado, olhando para o aparelho, sorrindo largamente. Sentia-se ótimo e estava calmo, sabendo que tudo ficaria bem, independentemente de qual fosse a mensagem. Então ele atendeu.

– Tryggve Storstein – anunciou a secretária.
– Coloque-o na linha – respondeu o ministro da Agricultura.
Depois de uma breve pausa:

– Olá, Tryggve. Como vai?

– Melhor. Agora, pelo menos, estou conseguindo dormir um pouco. Seis horas na noite passada. Eu me sinto renovado.

Rindo, o ministro da Agricultura pegou a latinha de rapé.

– Churchill sempre resolvia com quatro cafungadas. E ele viveu numa época mais pacífica que esta, não é?

Ele teve a impressão de que podia escutar o sorriso no outro lado da linha.

– Bem – Tryggve Storstein disse. – Você vai ficar na equipe, não vai?

O ministro da Agricultura sentiu tremer a mão que segurava o telefone. Será que aquilo lhe era mais importante do que queria admitir? Engasgado, ele tossiu brevemente.

– Mas é claro. Se você me quiser também.

– Eu quero. O partido quer.

– Fico realmente muito satisfeito com isso, Tryggve. Muito obrigado.

A voz dele demonstrava que estava verdadeiramente feliz.

A ministra da Cultura folheava quatro folhas de fax que tinham acabado de chegar em sua mesa. Acendendo um cigarro, ela notou aborrecida que havia fumado mais do que costumava se permitir antes da hora do almoço.

Eram ofertas de emprego, de dois canais de televisão e de um jornal, além de uma grande empresa multinacional que precisava de alguém para cuidar da comunicação externa. Ela percorreu com olhar as folhas de papel sem lê-los completamente, depois dobrou-os e enfiou-os numa gaveta marcada com a inscrição "PESSOAL".

O telefone tocou.

Ela atendeu e a conversa que se seguiu demorou exatos 45 segundos.

Quando desligou o aparelho, sorria de orelha a orelha. Ligou para a secretária, depois de pegar os fax que acabara de arquivar.

– Destrua isto, por favor – ela disse, entregando os papéis à secretária.

A assistente, que era mais velha, suspirou aliviada.

– Parabéns – ela sussurrou, piscando o olho direito. – Estou muito contente!

A ministra da Saúde, Ruth-Dorthe Nordgarden, não conseguia fazer mais nada. Sempre que o telefone tocava, corria para atender, e toda vez ficava decepcionada assim que atendia a ligação. Depois de um certo tempo, não estava mais decepcionada. Estava furiosa.

Ela até considerou a hipótese de ligar para alguns colegas e verificar se eles sabiam de alguma coisa. Mas seria a maior humilhação do mundo confirmar dessa forma algo de que ela afinal estava começando a desconfiar: os outros continuariam nos cargos, mas ela não.

Num acesso de raiva, pegou uma bolsa grande e revirou o conteúdo até que, por fim, encontrou o que estava procurando: uma cenoura embalada em papel-alumínio.

Uma dentada dolorida reverberou em sua cabeça quando começou a mastigar.

13h46, SEÇÃO DO SERVIÇO DE INTELIGÊNCIA, DEPARTAMENTO DE POLÍCIA DE OSLO

– Isso não pode ser mero acaso. É impossível.

O policial que entrou sem bater, precipitando-se no escritório do chefe do Serviço de Inteligência, estava agitado e sem fôlego, batendo com a mão direita nos papéis que havia colocado diante de Ole Henrik Hermansen.

– A opinião do serviço secreto sueco é que foi sabotagem. Uma mangueira de combustível foi danificada, para que não fosse possível uma acusação de desgaste ou falha operacional. O avião foi examinado por completo algumas horas antes da decolagem, e nada foi detectado.

Ole Henrik Hermansen perdeu sua indecifrável cara de jogador de pôquer. Sua expressão estava tensa e alerta; com a testa enrugada e os olhos brilhando com extrema ansiedade.

– Isso foi confirmado? Ou, para ser mais preciso: até que ponto eles têm certeza?

– Evidentemente, eles ainda não sabem. Estão fazendo novas investigações. Mas isso não é tudo, Hermansen. Tem muito mais!

Retirando uma pasta suspensa vermelha da própria maleta de documentos, o policial procurou aflito uma fotografia grande, granulada e colorida que retratava um jovem de cabelos loiros penteados para trás, com óculos sem aro e um cigarro no canto da boca, olhando para um lado das lentes da câmera.

– Tage Sjögren – o policial disse. – Trinta e dois anos, de Estocolmo, líder de um grupo de extremistas de direita autodenominado "Luta Branca". Já tiveram problemas com a polícia antes, mas isso aconteceu principalmente por protestos de rua no aniversário do rei Carlos XII, da Suécia, e coisas assim. No ano passado, porém, parece que o grupo foi para a clandestinidade. O serviço secreto perdeu-o de vista, mas sabe que ainda está na ativa. Então, há uma semana...

O policial estava tão entusiasmado que o chefe do Serviço de Inteligência riu, lembrando-se do próprio filho, quando voltava para casa correndo segurando o boletim, antes do recesso de verão.

– ... Tage Sjögren veio para a Noruega!

Ole Henrik Hermansen prendeu a respiração, mas só percebeu isso quando seus ouvidos começaram a pulsar. Então, ele deixou o ar escapulir pelos lábios comprimidos, e um fraco som de trombeta repercutiu a sensacional natureza da nova informação.

– Maldição infernal – ele falou desconsolado. – Sabemos alguma coisa sobre seus movimentos por aqui?

Inclinando-se na cadeira, o policial colocou as mãos atrás da cabeça.

– Não. O mais devastador é que esse tal de Tage não interessava aos suecos, a ponto de eles nos avisarem, por motivos óbvios. Eles só sabem que ele viajou para cá e voltou para a Suécia...

Nessa altura, o homem estava alucinado, como um cão que estica a coleira ao máximo, esperando ser solto.

– ... no sábado de manhã!

Ole Henrik Hermansen olhou para o subordinado por um tempo considerável.

– Coloque o chefe do serviço secreto sueco na linha – ele surtou. – Precisamos pedir que ele envie o tal de Tage para prestar depoimento. Imediatamente.

22h30, MINISTÉRIO DA SAÚDE

O motorista a esperava no subsolo desde as 17 horas. Ela sabia que o hábito de usar carros oficiais com motorista irritava todo mundo, inclusive a secretária particular sênior, além de seus colegas políticos. Mas nenhum deles podia imaginar como era irritante ter que conversar com motoristas de táxi de todo tipo, cujo único objetivo na vida era provar que entendiam mais sobre qualquer assunto do que os representantes eleitos da nação. De qualquer forma, era um dos poucos privilégios a que ela tinha direito naquele emprego. Além disso, parecia que aquele seria o último dia em que ela usaria seu próprio motorista. Tryggve Storstein ainda não havia telefonado.

Estava demorando tanto que os jornalistas já começavam a especular. Little Lettvik ligou para o telefone celular confidencial dela, querendo saber se era verdade que não pediram que ela continuasse. Ruth-Dorthe Nordgarden interrompeu a ligação. O resumo de notícias na televisão havia sido cauteloso, sem dúvida. Não obstante, haviam colocado um ponto de interrogação ao lado da foto dela quando mostraram as previsões para o novo governo.

Ela precisava de outra cenoura. Resmungando, revirou a bolsa, mas não encontrou nada. No entanto, lembrou-se de uma sacola na área da cozinha.

A ministra parou momentaneamente na soleira da porta, que dava acesso ao escritório externo. Da cozinha, será que escutaria a ligação? Antes de ela formar uma ideia a respeito, o telefone tocou. Ela havia transferido todas as chamadas para a sua linha direta e mandou toda a equipe para casa. Não queria nenhuma testemunha de sua grande mortificação.

– Alô! – ela gritou ao atender.

Depois de se chocar contra a escrivaninha, ficou de pé do lado contrário, e não tinha nenhum lugar para se sentar.

– Alô? – a voz demonstrava surpresa. – Quem está falando?

Era Tryggve.

– Oi, Tryggve! Sou eu, Ruth-Dorthe.

– Você ainda está trabalhando?

– Estava apenas arrumando as coisas.

Seguiu-se uma pausa.

– Então pode parar de fazer isso. Você vai continuar.

Outra longa pausa.

– Muito obrigado, Tryggve. Nunca vou esquecer isso. Este dia, quero dizer. Jamais.

No outro lado da linha, Tryggve Storstein sentiu os cabelos arrepiarem na nuca.

A manifestação de agradecimento de Ruth-Dorthe mais parecia uma ameaça.

Sexta-feira, 11 de abril

10h55, PRAÇA STORTORTGET

Nunca, desde o funeral do velho rei, em janeiro de 1991, o centro da cidade de Oslo ficou tão apinhado de gente. As ruas laterais que davam acesso à praça principal estavam fechadas para o trânsito de veículos, e uma legião de policiais uniformizados tentava manter a Kirkegata aberta para que o cortejo, esperado dali a alguns minutos, tivesse uma rota liberada para passar. No momento em que o cordão de isolamento se formou, o espaço entre os espectadores de cada lado da rua não era muito mais largo do que uma calçada espaçosa. As câmeras de TV estavam por toda parte, e aqui e ali Brage Håkonsen podia ver policiais do Serviço de Inteligência à paisana, ridiculamente fáceis de serem reconhecidos, usando escutas nos ouvidos e óculos escuros, apesar do céu nublado.

Dois cavalos da polícia viraram a esquina ao lado do portão de Karl Johans, trotando com graça e nervosismo em cada lado do percurso. Era uma providência eficaz: as pessoas recuavam genuinamente alarmadas à vista dos enormes animais que espumavam pela boca e mostravam os olhos arregalados. De repente, quatro motos de batedores da polícia fizeram a curva da esquina do portão de Karl Johans e entraram em velocidade considerável na Kirkegata, seguidas das limusines do cortejo.

Elas avançaram em velocidade rumo à Catedral de Oslo e pararam de repente, formando uma linha. Convidados proeminentes, de longe e de perto, foram rapidamente introduzidos no vestíbulo, às vezes de forma bastante agressiva, por policiais uniformizados e à paisana. Brage Håkonsen, de seu ponto de observação, no cruzamento da Grensen com a Kirkegata, sorriu quando viu o chanceler alemão Helmut Kohl protestando ao ser puxado pelo braço. Ele afastou o policial exagerado, um baixote, a tempo de se aproximar de um conhecido e cumprimentá-lo educadamente.

Os músicos da Guarda Real chegaram, e a Marcha Fúnebre de Chopin caiu como um manto de silêncio sobre a multidão reunida. Brage Håkonsen tirou o boné, não por respeito, mas porque sabia o quanto era importante se comportar de forma idêntica aos demais.

Atrás da Guarda Real vinha um carro fúnebre preto com bandeiras norueguesas no capô e cortinas de luto nas janelas, embora isso não impedisse a multidão de ver que o caixão de Birgitte Volter era branco. Uma guirlanda de rosas vermelhas, como um círculo de sangue espesso e coagulado, coroava o caixão. Brage Håkonsen podia ouvir as pessoas começarem a soluçar. Por razões que não podia explicar, e que certamente não admitiria, ele também se deixou arrebatar pela tristeza cerimonial e a solenidade da ocasião.

Sentindo-se irritado, Brage sacudiu a cabeça, para afastar aquela emoção. Avançou para a frente da multidão, rumo à praça.

Então, aconteceu de repente: quatro homens e sete mulheres, gritando e esbravejando, saíram da calçada lotada e foram para o meio da rua, cortando a frente do cortejo fúnebre, tão rápido que nenhum policial teve tempo de reagir.

– Parem a caça à baleia – eles gritavam. – Assassinos! Assassinos!

Brage parou subitamente, dando de cara com uma colossal baleia de borracha inflável que subia pelos ares à medida que um ativista a enchia com uma bomba de hélio que segurava entre as pernas.

– Parem a caça à baleia, JÁ! Parem a caça à baleia, JÁ!

Os gritos rítmicos quase abafaram a música interpretada pela Guarda Real, cujos componentes eram as únicas pessoas ao alcance da gritaria que não davam atenção aos ativistas. Eles continuaram tocando seus compassos sombrios, agora acompanhados pelos gritos dos manifestantes e o chiado do enchimento da baleia, que já estava praticamente em tamanho natural. Ela se torcia e retorcia ao se expandir e parecia propensa a nadar diretamente para a Catedral. Um dos ativistas – Brage não fazia ideia de onde saíra aquele cidadão com uma enorme barba de marinheiro e uma série de insígnias nos ombros, que parecia estar no fim da casa dos 50 anos – pegou uma lata que lhe foi entregue por uma moça. Em um segundo, ele abriu a tampa com um canivete suíço, e, num movimento exaltado e incontrolável, lançou tinta vermelha no carro fúnebre. O motorista, porém, percebeu a situação e acelerou a toda velocidade. Os cavalos atrás dele relincharam assustados e recuaram o trote. A tinta vermelha se espalhou no asfalto, e apenas algumas gotas atingiram o veículo que transportava os restos mortais de Birgitte Volter.

Embora a polícia tenha sido pega de surpresa, conseguiu acabar com o protesto em pouquíssimo tempo. Vinte policiais partiram para cima dos manifestantes, e então a força policial não demorou mais do que exatos cinco minutos para algemá-los, perfurar a baleia e amontoar tanto os ativistas como o cachalote murcho num camburão estacionado ao lado de uma loja de departamentos. Todo o episódio foi tratado de forma rápida e eficiente, apesar da atitude de um grupo de espectadores do sexo masculino, que se sentiu na obrigação de ajudar a polícia, mas cujo comportamento intempestivo e temperamental tornou a tarefa mais espinhosa do que poderia ter sido.

– Ei! – gritou Brage Håkonsen, puxando e tentando soltar as algemas. – Eu não estou envolvido nisto!

Ele resistiu com o maior vigor possível, enquanto três homens o forçavam a entrar na viatura.

– Porra! Eu não estou envolvido nisto! Vocês não ouviram?

– Cale a boca – rosnou uma policial uniformizada na parte da frente do camburão. – Você não tem a mínima noção de decência. Onde já se viu perturbar um... *Perturbar um funeral! Você não tem vergonha!*

Ela se virou para encará-lo, e as palavras dela quase ultrapassavam os buracos na grade de arame que separava o espaço na parte de trás, onde os detidos estavam sentados em bancos.

– Mas eu não faço parte desta merda! – Brage gritou novamente, batendo a cabeça repetidas vezes na lataria. – Deixe-me sair, pelo amor de Deus!

A única resposta foi o barulho de acionamento do motor de partida, e o mantra repetido pelos demais prisioneiros:

– Parem a caça à baleia, JÁ! Parem a caça à baleia, JÁ!

12h13, CATEDRAL DE OSLO

– Foi absolutamente tocante, comovente, lindo.

Birdie Grinde se agarrou ao braço do filho e tentou manter a voz baixa, mas era tão estridente que, mesmo quando sussurrava, podia ser ouvida num raio de alguns metros. Ela vestia uma roupa preta que seria mais adequada para o funeral do *Poderoso Chefão* do que de uma primeira-ministra social-democrata norueguesa. Tudo era preto, e brilhante: os sapatos de salto alto, a meia-calça arrastão, o vestido e a capa. Para arrematar, ela usava um chapéu *pillbox* brilhante, com véu negro engomado cobrindo o rosto. O que ela ainda não sabia, mas que teria grande prazer em testemunhar mais tarde naquela noite, ao assistir às reportagens da cerimônia na televisão, era que havia sido repetidamente filmada pelas câmeras de TV. Aquela senhora que soluçava tanto, vestida de luto total, certamente era alguma parente próxima.

– Abaixe o tom, mãe – sussurrou Benjamin Grinde. – Você poderia abaixar um pouco o tom?

Roy Hansen e Per Volter permaneciam em pé no vestíbulo, ambos com ternos escuros. O filho era um pouco mais alto do que o pai, mas ambos tinham pele morena e olhar abatido. Eles estendiam as mãos em intervalos aleatórios, e após um momento de hesitação muitas pessoas optavam por passar pelos dois sem oferecer condolências; outras ficavam alguns segundos numa conversa silenciosa. As ministras do governo, em sua maioria, davam-lhes abraços longos e sinceros.

Little Lettvik estava com um grupo de jornalistas a vários metros de distância, examinando as carpideiras. Quando Ruth-Dorthe Nordgarden, a última no fim da fila dos ministros do gabinete, deu um passo à frente, Little notou que Roy Hansen se afastou, aparentemente afogando-se numa onda de soluços; mas a comoção não diminuiu até que Ruth-Dorthe recuou e se dirigiu para as portas de carvalho maciço da saída. Per Volter foi mais explícito que o pai e recusou-se a pegar na mão dela, virando-se ostensivamente para o bispo de Oslo, que se debruçava sobre os condolentes em seu traje pontifical completo, parecendo uma águia velha com penacho emprestado.

– Roy – cochichou Birdie Grinde quando finalmente chegou perto dele. – Roy! Mas que tragédia!

Little Lettvik aproximou-se da saída: quem seria aquela senhora agarrada ao braço do juiz Grinde?

– E para a Birgitte também – continuou Birdie Grinde; as pessoas estavam começando a se virar e olhar para ela. – Que coisa terrível isso que aconteceu. Querida Birgitte! Pequena, inocente e adorável Birgitte!

Ela soluçava alto quando se virou para Per Volter, que olhou surpreso para aquela mulher estranha, que nunca tinha visto antes.

– Per! Tão alto e bonito!

Ela tentou abraçar o jovem, mas ele recuou assustado. Birdie Grinde continuou pendurada no braço do filho, balançando-se perigosamente, pois os saltos altos haviam ficado presos numa rachadura no chão. Ela estava prestes a cair.

– Meu Deus, acho que vou desmaiar – ela falou.

Benjamin Grinde segurou firmemente o braço da mãe, e um policial conseguiu agarrá-la pela cintura e recolocá-la na posição vertical.

– Posso ajudá-la a sair, madame? – ele ofereceu educadamente.

Sem esperar resposta, ele a escoltou pela porta, seguindo pelo meio da multidão, até o prédio do Parlamento, a trinta metros de distância. Benjamin Grinde foi atrás deles, com as lapelas levantadas para esconder o rosto.

Os jornalistas no vestíbulo riram do incidente. Todos, menos Little Lettvik, que anotou umas palavras num bloco de notas espiral: "Idosa com o BG. Interessante?"

13h00, SLOTTSBAKKEN, A COLINA QUE DÁ ACESSO AO PALÁCIO REAL

Os jornalistas estavam certos. Eles acertaram o placar num total de dezesseis cargos ministeriais. As conversas prévias à nomeação não produziram nenhuma surpresa. Tryggve Storstein estava no meio da longa fila de ministros com um grande buquê de rosas vermelhas e um sorriso preocupado e distante, apropriado para a ocasião. Afinal de contas, apenas uma hora havia decorrido desde que sua antecessora havia descansado. Menos espectadores do que o normal se reuniram para cumprimentar o novo Gabinete, mas muito mais jornalistas e fotógrafos.

Caía uma garoa fina, e a ministra dos Transportes e das Comunicações parecia impaciente para concluir a habitual sessão de fotos. Ela olhava constantemente para o relógio, e teve a primazia ao se dirigir para os carros oficiais pretos; Tryggve Storstein seguiu a reboque.

Finalmente, tudo acabou e a multidão se dispersou. Agarrando o braço de Ruth-Dorthe, Little Lettvik forçou um abraço.

– Vou ligar para o seu celular hoje à noite – ela sussurrou no ouvido da ministra.

17:15, DEPARTAMENTO DE POLÍCIA DE OSLO

– Primeiro ele convida os policiais para olharem suas armas; depois desaparece no ar! Não percebe como isso está estranho, Håkon?

Håkon Sand estendeu a mão direita e produziu um exuberante tamborilar na mesa.

– Não estar em casa em um período de licença médica, Billy T., não é o que eu chamo de "desaparecer no ar". Ele pode ter ido a qualquer lugar, ao médico, à casa da namorada. À casa da mãe, nesse caso.

– Mas ele também não está atendendo ao telefone! Já liguei várias vezes desde ontem à noite, e ele não pode estar na droga do médico há vinte e quatro horas!

– No hospital, talvez. Ou com a namorada, como eu disse.

– Esse cara com certeza não tem namorada.

Passando as mãos nos cabelos, Håkon Sand convidou Billy T. para se sentar.

– O que você acha que pegou nesse guarda? – ele perguntou entediado.

– Em primeiro lugar, ele definitivamente estava na cena do crime. Em segundo lugar, ele possui armas, quatro delas listadas aqui no registro de armas. E o mais suspeito de tudo...

Apoderando-se de uma garrafa de refrigerante pela metade, Billy T. engoliu o conteúdo sem pedir permissão ao dono.

– Fique à vontade – Håkon ironizou amargurado.

– Pois bem, ouça – Billy T. disse, antes de fazer uma careta ao levantar uma das nádegas para soltar um peido vigoroso e prolongado.

– Puta que o pariu, Billy T.! Não dá para parar com isso...

Levantando-se, Håkon abanava freneticamente com uma das mãos, enquanto prendia o nariz com a outra. Então, precipitou-se para escancarar a janela. Billy T. riu até não poder mais e arremessou a garrafa de refrigerante no cesto de lixo.

– A coisa mais suspeita de todas – repetiu Billy T. – é que o homem mudou de opinião.

– O que você quer dizer com "mudou de opinião"?

Håkon segurava uma caixa de fósforos. Acendia um até o enxofre queimar, para em seguida acender outro.

– Em primeiro lugar, ele disse que eu poderia voltar para casa com ele, para verificar as armas. Depois, ele mudou de ideia e me disse que as traria aqui. Aceitei tranquilamente. Desde então, não tivemos notícia nem vimos nem sombra dele. E agora, ele está de licença médica. Que tal?

– Assim, você acha – disse Håkon lentamente – que devemos ir atrás de um cara a respeito do qual não sabemos mais nada a não ser que ele fez seu trabalho na última sexta-feira. Um cara que cometeu o grave erro de não se apresentar a Billy T. como havia prometido e que, além do mais, se tornou culpado neste caso criminal particularmente grave por ter ficado doente!

Ele atirou a caixa de fósforos na mesa. Em seguida, inclinou a cabeça para trás e apoiou as mãos nos descansos de braço.

– Então você terá que encontrar um novo procurador de justiça. Um mandado de busca implica prisão. Nós já desperdiçamos um mandado. Além do mais, esse na verdade não é o seu trabalho. Você cria tanto problema quanto Hanne, quando fala o que pretende fazer, quero dizer. Não cabe a você julgar o papel do guarda em tudo isso.

– Porra, Håkon! – Billy T. esmurrou a mesa. – Foi Tone-Marit quem insistiu em entrevistar o cara!

– Não adianta – Håkon sorriu. – Pode esquecer. Apenas volte voando para o seu escritório e encontre mais alguns amigos da Volter para conversar.

Sem pronunciar uma palavra, Billy T. saiu da sala e bateu a porta.

– Parem a caça à baleia, JÁ! – Håkon Sand arreliou, soltando uma bela gargalhada.

Foi só depois de concluir duas conversas telefônicas e de estar prestes a voltar ao trabalho novamente que ele descobriu que Billy T. o havia enganado.

A cópia do relatório da autópsia, que não tinha nada a ver com Billy T., mas que ele havia insistido feito criança teimosa para dar uma olhada, não estava sobre a mesa.

Para falar sem recorrer a evasivas, Billy T. devia tê-lo surrupiado.

19h00, STOLMAKERGATA, Nº 15

– Quer assistir ao boletim de notícias, Hanne?

Pegando uma cerveja gelada no refrigerador, Billy T. examinou a sala de estar com ar de satisfação. Embora nunca tivesse reparado nas cortinas alaranjadas penduradas lá antes, ele viu que as novas, na cor azul Força Aérea, eram mais atraentes, especialmente depois que Hanne comprou um sofá, também azul, na loja de móveis Idé Skeidar. Ela ainda encontrou alguns cartazes antigos no sótão. Billy T. não fazia ideia de onde Hanne tinha conseguido as gravuras, mas os quadros ficaram muito bonitos na parede atrás do sofá. Por outro lado, as plantas eram totalmente desnecessárias, e, mesmo que os vasos com seus motivos indígenas fossem bonitos, a vegetação estaria morta em três semanas. Ele sabia muito bem disso. Já havia tentado antes.

Hanne, mastigando a ponta de uma caneta e absorvida na leitura da cópia do relatório da autópsia, não respondeu.

– Olá! Terra chamando Hanne Wilhelmsen! Quer assistir ao *Dagsrevy*?

Ele tocou a cabeça dela com a garrafa e ligou a televisão. As músicas fúnebres repercutiam nas caixas de som do aparelho.

– Tudo bem. Mas não me perturbe!

Irritada, ela esfregou a cabeça onde ele havia encostado a garrafa, mas não levantou os olhos para a tela. Billy T. resmungou e sentou no chão para assistir à transmissão.

Ele de repente caiu na gargalhada.

– Olhe aqueles idiotas! Veja só!

Uma reportagem incrível filmou os manifestantes que tumultuaram o cortejo, cujo principal objetivo era acabar com a caça à baleia norueguesa. O locutor relatou que um norueguês, três holandeses, dois franceses e seis cidadãos americanos foram presos na manifestação em frente à Catedral de Oslo.

– São esses americanos que protestam contra a caça à baleia! O mesmo povo que faz churrasco de gente e que intoxica e envenena *seres humanos*! E quem tem milhões de cidadãos vivendo abaixo da linha da pobreza! Hipócritas sanguinários!

Ele tomou mais um gole da cerveja e peidou novamente.

– Você realmente precisa parar com isso – Hanne murmurou, ainda sem desviar a atenção do que fazia. – A sua mãe não lhe ensinou que deve ir ao banheiro para fazer esse tipo de coisa?

– Primeiro foi o meu ouvido – declarou Billy T. irritado. – Mas já está melhor. Agora é o meu estômago que está pegando. Eu só *tenho* que me livrar desses gases! Melhor fora do que dentro, como a minha avó costumava dizer. Silêncio!

Não havia necessidade de mandar que ela se calasse, pois Hanne estava imersa no relatório da autópsia. A reportagem sobre os manifestantes terminou, e o âncora do noticiário informou que o norueguês foi solto depois de ter sido averiguado que ele não tinha nada a ver com o protesto, enquanto os estrangeiros ficaram presos sob custódia.

– Mas, afinal, o que você está procurando? – Billy T. perguntou, pela primeira vez mostrando interesse genuíno pelo que Hanne estava fazendo.

– Nada – Hanne suspirou, juntando os papéis antes de colocá-los numa pasta de plástico. – Absolutamente nada. Pensei ter tido uma ideia engenhosa que nos daria a resposta para tudo.

– O quê?

– Mas, como sempre, não era tão engenhosa assim. O relatório da autópsia exclui o que eu pensava. Foi útil verificar isso. De qualquer maneira, obrigada por ter conseguido para mim.

– Eu tive que enganar aquele bom garoto que você conhece. O que pensou que era tão engenhoso?

– Nada – Hanne disse com um sorriso. – Não ajudou. O que acha de jogar pebolim?

– Ótimo!

Billy T. foi buscar o volumoso e antiquado jogo de futebol de mesa no quarto.

– Eu fico com a Inglaterra – ele gritou enquanto ajeitava a mesa com os bonecos de borracha fixados em oito hastes de aço na sala de estar.

– Tudo bem, eu fico com a Holanda.

Nenhum deles se incomodou com o fato de uma equipe ter camisas verde-claras e a outra azul. Afinal, os jogadores talvez estivessem usando kits de camisetas reserva antigos.

21h30, OLE BRUMMS VEI, Nº 212

Enfim só. O paletó do terno escuro, que parecia tão desgastado e abatido como ele, estava pendurado no encosto de uma cadeira. Roy Hansen olhou para a foto de Birgitte no aparador. A vela ao lado, a única fonte de luz na sala, parecia quase hipnótica.

A semana que passou tinha sido inacreditável. Ele nunca teve interesse em New Age ou fenômenos paranormais, e também não era religioso. No entanto, nos últimos dias esteve tão perto de uma experiência fora do corpo que considerava algo possível.

Tryggve Storstein foi visitá-lo, envergonhado e exausto, mas mostrou tanta empatia e estava tão sinceramente triste que, de um jeito estranho, acabou consolando Roy Hansen. Tryggve o comoveu. Eles conversaram bastante e depois ficaram sentados juntos em silêncio por um bom tempo.

O casal enviado pelo Serviço de Protocolo do Departamento de Estado foi menos bem-vindo. A mulher insistiu que era necessária a realização de uma faxina: as flores, o pó e a escuridão foram removidos. Pelo menos estava tudo limpo e arrumado.

Todo mundo resolveu perturbá-lo naquele entardecer. Eles queriam que ele ficasse bem, ele sabia disso, mas não queria ninguém ali, somente Per. Mas o filho não falava com ele, estava sempre fora, praticando *jogging* ou realizando corridas mais longas. Ou então trancava-se no quarto sozinho e ficava sem fazer nada. Às vezes, o rapaz ficava ao telefone durante horas, conversando com um ou outro amigo, embora Roy não soubesse nem fizesse ideia de sobre o que falava ou com quem conversava.

Algumas pessoas voltaram com ele para casa depois da recepção na Prefeitura. Ele se retirou assim que o Serviço de Protocolo permitiu. O secretário do partido e mais três sujeitos do diretório o acompanharam. Depois, outras pessoas chegaram, mas, felizmente, todos afinal perceberam que ele queria ficar sozinho, acabaram se despedindo e foram embora.

Roy Hansen tentou assistir à televisão, mas só passava a interminável cobertura do funeral. Parecia uma derrota final, amarga. Ele nem ao menos teve a morte de Birgitte para si mesmo. Nem mesmo quando ela jazia morta, dentro de um pesado caixão, sob uma tampa de madeira branca, ela não foi dele: ela pertencia ao Estado, ao povo. Em primeiro lugar, e acima de tudo, ao partido. Nunca a ele. Nem nesse dia, quando tudo havia terminado para sempre. Em vez de ser um encontro silencioso de familiares e amigos próximos, uma chance de ele prantear em companhia de outras pessoas que gostavam da mulher com quem ele tinha compartilhado a vida, o funeral de Birgitte se tornou um evento político, um comício.

De repente, sentiu saudades dos pais de Birgitte. Ambos haviam falecido no fim dos anos 1980, e provavelmente foi melhor assim, pois foram poupados de ter que passar pela experiência do assassinato da filha. Da mesma forma, foram poupados de testemunhar como Birgitte se afastou sistematicamente de todos ao redor dela, tornando-se cada vez mais alheia aos que a amavam. Mas teria sido bom tê-los ali nesse dia. Talvez tivessem compartilhado algumas recordações com ele. Era óbvio que Per não conseguia fazer isso.

Na sexta-feira anterior, mais do que qualquer outra coisa no mundo, Roy Hansen desejava que o filho voltasse para casa, que ele estivesse ali, de uniforme, com a enorme mochila. As horas até a chegada de Per, na manhã de sábado, tinham sido insuportáveis. Mas, quando ele finalmente chegou, de certo modo desapareceu. Estava carrancudo, com o rosto fechado, inacessível.

E de repente ele estava ali parado.

– Boa noite. Esperei até que a avó dormisse. Agora vou me deitar.

Roy Hansen não tinha ouvido o carro chegar. Olhou para a silhueta do filho na soleira da porta. A luz das velas borrava o perfil do rapaz.

– Mas, Per – ele sussurrou. – Você não poderia se sentar aqui comigo só por um momento? Só um pouquinho...

O jovem na entrada não moveu um músculo e era impossível ver o rosto dele.

– Sente-se, por favor, apenas um instante.

De repente, o local foi inundado pela claridade vinda do teto. Per tinha acendido a luz. Quando os olhos de Roy se acostumaram com o brilho, e ele recuperou a visão, teve um choque.

Per, aquele menino decente, o rapaz bem-educado e inteligente que nunca, durante a adolescência inteira, dera motivos de preocupação aos pais, estava irreconhecível. Per, seu filho, seu alento e, na verdade, também sua responsabilidade, já que Birgitte embarcou para a Longa Ausência quando o menino tinha pouco mais de 10 anos, estava inacreditavelmente diferente.

– Se você está precisando muito falar comigo, *então farei isso com prazer!*

Com o rosto contorcido e os olhos saltados como os de um bacalhau morto, ele cuspia saliva enquanto falava.

– Eu não pretendia dizer nada! Mas você acha que *eu não sei?*

Ele pairava ameaçadoramente sobre o pai, com os punhos cerrados.

– Você é um... Você é um hipócrita desgraçado! Você sabe disso, pai, você é um... um...

O rapaz estava chorando. Ele não havia derramado uma única lágrima durante o serviço fúnebre, mas naquele momento um dilúvio de lágrimas vergava de seus olhos, e seu rosto perdera a cor: um mal estranho o dominava, tornando-o cruel e repulsivo. Roy inclinou-se para o lado no sofá, quase se reclinando.

– Acha que não sei por que a mãe ficou ausente? Por que ela não conseguia suportar estar em casa?

Roy Hansen tentou se afastar ainda mais do filho, mas Per fez um movimento súbito com os punhos, o que o deixou ainda mais assustado e estático.

– E essa Ruth-Dorthe Nordgarden, quem diria! Parece a Dolly Parton! O que você acha que aconteceu com a mãe quando ela encontrou aquele brinco na cama! *O que você acha?*

– Mas...

Roy tentou se endireitar, e Per o ameaçou novamente, levantando os punhos cerrados a meio metro acima do pai, imobilizando-o no lugar onde estava.

– Eu escutei o que você falou! Você achou que eu estava fora naquela noite. Mas eu tinha voltado para casa!

– Per...

– Não me venha com "Per"! Eu ouvi a discussão de vocês!

O jovem soluçava e tossia descontroladamente, gritando quase histérico, tornando difícil ouvir o que ele dizia.

– Calma, Per! Abaixe o tom!

– Abaixe o tom! Quem deveria ter diminuído o tom era você, pai, naquela noite, no outono passado. Você e aquela puta maldita!

Então, inesperadamente, ele ficou esgotado. Per Volter abaixou os braços e afrouxou os punhos, sua postura parecia a de um militar em descanso, ofegante em busca de ar.

– Eu nunca mais vou falar com você, pai, nunca!

Per atravessou a porta. Roy Hansen levantou-se vacilante, quase sem voz.

– Mas, Per – ele sussurrou. – Há tanta coisa que você não sabe! Tanta coisa...

Mas ele não obteve resposta. Alguns segundos depois, ouviu o filho sair com o carro em disparada pelo acesso do estacionamento. A vela se apagou, deixando a sala de estar banhada numa luz forte, agressiva, implacável.

Sábado, 12 de abril

10h15, ODINS GATE, Nº 3

Era impossível levantar-se, e os dois travesseiros embaixo de sua cabeça tornavam difícil a respiração. Ele procurou, sob os pés descalços, o buraco que havia drenado toda a sua força. Sentia-se morto. O vazio total era ampliado por uma tristeza atroz, que nunca havia experimentado antes.

Não havia saída. O mundo de Benjamin Grinde estava se desintegrando. A semana anterior havia sido uma longa jornada para o Gólgota, rumo ao esquecimento, ao fim absoluto. Os olhares de seus colegas do judiciário indicavam que algo intocável o envolvia como uma barreira. Ninguém conversava com ele, e só eventualmente, quando estritamente necessário, dirigiam-lhe a palavra. As manchetes dos jornais tinham causado um grande estrago, mesmo que o mandado de prisão não fosse legítimo, mesmo com a polícia confirmando que ele não era suspeito. O mandado era, no entanto, uma acusação escrita que, em qualquer caso, agora que tudo era de conhecimento público, colocava em risco o futuro de sua carreira. Mas a outra questão era pior.

Será que ele jamais escaparia de um destino compartilhado com Birgitte? Isso nunca terminaria? Depois de tantos anos? Cada um, à sua maneira, tentou avançar; ambos seguiram em direções diferentes e acabaram nos mais altos escalões, no auge da carreira, mas cada um em um ramo de atividade.

Com grande esforço ele se recompôs, rolando as pernas para fora da cama e esforçando-se para se sentar reto. O rígido leão de bronze que protegia a porta do quarto rosnou para ele. A juba era bem polida, brilhante como ouro, e a mandíbula, negra, coberta de azinhavre. Ele o havia comprado num beco em Teerã. O grande felino o fascinava. Esse animal exótico, apesar de ser de espécie estrangeira, havia sido escolhido como o mais norueguês de todos os bichos. É o símbolo oficial da identidade norueguesa, rosnando no brasão em cima da entrada do complexo governamental. Existem dois na frente do edifício do Parlamento, leões mansos e banguelas que tentam tomar conta do lugar, mas não conseguem assustar ninguém. Porém o mais esplêndido de todos é uma leoa com vastas tetas que guarda a Sala 9 no Supremo Tribunal: a sala de reuniões e de cerimônias.

Benjamin Grinde olhou para a figura de bronze. O bicho fitava-o na cama, como se um odor repelente de mau hálito emanasse de sua boca. Grinde tratou de escapar do quarto. Com as pernas bambas, ele se dirigiu para a cozinha. "Nunca olhei dentro da boca desse leão", ele pensou de repente, tentando encontrar onde estava o café. "O que será que tem lá dentro?"

O enorme aparador de carvalho, com as portas de vidro e o relevo de cachos de uvas emaranhados, parecia quase preto na escuridão. As cortinas estavam puxadas. A vida continuava lá fora, mas ali não havia nada.

Embaixo da velha toalha de mesa que pertencera à bisavó estava a pequena caixa que deveria ter sido deixada onde estava. Uma bela caixinha porta-comprimidos em ouro esmaltado.

Ele pegou o objeto e o abriu com esforço.

11h00, SEÇÃO DO SERVIÇO DE INTELIGÊNCIA, DEPARTAMENTO DE POLÍCIA DE OSLO

– Você está querendo dizer que esse homem esteve aqui ontem? Aqui? No Departamento de Polícia?

Haviam sobrado poucos sinais do antigo, impassível e rigoroso chefe do Serviço de Inteligência. Ele estava andando com passos firmes no chão do escritório, penteando o cabelo com os dedos.

– Quando ele foi solto?

– Ontem à tarde. Ele não teve nada a ver com a manifestação. Só estava no lugar errado, na hora errada.

– Brage Håkonsen – murmurou Ole Henrik Hermansen. – O que temos sobre ele antes?

– Nada de mais.

O policial tentou seguir o chefe com os olhos, mas era difícil: Hermansen perambulava irrequieto de um lado para o outro atrás dele.

– E o que exatamente significa "nada de mais"?

– Ele definitivamente pertence aos círculos de extrema direita. Participou do "Poder Ariano", porém já faz algum tempo. Nos últimos dois anos, tem sido praticamente invisível. Suspeitamos que lidere um grupo próprio, quase uma célula. Mas não sabemos nada sobre isso.

O chefe do Serviço de Inteligência parou abruptamente às costas do subordinado.

– E Tage Sjögren também fez uma visita a ele, na semana passada.

O policial fez um gesto com a cabeça, apesar de não ter certeza se seria notado.

– Descubra tudo – Ole Henrik Hermansen balbuciou, seguindo de repente para a cadeira do escritório. – Descubra absolutamente tudo sobre esse cara. Se a coisa ficar feia, prenda-o.

15h32, TINDFOTEN IN TROMSDALEN, PERTO DE TROMSØ

A neve já tinha perdido a brancura e chicoteava ao redor numa sombra acinzentada que ele nunca tinha visto antes. Todos os flocos cinzentos flutuavam juntos num vazio uniforme. Ele mal conseguia enxergar a ponta do esqui. Eles não deveriam ter deixado o abrigo em Skarvassbu. Ele havia dito a Morten que era loucura. Da forma como o tempo fechou depois que saíram de Snarbydalen, deveriam ter se refugiado no abrigo.

– Mas é quase só descida a partir daqui – Morten protestou. – Vinte minutos de subida em encostas suaves e, depois, pouco mais de meia hora de fabuloso esqui alpino. Tenho cerveja em casa. Você realmente quer ficar aqui?

Morten apontou para as prateleiras da pequena cabana turística. Alguns pacotes de sopa de couve-flor e quatro latas do cozido local eram bem menos tentadores do que um raro bife com cerveja gelada no alojamento de Morten, em Skattøra.

– Mas existe o risco de uma avalanche, não acha? – ele argumentou. – Pode ocorrer uma avalanche!

– Meu Deus! Eu já esquiei nessa trilha centenas de vezes! Não tem avalanches aqui. Vamos!

Ele capitulou. Agora não tinha ideia de onde Morten estava. Parando, descansou os bastões de esqui.

– Morten! Morten!

Parecia que nem o som queria se arriscar na nevasca cinzenta. Mal saía da boca e já voltava.

– Morten!

Ele não fazia a menor ideia de onde estava. O terreno continuava subindo a encosta suavemente, e ele já estava caminhando havia quase uma hora. Morten havia dito que só levariam vinte minutos para chegar ao início da descida. Devia ser por causa daquelas terríveis condições, toda aquela neve. Era muito mais neve do que em condições normais. Ele sabia, pela previsão do tempo, que os recordes estavam sendo quebrados quase diariamente no norte da Noruega.

Será que estava um pouco mais plano ali na frente?

Ele parou e fez um esforço para verificar. A neve que o castigava impiedosamente começou a penetrar nas roupas. Nenhum deles estava vestido para enfrentar um clima tão horroroso.

– Morten!

O segurança do complexo do governo sentiu tontura: estava difícil saber qual caminho seguir. Ele havia perdido os pontos de referência em relação a norte, sul, leste e oeste havia muito tempo. Porém, agora era direto para baixo. A encosta ascendente chegara ao fim.

De repente, ele ouviu um barulho, diferente do vento, que gemia e assobiava, e do chaveiro na mochila, em baixa frequência e ameaçador. Ele ficou tenso e rígido, sentindo a ansiedade arrastar-se pelas pernas.

Devia ter uns dois metros de neve abaixo dele. Será que estava em pé num banco de neve? Estaria ao lado da face de uma rocha? Em desespero, ele começou a se afastar: brusca e propositadamente, embora não fizesse ideia de sua posição na rota. Então, perdeu o equilíbrio.

O chão embaixo dele começou a se mover, lenta e insistentemente. O rumor aumentou até se tornar um rugido ensurdecedor, e antes que o guarda recuperasse o pé, montes de neve desmoronaram. Era como se o fim do mundo estivesse chegando. Lançado de um lado para outro, ele de repente estava deitado de costas, antes de ser esmagado no estômago. A neve forçava caminho, não apenas dentro da roupa e na pele, mas também dentro dos ouvidos, dos olhos, da boca e do nariz. Ele então se deu conta de que estava prestes a morrer.

A pressão aumentou, e ele já não navegava descendo a montanha em cima da neve, estava embaixo de tudo. Seu entorno não era mais cinza, estava tudo absolutamente escuro. Sentia como se os olhos estivessem sendo martelados para dentro do crânio e estava ofegante pelo ar que não conseguia inspirar, com as vias aéreas entupidas de neve.

"Eles jamais vão descobrir o que aconteceu comigo."

Sentindo uma dor lancinante, fez um esforço final para aspirar o ar pelos pulmões comprimidos, antes que tudo ficasse escuro. Apenas três minutos depois, estava morto.

16h10, KIRKEVEIEN, Nº 129

A bela cadeira francesa antiga em estilo imperial parecia sem graça ao lado da mesa IKEA de Billy. A litografia de Munch também deve ter ficado ofendida, apertada ao lado de uma tela de seda em moldura vermelha, adquirida num leilão numa galeria de Aker Brygge por duzentas coroas durante o último período de recuperação econômica.

Ruth-Dorthe Nordgarden sentou-se na cadeira, mergulhada em pensamentos profundos. Ela olhava para o telefone celular na mão direita, depois o desligava; então pegava o telefone fixo: um aparelho sem fio que ela ainda não tinha entendido completamente como funcionava.

Ela continuaria. Talvez não imediatamente, mas em algum momento, daria o troco. Tryggve Storstein não queria que ela continuasse no cargo, e ela sabia que forças exteriores o forçaram a manter seu nome.

Certamente levaria tempo, mas a oportunidade se apresentaria, mais cedo ou mais tarde.

– Alô?

O fone estava tão silencioso quanto um túmulo. Hesitante, ela pressionou uma tecla verde e sorriu de alívio quando de repente ouviu o tom de discagem, seguido de uma melodia rápida e estridente.

– Alô?

– Alô?

– Aqui é Ruth-Dorthe.

– Muito bem, muito bem. Parabéns.

A voz era evasiva, mas ela sabia muito bem que ele era dela. Claro, ele não era confiável. Ninguém era confiável. Mas ele era dela, assim mesmo. Ele foi o único que cuidou dela em primeiro lugar. Ele a ajudou e lhe deu apoio, consciente de que suas respectivas carreiras estavam interconectadas: eles eram irmãos gêmeos siameses políticos. Gunnar Klavenæs também tinha assento no conselho executivo do partido.

– Mas que diabos aconteceu? – ela perguntou.

– Não se preocupe. Acabou dando tudo certo.

Silêncio. Ela podia ouvir a lava-louças: o programa tinha travado e a máquina enxaguava de vez em quando. Ela levou o telefone para a cozinha.

– Um momento.

Parecia uma tremenda tempestade, um tufão dentro de uma lata. Perplexa, ela analisou os botões na parte superior do painel sem tocar em nenhum deles. Por fim, pressionou firmemente o botão de desligar. A velocidade da ação de lavagem da máquina diminuiu, e só se ouvia o som de um gotejamento, que foi ficando cada vez mais fraco.

– Alô?

– Sim, ainda estou aqui.

– Ele não vai durar muito – ela disse sem emoção.

– Eu acho que você está calculando mal, Ruth-Dorthe – foi a resposta no outro lado da linha. – Ele é muito mais forte do que você imagina...

– Não se ele herdar todos os problemas da época de Birgitte. E é claro que isso vai acontecer. A eleição no outono será fatal para ele.

– Não dessa vez. Vamos ganhar votos como resultado do assassinato de Birgitte. Foi o que aconteceu com os social-democratas na Suécia.

Ela semicerrou os olhos para observar a árvore no quintal e viu que pequenos botões começavam a brotar.

– Vamos ver – ela murmurou. – Liguei para perguntar se poderíamos jantar esta noite.

– Não consigo remanejar nada hoje. Estou extremamente ocupado no momento. Posso ligar quando estiver livre?

– Tudo bem – ela respondeu ofendida. – Achei que você poderia estar interessado em ouvir o que eu tenho a lhe dizer.

– Claro, Ruth-Dorthe. Mas não hoje, tudo bem?

Sem responder, ela pressionou novamente a tecla verde com o pequeno ícone de um telefone. Deu certo.

Muita gente achava que ela sairia, mesmo entre seus apoiadores – alguns deles, pelo menos. Foi somente graças à renúncia de Gro Harlem Brundtland como primeira-ministra no ano anterior que ela manteve seu cargo como vice-líder adjunta do partido. Seu mandato de quatro anos antes disso não tinha sido tão bom quanto o esperado. Ela perdeu muitos amigos, e as reclamações daqueles que não a queriam bem aumentaram muito. No Congresso Nacional, apenas quinze dias após a mudança de governo, todo mundo tomava cuidado para garantir o menor desconforto possível. Era a legislatura da Birgitte, e os líderes dos últimos quatro anos deveriam ficar em paz. Ruth-Dorthe Nordgarden sabia que sua pele tinha sido salva por pouco. E sabia que Tryggve Storstein era seu principal adversário. Antes ele era apenas vice-líder, com status igual ao dela. Agora ele era o líder do partido e primeiro-ministro.

No entanto, ela ainda sabia quais cordas podia puxar.

Ela olhou o relógio. As meninas ficariam fora por mais algumas horas. Ruth-Dorthe Nordgarden se serviu de uma xícara de café, mas estava muito forte. Torceu o nariz e voltou para a cozinha novamente, atrás de um pouco de leite. De dentro da geladeira veio um cheiro de azedo quando ela abriu a porta. As meninas andavam fugindo de suas tarefas mais do que nunca ultimamente. Ela ficou irritada ao ver que o leite estava vencido. Aproximou o nariz da abertura, mas assim mesmo decidiu despejar uma quantidade generosa em sua xícara.

Enquanto tomava o café com leite melado, ela percorreu os olhos do celular para o telefone sem fio. Era difícil acreditar que os telefones celulares não podiam ser grampeados. Parecia incrível, com toda a tecnologia moderna, ser possível conversar e ainda ter certeza de que ninguém mais estaria na escuta. Celulares *pareciam* inseguros: estalavam e rangiam, e algumas vezes ela chegou a ouvir outras vozes na linha. Mas mesmo assim decidiu usar o telefone celular.

– Você queria falar comigo? – ela perguntou em tom indiferente quando a ligação foi completada.

Ela precisava limpar as janelas. O sol fraco da primavera penetrava, projetando-se na mesa, e partículas de poeira dançavam na luz pálida. Ela ouviu a voz no outro lado por um tempo considerável.

– Você está falando de documentos internos – ela respondeu afinal. – Isso é muito difícil, é claro. Para não dizer quase impossível.

Aquilo não era verdade. Os dois sabiam disso, mas Ruth-Dorthe Nordgarden queria ser persuadida. Ela queria saber o que ele sentia por ela.

Cinco minutos depois, ela encerrou a ligação.

Ela escreveu algumas palavras da margem do diário, no espaço reservado para segunda-feira. Precisava conseguir um técnico para consertar a lava-louças o mais rápido possível. Teria que se lembrar de pedir ao assessor político que providenciasse isso.

18h00, JACOB AALLS GATE, Nº 16

– Eu sou cética! Estou lhe dizendo, mesmo assim, eu sou cética!

Birdie Grinde franziu a testa bronzeada e mordeu os lábios. No entanto, Little Lettvik podia perceber um vislumbre de curiosidade nos olhos da velha.

– Depois das coisas terríveis que o seu jornal escreveu sobre Ben, não é de admirar que eu não esteja realmente satisfeita de ver você. Mas, por outro lado…

Birdie Grinde recuou no pequeno corredor, indicando a Little Lettvik que seguisse na frente.

– … se eu puder contribuir de alguma forma para deixar evidente que Ben não teve nada a ver com essa história terrível, isso seria realmente esplêndido, é claro.

A mãe do juiz, que devia estar com quase 80 anos, usava calças jeans apertadas. De forma fascinante, a roupa ilustrava bem o que acontece com um corpo envelhecido. As pernas pareciam frágeis e magras, e as panturrilhas eram tão finas quanto canudos. No intervalo entre as calças apertadas e as sandálias plataforma, Little Lettvik conseguiu detectar pintas marrons na pele brilhante e ressecada, e manchas escuras decorrentes da idade. O suéter solto de Birdie Grinde, de angorá cor-de-rosa, cobria apenas metade do seu traseiro, permitindo a Little ver melhor os estragos do tempo nas nádegas, cujos músculos tinham sido bastante prejudicados.

"Há dez anos", Little Lettvik pensou, "há apenas dez anos, ela provavelmente nem cogitaria usar essas roupas".

– Sente-se! – Birdie Grinde ordenou, e Little Lettvik notou os olhos desagradáveis e vingativos sob as sobrancelhas da velha, que formaram dois cordões finos na testa alta. – Com certeza você aceita um lanchinho, não é?

Quando voltou da cozinha, ela trazia um prato de sanduíches numa das mãos e um prato com um bolo cortado em fatias na outra.

– Eu consegui manter minha silhueta esbelta, como você pode ver. Apenas um copo de vinho do Porto para mim! Assim!

Ela se serviu de uma quantidade tão generosa que o líquido vermelho-acastanhado quase transbordou. Little Lettvik aceitou com um pequeno aceno de cabeça.

– Sim, por favor – e recebeu um copo pela metade.

– Imagino que você esteja dirigindo – justificou Birdie Grinde enquanto se sentava. – Fique à vontade! Aproveite!

Ela empurrou os dois pratos em direção à jornalista.

O lanche parecia muito bom, e Little Lettvik estava com fome. Aliás, ela estava sempre com fome. Havia muito tempo, tinha lido um artigo numa revista científica popular sobre a fome ser um sucedâneo da consciência. Tentou esquecer o artigo. Pegando um sanduíche recheado de salmão e ovo mexido, ela se perguntou se aquela estranha mulher sempre teve luxos como esses, porque não ficara na cozinha por mais de dez minutos.

Era desagradável comer sob o olhar de águia da mulher sentada no sofá, observando-a através do copo de vinho do Porto com os intensos olhos castanhos. Little Lettvik desistiu antes de chegar à metade do sanduíche.

– Como pode escrever essas coisas? – Birdie Grinde retomou. – Você já sabia que a acusação era uma bobagem!

– Mandado de prisão – Little Lettvik corrigiu. – Foi um mandado de prisão. E também notificamos que foi revogado. Não havia absolutamente nada nesse artigo que não fosse verdade.

Birdie Grinde parecia preocupada. Ela olhou sem inibição para Little Lettvik, mas seus pensamentos pareciam não girar em torno do filho, que havia sido injustamente apontado como assassino apenas alguns dias antes. Uma nova expressão vaga surgiu, esculpida em seu rosto cheio de manchas: uma mistura de euforia e constrangimento.

Little Lettvik achou desconcertante.

– E, é claro, tudo isso já foi esquecido – ela continuou. – As pessoas esquecem tudo muito rapidamente. Posso tranquilizá-la quanto a essa questão. Mas talvez você possa me dizer algo sobre o seu filho...

Agora o olhar da velha senhora era insuportável. Ela continuou a observá-la enquanto limpava cuidadosamente, repetidas vezes, a boca com um guardanapo de linho.

Little Lettvik balançou a cabeça sutilmente.

– Algo errado?

– Você tem um pouco de ovo mexido grudado no queixo – Birdie Grinde murmurou, inclinando-se sobre a mesa de centro. – Aqui!

Ela apontou para o queixo da jornalista, e Little Lettvik fez um movimento relâmpago com o dorso da mão. Viu um nódulo amarelo escorrendo e recorreu à outra mão para resolver o problema.

– Você *precisa* de um guardanapo – Birdie Grinde disse incisivamente.

– Obrigada – Little Lettvik murmurou, tentando retirar o pano enrolado de um grande anel de prata gravado.

– Agora, sim! – Birdie Grinde sorriu com satisfação. – Mas o que é mesmo que você queria me perguntar?

Little Lettvik raramente deixava os outros fazerem piada dela. Jamais prestava atenção à própria aparência. Ela não se importava. Quase nada a preocupava e, em particular, estava extremamente satisfeita por não gostar de ninguém: nem se dava ao trabalho de ficar de alguma forma preocupada com os outros. Talvez com ele, quem sabe. Não, nem com ele. Seu negócio, sua cruzada, seu principal projeto, era a verdade. A verdade era uma obsessão, e ela ria escandalosamente de todas as tentativas patéticas de outros jornalistas de se dedicarem a debates filosóficos sobre ética e jornalismo. Duas vezes, apenas duas vezes, em uma longa e ilustre carreira, ela se comprometeu com a divulgação de algo que acabou por não ser verdade. Foi difícil. Esses incidentes a deixaram aborrecida durante meses. Jogar tudo para o alto e ser obrigada a fazer retratações oficiais e pagar indenização tinha sido um grande inferno.

A verdade nunca poderia ser imoral. A maneira de se apoderar dela, e o efeito que isso tinha sobre outras pessoas, era algo inteiramente secundário. Não fazia diferença se ela precisava mentir ou recorrer a práticas sem escrúpulos para chegar à verdade. Seu único objetivo era descobrir a verdade. Se cada mera palavra em um artigo que tivesse escrito estivesse correta, então o artigo era considerado legítimo.

Sua certeza sobre a própria busca eterna pela verdade a tornava invencível. Mas, naquele momento, diante daquela bruxa – uma ratazana feia, presunçosa e ridícula, sentada ereta no lado oposto de uma maciça mesa de centro de mogno, entretendo-se com seu buço –, Little Lettvik sentiu uma inusitada pontada de insegurança.

Ela sacudiu sutilmente a cabeça e se recostou na cadeira, para tentar reduzir o tamanho do estômago. Pela primeira vez havia séculos, ela olhou para baixo, incomodada com os seios, que se esparramavam como uma varanda sólida na frente dela. Ela realmente nunca tinha notado que eles descansavam sobre suas coxas quando ela estava sentada.

– Eu fiquei imaginando se você poderia me contar um pouco sobre seu filho – ela disse finalmente. – Nós gostaríamos de dar aos nossos leitores uma imagem exata dele. Afinal, ele ocupa uma posição extremamente proeminente, e a vida dele é de grande interesse público, não acha?

– Sim, muito, e essa é exatamente a minha visão!

Birdie Grinde soltou uma risada sonora e estridente.

– Para dizer a verdade, estou surpresa pelo fato de a imprensa não ter demonstrado mais interesse por ele antes. Como você sabe...

Birdie Grinde inclinou-se para a frente novamente, como se quisesse inspirar familiaridade.

– ... Ben foi a primeira pessoa na Noruega a obter tanto um diploma de medicina como um doutorado em direito. O primeiro! Veja bem.

Ela se levantou do sofá e foi até a estante de livros, sem interromper o fluxo da conversa. Agachando-se com dificuldade por um momento, ela pegou um álbum de recordações com fotos e recortes.

– Particularmente, considero que essa realização recebeu pouquíssimo destaque.

Ela colocou o álbum diante da jornalista.

– Só duas pequenas colunas no *Aftenposten* – ela comentou aborrecida, apontando o recorte com a unha pintada de vermelho. – Foi uma bela proeza, posso lhe garantir. Mas...

Ela relaxou em seu assento novamente.

– ... na verdade, foi publicado um artigo mais longo sobre Ben quando ele se formou na faculdade.

Birdie Grinde fez um gesto, incentivando Little Lettvik a folhear mais algumas páginas do álbum.

– Saiu apenas na imprensa local, no *Akershus Amtstidende*, é claro, mas vale do mesmo jeito.

Little Lettvik folheou outras páginas. De repente, viu o jovem Benjamin Grinde numa enorme foto de jornal, amarelada e dobrada num canto. Ele sorria tímido e acanhado para o fotógrafo. Apesar dos cabelos compridos e os olhos vazios, traços característicos de qualquer jovem de 18 anos, ele era facilmente reconhecível. O rapaz ficou evidentemente mais bonito ao longo dos anos, mas, mesmo naquela antiga imagem de jornal, ela podia ver como ele era bem-apessoado: imaturo, vulnerável e envolvente.

– Meu Deus! – murmurou Little Lettvik. – Ele conseguiu alguma distinção pela nota final?

– Distinção em todos os assuntos – Birdie Grinde riu, sentindo orgulho. – Na Escola da Catedral de Oslo! A melhor da cidade... Talvez a melhor escola do país, eu diria. Naquela época, pelo menos. Desde então, deteriorou-se, como muitas outras coisas.

Mais uma vez, ela franziu a boca, em sinal de desaprovação.

– Quem é?

Little Lettvik colocou o pesado álbum na frente da mãe de Benjamin Grinde. Pegando um par de óculos meia-lua num estojo de couro sobre a mesa em frente, Birdie Grinde examinou a foto.

– Ah, *essa*! – ela disse exaltada. – Essa é Birgitte, é claro! Pobre Birgitte, *olhe* como ela era adorável!

Birgitte Volter aparecia com o braço em volta do jovem Benjamin Grinde, de 18 anos. Ele estava duro como uma tábua, com as mãos inseguras soltas na frente das pernas, olhando seriamente para algum ponto adjacente à lente da câmera. Birgitte Volter, na época com os cabelos mais ou menos compridos, no meio das costas, elegantemente vestida com uma saia rodada armada abaixo dos joelhos e usando óculos de gatinho, sorria, segurando um bebê no outro braço. A posição da criança não parecia muito confortável, pois a cabecinha pendia longe do cotovelo da mãe. Na legenda manuscrita com caneta branca no papelão cinza-escuro: "O primeiro dia de sol da Pequena Liv".

– Olhe para isso – gritou Birdie Grinde entusiasmada, avançando mais no álbum. – Aqui estamos nós, todos juntos na praia! Birgitte Volter era uma amiga muito íntima da nossa família, você entende. Os pais dela eram nossos vizinhos mais próximos. Eram pessoas brilhantes, mas infelizmente morreram há vários anos, pobre gente... Foi uma época *adorável*.

Ela suspirou, deitada no sofá. Olhava pela janela sorridente e com ar saudoso.

– Um tempo *adorável*... – ela repetiu em tom brando, mais para si mesma do que para Little Lettvik.

Mas Little Lettvik também não a estava ouvindo.

– Quem é este? – ela perguntou em voz alta, apontando para outra foto.

Birdie Grinde não respondeu, continuou com os olhos fixos em algum ponto além da janela, com o rosto transformado. Algo suave circundava seus olhos; e o sorriso dela parecia brotar de algum lugar profundo, em que estava trancado havia muito tempo.

– Com licença – Little Lettvik gritou. – Sra. Grinde!

– Oh! – a velha sobressaltou-se. – Sinto Muito. O que você perguntou?

– Quem é este?

Little Lettvik não queria chamar a atenção para as próprias unhas roídas, então indicou com o nó do dedo uma foto de bebê. A criança estava deitada de costas numa manta de feltro, com os joelhos dobrados, parecendo incomodada com a claridade do sol. Birgitte Volter aparecia sentada ao lado do bebê, ainda sorrindo sensualmente. Do outro lado, estava Benjamin Grinde, parecendo muito solene. Agachado atrás da criança, um homem bonito e de ombros largos sorria amplamente, com a mão na cabecinha do bebê. Little Lettvik o reconheceu imediatamente. Era Roy Hansen.

– Quem é a criança?

Birdie Grinde olhou para ela confusa.

– O bebê? Esta é a Liv!

– Liv?

– Sim, a filha de Birgitte e Roy.

– Filha? Mas eles só têm um filho! Um menino, não é? Per.

– Minha querida...

Birdie Grinde olhou contrariada para a jornalista.

– ... Per tem pouco mais de 20 anos. Esta foto foi tirada em 65. A pequena Liv *morreu,* não sabia? Foi uma tragédia terrível toda essa história. Ela morreu...

Ela tentou apertar os dedos.

– Sem motivo aparente. Foi algo absolutamente horrível. Isso afetou terrivelmente todo mundo. Pobre casal, o sr. e a sra. Volter, eles simplesmente entraram em declínio. Eu colocaria isso desse modo. Eles ficaram muito abalados e nunca mais voltaram a ser os mesmos. Graças a Deus, Birgitte era jovem. E Roy também, é claro, embora eu nunca tenha entendido como Birgitte poderia ter uma queda por aquele homem. Pessoas jovens, como você sabe... conseguem se reerguer. E, quanto a Ben, esse bom menino... Ele ficou *arrasado*. Pobre Ben. Ele é tão sensível. O pai dele era exatamente assim. Era fotógrafo e tinha temperamento artístico. Eu sempre disse isso.

– Você disse que isso aconteceu em 1965? – Little Lettvik perguntou, engolindo em seco. – Quantos anos tinha a criança?

– Apenas três meses, pobre alma. Um belo bebê. Encantador. Ela não foi exatamente *planejada,* se você entende o que eu quero dizer...

Birdie Grinde piscou ligeiramente o olho direito.

– ... mas era um pequeno raio de sol. E acabou morrendo. Síndrome da morte súbita infantil, acho que é assim que se chama hoje em dia...

Nós chamamos de tragédia, isso sim. Naquele momento, não tínhamos muitas palavras bonitas, sabe.

Little Lettvik tossiu forte: uma tosse pungente e rouca que veio das profundezas de seu ser. Apertando a boca com ambas as mãos, ela engasgou.

– Poderia me servir um pouco de água, por favor?

Birdie Grinde parecia extremamente distraída quando correu para a cozinha.

Little continuou tossindo enquanto pegava o álbum, fazendo-o deslizar para o fundo da bolsa volumosa que sempre carregava. E, com um ímpeto final e feroz, puxou o zíper.

– Aqui está – Birdie sussurrou, aproximando-se da jornalista com a água num copo de cristal com haste. – Por favor, tome com cuidado! Você fuma, senhorita Lettvik? Realmente deveria parar!

Little Lettvik não respondeu, mas tomou toda a água.

– Obrigada! – ela murmurou. – Agora eu preciso ir.

– Já?

Birdie Grinde não conseguiu esconder sua decepção.

– Quem sabe você possa voltar em breve... Conversamos outra hora?

– Claro! – Little Lettvik garantiu. – Mas agora eu tenho mesmo que ir.

Antes de sair, por um segundo ela se perguntou se deveria pegar um daqueles tentadores sanduíches. Mas então se conteve.

Afinal de contas, tudo tem limite...

Segunda-feira, 14 de abril

02h00, REDAÇÃO DO *KVELDSAVISEN*

Se Little Lettvik fosse um bicho, certamente estaria com o rabo abanando de um lado para o outro de tanta alegria. Ela estava debruçada sobre a tela do computador, preparando o rascunho da página daquele dia. O que a deixava mais feliz era a foto do casamento de Birgitte Volter e Roy Hansen, tirada pelo pai de Benjamin Grinde, o fotógrafo Knut Grinde. O vestido de Birgitte Volter tinha uma pequena prega na cintura, talvez um pouco grande demais para ser considerada na moda, dois anos depois da morte de Marilyn Monroe.

– Onde foi que você conseguiu essas fotos? Fale a verdade... – o editor murmurou.

Ele não esperava resposta e também não recebeu nenhuma. Little Lettvik simplesmente sorriu condescendente quando foi pedir a impressão.

– Peça você mesma – o editor retrucou.

Porém, nada conseguiria estragar o humor eufórico de Little Lettvik naquela noite. Ela voltou para a sala, e clicou na opção de acesso para abrir a edição do dia.

AMIGO DE INFÂNCIA INVESTIGA TRAGÉDIA FAMILIAR
Fotos inéditas da primeira-ministra Birgitte Volter

Por Little Lettvik (Foto: acervo pessoal)

Hoje, o Kveldsavisen vai revelar aspectos até então desconhecidos da vida da primeira-ministra Birgitte Volter. As fotos da juventude de Volter são inéditas, publicadas exclusivamente aqui.

Outra informação até então desconhecida do público é que, em 1965, Birgitte Volter e o marido perderam a filha de três meses, Liv, em circunstâncias trágicas. Birgitte Volter tinha apenas 19 anos quando o bebê nasceu, mas mesmo assim conseguiu se formar no ensino médio. Como é sabido, Birgitte Volter não frequentou universidade e, dois meses depois da morte de Liv, começou a trabalhar como secretária no Monopólio Estatal do Vinho. Somente em 1975 ela teve outro filho, Per Volter, que agora está na Academia Militar.

A família sempre foi extremamente reticente em mencionar a morte da pequena Liv. Em contato com este jornal, fontes que afirmam serem muito ligadas à família Volter, dizem que não tinham ideia desse trágico evento. O jornal não conseguiu nenhum comentário de Roy Hansen, viúvo de Birgitte Volter.

Também não é de conhecimento comum que Birgitte Volter e Benjamin Grinde tivessem sido amigos extremamente próximos na juventude. Mais de trinta anos depois, o mesmo Benjamin Grinde foi encarregado de investigar o que aconteceu em 1965, quando um número incrivelmente alto de bebês morreu na Noruega.

Veja também as páginas 12 e 13.

Acendendo outra cigarrilha, Little Lettvik clicou até a página doze.

EXTREMAMENTE PREOCUPANTE, DE ACORDO COM PROFESSOR
Fred Brynjestad fez forte crítica a Grinde

Por Little Lettvik e Bent Skulle (foto)

"Há total razão para duvidar da imparcialidade do juiz Benjamin Grinde, do Supremo Tribunal, como presidente do comitê que investiga o que pode ter sido um grande escândalo de saúde em 1965". Essa declaração foi feita por Fred Brynjestad, professor de direito público e doutor em direito, ao Kveldsavisen.

A presidente da Comissão Parlamentar Permanente de Saúde e Assuntos Sociais, Kari-Anne Søfteland, do Partido do Centro, está profundamente chocada com essas novas revelações e afirmou que ela e o restante do Parlamento foram enganados. "Se aconteceu de a própria Birgitte Volter ter perdido uma filha no ano em questão, e se na época ela mantinha uma amizade íntima com Benjamin Grinde, há todas as razões para que toquem os sinais de alerta", disse Brynjestad. "A primeira-ministra Volter deveria ter percebido, antes que Grinde fosse convidado para assumir essa tarefa, que sua relação o colocava em posição comprometedora", insistiu Brynjestad.

"Mas muito pior, no entanto, foi o próprio Grinde não ter avaliado isso", comentou o professor Fred Brynjestad. "Ele é um jurista muito competente, e a natureza delicada de tal situação deveria ser muito mais óbvia para ele."

Brynjestad acrescenta que ele não está necessariamente acusando Grinde de parcialidade, mas existe a possibilidade de que ele possa ser tendencioso, e essa seria uma razão suficiente para ele ter recusado assumir o cargo.

"Esse tipo de coisa se tornou preocupantemente comum em nossa sociedade", continuou o professor Brynjestad, "ou seja, os membros da elite social têm cada vez mais vínculos entre si, o que permite que operem para além dos limites habituais e sem responsabilização *perante os cidadãos comuns. Terminamos com uma teia de poder invisível que não podemos controlar."*

Das investigações levadas a cabo por este jornal nas últimas semanas, ficou claro que Benjamin Grinde é uma ilustre éminence grise *da sociedade norueguesa. Ele foi amigo de infância de Birgitte Volter, e tem amigos no alto escalão do Parlamento e do sistema judiciário.*

Entre outras coisas, ele fazia parte da mesma turma dos deputados Kari Bugge-Øygarden (Partido Trabalhista) e Fredrick Humlen (Conservadores), de 1979 a 1984. Na época de estudante, entre os seus amigos contavam-se Haakon Severinsen, que veio a se tornar diretor-gerente da Orkla, uma das maiores empresas da Noruega, e Ann-Berit Klavenæs, diretora-chefe do Hospital Nacional de Oslo.

A deputada Kari-Anne Søfteland, do Partido do Centro, afirma estar bastante assustada com o fato de essas ligações não terem sido reveladas antes.

"Agora devemos nos sentar e decidir por uma comissão inteiramente nova", ela disse ao Kveldsavisen por telefone. O comitê dela está visitando as Seychelles, para vistoriar o funcionamento das enfermarias locais.

"Isso demonstra como é importante para o próprio Parlamento manter o controle sobre essas coisas. Obviamente, essa comissão deveria ter sido nomeada pelo Parlamento. Esse incidente é extremamente inconveniente, pois provocará grandes atrasos na investigação", ela concluiu.

Desligando o computador, Little Lettvik retirou da gaveta o álbum de fotografias e percorreu distraidamente as páginas. Em vários lugares, ela notou espaços vazios, onde as pequenas cantoneiras de papel usadas para fixar as fotos de família estavam como quadros sem sentido, emoldurando nada.

Little Lettvik tinha apenas um problema: como faria para devolver o álbum?

Ela sentou-se e ficou refletindo sobre isso durante um tempo, enquanto a sala era lentamente tomada pela fumaça branca do tabaco.

"Na verdade, não importa", ela decidiu finalmente, "posso tocar fogo na coisa toda."

Mas mesmo assim levou o álbum para casa. Só para garantir.

07h00, JARDIM BOTÂNICO DE TØYEN

Hanne Wilhelmsen aproveitava a agradável sensação do suor pingando do corpo, e sentia o coração palpitante. Na subida da suave ladeira da Trondheimsveien, ela acelerou a marcha, passou correndo pelo portão do Jardim Botânico e foi até o Museu Zoológico. Ela escolheu um banco vazio sob uma árvore. O texto no sinal explicativo ao lado do banco estava ilegível; algum vândalo havia deixado sua marca pichada ali.

Ela nunca esteve em tão boa forma. Fechando os olhos, inalou o perfume das árvores que já haviam embarcado na longa jornada para o verão. Cecilie estava certa: o sentido do olfato melhora depois que se para de fumar.

Um senhor idoso se aproximou dela, com um ancinho em uma mão e uma pá na outra.

– Clima adorável – ele cumprimentou, sorrindo para o céu cinzento que rosnava acima deles.

Começou a garoar.

Hanne Wilhelmsen riu.

– Sim, acho que se pode dizer isso!

Olhando para ela, o idoso decidiu rápido. Sentou-se no banco ao lado dela e pescou uma pitada de fumo de mascar, inserindo-o cuidadosamente sob a língua.

– Esse é o melhor tempo – ele murmurou. – A chuva agora no início da manhã indica que vai sair sol à tarde.

– Acha mesmo? – Hanne duvidou, inclinando a cabeça para trás.

A chuva fina envolveu o rosto dela como uma máscara japonesa de tecido.

– Nossa, claro! – o homem confirmou sorrindo. – Veja só!

Ele apontou para o oeste, onde a igreja de Sofienberg surgia contra o céu branco acinzentado.

– Vê aquela brecha de luz?

Hanne fez que sim com a cabeça.

– Quando há uma pequena brecha ali, acima de Holmenkollen, ligeiramente para o oeste e sudoeste, então o tempo vai ficar bom em poucas horas.

– Mas não é essa a previsão – Hanne retrucou, levantando-se para fazer alongamentos. – Até quarta-feira, a previsão é de chuva todos os dias.

O riso franco e condescendente do velho produziu um jato de gotículas de saliva.

– Trabalho aqui há quarenta e dois anos – ele disse com satisfação. – Há quarenta e dois anos perambulo por aqui com as minhas plantas. Sei exatamente do que elas precisam: água e sol, além de carinho, amor e atenção. É um belo trabalho, moça, pode acreditar. As pessoas acham que as plantas e as árvores só exigem tratamento científico, mas estas aqui precisam de muito mais do que isso.

Ele a observou em silêncio por algum tempo. Ela parou de fazer os exercícios para corresponder ao olhar dele. O rosto daquele bondoso senhor era bronzeado, com algumas manchas. Ela ficou surpresa ao se dar conta de que, apesar de idoso, ele ainda estava no emprego: parecia velho o suficiente para ter se aposentado havia muito tempo. Ele era uma companhia agradável, possuía uma espécie de quietude que não exigia ter que falar muito.

– Tem a ver com o *instinto*. Eles me trazem um monte de livros e dissertações, ou seja lá como chamam. Mas eu não preciso de nada disso. Eu sei o que cada florzinha e toda árvore danada de grande precisa neste jardim. Eu tenho *instinto*, moça. Eu sei como o tempo vai ficar e sei do que elas precisam. Cada pequena florzinha daqui.

Ele ficou em pé e andou até uma plantinha, adiante do banco. Hanne não conseguiu decidir se era a muda de uma árvore ou uma planta pequena.

– Veja esta touceira aqui, senhorita – disse o homem. – Veio da África para cá! Eu não preciso ler nenhum livro para saber que esta belezinha precisa de um pouco mais de calor e cuidados extras. Ela fica ali, a pobrezinha, saudosa do lar, do calor e de seus amigos da África.

Ele acariciou o tronco com a mão, e Hanne piscou significativamente quando lhe pareceu, de fato, que o arbusto apreciava o contato. A mão do homem era grande e grosseira, mas seu toque na planta parecia suave, sensual.

– Posso ver que você ama essas plantas! – Hanne sorriu.

Ele se aprumou com orgulho, apoiado no ancinho.

– Não se pode fazer um trabalho como este de outra maneira – ele disse. – Eu tenho feito isso por quarenta e dois anos. O que você faz?

– Estou na polícia.

O homem deu uma risada alta, entusiasmada e contagiante.

– Bem, então você deve estar com as mãos na massa! Com toda a história dessa pobre Birgitte que bateu as botas! E ainda tem tempo para correr pelas ruas, hein?

– Na verdade, estou de licença – Hanne explicou, mas olhou para si mesma. – Independentemente disso, preciso me manter em forma...

O jardineiro pegou um enorme relógio de bolso.

– Meu Deus! Tenho que continuar o trabalho – ele disse. – Nesta época do ano eu fico mais ocupado, senhorita, porque é primavera. Até mais!

Sorrindo, ele levantou o ancinho num gesto de despedida. Mais abaixo da colina, fez um giro e voltou.

– Escute – ele disse com sinceridade. – Não sei nada sobre essas investigações. Apenas trabalho no jardim. Mas deve acontecer o mesmo no seu trabalho, não é? O mais importante é seguir o *instinto*...

Hanne Wilhelmsen voltou a sentar-se.

– Sim – ela disse brandamente. – Acho que você está certo.

O velho ergueu novamente o ancinho, em despedida, e se afastou mancando.

Hanne Wilhelmsen respirou profundamente o ar frio e úmido. Foi como se ela tivesse feito uma inalação para purificar a mente. Ela sentiu a cabeça leve, e seus pensamentos pareciam mais claros, mais ordenados do que havia muito não ficavam.

Sentia-se como Monsieur Poirot, cuidando de suas "pequenas células cinzentas". Era uma situação inusitada. Normalmente, ela estava no comando. Geralmente, todas as informações sobre um caso estavam ao seu alcance. Mas dessa vez ela conhecia apenas peças e fragmentos da história. Até Billy T. havia manifestado sua frustração em ter que fazer parte de uma equipe tão grande, com apenas poucas pessoas de posse de todas as informações. Sem sombra de dúvida, Håkon estava mais bem informado sobre o cenário completo, mas ele estava fora de giro, consumido pela ansiedade, já que Karen estava prestes a dar à luz.

A vítima tinha duas identidades: primeira-ministra Volter e Birgitte. Qual delas era a verdadeira vítima?

Hanne voltou a correr. Descendo a encosta, ela passou pelo velho, agora ajoelhado cavando a terra. Ele não reparou nela. Ela aumentou a velocidade.

A identidade também não estava ligada a nenhum motivo. Pelo menos, não obviamente. Hanne estava cética quanto ao motivo internacional que continuamente era aventado nos jornais. A vertente dos extremistas não lhe parecia muito plausível, mesmo que o Serviço de Inteligência também não tivesse nada específico para oferecer. Por outro lado, era sempre difícil saber o que os rapazes dos andares superiores andavam fazendo.

De acordo com Billy T., a vida de Birgitte Volter não parecia apontar muito para isso, um assunto um tanto desagradável. Em sua vida pessoal, aparentemente não havia espaço para escândalos. A vida pública dela era de grande repercussão. Se estivesse envolvida com algum amante, seria o amante mais secreto de toda a história. Os rumores associados a ela, bem como a todas as pessoas ao alcance dos olhos do público, eram vagos e acabaram se mostrando impossíveis de ser verificados. De qualquer maneira, a maioria se referia a seu passado distante.

Assim, não havia nenhum motivo real para que a primeira-ministra fosse assassinada. As pessoas não assassinavam primeiros-ministros na Noruega. Por outro lado, Olof Palme provavelmente pensava o mesmo sobre o seu país quando recusou a escolta de guarda-costas em sua ida a um cinema naquela fatídica noite de fevereiro de 1986.

Quando Hanne chegou ao parque Sofienberg, tinha parado de chover. Ela olhou para o oeste. Aquela brecha nas nuvens que o velho apontara tinha aumentado de tamanho, e agora havia um pequeno pedaço de azul por lá. Sentada num balanço, ela oscilava graciosamente para lá e para cá.

As poucas pessoas com acesso ao gabinete da primeira-ministra pareciam agressores improváveis. Se Wenche Andersen tivesse matado a chefe a sangue frio, sua atuação nos depoimentos à polícia seria digna de um Oscar de melhor atriz coadjuvante. Fora de questão. Benjamin Grinde? Ele tinha ido para casa e se envolveu com os preparativos para a festa de seu quinquagésimo aniversário: completamente calmo, de acordo com os policiais que o apanharam, até lhe dizerem que Volter estava morta... Não poderia ter sido ele. Todos os outros colegas de trabalho do escritório tinham álibis incontestáveis. Estavam em reuniões, em estúdios de rádio ou em jantares agendados.

A resposta pareceu bem próxima quando ela pedira o relatório da autópsia para dar uma olhada. Ela ficara acordada a noite toda, maquinando. Suicídio! Seria a explicação mais simples de todas. Mas como uma vítima de suicídio poderia remover a arma que usara para enviá-la à polícia dias depois? Hanne Wilhelmsen não acreditava na vida após a morte, pelo menos não uma vida tão ativa. Ela pensou e repensou, elaborando várias teorias. Empolgada, pediu que lhe trouxessem o relatório pós-morte. Mas o documento destruía sua teoria com uma simples evidência: é impossível alguém se matar sem deixar provas concretas. O patologista examinara as mãos de Birgitte, tanto para procurar provas de alguma luta como para fazer o procedimento de rotina e excluir a possibilidade de suicídio. E foi o que ele fez. O teste químico provou que não havia vestígio de pólvora nas mãos dela. A teoria de Hanne desabou como um castelo de cartas.

Hanne Wilhelmsen não tinha mais energia para correr. Levantou-se do balanço de pneu e começou a caminhar para casa, até o local onde ficava a estranha moradia de Billy T., na Stolmakergata, nº 15.

Será que a resposta estaria no motivo pelo qual a arma havia sido devolvida à polícia? Alguém estava tentando dizer algo à polícia?

Hanne sacudiu a cabeça com irritação. Sentia o cérebro ficando poluído novamente. Os pensamentos giravam ruidosamente, sem encontrar lugar dentro do padrão vago que ela passara todo o fim de semana tentando montar.

O homicídio de Birgitte Volter era um caso que não tinha motivação. Nenhuma óbvia. Pelo menos, não naquele momento. O que eles tinham? Nada além de uma coleção eclética de objetos desaparecidos e um cadáver. Eles tinham um revólver limpo de origem desconhecida, devolvido. Os testes de balística demonstraram que *era*, sim, a arma do crime que havia chegado no envelope.

Um xale havia desaparecido, além de um porta-comprimidos em ouro esmaltado e um crachá. Será que esses itens estavam interligados?

Os pensamentos de Hanne Wilhelmsen voltaram-se de repente para o velho do Jardim Botânico: instinto. Ela parou, fechou os olhos e tentou identificar algo que seu corpo pudesse estar lhe indicando. Ela costumava confiar em seu instinto, em pressentimentos, em frio na espinha. Mas naquele momento não sentia nada além do início do aparecimento de uma bolha no calcanhar esquerdo.

Mesmo assim, ela voltou para casa correndo o restante do caminho.

09h10, DEPARTAMENTO DE POLÍCIA DE OSLO

– De qualquer forma, não pode ser puro acaso, Håkon!

Billy T. entrou com estrondo no escritório do chefe de polícia assistente, falando alto demais. Ele carregava alguma coisa enorme e amorfa, vermelha. Parecia uma criatura de borracha murcha.

– O que você trouxe aí? – Håkon Sand bocejou.

– A baleia – Billy T. disse com uma risada, jogando a baleia de borracha vazia num canto. – Os meus garotos vão adorar brincar com isso no verão! Vai ser o maior brinquedo flutuante da praia.

– Maldição dos infernos. Billy T., você não pode se apossar de bens confiscados!

– Não? Então essa baleia deve ficar aqui ou...

Conforme apontou o bico da bota na direção do amontoado vermelho, ele cochichou brandamente, em tom triste.

– ... descer por conta própria e ficar sozinha lá embaixo, no porão escuro? Não! Ela vai ter um destino melhor com os meus meninos.

Balançando a cabeça, Håkon Sand bocejou de novo.

– Escute aqui, Håkon – Billy T. disse, inclinando-se para ficar mais perto do colega. – Isso não pode ser puro acaso. Sábado, o segurança do complexo do governo morreu naquela avalanche, no meio do nada!

– Tromsø é uma cidade-universitária com 60 mil habitantes. Duvido que eles fossem apreciar ouvir você dizendo que o lugar fica no meio do nada.

– De qualquer forma, não faz diferença, entendeu? Agora, o cara está morto, podemos pelo menos entrar no apartamento dele para dar uma olhada.

Billy T. colocou uma folha azul sobre a mesa, em frente ao procurador da polícia.

– Aqui. Preencha um mandado de busca.

Håkon Sand empurrou a folha como se fosse uma caixa de escorpiões.

– Quanto tempo elas podem passar da data sem ficar perigoso? – ele murmurou.

– Hein?

– As mulheres! Mulheres grávidas... Quanto tempo elas podem passar da data prevista?

Billy T. sorriu amplamente.

– Está nervoso, não é? Você já passou por isso, Håkon. Vai ficar tudo bem.

– Mas Hans Wilhelm chegou uma semana antes do prazo.

Håkon tentou reprimir mais um bocejo.

– Eu pensei que Karen tinha dito que era para ser ontem – Billy T. observou.

– Sim – murmurou Håkon, esfregando o rosto. – Mas o bebê não veio.

– Jesus Cristo, Håkon! Eles podem passar da data uma ou duas semanas sem nenhum problema. De qualquer forma, o médico pode ter cometido um erro de cálculo em relação à data. Fique tranquilo. Preencha isso de uma vez.

Novamente, ele tentou empurrar o papel na direção de Håkon.

– Dá um tempo!

Håkon tentou de tudo para afastar o papel, mas, como não teve sucesso, pegou-o e rasgou-o em pedaços com movimentos abruptos e irritados.

– Billy T., eu não sei você, mas eu me lembro muito bem de um episódio há alguns anos, quando tentei levar a custódia a esse procurador, Jørgen Ulf, com base numa declaração de testemunho de Karen. Foi um verdadeiro pesadelo. O juiz comeu o meu fígado porque eu não reconhecia que os mortos tinham os mesmos direitos que os vivos. Não vou cair na porra dessa cilada novamente.

Billy T. olhou para Håkon boquiaberto.

– Pare de achar pelo em casca de ovo – continuou Håkon. – Você talvez não aprenda com os seus erros, mas eu certamente aprendi. Além do mais, vou dizer isso agora pela última vez: *o guarda não é da sua conta!*

Håkon bateu com a palma da mão sobre a mesa e elevou o tom de voz uma oitava acima.

– Se você sair agora e for pedir à Tone-Marit que faça o seu mandado, saiba que eu ficarei furioso!... Não há fundamento legal para um mandado. Tampouco alguma razão para acharmos que existe algo na casa do segurança que justifique a emissão de uma autorização legal de apreensão. Veja isto aqui!

Virando-se abruptamente, Håkon pegou um dos quatro volumes de estatutos na prateleira atrás dele e o jogou na mesa de forma tão veemente que as janelas tremeram.

– Código de Processo Criminal, Seção 194! Leia você mesmo!

Billy T. retorceu-se na cadeira.

– Que escândalo infernal você está fazendo!

Håkon Sand deu um profundo suspiro.

– Billy T., eu estou de *saco cheio*.

Ele baixou o tom de voz e parecia agora dirigir seus murmúrios ao livro dos estatutos.

– Às vezes, eu fico de saco muito cheio de você e de Hanne. Sei que você é inteligente. Sei que geralmente você está certo. Só que...

Inclinando-se na cadeira, ele olhou para fora da janela. Duas gaivotas estavam pousadas no beiral, olhando para dentro. Elas inclinaram a cabeça, como se sentissem pena dele.

– ... você não é o único que se ferra quando os detalhes legais não conferem: eu também. Sabe como os outros procuradores do prédio estão me chamando?

– De pau-mandado... – murmurou Billy T., tentando não rir.

– Não importa. Na verdade, estou bem com isso. Sou grato pelo relacionamento que tenho com você e com Hanne. Resolvemos alguns casos importantes ao longo da nossa jornada, é claro.

Agora ambos sorriam, e as gaivotas grasnavam à vontade do lado de fora da janela, o acordo selado entre eles.

– Mas será que não é possível demonstrar um pouco de respeito por mim de vez em quando?...

Billy T. olhou solenemente para o colega.

– Agora você está realmente enganado, Håkon. Eu gostaria de lhe dizer que...

Inclinando-se para a frente, agarrou a mão de Håkon, que tentou soltá-la. Mas Billy T. apertou mais firme ainda.

– ... se existe neste prédio algum procurador que Hanne e eu respeitamos, é você. Ninguém mais. Sabe por quê?

Håkon olhou para a mão que agarrava a sua, sem responder. A mão de Billy T. era grande e peluda, e surpreendentemente suave e quente. A dele era esquelética, mas firme. Ele virou a mão, e os dois ficaram de mãos dadas, como se fossem dançar.

– Nós gostamos de você, Håkon, porque você nos respeita, está disposto a burlar as regras às vezes...

Billy T. acenou em direção ao grande livro vermelho.

– ... quando percebe que atrapalham o caminho para pegar os bandidos. Você já arriscou o pescoço por Hanne e por mim várias vezes. Você está seriamente enganado se acha que nós não o respeitamos, realmente muito enganado.

Håkon foi tomado por um brilho intenso, e um sentimento agradável inundou seu ser. Sentia uma emoção infantil de felicidade há muito tempo perdida. Mas também estava dominado por um esgotamento indescritível. Fechou os olhos, sentindo-se fraco.

– Maldição, estou muito cansado. Não dormi a noite inteira. Fiquei de pé, olhando e admirando a barriga de Karen. Tem certeza de que isso não é perigoso?

– É acertar na mosca! – Billy T. disse, soltando a mão dele. – Mas agora você realmente tem que me ouvir.

Ele esfregou a cabeça com as juntas dos dedos.

– Isso é realmente importante. Birgitte Volter está morta. E agora o segurança morre numa avalanche. Justamente o sujeito que estava no escritório dela, no ponto mais absolutamente crítico, o cara mal-humorado e grosseiro, que possuía armas e não as apresentou para inspeção, como prometera. Isso pode ser uma questão de vida ou morte, Håkon! Eu preciso dessa folha azul!

Håkon Sand levantou-se, esticou os braços em direção ao teto e balançou para cima e para baixo sobre a sola dos pés.

– Billy T., você pode deixar isso de lado, não vai receber nenhum mandado de busca. Mas, se servir de consolo...

Ele recuou sobre os calcanhares com um solavanco.

– ... na última sexta-feira, um pedido de exibição de provas foi enviado ao guarda. Em outras palavras, ele recebeu um pedido formal para dar as mesmas informações que você tão amavelmente quer pedir. Agora depende dos herdeiros dele cumpri-la. Ele provavelmente tem parentes em algum lugar. Se Tone-Marit descobrir que o guarda precisa ser mais bem investigado, então eu vou discutir isso com ela. Com Tone-Marit, e não com você.

— Mas, Håkon!

Billy T. não se mostrava nem um pouco conformado.

— A morte do guarda é muito conveniente! Não consegue perceber isso?

Håkon Sand de repente explodiu numa gargalhada.

— Então, você acha que existe uma organização terrorista que consegue incitar a nevasca do século no norte da Noruega, e em seguida instigar uma tempestade inesperada e uma enorme avalanche? Essa avalanche foi planejada em novembro, como você muito bem sabe! Foi quando começou a nevar nessa proporção sem precedentes. Um tio meu, que vive em Tromsø, foi hospitalizado na semana passada, pois teve um ataque cardíaco provocado pela limpeza de tanta neve. Entendeu?

Ele riu novamente, longa e francamente.

— Que incrível espetáculo do clima para orquestrar! Billy T., você está enganado a respeito disso. Pelo menos uma vez em sua vida, você pegou na ponta errada da vara.

Ele estava certo, e Billy T. ficou furioso. O policial levantou-se abruptamente, depois se agachou e pegou a baleia de borracha entre os braços.

— Não dou a mínima para nada disso... – ele disse com raiva e saiu do escritório.

— E coloque essa baleia de volta onde você a encontrou – Håkon Sand berrou para ele. – Ouviu? *Devolva isso!*

12h15, SUPREMO TRIBUNAL

Cinco juízes sentaram-se no refeitório, apreciando o chá e o lanche, no que chamavam de "longa pausa". Dois deles ainda não estavam acostumados com a falta de café. No Supremo Tribunal, as pessoas tomavam chá. A sala era espaçosa e elegante, com dois conjuntos de sofás claros de madeira de bétula, estofados em lã cor de maçã verde, complementando o tom dourado quente das paredes. Havia vários quadros pendurados ao redor da sala, atraentes obras de pintores. As xícaras de porcelana branca fina tremiam levemente, e, de vez em quando, podiam ser ouvidos pequenos tragos sendo sorvidos discretamente.

– Alguém viu Benjamin Grinde hoje?

A ruga entre os olhos traía o ligeiro desconforto que o presidente do Supremo Tribunal sentia desde a descoberta que tinha feito, algumas horas antes, de que o juiz Grinde não podia ser encontrado em lugar algum.

– Passei pelo gabinete dele há pouco – continuou o presidente do Supremo Tribunal. – Ele deveria ser o primeiro a deliberar sobre o veredicto daquele caso de previdência social julgado na última quarta-feira, não é?

Três dos outros juízes concordaram, sem muito entusiasmo.

– Foi isso o que eu pensei. Vou fazer uma palestra no tribunal sobre previdência social na próxima semana e gostaria de me referir à decisão mais recente.

– Eu também não o vi – disse o juiz Sunde, puxando o colarinho branco neve da camisa.

– Nem eu – outros dois disseram, quase em coro.

– Mas ele deveria estar com seu parecer pronto hoje à tarde – observou o juiz Løvenskiold. – Faremos uma reunião às 16 horas. Então, isso é...

– Estranho! – um dos outros completou a frase. – Realmente estranho.

O presidente do Supremo Tribunal levantou-se e foi fazer uma ligação, ao lado do elegante refeitório, à esquerda da porta de entrada. Depois de uma conversa curta e discreta, ele desligou o aparelho e virou-se para encarar os outros.

– Isso é muito preocupante – ele disse em voz alta. – A equipe do gabinete diz que ele era esperado hoje, como de costume, mas não apareceu. Também não deixou nenhum recado.

Enquanto os juízes olhavam para as xícaras de chá, ouviram o motor de um caminhão em marcha lenta na rua.

– Vou cuidar disso – o presidente do Supremo Tribunal afirmou. – Imediatamente.

Será que Benjamin Grinde estaria doente? Era raro ele se ausentar sem explicação. No gabinete, o presidente do Supremo Tribunal sentou-se com o telefone no ouvido, escutando pelo aparelho o toque de chamada. Ele sabia que o telefone em Odins Gate, nº 3, tocava naquele mesmo momento no outro lado da linha, mas evidentemente o toque não tinha resposta. Ele desistiu da tentativa e desligou o aparelho, cismado.

Nos registros de seus funcionários, havia dois telefones de contato da mãe de Grinde, a parente mais próxima dele. Um número era do exterior, embora o presidente do Supremo Tribunal não conseguisse identificar o código do país no início da sequência. O outro começava com o prefixo 22, de Oslo. Ele discou, devagar e cuidadosamente.

– Alô! Aqui é da casa da família Grinde – atendeu a pessoa na outra ponta da linha. – Como posso ajudar?

O presidente do Supremo Tribunal se apresentou.

Birdie Grinde sentia-se no topo do mundo. Na véspera, ela recebera a visita de uma jornalista. Hoje era o próprio presidente do Tribunal que estava ligando.

– Pois não, é um prazer – ela gritou, obrigando o presidente do Supremo Tribunal a afastar o fone da orelha. – Como posso ajudar?

Ele explicou a situação.

– Só posso imaginar que Ben esteja precisando descansar – ela procurou tranquilizá-lo. – Ele está exausto, como você deve imaginar. Essa questão com a polícia o afetou terrivelmente. Não sei se você teve a oportunidade de perceber, mas ele é muito sensível. É uma característica da família Grinde. O pai dele, por exemplo...

O presidente do Tribunal a interrompeu.

– Então, a senhora acha que ele pode estar dormindo? Mas não deixou nenhum recado!

– Tanto você quanto eu sabemos como ele é. Talvez tenha acabado de pegar no sono. Posso...

De repente, ela parou, mas a pausa não durou muito.

– Posso ligar para o apartamento dele hoje à tarde. Vou tratar disso antes de ir ao teatro. Tenho hora marcada no cabeleireiro daqui a pouco, você entende, mas à tarde...

– Obrigado – ele a interrompeu novamente. – Agradeceria se pudesse fazer isso.

– Claro! – Birdie Grinde respondeu, mas o presidente do Tribunal teve a impressão de que havia um toque de mágoa na voz dela.

– Até logo – ele se despediu, desligando o aparelho antes que ela tivesse a chance de responder.

17h30, MINISTÉRIO DA SAÚDE

– Mas eu posso fazer isso, minha querida!

A secretária da ministra da Saúde ficou sobressaltada quando encontrou a chefe inclinada sobre a máquina de fax, olhando de esguelha, num esforço para descobrir como funcionava.

– Isso é pessoal – retrucou Ruth-Dorthe Nordgarden, afastando a funcionária apreensiva.

Por fim, o fax foi enviado, e Nordgarden levou o original de volta para o escritório dela.

– Eles podem entrar – ela instruiu uma das secretárias.

Então, ela sentou-se na cabeceira da mesa de reuniões, meia hora depois que a reunião deveria ter começado.

Nenhum deles fez contato visual com ela ao entrar. O clima era estranho, e todos, exceto a própria ministra, perceberam a tensão que havia na sala. Ela sorria ansiosa e convidou-os a tomarem seus lugares ao redor da mesa.

– Antes de mais nada, devo dizer que não tenho muita prática neste tipo de coisa – ela começou. – Então, por favor, façam o possível para serem extremamente claros. Não, esperem!

Olhando para os outros, dois homens e três mulheres, ela abriu os braços.

– Onde está Grinde? Ele ainda não chegou?

Ela olhou para o relógio.

Os cinco outros entreolharam-se surpresos.

– Eu tive a impressão... – Ravn Falkanger, um médico idoso, professor de pediatria, começou a falar. – Achei que o juiz Grinde já estivesse aqui, para uma reunião preliminar...

– Certamente não – Ruth-Dorthe Nordgarden interrompeu-o. – Não estava sabendo de nenhuma reunião preliminar.

Teatralmente, ela olhou de novo para o relógio, então arregaçou as mangas da jaqueta, mantendo o braço desnecessariamente alto.

– Bem. Se ele não chegou até agora, então vamos ter que começar assim mesmo. Eu li isto aqui.

Ela acenou o relatório de onze páginas que recebera naquela manhã da secretária da comissão, uma jovem muito nova, que parecia infeliz.

– E tenho que dizer que você complica muito com todo esse jargão médico.

O homem mais velho presente, Edward Hansteen, um professor de toxicologia, pigarreou discretamente.

– É preciso que fique claro, ministra, que o trabalho da comissão gradualmente tomou uma direção diferente da que foi estabelecida em nosso mandato original. Agora gostaríamos de viajar ao exterior para examinarmos arquivos lá. Essa era a razão pela qual Benjamin Grinde queria falar com a ministra, pelo que entendi...

Ele limpou a garganta novamente, mais vigorosamente dessa vez, e folheou uns papéis.

– Entendo que a pressão de trabalho da ministra tornou impossível termos uma reunião com Grinde. Suponho que foi por isso que ele tentou pedir ajuda à primeira-ministra Volter. A ministra compreenderá que este é um assunto delicado, e Grinde quis tratá-lo confidencialmente com nossos mentores políticos.

A secretária da comissão começou a corar durante a constrangedora pausa que veio em seguida e tentou em vão esconder a testa molhada pela transpiração atrás dos cabelos loiros compridos.

– Bem – disse finalmente Ruth-Dorthe Nordgarden. – Tudo isso agora são águas passadas. Vamos ficar no aqui e agora. Continue.

Ela acenou novamente para o Dr. Hansteen.

A reunião durou 45 minutos. A atmosfera não melhorou. A discussão em torno da mesa oval foi morna, e apenas os comentários da ministra, do tipo "eu não entendi muito bem" e "você poderia repetir essa parte?", interromperam a fala mansa e agradável de Edward Hansteen. Synnøve von Schallenberg, uma médica de saúde pública, ocasionalmente fazia um aparte ao colega; e também olhava brevemente para a ministra enquanto esclarecia algo, com uma expressão preocupada no rosto.

– Como a ministra, sem dúvida, entende – disse o Dr. Hansteen em seu resumo final –, estamos diante da provável conclusão de que algo extremamente irregular ocorreu.

Ele enfatizou o ponto que defendia, batendo três vezes na documentação com o nó dos dedos.

Ruth-Dorthe Nordgarden olhou atentamente para o dossiê que estava na frente dela, o relatório que recebera naquela manhã. Ela *tinha* lido aquilo, talvez não o bastante, não até o fim, mas de maneira nenhuma deveria ter passado o fax para Little Lettvik. Com certeza não daquele escritório. Será que essas coisas podiam ser rastreadas? Ela havia cometido um erro terrível.

Ela fez uma careta incompreensível e ajeitou os cabelos.

– Sim, mas...

Ela contraiu violentamente o canto da boca.

– ... há alguma coisa aqui que possa representar algum problema do ponto de vista puramente político?

Os quatro membros mais velhos da comissão ao redor da mesa trocaram olhares desiludidos. A jovem secretária examinava atentamente as marcas de um nó na madeira da mesa. A ministra da Saúde, Ruth-Dorthe Nordgarden, percebeu tarde demais que havia estourado o horário. A comissão não estava lá para ajudá-la politicamente. A tarefa de seus membros era esclarecer os fatos.

– Vocês podem ir – ela disse rapidamente. – Obrigada por...

O restante do que falou foi abafado pelo barulho das cadeiras sendo arrastadas enquanto os demais se levantavam. Para encobrir tudo, a secretária da comissão derrubou sua cadeira. Ruth-Dorthe ficou parada, imobilizada, com os olhos cheios de lágrimas. Mas nenhum dos outros participantes percebeu.

19h30, STOLMAKERGATA, Nº 15

Embora fosse fantástico que Hanne tivesse se mudado para sua casa, Billy T. sentia uma revigorante sensação de bem-estar quando estava sozinho. Não havia ninguém para impingir o noticiário da TV para cima dele, e ele podia comer espaguete com almôndegas mornas na lata sem ninguém torcer o nariz por causa disso. Era conveniente. Ele deixava a lata embaixo da torneira de água quente por um tempo e, *presto*, o jantar estava pronto!

Ele pegou o pufe do quarto. Ainda não estava acostumado com o sofá azul. O pufe aguentava seu corpo, e ele esticava as pernas e os braços no chão. Ignorou as pancadas do vizinho mal-humorado na parede e usou o controle remoto para aumentar o volume do som mais um pouco.

Madame Butterfly estava chegando ao fim. Ele se solidariza fortemente com ela em seu grande infortúnio. O homem que ela amava, por quem esperou tantos anos, finalmente voltara, acompanhado de outra mulher. E essa mulher, que tinha roubado o seu amado, também queria levar-lhe o único verdadeiro tesouro, seu filho. Seu único filho!

A música subia para um *crescendo*: potente, dramática. Billy T. fechou os olhos, sentindo a melodia inundá-lo. Os dedos de seus pés vibravam.

Con onor muore chi non può serbar vita con onore!

– A morte honrada é melhor do que uma vida desonrada... – Billy T. murmurou.

O toque do telefone cortou exatamente o final.

– *Puta merda!*

Tropeçando nos próprios pés, ele pegou o telefone e berrou no aparelho.

– *Um momento!*

Repousou o fone na mesinha e voltou para o centro da sala.

Madame Butterfly cantava para o filho, numa ária de cortar o coração, cheia de dor: por causa dele, ela estava disposta a morrer.

Pronto. Acabou.

Ele atendeu com uma voz tão mansa que no outro lado da linha Tone-Marit Steen por um momento se perguntou se não havia discado o número errado.

– Alô! Quem é?

Seu tom de voz voltou ao normal quando, segundos depois, ele berrou.

– Mas que diabos! Benjamin Grinde está *morto*?

Terça-feira, 15 de abril

08h30, MARKVEIEN CAFÉ

Hanne Wilhelmsen riu enquanto estava lendo a tira de quadrinhos de Calvin e Hobbes. Era sempre a primeira coisa que ela olhava. Ela devorou tudo o que tinha sido colocado na frente dela: um hambúrguer com cebolas e batatas assadas e um generoso copo de leite. Ela engoliu um arroto e se arrependeu de ter comido as batatas.

Billy T. não assinava o *Aftenposten*. Hanne irritava-se com o fato de ele não ser suficientemente civilizado para ter um jornal entregue na porta. Ela compensava a ignorância do amigo tomando o café da manhã numa cafeteria, cercada de todos os jornais diários, depois da corrida da manhã.

O café não era grande coisa, mas era forte. Ela torceu o nariz, não em consequência do sabor do café, e sim como resposta às manchetes sobre a morte de Benjamin Grinde. O *Dagbladet* anunciava a tragédia com letras vermelhas gigantescas acima da foto do juiz Grinde. Hanne foi para a página 4, conforme a manchete na primeira página indicava. A reportagem impressionava, mas trazia apenas informações que ela já conhecia. Assim, Hanne nem se deu ao trabalho de ler mais nada. Mas pelo menos teve que admitir que dessa vez os jornais marcaram um ponto. *Era* intrigante o fato de Benjamin Grinde ter morrido oito dias depois de Birgitte Volter.

A exortação estrondosa do chefe da Polícia por silêncio total evidentemente dera frutos. Tanto quanto ela podia perceber, nenhum jornal descobriu que a hora da morte havia sido estabelecida como sendo sábado à tarde. Os ministros do governo e os policiais provavelmente ficariam loucos "se" – ou talvez fosse melhor ela dizer "quando" – descobrissem que o segurança do complexo do governo também havia se enroscado nessa bobina mortal no mesmo dia. Mas isso era apenas uma incrível coincidência.

Alguma coisa a incomodava, mas ela não conseguia definir exatamente o que era. Birgitte Volter, o guarda, Benjamin Grinde, todos mortos em uma semana; uma assassinada por arma de fogo, um morto em desastre natural e um que provavelmente se suicidara. Pelo menos, foi isso o que Billy T. sussurrou quando ela caiu na cama ao lado dele, por volta das 4 horas. Ele lhe dissera que o juiz tinha sido encontrado esticado na cama, com um frasco de comprimidos vazio deixado propositadamente na mesa de cabeceira ao seu lado.

Depois de remexer a bolsa para pegar uma caneta, Hanne colocou o prato sujo numa mesa próxima e desenhou um triângulo em um guardanapo. Grinde, o guarda e Volter foram identificados por círculos em cada um dos cantos do guardanapo. Embaixo, ela fez o esboço de um xale, um revólver, um crachá e um porta-comprimidos. A resposta estava ali. Sabia que a resposta estava bem ali.

Com a caneta, percorreu as linhas de um objeto para o outro, de uma pessoa para a outra e sentiu a cabeça começar a doer quando as linhas se tornaram um padrão incômodo e incompreensível. Ela vinha sofrendo de graves dores de cabeça desde 1993, época em que foi agredida e deixada inconsciente fora do escritório, durante uma investigação sobre um caso escandaloso envolvendo políticos proeminentes, procuradores e membros do Serviço de Inteligência, todos ligados ao narcotráfico.

Ela engoliu dois comprimidos Paracetamol com o que restara do leite.

O *Kveldsavisen* adotou um tom estridente. A seção política estava finalmente começando a se interessar pela cruzada de Little Lettvik. Além de tudo, nas seis páginas dedicadas ao caso, o comentário político era o mais notável.

PODEMOS SUPORTAR A VERDADE?

Na semana passada, a Noruega foi ferida como nação por eventos dramáticos sem precedentes em nossa história pós-guerra. Na última sexta-feira, a primeira-ministra Birgitte Volter foi assassinada em seu gabinete. Ontem à noite, um juiz do Supremo Tribunal foi encontrado morto em sua casa, em circunstâncias misteriosas.

Claro, podemos analisar esses incidentes a partir de várias perspectivas. Alguns podem dar de ombros, observando apenas que até mesmo as pessoas proeminentes podem ser vítimas da violência nesta sociedade cada vez mais violenta, uma tendência que os políticos parecem impotentes para conter. Tal conclusão seria ingênua e poderia encobrir os problemas, em vez de esclarecê-los.

Durante a semana passada, a imprensa norueguesa produziu inúmeras teorias que implicavam a conclusão de que organizações terroristas internacionais poderiam ter escolhido uma primeira-ministra norueguesa como alvo. No entanto, se for dada muita ênfase a essa possibilidade, corremos o risco de fechar os olhos para explicações mais próximas de casa.

Este jornal foi o único a investigar as circunstâncias da morte de Birgitte Volter. Não nos contentamos em repetir respeitosamente os escassos detalhes dos comunicados de imprensa oficiais que a polícia considera oportuno compartilhar com o público.

Com trabalho árduo, conseguimos verificar que Benjamin Grinde foi provavelmente a última pessoa a ver a primeira-ministra Volter viva. Revelamos que, por várias horas, ele foi realmente acusado do crime. Mais tarde, conseguimos estabelecer que havia laços muito estreitos entre o juiz Grinde e a primeira-ministra.

Hoje, podemos revelar que a Comissão Grinde descobriu uma situação extremamente irregular no Serviço de Saúde da Noruega. A questão crítica agora é: os políticos, a imprensa e a polícia são suficientemente corajosos para tirar as conclusões necessárias dessas novas revelações?

Uma situação como esta é um importante teste para uma nação governada pelo estado de direito. Se quisermos passar nesse teste, temos de dar por garantida a independência da imprensa, da polícia, dos tribunais e dos políticos. Isso requer, em primeiro lugar, uma imprensa disposta a buscar e a revelar a verdade, sem restrições pelas autoridades estabelecidas.

Precisamos aprender com as experiências de outros países que tiveram traumas nacionais semelhantes. Há onze anos, a Suécia sofreu um sério golpe quando o primeiro-ministro Olof Palme foi baleado e morto em uma rua pública. No início, a investigação se concentrou quase que exclusivamente na chamada hipótese dos Curdos. Outras possibilidades não foram avaliadas até que fosse tarde demais. A investigação foi prejudicada pela falta de profissionalismo e por teorias fixas. Como resultado, a Suécia provavelmente jamais resolverá o mistério de seu assassinato nacional.

Recentemente, a Bélgica foi abalada por um escândalo de pedofilia com conexões que estão dentro da força policial e provavelmente também nos círculos políticos. Os poderes constituídos têm ficado tão próximos entre si que se tornou completamente possível minar a investigação de crimes grotescos. Quando for conveniente...

Não podemos baixar a guarda, para garantir que isso não aconteça também em nosso país.

A informação exclusiva que o Kveldsavisen *pode revelar hoje ao povo norueguês é que o aumento da mortalidade infantil em 1965 provavelmente foi causado por um grave erro do governo. Vacinas fornecidas pelo Instituto Nacional de Saúde Pública revelaram-se letais, talvez para muitas centenas de crianças. A morte por atacado foi distribuída e administrada por uma diretoria nacional.*

O principal político do país e a presidente da comissão investigadora tiveram uma reunião sobre esse assunto há pouco mais de uma semana. Agora, ambos estão mortos.

Estamos dispostos a encarar a verdade de frente?

Pela primeira vez em séculos, Hanne Wilhelmsen sentiu-se defumada. O dono do pequeno café onde ela estava evidentemente nunca tinha ouvido falar da lei antitabagismo, já que os outros cinco clientes estavam todos fumando tranquilamente ali.

O escândalo da saúde tinha acabado de explodir na imprensa quando ela partiu para os Estados Unidos. Ela sabia, é claro, que Grinde investigaria o caso e que ele havia feito uma visita a Volter no dia em que ela morreu. Mas teria isso alguma coisa a ver com o homicídio dela?

Ela olhou novamente para o guardanapo. O padrão era mais indistinto do que nunca. Ela desenhou cuidadosamente uma pequena cruz acima do guarda de segurança, e enfatizou a linha entre Benjamin Grinde e Birgitte Volter, fazendo um buraco no papel macio. Mas era como se o guarda se recusasse a desaparecer. Ela rabiscou-o, mas o desenho de alguma forma estava errado. Havia algo ali. Ela só não conseguia descobrir o que era. A dor de cabeça voltou, e ela não podia tomar mais analgésicos.

– Hanne! Hanne Wilhelmsen!

Um homem bateu na cabeça dela com um jornal. Rápida como um raio, ela se protegeu com o braço e então abriu um enorme sorriso.

– Varg! O que você está fazendo aqui? Sente-se comigo!

Com naturalidade, o homem jogou o volumoso e desgastado sobretudo no encosto da cadeira enquanto se sentava. Então, colocou os antebraços sobre a mesa, apertou as mãos e olhou para ela.

– Inacreditável. Com o passar dos anos, você fica cada vez mais bonita.

– O que está fazendo tão longe de Bergen? Pensei que você só se aventurasse fora da bela cidade das sete montanhas com a maior relutância!

– Estou em um caso. Um caso realmente estranho. Um garoto fugitivo que ninguém quer e que parece ser extremamente vidrado em informática. Os serviços de assistência ao menor continuamente encontram vestígios dele na internet, mas ninguém faz ideia de onde ele está. E o pestinha tem apenas 12 anos.

Acenando para o dono do local, ele pediu um café.

– É melhor você pedir um chá – Hanne sussurrou.

– De jeito nenhum. Preciso do meu café pela manhã. E você? O que tem feito esses dias?

Varg e Hanne não se lembravam de como se conheceram. Ele era um detetive particular que raramente visitava Oslo. Eles tinham alguns conhecidos em comum muito distantes e se esbarraram em algumas ocasiões profissionais. Imediatamente perceberam que tinham afinidade, o que surpreendeu a ambos.

– Na verdade, estou de licença – Hanne comentou, sem revelar mais nada. – Mas estou ocupada no momento, interessada nesse caso da Volter. Impossível não estar.

– Notável, li tudo no jornal hoje – ele disse, fazendo um movimento com a cabeça na direção dos jornais bagunçados sobre a mesa. – Esse escândalo da Saúde realmente parece importante.

– Ainda não consegui ler muito sobre isso – Hanne respondeu. – Do que se trata?

– Bem – ele começou a falar, acenando impaciente para o balcão, pois o café estava demorando. – Parece que um número anormal de crianças morreu da chamada "síndrome da morte súbita infantil". Muito provavelmente, esse é um tipo de diagnóstico estúpido usado quando todas as outras causas de morte são excluídas. Todas as crianças receberam o mesmo tipo de vacina tríplice aos três meses de idade. Acontece que essa vacina estava...

Ele procurou o exemplar do *Kveldsavisen* e folheou-o apressadamente, lambendo o dedo em intervalos regulares.

– ... contaminada. Aqui está: "*Provavelmente tem a ver com um componente que se formou no agente de conservação. Um componente semelhante ao princípio ativo da vacina, mas com efeito totalmente diferente. Pode ter acarretado problemas cardíacos nas crianças, fazendo com que elas viessem a óbito.*"

– Deixe-me ver isso – Hanne pediu, agarrando o jornal.

Ela ficou absorvida na leitura por alguns minutos. Varg estava no meio de sua xícara de café quando ela levantou os olhos para ele novamente.

– Isso é mesmo terrivelmente grave – Hanne comentou com serenidade, dobrando todos os jornais. – Eles nem sabem onde a vacina foi comprada.

– Não, esse é o ponto principal. Essa comissão, obviamente, pediu autorização para realizar investigações em arquivos estrangeiros e averiguar tudo isso com mais detalhes. Lamentavelmente, os registros aqui na Noruega são muito deficientes. A probabilidade é que a vacina tenha sido produzida em algum país com procedimentos de higiene pouco satisfatórios.

Ele tomou o restante do café, depois se levantou abruptamente.

– Tenho que ir. Ah, Hanne... – ele hesitou por um segundo, e então abriu um sorriso. – Vou fazer 50 anos em agosto. Por que não faz uma viagem às montanhas? Eu resolvi comemorar um pouco este ano.

– Estarei nos Estados Unidos – Hanne respondeu, desculpando-se e abraçando o amigo. – Mas, parabéns! Nos vemos qualquer hora!

Ele pegou o sobretudo e saiu. Hanne rasgou uma folha de papel de seu diário e desenhou o triângulo novamente: Volter-Grinde-guarda. Conforme constava no artigo, a ministra da Saúde, Ruth-Dorthe Nordgarden, garantiu que o assunto seria levado extremamente a sério e que seriam necessárias autorizações e recursos para as investigações sobre pistas no exterior. Hanne hesitou um pouco antes de colocar as iniciais RDN entre Grinde e Volter. De repente, o guarda não parecia tão importante assim. A presença dele no esquema que traçara interferia um pouco, pois formava um novo triângulo conectando os outros três. Se Benjamin Grinde realmente se matou, por que fizera isso? Se isso tinha alguma coisa a ver com o escândalo da Saúde, ela não entendia a lógica da coisa. Na verdade, Grinde deveria considerar o fato de ter descoberto a raiz da questão como uma realização da qual podia se orgulhar. Claro que as manchetes nos últimos dias haviam sido extremamente desconfortáveis para ele, mas isso seria motivo para um suicídio?

A dor de cabeça se tornara insuportável. De repente, ela rabiscou um grande X em toda a imagem e rasgou-a em pedaços.

– Realmente não há motivo nem razão para isso – ela disse para si mesma enquanto se dirigia até a porta, para ver se um pouco de ar fresco ajudaria.

Uma vez ao ar livre, ela digitou um número no telefone celular. Sem se identificar, ela perguntou quando o interlocutor a atendeu:

– Podemos nos encontrar hoje à noite?

Depois de alguns segundos ela encerrou a conversa.

– Tudo bem, às sete, no restaurante Tranen, no Alexander Kiellands Plass.

Em seguida, ela ligou para Billy T.

– Oi, sou eu. Você vai ficar sozinho de novo hoje à noite. Tenho um jantar.

– Isso faz parte ou não da agenda, caso a Cecilie ligue perguntando por você? – Billy T. riu do outro lado.

– Idiota. Vou me encontrar com Garganta Profunda. Pode dizer isso a Cecilie.

A dor de cabeça se tornara alucinante. Passando os dedos na testa, ela decidiu voltar para casa, na Stolmakergata, e tentar dormir um pouco.

11h15, ODINS GATE, Nº 3

A equipe da perícia técnica esteve na casa durante várias horas na noite anterior. Havia minúsculos rastros deles por toda parte, sinais quase imperceptíveis de que o apartamento tinha sido virado de cabeça para baixo por pessoas que não moravam lá, apesar de tudo ter sido metodicamente recolocado no lugar. Tudo, exceto um recipiente plástico vazio de comprimidos de amitriptilina de 25 miligramas, encontrado na mesa de cabeceira de Grinde ao lado de meio copo de água e a roupa de cama, que também foi removida para uma inspeção mais rigorosa.

Billy T. estava parado no meio da sala, segurando um breve relatório dos peritos a respeito da cena do crime. Grinde havia sido encontrado morto na cama, vestindo apenas cuecas boxer. Não havia sinais de entrada forçada; a porta estava trancada por dentro, com a corrente do pega-ladrão no lugar. A mãe do falecido tinha chamado um chaveiro para entrar no apartamento, mas o homem teve a presença de espírito de avisar a polícia antes.

Billy T. dobrou o papel duas vezes e colocou-o no bolso de trás da calça. Ele alegou que tinha permissão para acompanhar a perícia; afinal de contas, Tone-Marit lhe devia alguma coisa depois daquela entrevista com o guarda.

– Amitriptilina – ele comentou com Tone-Marit. – O cara tomava antidepressivos?

– Não há nada que indique isso – ela respondeu. – Ele sabia o que precisava tomar. Tomou dois comprimidos de Valium para se acalmar e depois um punhado de amitriptilina. Os comprimidos foram comprados na sexta-feira. Ele prescreveu a própria receita, com o nome da mãe, e enganou a equipe da farmácia, dizendo que a mãe tinha ficado viúva recentemente e precisava de tranquilizantes durante o período crítico. O cara era médico. Eles sabem o que fazer e acabam conseguindo a maioria desses remédios em qualquer farmácia.

A cozinha era o espaço mais charmoso do apartamento, com armários em madeira de cerejeira e bancadas com algo que parecia mármore preto.

– Larviquita – disse Tone-Marit Steen, acariciando a superfície dura e polida. – Lindo! E veja só isso...

Uma enorme geladeira americana havia sido integrada aos painéis avermelhados de cerejeira, com o freezer de um lado e o refrigerador do outro; um dispenser na porta do freezer fornecia água e cubos de gelo. Ele abriu o freezer. Pacotes limpos, com etiquetas – "Filé de alce 1996", "Mirtilos 1995" e "Fettuccine caseiro 20 de março" –, sugeriam que o conteúdo da geladeira seria igualmente exótico. Mas não foi o caso. Ali havia apenas uma fatia de queijo *brie* que já estava um pouco mofado, uma pimenta enrugada, três garrafas de água mineral e duas garrafas de vinho branco. Billy T. enfiou o nariz na única caixa de leite longa vida desnatado que estava na prateleira da porta e recuou fazendo uma careta. Fazia algum tempo que Grinde não comia. Havia uma litografia pendurada acima de uma mesinha para dois embaixo da janela, e o processador de alimentos era exatamente o mesmo que Billy T. tinha visto na cozinha da cantina no Departamento de Polícia. O quarto era deslumbrante, embora um pouco estéril.

A sala de estar era mais agradável. As estantes contornavam uma parede inteira com literatura de todos os gêneros. Billy T. apertou o botão para ejetar o CD do player: *Peter Grimes*, de Benjamin Britten. Não era exatamente o gosto de Billy T., que balançou a cabeça ligeiramente ao pensar no pescador Peter Grimes, que saía para o mar com qualquer tempo e atormentava a vida de garotos aprendizes. Material poderoso, mas certamente não adequado para alguém com angústia suicida.

Ele viu que Tone-Marit observava algumas estatuetas. Pegou uma delas na prateleira de baixo, no aparador maciço e pesado, e se perguntou o que poderia ser.

– *Netsukes* japoneses – explicou Tone-Marit com um sorriso. – São pequenas miniaturas originalmente feitas para prender faixas ao redor da cintura, mas que depois passaram a ser utilizadas e colecionadas como enfeites.

Surpreso, Billy T. olhou fixamente para o pequeno e assustador deus Shinto, que ele segurou na palma da mão para Tone-Marit.

– Esses são realmente bonitos – ela continuou. – Provavelmente são genuínos. Foram feitos antes de 1850, o que significa que são excepcionalmente valiosos.

Com cuidado, ela substituiu as figuras na prateleira, alinhando-as atrás das portas de vidro polido.

– O meu avô dirigiu uma agência japonesa – ela explicou, quase envergonhada.

Billy T. se ajoelhou e abriu as portas duplas do móvel, com cachos de uvas decorativos em relevo. Dentro havia toalhas engomadas, cuidadosamente passadas e dobradas.

– Um cara metódico, esse tal Grinde – ele murmurou enquanto fechava as portas.

Então, o policial entrou no quarto, que estava arrumado, mas com a cama desnuda. Havia uma calça impecavelmente pendurada num mancebo elétrico para desamassar calças, encostado na parede, além de uma camisa e uma gravata, colocadas em cima do encosto de uma pequena poltrona com braços. O banheiro, que dava para o quarto, era elegantemente decorado em estilo masculino, com azulejos azul-escuros e paredes brancas, no meio das quais uma borda azul e amarela, em algum tipo de padrão egípcio, corria ao redor do ambiente. Um sutil odor, fresco e masculino, era evidente. Havia ainda uma escova de dentes, um pincel de barba fora de moda e sabão de barbear. Billy T. pegou a navalha: parecia de prata, com as iniciais BG no cabo.

Ele se sentiu um intruso e de repente imaginou um cenário terrível: "e se fosse eu o sujeito encontrado morto? Não consigo imaginar um policial atravessando o *meu* banheiro, mexendo nas minhas coisas, espiando meus objetos pessoais mais íntimos..." Ele se sacudiu, hesitando antes de abrir a porta do armário.

Era aquilo. Ele não duvidou nem por um segundo.

– Tone-Marit – ele bradou. – Pegue um saco plástico para guardar provas e venha aqui!

Ela apareceu na entrada quase instantaneamente.

– O que é isso?

– Veja.

Ela se aproximou lentamente, seguindo com os olhos o dedo indicador de Billy T., que apontava para um pequeno porta-comprimidos dourado esmaltado.

– Oh! – ela exclamou, com os olhos arregalados.

– Sim, isso mesmo... – Billy T. sorriu enquanto transferia o pequeno objeto para o saco plástico de provas e fechava o lacre.

15h45, DEPARTAMENTO DE POLÍCIA DE OSLO

O chefe do Serviço de Inteligência parecia um dono de funerária. Terno era muito escuro e camisa, branca demais. A gravata preta estreita corria como um ponto de exclamação na frente do traje inadequado.

Evidentemente, os agentes planejavam conhecer os parentes mais próximos de Birgitte Volter, mas já tinham passado quatro dias desde o funeral.

Nenhum dos indivíduos que estavam na sala de reuniões do chefe da Polícia havia tido alguma experiência parecida antes. A maioria já havia falado, pelo menos uma vez ao longo da carreira, com parentes de vítimas de assassinato, mas nunca de maneira oficial como aquela. E certamente não depois do assassinato de uma primeira-ministra.

– Bem – disse o chefe da Polícia.

Ele encarou com incredulidade Billy T., que usava uma calça plissada de flanela cinza, camisa branca e uma jaqueta cinza-escura desabotoada. As cores da gravata eram sóbrias e outonais. Ele parecia um homem completamente diferente. Até mesmo a cruz invertida no lóbulo da orelha havia sido substituída por um pequeno diamante reluzente.

O superintendente chegou à sala esbaforido, com o rosto corado.

– Os elevadores não estão funcionando – ele reclamou, esfregando as mãos no fundilho das calças.

Roy Hansen ficou parado na soleira da porta, depois de ter sido atenciosamente conduzido pela secretária do chefe da Polícia. Ele cumprimentou cada um dos presentes, e a rodada de apertos de mão tornou-se tão longa e complexa no meio da confusão de cadeiras que Billy T. sensatamente se absteve de complicar ainda mais o processo. Em vez disso, ele se sentou, fez um aceno de cabeça para o viúvo e evitou perguntar o que havia acontecido com Per Volter.

Per Volter chegou cinco minutos atrasado. O rapaz parecia ter dormido com as roupas que estava usando, o que provavelmente tinha acontecido. Exalava um forte odor de transpiração, e o mau hálito, que tentou disfarçar com antisséptico bucal de hortelã quando se levantara, piorava ainda mais as coisas. Com olhar evasivo, ele simplesmente ergueu a mão em uma saudação coletiva, em vez de apertar as mãos que lhe foram hesitantemente estendidas. Ele não foi condescendente e não olhou nem de relance para o pai.

– Estou atrasado – ele murmurou, desabando sem cerimônia numa cadeira, com o encosto meio virado para o pai. – Desculpem.

O chefe da Polícia levantou-se, sem saber o que dizer. Não parecia apropriado desejar "boas-vindas" àqueles dois, já que estavam reunidos para conversar sobre a investigação do homicídio da esposa e da mãe. Ele olhou para Roy Hansen, que tinha os olhos colados nas costas do filho. A expressão dele era tão desamparada e cheia de desespero que o chefe da Polícia momentaneamente perdeu a coragem e pensou em adiar a sessão inteira.

– Tenho certeza de que este encontro será desagradável – ele finalmente arriscou dizer. – Sinto muito por isso. No entanto, meus colegas e eu acreditamos que vocês prefeririam tomar conhecimento em primeira mão sobre em que pé estamos. Na investigação, quero dizer.

– Sabemos muito menos do que os caras ali fora, no térreo – Per Volter comentou abruptamente, em voz alta.

– Perdão?

O chefe da Polícia colocou a mão no ombro do rapaz e o olhou nos olhos.

– Ali fora?

– Sim, os jornalistas. Tive que enfrentar muita hostilidade para passar por eles e chegar até aqui. Acha que estou feliz por ter sido fotografado neste estado?

Ele levantou a barra da camisa, como se quisesse mostrar o estado deplorável das roupas.

O chefe da Polícia fingiu que examinava alguma coisa bem na frente dos pés e engoliu várias vezes em seco, sentindo o pomo-de-adão roçar contra o queixo, que estava vermelho com a irritação do barbear.

– Eu peço desculpas por isso. Não era nossa intenção que alguém soubesse de sua presença aqui. Sinto muito.

– Desculpe isso, desculpe aquilo!

Per Volter empurrou a cadeira para trás, esticou-se como um adolescente provocador e ficou sentado na beirada do assento, com os ombros contra o encosto e as pernas esticadas.

– A função de vocês é "servir e proteger", não é o que dizem? Mas, até agora, vocês não serviram nem protegeram. Concorda?

Ele esmurrou a parede ao lado e enterrou o rosto nas mãos.

Ainda pálido e piscando rapidamente os olhos úmidos, Roy Hansen limpou a garganta. Os outros homens na sala permaneceram quietos, como ratos acuados. Apenas Billy T. ousou olhar para o pai e o filho.

– Per – disse Roy Hansen cautelosamente. – Você sabe que pode...

– Não fale comigo – Per Volter gritou. – Eu já não lhe disse isso? Não lhe disse que nunca mais quero falar com você? Hein?

Mais uma vez, o rapaz cobriu o rosto.

O chefe da Polícia estava roxo. Atrapalhado com um cigarro que não podia acender, continuou a olhar para o joelho. O superintendente estava boquiaberto, embora não tivesse ciência disso. Somente quando sentiu um fio de saliva escorrendo pelo queixo, cerrou a mandíbula, limpando rapidamente o rosto com o braço.

O chefe da Polícia olhou cuidadosamente pela janela, como se avaliasse uma possível rota de fuga.

– Per Volter!

Era Billy T., com sua voz profunda e penetrante.

– Olhe para mim!

O jovem no lado oposto da mesa, até então irrequieto, remexendo-se de um lado para o outro, ficou estático, sem, porém, conseguir levantar o rosto.

– Olhe para mim – Billy T. berrou, batendo na mesa de madeira maciça com tanta força que as janelas tremeram.

Assustado, o rapaz recolheu as mãos.

– Nós imaginamos o quanto você está se sentindo péssimo. Todos nós nesta sala entendemos que você está passando por uma terrível provação.

Billy T. inclinou-se um pouco mais na mesa.

– Mas você não é a primeira pessoa na história do mundo a perder a mãe! Agora você precisa se recompor!

Per Volter sentou-se na cadeira furioso.

– Não! Mas sou o único que teve a história familiar inteira exposta em todos os jornais do país depois disso!

Ele chorava compulsivamente, com pequenos soluços, esfregando os olhos várias vezes para tentar se conter, mas sem sucesso.

– Você está certo – Billy T. concordou condescendente. – Eu não consigo imaginar o que seja isso. Mas mesmo assim você tem que nos deixar continuar o nosso trabalho, que agora envolve contar a você e ao seu pai como estão as coisas. Se quiser ouvir, ótimo. Caso contrário, sugiro que vá embora. Posso pedir a alguém que o acompanhe pela saída dos fundos, assim não vai ter que enfrentar os jornalistas lá fora.

O jovem não respondeu. Ele ainda estava chorando.

– Ei – Billy T. insistiu calmamente. – Per!

Per Volter olhou para cima. Os olhos do policial eram de uma cor gelada, um tom azul-acinzentado, como os de um cachorro perigoso ou um personagem de filme de terror. No entanto, sua boca estava esticada num sorriso fraco, sugerindo o que Per Volter sentia naquele momento: até então, ninguém havia demonstrado compreensão por seus sentimentos desde que a mãe havia sido baleada.

– Você prefere ir ou quer ficar? Gostaria de esperar na minha sala, para que possamos conversar depois?

Per Volter forçou um sorriso.

– Desculpe... Eu vou ficar.

Então, ele assoou o nariz em um lenço de papel que o chefe da Polícia lhe estendera. Endireitou-se completamente e colocou um pé sobre o outro, olhando para o chefe da Polícia como se estivesse pensando, com impaciência e espanto, por que o relatório havia terminado antes de começar.

Não demorou muito. Depois de uma breve introdução, o chefe da Polícia passou a palavra ao chefe do Serviço de Inteligência, que foi igualmente conciso. Billy T. estava ciente de que as informações transmitidas tinham sido metodicamente filtradas e que, de fato, Ole Henrik Hermansen relacionava tudo a nada. O aspecto mais interessante foi que, quando ele falou em termos gerais sobre a liderança extremista, uma expressão estranha surgiu em seus lábios, e seu olhar não ficou tão estável como de costume.

"O segurança", Billy T. pensou, "eles encontraram algo sobre o guarda".

– Hein? – ele exclamou de repente.

O chefe da Polícia havia repetido três vezes a palavra até que ele ouvisse.

– Ah! Desculpe. Sim, o porta-comprimidos.

Retirando do bolso da jaqueta o pequeno saco plástico de provas, Billy T. o colocou na frente de Roy Hansen. O viúvo não havia pronunciado uma palavra depois que Per gritara com ele e continuou sem abrir a boca. Olhou para o saco plástico com cara de jogador de pôquer.

– Reconhece isto? – Billy T. perguntou. – Esse é o porta-comprimidos de Birgitte?

– Eu *nunca* vi isso antes – Per Volter afirmou antes que seu pai respondesse.

O jovem se inclinou para pegar o saco plástico. Billy T. colocou imediatamente a mão sobre o objeto.

– Ainda não. Reconhece isto?

Ele tirou a caixa do saco plástico e mostrou-a a Roy Hansen.

– É nossa – o viúvo murmurou. – Birgitte e eu ganhamos de presente de casamento. É a caixinha que eu lhe mostrei na fotografia.

– Tem certeza?

Roy Hansen fez que sim lentamente, sem tirar os olhos da caixa.

– Nunca vi isso antes – Per Volter repetiu.

– Onde a encontrou? – Roy Hansen perguntou a Billy T., pegando-a da mão dele.

– No apartamento de Benjamin Grinde – Billy T. respondeu, colocando a caixa na mão de Roy Hansen.

– O quê?

Per Volter olhou do policial para o pai.

– Na casa do juiz do Supremo Tribunal?

Todos os policiais manifestaram entusiasmo, como uma tentativa de tornar a afirmação ainda mais crível.

– Na casa de Benjamin Grinde – Roy Hansen falou. – Mas por que diabos?...

Ele observou minuciosamente a pequena caixa porta-comprimidos.

– Sim, na casa dele... E esperávamos que um de vocês pudesse nos contar por que estava lá – Billy T. disse, alisando o diamante na orelha.

– Não faço a menor ideia – Roy Hansen murmurou.

– Nem uma única hipótese?

O desespero se transformou em indignação, e o viúvo elevou o tom de voz.

– Talvez Benjamin Grinde tenha roubado? Surrupiado! Em algum momento. Como vou saber? Além do mais, ele poderia ter ficado com essa caixa anos atrás, porque nem lembro há quanto tempo eu não via isso em casa.

– Não. Deve ter sido no dia em que ele teve uma reunião com Birgitte, antes de ela ser morta – Billy T. disse pensativamente. – A secretária lembra que a caixa sempre ficava na mesa da primeira-ministra.

Ele olhou para Per Volter, o rapaz deu de ombros e balançou a cabeça.

– Não faço ideia – ele reiterou. – Nunca vi isso antes.

– Você provavelmente percebeu que é difícil de abrir – Billy T. disse, dirigindo-se a Roy Hansen. – Mas nós conseguimos fazer isso. Havia uma mecha de cabelo dentro da caixa... Provavelmente de um bebê.

Per ficou ofegante, obviamente reunindo forças para evitar mais lágrimas.

– Nós sabemos... – Billy T. começou a falar – que talvez não seja muito fácil para você falar sobre isso, sr. Hansen, mas...

Roy Hansen parecia ter encolhido. Estava de olhos fechados.

– Enfatizamos que qualquer informação sobre Birgitte pode ser relevante para o caso... Portanto, precisamos...

Billy T. passou a palma da mão na cabeça raspada e esfregou-a pensativamente por um momento. Ele negligenciou de propósito o olhar do chefe da Polícia, já sabendo o que o oficial superior diria.

– Por que não nos contou sobre o bebê morto? – ele perguntou abruptamente. – Por que não nos contou sobre sua filha?

– Billy T., isto não é um interrogatório!... – o chefe da Polícia o advertiu bruscamente e fez uma pequena pausa. – Você não precisa responder isso agora, sr. Hansen.

– Tudo bem... Eu quero responder!

Ele levantou-se e caminhou decidido até a janela; depois, virou-se bruscamente para encarar os outros.

– Você acabou de admitir que não faz ideia do que é ter a vida devastada nos jornais. Você está *absolutamente* certo sobre isso. Você não faz ideia! Toda a Noruega está preocupada com Birgitte. Você está preocupado com Birgitte. E eu tenho que aguentar isso! Mas há uma coisa que realmente pertence apenas a mim! *A mim! Você entende isso?*

Ele estava de pé ao lado de Billy T. e apoiou uma das mãos na mesa para olhar o policial nos olhos.

– Você me perguntou por que eu não disse nada sobre Liv? *Porque isso não é da sua conta!* Entendeu? A morte de Liv era a nossa tragédia, de Birgitte e minha!

Mas a fúria do viúvo arrefeceu tão rapidamente quanto tinha explodido, e de repente parecia que ele não sabia exatamente onde estava ou por que estava lá. Ele olhou ao redor da sala com espanto antes de voltar para a cadeira.

O silêncio durou um tempo considerável.

– Bem – Billy T. começou, devolvendo cuidadosamente o porta-comprimidos ao pequeno saco plástico de provas e colocando-o novamente no bolso da jaqueta. – Vamos parar por aqui, então. Desculpe se eu disse algo que possa tê-lo ofendido. Só mais uma coisa...

Ele olhou para o chefe da Polícia, que, com um gesto resignado, autorizou-o a continuar.

– Nós temos algo que absolutamente não pode vazar. Conseguimos manter a imprensa à distância até agora e gostaríamos muito de guardar essa informação conosco por um bom tempo ainda. Nós temos...

Ele retirou de uma pasta outro saco plástico de provas e colocou o conteúdo diante dos dois parentes.

– Nós sabemos que esta é a arma que foi usada no assassinato – ele disse, apontando para duas fotografias. – É um revólver russo...

– Nagant – Per Volter interrompeu. – Um revólver russo Nagant, modelo 1895.

O rapaz olhou fixamente para a imagem.

– Onde está a arma? – ele perguntou a Billy T.

– Por que está me perguntando isso? – Billy T. estranhou.

– Onde está a arma? – Per Volter repetiu a pergunta. A vermelhidão em suas bochechas o fazia parecer febril. – Eu quero ver a arma.

Poucos minutos depois, um policial bateu na porta, entregou um revólver a Billy T. e voltou a sair.

– Posso pegar? – Per perguntou calmamente, olhando para Billy T., que concordou com um movimento de cabeça.

Com os movimentos experientes, Per Volter examinou a arma que havia matado sua mãe. Ele inspecionou o tambor, que encontrou vazio, apontou para o chão e puxou o gatilho.

– Está familiarizado com armas desse tipo? – Billy T. perguntou.

– Sim – Per Volter afirmou. – Eu conheço esta arma muito bem. É minha.

– Sua?

O chefe do Serviço de Inteligência ficou quase histérico.

– Sim. Esse Nagant me pertence. Alguém pode me dizer como veio parar aqui?

17h30, PARQUE STENSPARKEN

Ele estava muito aborrecido pelo fato de não ter insistido com o cara para que se encontrassem em um local diferente. Detestava o Parque Stensparken. Nunca atravessava o pequeno oásis verde entre Stensgata e Pilestredet sem ser insultado pela escória de gente que normalmente circula por lá, homossexuais repulsivos que sempre o confundiam com um deles, independente de como agisse ou estivesse vestido. Uma vez, um rapaz insinuante o comparou com Jonas Fjeld, o detetive da ficção, e foi isso o que salvou o cara de levar um soco na cara. Brage Håkonsen tinha as obras completas do escritor de suspense Øvre Richter Frich em sua estante de livros, e Fjeld era seu herói.

Eles deveriam ter combinado o encontro para mais tarde, ao anoitecer. Ainda estava claro naquele momento. O fornecedor, porém, tinha insistido, dizendo que estava indo para o exterior e queria resolver o assunto de uma vez.

Brage Håkonsen já tinha passeado pelo parque três vezes: era impossível ficar parado. Era quando eles começavam a circular, os vermes da sociedade.

Até que, enfim, ele chegou. O homem com um casaco escuro até o tornozelo fez um gesto quase imperceptível em sua direção. Examinando os arredores tão discretamente quanto possível, Brage começou a se aproximar dele. Quando passaram um pelo outro, ele sentiu alguma coisa cair dentro da bolsa de nylon que carregava, contendo alguns equipamentos de ginástica na parte inferior. Ele havia soltado uma das alças bem a tempo. Depois, segurou a alça de novo e correu para os dois latões de lixo que ficavam na outra ponta do pequeno parque. Abriu um deles e atirou um envelope acolchoado lá dentro, juntamente com uma embalagem de sorvete que tinha encontrado meia hora antes, para disfarçar que jogava algo no lixo.

Cinco mil não era tão ruim. Não por uma arma de mão eficiente, não registrada e não rastreável. Quando Brage Håkonsen saiu do parque, viu pelo canto dos olhos o homem do casaco comprido dirigindo-se para os latões do lixo. Sorrindo, Brage segurou a bolsa com mais força.

De repente, um arrepio gelado percorreu-lhe a espinha. Havia ali um cara, que estava em pé embaixo de uma árvore alta, lendo jornal, que ele já tinha visto, no mesmo dia, não muito tempo antes. Ele fez um esforço enorme para se lembrar de onde: do quiosque ou do bonde? Apertando o passo, olhou por cima do ombro para ver se o cara com o jornal o seguia, mas não. O sujeito apenas tinha olhado para ele e depois voltou a se concentrar no jornal. Devia ser um deles, um daqueles homossexuais. Ele respirou aliviado e correu para a faculdade de veterinária; mas não conseguia deixar de pensar no cara com o jornal.

Brage viajaria até a cabana para esconder a arma lá, por um tempo, até o plano estar completamente pronto. O planejamento estava quase concluído, mas não totalmente. Ele não tinha certeza de quem levaria consigo, já que o projeto não poderia ser executado por uma única pessoa. Mas ele queria apenas um assistente. Quanto mais pessoas envolvidas, maior a probabilidade de tudo ir pelo ralo.

Agora que a primeira-ministra tinha sido eliminada, era a vez do presidente do Parlamento. O valor simbólico seria enorme. Porém, algo o fez hesitar ao abrir a porta de seu apartamento: ele não poderia viajar para a cabana. Quase ninguém sabia que aquela cabana era dele, apenas a velha do térreo, para quem ele fazia compras e lavava as escadas e que lhe dera as chaves em agradecimento. Ela não tinha filhos, era tão velha quanto as colinas e não conhecia ninguém além dos cuidadores da Câmara Municipal, que lhe levavam comida quente três vezes por semana. Mas ela também era muito charmosa. Na verdade, ele não tinha segundas intenções quando começou a conversar com ela sobre um assunto ou outro, mas, quando soube que o marido dela tinha sido um soldado norueguês na Waffen-SS e que havia morrido durante a guerra, começou a ajudá-la. Afinal de contas, ele tinha que cuidar dos seus. Era uma questão de honra.

Ele queria ir para a cabana, mas algo lhe dizia que não poderia. Porém algo também lhe dizia que a arma não deveria permanecer em seu apartamento nem na despensa. Descendo ao subsolo, ele destrancou a despensa pertencente à sra. Svendsby e colocou a pistola embrulhada atrás de quatro frascos de conservas datados de 1975. Ele não olhou a arma antes de trancar novamente o local e recolocar a chave entre duas vigas sob o teto.

A sra. Svendsby tinha problemas nos quadris e não descia no subsolo havia mais de quinze anos.

19h10, RESTAURANTE TRANEN

O proprietário do restaurante Tranen não fazia nenhum esforço para o estabelecimento estar na moda. Enquanto todos os outros cafés decadentes de Oslo começavam a atrair multidões de turistas que chegavam de táxi da Ponta Oeste, o Tranen permaneceu lúgubre *demais*. Poucos clientes já haviam se arriscado a oeste do Estádio Bislett em qualquer momento de suas vidas, e agora a maioria não tinha condições físicas para chegar ao local. Eles ficavam sentados ali, com suas poucas coroas da previdência social, os rostos corados risonhos e as histórias de vida que ninguém queria ouvir. Hanne Wilhelmsen sabia que esses personagens estavam desesperadamente tristes: eles ficavam sentados ali, gritando, tão completamente encharcados em álcool que nunca seriam ouvidos por ninguém.

Conferindo a hora, ela tentava controlar a irritação.

Øyvind Olve chegou sem fôlego à porta. Ele examinou a sala com ar confuso, com cara de quem achava que tinha ido ao lugar errado. Um caubói sentou-se à mesa bem perto da porta. Na verdade, era uma mulher, que parecia nunca ter sentado seu largo traseiro em qualquer coisa parecida com um cavalo. Mas os trajes e os acessórios característicos estavam todos no lugar: ela usava uma jaqueta de couro vermelho brilhante, com longas franjas de nylon e tachinhas em volta das letras nas costas para destacar as palavras "Divina loucura" em escrita cursiva. Na cabeça, uma réplica branca de um chapéu Stetson, e a calça jeans era três números menor do que o ideal, dificultando o ato de sentar. Talvez fosse por isso que ela ficou meio em pé, inclinando-se sobre um homem que obviamente se recusava a pagar sua conta. Ou talvez ela quisesse mostrar as botas: reluzentes, brancas e brilhantes e claramente feitas de plástico.

– Mas você disse que pagaria – ela insistia com a fala arrastada, roçando a ponta dos dedos na gola de um homem com fios ralos de cabelo cobrindo a careca. – Realmente, Tønna, você *prometeu* que me daria um trato!

O homem tentou se livrar do suposto acordo, mas acabou derrubando uma caneca de cerveja quase cheia. E as cinco pessoas sentadas em volta da mesa ficaram chocadas quando as preciosas gotículas foram derramadas na mesa e escorreram para o chão como uma cachoeira.

– Mas que droga, Tønna, o que você *está fazendo*? – gemeu a caubói. – Agora você me deve mais uma, pelo menos!

Øyvind Olve não viu Hanne Wilhelmsen até que ela acenou de onde estava. Aliviado por escapar do rodeio perto da porta, ele se plantou num assento oposto ao dela, antes de bater na mesa com a pasta que trouxera.

– Até que enfim, Øyvind – ela o repreendeu sorridente. – Quando vai conseguir algo melhor do que isso?

Sentindo-se desconfortável, ele olhou para a pasta, uma pequena valise tipo executivo de nylon vermelho e preto, com o logotipo do Partido Trabalhista em uma das bordas inferiores.

– Mas eu acho que esta aqui está ótima!

Hanne Wilhelmsen ergueu a cabeça e riu ruidosamente.

– Ótima? Sinceramente, é horrível! Você conseguiu isso numa conferência ou algo assim?

Desconcertado, Øyvind Olve abaixou-se para colocar a maleta a seus pés, fora do campo de visão da policial.

Hanne acenou com a cabeça para a caneca de cerveja na mesa diante dele: ela havia pedido para os dois.

– Por que diabos você quis se encontrar aqui? – ele sussurrou, revirando os olhos.

– Porque é o único lugar em Oslo onde é possível ficar absolutamente seguro de que não tem ninguém ouvindo nossa conversa – ela sussurrou de volta, espiando conspiratoriamente ao redor da sala. – Nem o pessoal do Serviço de Inteligência põe o nariz aqui!

– Mas – ele murmurou, olhando para o menu engordurado – será que dá para *comer* aqui?

– Vamos comer em outro lugar mais tarde – ela respondeu bruscamente. – A cerveja aqui é tão boa quanto em qualquer outro lugar. Agora, vamos conversar.

E tomou um gole da caneca, depois dobrou os braços sobre a mesa enquanto lambia os lábios.

– Que diabos é esse escândalo na área da Saúde? O que está acontecendo?

– Quando acontece esse tipo de coisa, geralmente tem a ver com alguma luta de poder. E acaba vazando para a imprensa.

– Você quer dizer que tem alguém vazando informações?

– O material que está nos jornais hoje... – ele disse, desenhando um círculo na condensação de sua caneca de cerveja. – O pessoal do gabinete da primeira-ministra não fazia a menor ideia do que se tratava. Parece que tem alguém de fora querendo nos enquadrar.

– Enquadrar vocês? Mas então o que saiu nos jornais não é verdade?

– Pode muito bem ser. E, se é verdade, deveria mesmo ter sido tornado público. O caso é que se trata de algo que o comitê de investigações precisa analisar e, como já vazou muita coisa, torna-se difícil para nós respondermos de maneira racional.

– Nós? Você quer dizer o partido?

Øyvind sorriu, quase ansioso.

– Sim, até certo ponto, mas principalmente o governo. Continuo esquecendo que não estou mais trabalhando no gabinete da primeira-ministra. Desculpe.

– No entanto, como isso pode prejudicar o governo atual? Tudo isso aconteceu há mais de trinta anos!

– Tudo se liga ao governo. Você precisa entender isso. Foi o governo que assumiu a responsabilidade de investigar a situação, e foi por muito pouco que conseguimos evitar que o Parlamento inteiro controlasse o inquérito. Felizmente Ruth-Dorthe foi rápida no gatilho e conseguiu reunir um comitê de gente nomeada do governo antes que os deputados se organizassem. O caso não era suficientemente relevante, pelo menos não naquele momento. Mas, agora, como você pode ver...

Ele tomou um gole de cerveja e rosnou.

– Lembre o escândalo do Serviço de Inteligência, quando houve toda aquela controvérsia sobre eles supostamente fazerem vigilância ilegal em cima de ativistas comunistas – ele continuou, baixando mais ainda o tom de voz. – Quando o relatório da Comissão Lund foi finalmente publicado...

Depois que ele ergueu novamente a caneca, o conteúdo ficou pela metade.

– ... você não percebeu como eles tentaram transformá-lo em vitória *deles*?

– Quem?

– A oposição, a esquerda socialista e o Partido do Centro, entre outros. Como se o Parlamento fosse responsável por todo o trabalho de investigação, e não um juiz do Supremo Tribunal excepcionalmente competente e com uma boa equipe a bordo! Como se nós, no governo, também não estivéssemos interessados numa investigação minuciosa de qualquer possível caso de corrupção.

– Mas – Hanne objetou – então o governo encerrou sua investigação e quase nenhuma medida foi tomada!

– Sim – concordou Øyvind Olve, batendo a caneca na mesa. – Mas não foi por culpa do *governo*, como você sabe! As pessoas confundem isso: não foi a primeira-ministra Gro quem saiu procurando arquivos que tratavam de sujeiras de ativistas comunistas e coisas do tipo!

Ele acenou irritado, pedindo outra cerveja. Em vez do garçom, surgiu à mesa deles um homem de pouco menos de um metro e meio de altura, vestindo um *smoking* e com um nariz que já tinha tido melhor aparência, mas que provavelmente nunca teria sido maior. A boca não era visível até que ele a abriu, para declarar, com um movimento arrebatador da cartola:

– Excelências! É com imenso prazer que este estabelecimento devasso recebe uma visita de pessoas tão honestas como vocês! Eu gostaria de, em nome do proprietário e dos clientes assíduos do Tranen, desejar-lhes sinceras boas-vindas!

Usando as mãos para recolocar o chapéu na cabeça, ele fez um pequeno gesto solene de reverência.

– O meu nome é Pinguim, e gente boa como vocês provavelmente vai entender por quê!

Rindo alegremente, ele segurou-se na borda da mesa com os pequenos dedos gorduchos. O *smoking* estava velho e desgastado, e a faixa na cintura, cinzenta e sedosa, esticava-se precariamente ao redor do tronco rechonchudo. Os braços e as pernas dele eram muito curtos em comparação com o restante do corpo.

Hanne começou a procurar a carteira.

– Mas, minha boa senhora! – exclamou o intruso, exasperando-se. – Como vossas excelências poderiam chegar à presunçosa conclusão de que a minha pequena incursão à mesa de vocês teria alguma motivação egoísta? A minha desprezível tarefa é oferecer-lhes uma recepção calorosa!

Quando o homenzinho olhou furioso para a carteira de Hanne, ela rapidamente recolocou-a na bolsa.

– Agora, sim! – o sujeito assentiu com satisfação. – Então eu vou deixá-los à vontade, para que tenham sua conversa agradável e aproveitem o elixir dourado, ao mesmo tempo que expresso o desejo sincero de ver as vossas boas pessoas aqui novamente.

Ele estalou os dedos ligeiramente, e o garçom apareceu trazendo duas canecas de cerveja, sem que Hanne ou Øyvind tivessem pedido.

– Pinguim, pare de incomodar os clientes – disse o garçom em tom aborrecido. – Caia fora daqui.

– Ele não está nos incomodando – Hanne o defendeu, mas não adiantou, o garçom empurrou o homenzinho para o outro lado das instalações.

– Onde estávamos? – Hanne perguntou, derramando na nova caneca a pequena quantidade de cerveja que restava na anterior.

– Mas em que mundo estamos vivendo? – Øyvind perguntou, sem tirar os olhos da figura de *smoking*.

– É apenas a vida da cidade! – Hanne sorriu largamente. – Você não tem essas coisas no campo!

– Ah, sim, nós temos – ele murmurou. – Só que não usam *smokings*.

– Você estava me contando uma história...

Øyvind ficou observando aquele homem peculiar por algum tempo ainda.

– A arte de governar é um ato de equilíbrio instável – ele disse afinal. – Em todos os sentidos. Especialmente quando o desgaste é muito grande, como acontece com o nosso partido. Tudo é colocado na nossa conta, tudo o que é negativo, claro. O país está transbordando leite e mel. Mas, mesmo assim, todo mundo amaldiçoa o Partido Trabalhista. Esse escândalo da Saúde...

Olhando para o relógio, ele colocou a mão no estômago.

– Está com fome? – Hanne Wilhelmsen perguntou.

– Hum.

– Depois. Conte-me mais primeiro.

– Bem – Øyvind Olve continuou. – Se é verdade que algo deu errado em 1965, então é claro que estamos interessados em esclarecer o caso. Todos nós estamos, por várias razões. A responsabilidade deve ser compartilhada, e o mais importante de tudo é que precisamos aprender com todos os erros cometidos, mesmo que tenham ocorrido há muito tempo. Mas é fundamental que as coisas estejam bem cronometradas. Agora que grande parte desse caso parece ter vazado para a imprensa, o governo foi colocado na defensiva... Poxa, Hanne, o gabinete da primeira-ministra não sabia de nada disso até que a história foi publicada no jornal de hoje!

– Ainda não entendo – Hanne disse. – Será que eventualmente... Quem estava no governo em 65?

– Gerhardsen foi substituído por Borten naquele ano – ele murmurou. – Mas não interessa! O fato é que isso faz o governo parecer negligente. Parece que estamos desinformados em relação ao que os jornais descobriram, o que é sempre um sinal de fraqueza, ou ao menos entendido como se fosse. Pelo menos por pessoas dos círculos políticos. E isso é um fato importante.

Ele arrotou alto, como consequência da cerveja.

– Você precisa ver se está tudo bem com o seu sistema digestório – Hanne comentou.

– E, agora que ligaram o escândalo da Saúde ao homicídio de Birgitte, *realmente estamos* com problemas – ele inclinou o rosto sobre a mesa, a apenas vinte centímetros de Hanne.

– Mas é muito provável que tudo isso seja apenas bobagem – Hanne protestou.

– Bobagem? Sim, claro, mas é delicado! Enquanto os jornais derem ênfase e exagerarem as histórias, misturando tudo como se fosse uma coisa só, as pessoas vão acreditar que as coisas têm conexão. Especialmente quando parece que...

Ele se recostou de repente e olhou para o balcão do bar. Não parecia ter intenção de continuar.

– Parece que o quê?

Hanne sussurrava agora.

– Parece que a polícia não tem a menor ideia do que aconteceu no caso Volter – Øyvind anunciou lentamente. – Ou você?...

Hanne desenhou um coração na mesa, no ponto onde a caneca de cerveja tinha deixado uma condensação.

– Não me inclua na polícia – Hanne disse. – Eu não trabalho lá.

Inesperadamente, Øyvind Olve se inclinou para colocar a ridícula maleta de nylon em cima da mesa. Ele teve dificuldade para abrir o zíper, mas em seguida apresentou três folhas de A4 para Hanne.

– Exatamente. Você não trabalha lá. Então pode me dizer o que eu devo fazer com isto.

Ele empurrou os documentos na direção dela.

– O que é isto? – ela perguntou, folheando as páginas impressas para dar uma olhada.

– É algo que encontrei no escritório de Birgitte. Eu tive que repassar todos os documentos. Muitos eram de natureza política delicada. Isso estava enfiado entre duas pastas vermelhas.

– Pastas vermelhas?

– Documentos secretos, ultrassecretos.

As folhas continham uma lista de nomes, impressos em fonte script tamanho 10, com algum tipo de informação sobre datas ao lado de cada um deles.

– Datas de nascimento e morte – precisou Øyvind Olve. – Deve ser uma lista das mortes súbitas das crianças ocorridas em 1965. E veja só isto...

Ele pegou os papéis de volta, e foi para a terceira folha, então examinou a página antes de apresentá-la novamente a Hanne, apontando alguma coisa.

– Liv Volter Hansen. Nasceu em 16 de março de 1965, morreu em 24 de junho de 1965.

– Mas o que é isso?

– Durante vários meios tortuosos, e depois de muitas mentiras inocentes, descobri que esse panorama foi produzido pela Comissão Grinde. Os pais dessas crianças foram escolhidos aleatoriamente por um programa de computador e deveriam ser entrevistados, respondendo a uma série de perguntas sobre saúde, comportamento, padrão de alimentação dos filhos, além de várias outras coisas, antes do momento da morte. Uma seleção aleatória, em outras palavras. Pura sorte. E, por acaso, a primeira-ministra entrou nesse grupo. Mas o aspecto mais interessante é que a lista foi elaborada em 3 de abril. O dia anterior ao assassinato de Birgitte. A única maneira pela qual ela poderia ter obtido esse documento seria se Benjamin Grinde tivesse levado para ela. Verifiquei todas as outras possibilidades: registros de correspondências, livros de minutas, absolutamente tudo. Ela deve ter recebido de Grinde. E veja também isso aqui...

Ele apontou outra coisa nas folhas: algumas informações manuscritas na margem da primeira página: *"Nova pessoa?"* e *"O que deve ser dito?"*

– Mas que diabos significa isso? – Hanne perguntou, mais para si mesma do que para o colega.

Ele respondeu assim mesmo.

– Não sei, mas a letra é de Birgitte. O que devo fazer?

– Você vai fazer o que deveria ter feito no instante em que encontrou isso – Hanne disse erguendo a voz, em tom de reprovação. – Você tem que entregar esses documentos para a polícia. Agora, imediatamente.

– Mas nós estávamos prestes a ir comer alguma coisa... – Øyvind Olve se queixou.

20h00, DEPARTAMENTO DE POLÍCIA DE OSLO

Per Volter tinha um sutil início de alopecia, Billy T. podia ver isso com clareza. O volume dos cabelos estava diminuindo, e com o tempo o rapaz teria perda severa no alto da cabeça.

Billy T. não sabia o que fazer. Per Volter estava em pé ao lado da mesa, na sala do inspetor-chefe, com a cabeça entre os braços e chorando feito um bebê havia quase dez minutos. Tudo consequência de algumas simples palavras de especulação do policial.

– Eu acho que você tem algumas coisas para me dizer.

– Acha que matei minha mãe? – Per Volter gritou, antes de se entregar a mais uma crise de lágrimas.

Nada ajudava. Billy T. lhe garantiu que não era esse o caso. Primeiramente, o álibi dele era absolutamente robusto: vinte soldados e três oficiais poderiam jurar que o rapaz estava numa barraca no planalto de Hardanger quando o tiro foi disparado no gabinete da primeira-ministra. Também não havia o menor resquício de motivação. E ele jamais confessaria que a arma não registrada usada no assassinato lhe pertencia, se realmente fosse o assassino.

Billy T. tentou explicar isso a ele repetidas vezes, mas não adiantava. Acabou desistindo e resolveu deixar Per chorar à vontade. Mas, ao que parecia, aquilo levaria algum tempo.

Billy T. inspecionou as unhas e achou que estava na hora de fazer uma visita ao banheiro. Assim que tomou essa decisão, levantou-se da cadeira. Per Volter fungava escandalosamente, mas acabou sentando-se desanimado, com o rosto borrado, vermelho e inchado.

– Está se sentindo um pouco melhor? – Billy T. perguntou, escorregando de volta para a cadeira.

Per Volter não respondeu, mas enxugou o rosto com a manga, o que já era um começo.

– Aqui – Billy T. disse, oferecendo-lhe uma toalha de papel. – As suas armas e os seus equipamentos são incrivelmente bem organizados.

O elogio foi enfatizado por um sorriso de reconhecimento, mas não pareceu particularmente encorajador para Per.

— Você esteve lá? — ele murmurou, olhando para a toalha de papel molhada.

— Sim. Dois policiais levaram seu pai para casa e averiguaram tudo por lá. No relatório, mencionaram que as condições de armazenamento são exemplares: as armas são guardadas separadas, num armário trancado, e a munição em outro. Todas as cinco armas registadas estão conosco.

— Esse registro de vocês é uma piada — murmurou Per Volter. — Pelo que sei, é apenas desta área e nem sequer é informatizado.

— Estamos esperando uma nova legislação sobre armas — Billy T. explicou, servindo café de uma garrafa térmica de aço inox em duas canecas.

Ele empurrou na direção de Per a caneca com a foto de Franz Kafka.

— Mas por quê? — Billy T. perguntou, num tom de voz hesitante.

— Por que o quê? — Per olhou para a imagem na caneca e fez uma careta ao queimar a língua.

— Por que você não registrou o Nagant?

Per sentou-se, soprando o café, que ainda estava quente demais. Cautelosamente, colocou a caneca sobre a mesa de trabalho.

— Eu não consegui dar um jeito nisso. As outras armas foram compradas. Mas o Nagant foi um presente, no meu décimo oitavo aniversário. Era da minha avó, ela foi bastante ativa durante a guerra, esteve na Dinamarca e coisas desse tipo. Costumávamos dizer que o Nagant era a medalha de guerra dela.

Então o rapaz sorriu levemente, com uma expressão de orgulho no rosto.

— Ela operou um russo ferido e salvou a vida dele. E não era médica! Foi no outono de 43. O homem ficou muito agradecido, mas não tinha nada para dar a ela a não ser a arma. Kliment Davidovich Raskin, era o nome dele.

Agora ele sorria largamente.

— Quando eu era criança, achava esse nome muito legal. Depois da guerra, vovó passou anos tentando encontrá-lo. Entrou em contato com a Cruz Vermelha, com o Exército da Salvação e outras organizações semelhantes. Ela nunca o localizou. Vovó morreu quando eu tinha 16 anos. Adorável pessoa. Ela...

Sentindo que as lágrimas ameaçavam transbordar novamente, Per fez uma nova tentativa com o café.

– Eu ganhei o Nagant de presente da minha mãe, no meu décimo oitavo aniversário – ele murmurou dentro da caneca. – Foi o melhor presente que recebi.

– Já usou alguma vez?

– Sim. A munição é bastante incomum, por isso deve ser feita uma encomenda especial. Acho que usei a arma seis ou sete vezes. Na maioria delas, apenas para testar. Não é uma arma muito precisa. E é muito antiga também. Minha avó nunca a usou.

Mais uma vez ele ficou sufocado com a memória de uma pessoa que não estava mais viva. Lágrimas escorreram do canto do olho esquerdo, mas ele aguentou firme.

– Por que está tão brabo com seu pai, Per?

Assim que Billy T. fez aquela pergunta, seus alarmes internos dispararam. O rapaz tinha sido informado de que não tinha a obrigação de testemunhar contra membros da própria família. No entanto, Billy T. não retirou a pergunta.

Per Volter olhou pela janela, levando a caneca de café até a boca, mas sem beber. O vapor parecia fazer-lhe bem. Ele fechou os olhos. Era óbvio que a sensação de umidade em seu rosto vermelho e marcado por cicatrizes de acne agradava ao rapaz.

– Brabo é pouco – ele disse calmamente. – O homem é uma merda. Ele foi infiel à minha mãe e mentiu para mim.

De repente, ele fez contato visual com Billy T.; seus olhos estavam profundamente azuis e, por um momento desconfortável, Billy T. sentiu que olhava para um fantasma. O rapaz era muito parecido com a mãe.

– Papai estava tendo um caso com Ruth-Dorthe Nordgarden.

Ele cuspiu aquele nome como se fosse um sacrifício pronunciá-lo.

Billy T. não disse nada, mas sentiu o coração bater acelerado, numa vibração desagradável, e involuntariamente tocou no peito quando fechou a boca.

– Não faço ideia de quanto tempo tenha durado – Per continuou. – Mas eu peguei os dois em casa no outono passado. Papai não sabia que eu os tinha visto. Contei a ele no outro dia. Pelo amor de Deus...

Colocando a caneca de café na mesa, ele pôs a cabeça entre as mãos e enfiou os cotovelos nas pernas, balançando lentamente, e continuou a falar por entre as mãos.

– Eu não sei se minha mãe sabia disso.

Estava muito quente na pequena sala. Billy T. sentia o calor pressionando a pele, e ainda podia sentir os assustadores pontos da sutura embaixo da costela esquerda. Tentou levantar o braço, mas a dor agravou de tal forma que ele foi obrigado a parar.

– Eu queria fazer parte de uma família comum – Per murmurou, quase imperceptivelmente. – Eu queria não ter que ler sobre nós nos jornais. Sobre...

– Sobre a sua irmã – Billy T. completou para ele.

A dor diminuiu um pouco, mas ele ainda sentia o coração bater num ritmo estranho.

Per Volter tirou as mãos do rosto e novamente olhou Billy T. nos olhos. A semelhança dele com a mãe era perturbadora.

– Eu não sabia nada sobre a minha irmã até ler no jornal – ele disse em tom aborrecido. – Nada! Eu nem sabia que tinha uma irmã! Não tinha o direito de saber isso? Hein? Você não acha que eles deveriam ter me contado que eu já tive uma irmã?

Ele estava quase gritando, e a voz escorregava em falsete de vez em quando.

Billy T. concordou com a cabeça, sem dizer nada.

– Eu sempre pensei que minha mãe trabalhava daquele jeito por causa de algum tipo de senso de dever. O partido, o país e tudo o mais. Mas agora eu acho...

Mais uma vez ele chorou. Tentou resistir, engolindo em seco e esfregando os olhos; mas estava fisicamente esgotado, incapaz de suportar um novo embate. Então foi tudo em vão. O nariz escorria, e lágrimas banhavam seu rosto. As mangas da blusa estavam tão molhadas para terem alguma utilidade que ele, de tempos em tempos, pressionava o rosto contra os antebraços.

– Acho que ela não gostava de mim o quanto eu pensava. Se ela conseguiu esquecer um bebê assim tão fácil, e nunca mais falou dele, então não é nada estranho que ela se esquecesse de mim de vez em quando. Ela não amava nenhum de nós.

– Eu acho que você está muito errado quanto a isso – Billy T. arriscou dizer, mas sua voz parecia fraca e pouco convincente. – Não falar sobre alguém não significa não gostar da pessoa. Lembre-se de que...

– Você pode imaginar o que é ler sobre coisas assim no jornal? – Per Volter o interrompeu. – Hein? Ler sobre os segredos familiares mais íntimos, dos quais você não sabia? Eu *odeio* meu pai. *Eu odeio esse cara!*

Billy T. não respondeu. Não havia nada a dizer. A dor que aquele rapaz estava sentindo era tão imensa e irrefreável que não havia espaço suficiente para ela em lugar algum. A sala onde eles estavam ficou insuportavelmente abafada, parecendo prestes a explodir.

Billy T. sabia que precisava deixar o rapaz prosseguir com aquela lamentação, que precisava ficar ao lado dele, dando-lhe comida e bebida, para depois levá-lo a algum lugar onde ele pudesse continuar a falar com alguém em quem pudesse confiar. Per Volter merecia a oportunidade de desabafar toda a dor que sentia, agora que havia iniciado a atroz tarefa de expulsar toda a sua ira.

Mas Billy T. estava muito cansado, não conseguia lidar com mais nada. Ao fechar os olhos, pensou em como seria bom se deitar.

– Vou chamar alguém para levá-lo para casa – ele disse em tom brando.

– Eu não quero ir para casa – recusou-se Per Volter. – Não sei para onde quero ir.

23h30, VIDARS GATE, Nº 11C

Ele não conseguia dormir. Pensava na arma escondida no subsolo, atrás dos frascos de geleia na despensa da sra. Svendsby. Mesmo que fosse mais seguro lá do que em sua própria despensa, ele não estava feliz com isso. Na realidade, a arma deveria estar na cabana.

O cara com o jornal também o incomodava. Ele não era como os outros. Parecia desinteressado, não estava interessado "naquele sentido". Mas, mesmo assim, tinha ficado de olho nele. Isso o incomodava imensamente.

Brage Håkonsen se revirava no leito. Em sua ansiedade, molhou o lençol. Rosnou aborrecido e pulou da cama. Acima de tudo, ele queria telefonar para Tage. Precisava de ajuda externa. Isso seria o mais seguro a fazer. Mas não podia usar o telefone. Só Deus sabia se não estava grampeado. O telefone celular era uma alternativa confiável, mas, embora a polícia não pudesse interceptá-lo, poderia descobrir para qual número ele tinha ligado. Era por isso que eles usavam cabines telefônicas. E cartas cifradas, que eram imediatamente queimadas após o conteúdo ser lido.

Sentia como se o corpo estivesse coberto de formigas, com a pele pinicando e coçando. Ele esfregava a barriga enquanto vagava inquieto pela pequena sala de estar. Acabou sentando-se na bicicleta ergométrica em seu quarto e deixou as tiras bem apertadas no pé. Ele pedalou durante um tempo. Depois de dois quilômetros, com o corpo seminu ensopado por uma transpiração pegajosa e respirando forte e ritmicamente, sentiu os músculos começarem a relaxar.

A campainha tocou.

Brage Håkonsen gelou. Soltou os pés das tiras, deixando os pedais girarem as últimas voltas sozinhos.

Ele não queria abrir a porta. Não tinha ideia de quem estaria ali, mas sua ansiedade e a tensão misteriosa e desconfortável voltaram, manifestando-se como uma pontada no diafragma. Ele tremeu de repente, então se esgueirou lentamente para a cama, mas não se atreveu a apagar a luz. Qualquer mudança seria notada do lado de fora do apartamento, denunciando que havia alguém em casa.

A campainha tocou de novo, áspera e insistente.

Ele ficou parado e silencioso, recusando-se a abrir a porta. Ninguém deveria tocar tão tarde. Ele estava inteiramente em seu direito de não abrir. De repente, se deu conta das revistas pornográficas. De forma discreta, rastejou apoiado nos cotovelos: a visão do espesso pacote de revistas na mesa de cabeceira o preocupava mais do que a arma no porão. Ágil e discretamente, ele se levantou de novo, ergueu o colchão e espalhou as revistas entre as lâminas de madeira do estrado da cama.

Então a campainha tocou pela terceira vez, ininterruptamente, durante um minuto inteiro.

Ele não tinha nada ali que pudesse incriminá-lo. E não tinha negócios pendentes com ninguém.

Teve que abrir.

Vestiu um roupão azul-marinho com listras pretas e amarrou o cinto enquanto se aproximava da porta.

– Tudo bem, já vou – ele murmurou, deslizando a corrente do pega-ladrão para abrir a porta.

Dois homens com cerca de 40 anos estavam parados na soleira da porta: um vestia terno e gravata, num tom marrom-acinzentado; o outro usava jaqueta, calça e camisa polo.

– Brage Håkonsen? – perguntou o homem de terno.

– Sim?

– Somos da polícia.

Cada um estendeu um pequeno crachá de plástico com foto e o leão do brasão nacional.

– Você está preso.

– Preso? Por quê?

Instintivamente, Brage Håkonsen recuou, e os dois homens entraram rapidamente. O homem com a roupa casual fechou silenciosamente a porta atrás deles.

– Por posse ilegal de arma.

O homem estendeu uma folha azul, mas Brage se recusou a pegá-la.

– Arma de fogo? Eu não tenho nenhuma droga de arma!

– Você não tem licença de armas de fogo – disse o policial mais alto. – Mas, apesar disso, comprou uma pistola no Stensparken hoje à tarde.

Porra! Maldição! Puta merda! O homem com o jornal não era homossexual. Era da polícia.

– Não era eu – disse Brage Håkonsen, mas assim mesmo foi vestir as roupas.

Ele nem ao menos teve autorização para ficar no quarto sozinho enquanto se vestia. O homem alto o acompanhou, olhando-o atentamente até que ele estivesse pronto para segui-los até o Departamento de Polícia, na Grønlandsleiret 44.

Quarta-feira, 16 de abril

09h15, DEPARTAMENTO DE POLÍCIA DE OSLO

– Há quanto tempo a gente não se via! – Billy T. disse, sorrindo para Severin Heger enquanto ele se abaixava para ajudá-lo a recuperar a pasta que acabara de cair.

– Você deveria ir a lugares melhores – o inspetor da polícia Heger disse, embora retribuísse o sorriso.

– O que tem feito nestes dias? – Billy T. perguntou, olhando debochadamente para o colega.

Severin Heger trabalhava no Serviço de Inteligência havia quase quatro anos. Ele era o único policial do Serviço de Inteligência com quem Billy T. se dava bem, e havia uma razão para isso. Eles tinham a mesma idade, tinham sido da mesma turma na academia de polícia, tinham mais de 1,80 metro de altura e andavam de motocicletas Honda Goldwing. Quando Billy T. se tornou campeão nacional extraoficial de karatê *full--contact* em 1984, Severin foi vice-campeão. No dia em que receberam seus diplomas e tornaram-se os orgulhosos donos de uma faixa de ouro nas ombreiras das jaquetas do uniforme, acabaram, com muitos outros, no centro da cidade. Muito bêbado e desajeitado, naquela noite Severin tentou dar em cima de Billy T., que, com tato e amabilidade, o rejeitou. Severin Heger de repente se debulhou em soluços convulsivos. Billy T. abraçou o amigo e o levou para casa. No decorrer daquela longa noite, cheia de desespero e de palavras tranquilizadoras, Billy T. teve que coar café três vezes. Quando o sol atravessou as nuvens no leste, e ambos já estavam sóbrios, sentados com os pés apoiados na varanda do pequeno apartamento em Etterstad, Severin de repente se levantou, pegou uma pequena taça de prata gravada e exclamou: "Billy T., eu quero que você fique com isto. Este foi o meu primeiro troféu, e é o melhor que eu tenho. Muito obrigado".

Desde então, eles quase não tiveram contato, exceto um olá e um tapinha nas costas ao se esbarrarem de vez em quando nos corredores, e as raras ocasiões em que se encontraram para tomar uma cerveja gelada no verão. Nenhum deles mencionou aquela noite de primavera, há tantos anos. A taça de prata foi colocada numa prateleira no quarto de Billy T., ao lado de um ovo que ganhara em seu batizado e um sapato de criança metalizado que pertencera ao filho mais velho. Pelo que Billy T. entendeu, Severin tomou uma decisão naquela noite, contrariamente ao conselho que Billy T. havia lhe dado. Severin Heger se tornou celibatário para sempre, e Billy T. nunca teve conhecimento de nenhum boato maldoso sobre seu velho amigo.

– Provavelmente, estou trabalhando no mesmo caso que você, assim espero... – respondeu Severin Heger. – É nisso que quase todos estão trabalhando, não é?

– Suponho que sim. Você está bem?

Severin Heger mordeu o lábio e examinou os arredores. Pessoas passavam correndo por eles: algumas acenavam, outras saudavam com um alegre "olá".

– Você tem tempo para um café? – Severin perguntou de repente.

– Na verdade, não, mas vamos tomar um, sim – respondeu Billy T. sorridente. – Na cantina?

Sentaram-se à mesa mais escondida, ao lado das portas que conduzem ao terraço. O tempo estava fresco, e o céu ameaçava chuva, então eles ficaram sentados em paz.

– Vocês todos lá de cima devem estar nadando de braçada – observou Billy T., balançando a cabeça em direção ao teto. – Nunca se deram tão bem, não é?

Severin olhou para ele com sinceridade.

— Não entendo por que você tem essa visão tão negativa de nós — ele reclamou. — Os meus colegas são pessoas decentes e trabalhadoras, exatamente como o restante de vocês.

— Eu não tenho nada contra *você*. Só não consigo suportar todo esse segredo e alarmismo. Agora, por exemplo, tenho um forte pressentimento de que nem os líderes dessa investigação sabem exatamente em quais teorias vocês estão trabalhando. O aspecto mais frustrante de estar neste caso é que parece que ninguém tem uma visão geral completa. Mas o restante de nós pelo menos tenta manter os colegas informados.

Severin não respondeu, continuou olhando para Billy T. enquanto coçava as costas da mão.

— O que tem em mente? — Billy T. perguntou, despejando refrigerante no copo tão apressadamente que uma espuma escura se espalhou na mesa.

— Mas que droga! Cacete! — ele murmurou, limpando a mesa com a mão e secando-a nas calças.

Severin inclinou-se para ele, olhando o derramamento.

— Pegamos um extremista ontem — ele disse calmamente. — Um cara que comprou uma arma não registrada de forma suspeita num parque. Acreditamos que ele seja o líder de um grupo neonazista. Temos provas de que ele faz contato regular com um sueco com os mesmos interesses, e o sueco...

Depois de pegar um lenço do bolso, Severin começou a secar a mesa.

— ... esse sueco veio à Noruega três dias antes do assassinato de Birgitte Volter, visitou amigos aqui em Oslo e desapareceu de volta para a terra natal no dia seguinte ao homicídio.

Billy T. ficou agitado com a notícia, era como se Severin Heger tivesse dito que se casaria com a princesa Märtha Louise.

— Mas que diabos você está dizendo?

Severin Heger piscou para Billy T. em sinal de advertência quando duas mulheres passaram por eles para verificar a possibilidade de se sentarem lá fora. Depois de darem uma olhada, elas mudaram de ideia e desapareceram na direção do caixa, a vinte metros de distância deles, do outro lado da cantina.

– E, como se não bastasse – Severin continuou, agora quase sussurrando –, temos motivos para acreditar que esse cara que pegamos ontem de alguma forma conhecia o segurança do complexo do governo, aquele que morreu recentemente na avalanche. Sabe alguma coisa sobre ele?

– Se eu sei sobre ele?...

Billy T. tentou abaixar a voz, mas a empolgação distorceu seu tom quando ele respondeu exaltado.

– Eu não apenas *sabia alguma coisa sobre* ele! Eu entrevistei o cara, droga! E fiquei muito intrigado depois disso. Sabia que tínhamos que ficar de olho nele! É verdade? Existe realmente uma conexão?

– Não sabemos com certeza – disse Severin, gesticulando muito, para indicar a Billy T. que se acalmasse. – Mas temos motivos para acreditar que pode haver. Não é o que vocês dizem quando não podem revelar que sabem de alguma coisa?

– Mas você conseguiu tirar algo do cara?

– *Zilch*, zero, nada. Reviramos o apartamento dele. Não havia nada além de literatura suspeita numa prateleira e revistas pornográficas embaixo do colchão. Nenhuma arma. Nada ilegal.

– E mesmo assim vocês podem detê-lo?

– Duvido. A tramitação é muito demorada na nova droga de legislação sobre armas. No momento, as penalidades são tão mínimas que teremos problemas para segurá-lo além de hoje. Então vamos mantê-lo sob vigilância, e coisas desse tipo. Só Deus sabe aonde que isso pode levar. O serviço secreto sueco entrevistou Tage Sjögren, o cidadão sueco que mencionei, e eles o seguraram por dois dias. Pressionaram para valer, mas o cara não disse nada, e eles foram forçados a liberá-lo.

De repente, ele olhou para o relógio e deslizou o polegar sobre o copo.

– Preciso ir.

– Mas, Severin!

Billy T. segurou Severin pelo braço quando ele estava saindo.

– Como vai a vida? – ele perguntou gentilmente.

— Não tenho vida própria. Eu trabalho no Serviço de Inteligência.

Sorrindo sutilmente, Severin soltou o braço e saiu precipitadamente da cantina.

17h19, VIDARS GATE, Nº 11C

Brage Håkonsen sabia que, nos próximos dias, sua vida não lhe pertenceria. Haveria olhos em todos os lugares, e tudo o que ele fizesse seria devidamente anotado e registrado numa pasta arquivada nos andares superiores do departamento. Ele teria que conviver com isso de alguma forma. Mas ele não estava tão chateado quanto pensou que ficaria; foi pior ter sido confundido com um manifestante contrário à caça da baleia. Agora, pelo menos, era referente a algo em que ele acreditava, e seria ingênuo pensar que jamais ficaria sob suspeita por suas atividades. Ele simplesmente teria que ser ainda mais cuidadoso.

Seria sensato manter a boca fechada, conforme o advogado lhe havia aconselhado. O cara lhe parecera um verdadeiro covarde, mas Brage Håkonsen estava ciente de que eles compartilhavam as mesmas opiniões sobre várias questões. O policial tinha sido um maldito rabugento na escolha daquele advogado, e demorou várias horas até eles finalmente poderem ter uma conversa. A última coisa que o advogado disse foi que ele teria de ser mais cuidadoso no futuro, piscando o olho direito sob as sobrancelhas espessas.

Os policiais não encontraram a arma. Não que ele tivesse se atrevido a ir ao subsolo para verificar, mas obviamente eles o teriam confrontado com a pistola se a tivessem pegado. Poderia ficar lá, por enquanto.

Em primeiro lugar, e principalmente, sua prisão significava que a tentativa de assassinato teria que ser adiada. Algo realmente lamentável, por uma série de razões. Um: eles perderiam impacto se houvesse um intervalo de tempo muito grande entre a morte da primeira-ministra Volter e o novo ataque. Dois: era sempre um pesadelo alterar um plano muito detalhado. Por outro lado, ele já havia decidido trocar de parceiro no crime. Reidar poderia ter participação, é claro, mas Brage não levou muito tempo para perceber que o rapaz não era alguém particularmente brilhante. Então, quando Tage lhe disse, na despedida, que poderia ser chamado a qualquer momento, enfatizando a importância da cooperação transfronteiriça, percebeu que eles deveriam fazer isso juntos, Tage e ele. Seria uma vantagem adiar o plano, porque com certeza Tage teria ideias sobre como melhorá-lo.

Só de pensar assim ele já ficava extasiado, por isso riu quando espiou pela janela e viu dois homens num velho Volvo no lado oposto da rua.

Ele já sabia como chegar à cabana sem ser visto. Teria apenas que aguardar alguns dias.

Sexta-feira, 18 de abril

12h07, SALA DE COLETIVA DE IMPRENSA, COMPLEXO DO GOVERNO

– Então vamos fazer isso.

Edvard "Teddy" Larsen teria que se controlar para evitar um suspiro de alívio depois que tivesse enfrentado o bando de fotógrafos, que naquele momento se aglomerava na porta do salão para esperar a chegada da ministra.

Ele precisou recorrer aos seus muitos anos de engenhosidade e astúcia refinadas para que a ministra entendesse a incoerência do que tinha em mente. Ruth-Dorthe Nordgarden havia persistido em sua intransigência. Ela queria que Teddy lesse uma declaração em seu nome, e então ela responderia às perguntas durante dez minutos.

– Mas, Ruth-Dorthe – ele tentou explicar –, seria realmente estranho se eu, um mero funcionário do ministério, lesse uma declaração *sua*, uma personagem política! Pareceria extremamente peculiar!

– Mas eu não posso ficar lá, lendo em voz alta, com um monte de gente na minha frente, assistindo – ela reclamou. – Será que faz mesmo diferença se parece um pouco incomum? O mais importante é que eles saibam quais medidas estamos tomando.

Ele demorou meia hora para convencê-la, um tempo que deveria ter sido usado para se prepararem. De qualquer forma, pelo menos o bom senso tinha prevalecido.

Teddy Larsen serpenteou no meio da multidão de jornalistas reunidos para poder subir ao tablado. Sua gravata estava torta, e um dos lados da camisa ficou para fora da calça. Ele discretamente tentou se arrumar depois que um amigo, um repórter de TV que estava na segunda fila, fez uma careta nervosa, indicando que olhasse para baixo.

Os jornais diários estavam agrupados na mesa na frente dele. Ele havia lido todos inteiramente. Sem exceção, todos traziam grande quantidade de matérias sobre o escândalo da Saúde. O editor de *Kveldsavisen* havia publicado uma imagem colorida, de primeira página inteira, de um casal de sexagenários que apareciam agachados um de cada lado de uma pequena lápide de mármore branco com um anjo no topo. Na pedra, o nome "Marie" estava gravado com letras de ouro e logo abaixo a inscrição: "Nascimento: 23 de maio de 1965 – Falecimento: 28 de agosto de 1965. Você vai estar para sempre no nosso coração". A manchete acima da imagem clamava: "Quem foi o responsável pela morte da pequena Marie?"

Quando se sentou, Teddy Larsen olhou para a porta. Ruth-Dorthe Nordgarden finalmente fez sua entrada sob uma tremenda chuva de flashes. Ela estava com o braço na frente do rosto, como se estivesse a caminho do tribunal e prestes a ser detida sob custódia por um crime grave, relutando em ser reconhecida.

– Meu Deus – pensou Teddy Larsen. – Essas fotos ficarão fantásticas.

Ele esfregou os olhos por um momento e em seguida ajudou Ruth-Dorthe a se acomodar. Ela olhou para o público, fazendo um gesto para que parassem com o bombardeio de flashes; depois, limpou a garganta e olhou para os papéis em sua frente.

– Bem-vindos à coletiva de imprensa – começou Teddy Larsen, ao se levantar. – A ministra da Saúde, Nordgarden, fará uma breve declaração sobre o que sabemos a respeito das mortes de crianças ocorridas em 1965. Isso levará cerca de dez minutos. Depois, vocês terão a oportunidade de fazer perguntas.

Ele acenou encorajadoramente para Ruth-Dorthe, mas ela estava absorta nos papéis. Dando alguns passos em direção à ministra, ele colocou reconfortantemente a mão no ombro dela.

– Pode começar, ministra.

A voz era frágil, e ela obviamente estava nervosa quando começou. Os grandes olhos azul-claros da ministra passearam pela plateia, mas, quando finalmente repousaram no manuscrito em sua frente, as palavras fluíram com mais suavidade.

– À luz das manchetes da imprensa nos últimos dias, considero necessário prestar conta das circunstâncias históricas em relação à compra da vacina tríplice feita pelo governo em 1964 e 1965. Enfatizo que essa narrativa não afetará o trabalho da comissão de investigação, que, como vocês sabem, está quase concluído. Vou fornecer apenas um relato puramente factual.

De repente, ela levantou os olhos dos papéis, num gesto ensaiado que não surtiu o efeito desejado, pois em seguida teve dificuldade para voltar ao ponto em que estava no texto.

– O governo deseja que esse assunto seja esclarecido – ela continuou, quando finalmente encontrou onde estava. – O Ministério da Saúde realizou um trabalho considerável sobre este assunto, dentro de um curto espaço de tempo, a fim de evitar novas especulações. Espero que em breve esse problema possa ser deixado para trás e que possamos voltar o foco para questões atuais mais urgentes em nossa agenda.

Teddy Larsen fechou os olhos, em desespero. Ele havia excluído esse trecho quando leu o pronunciamento, dizendo a Ruth-Dorthe, da maneira mais sutil possível, que a última coisa que ela deveria fazer era minimizar a importância do problema. Mas ela evidentemente não dava a mínima importância a seus conselhos.

– Uma quantidade limitada de vacina tríplice foi comprada para a campanha de 1965. O fornecedor foi a respeitável empresa farmacêutica holandesa Achenfarma. O Instituto Nacional de Saúde Pública foi listado como o importador. No fim de 1965, os relatórios indicaram uma taxa de mortalidade infantil excepcionalmente alta naquele ano. A vacina tríplice foi então retirada, embora eu enfatize...

A voz dela se tornara um falsete gritante, e ela teve que limpar a garganta duas vezes antes de conseguir continuar.

– ... que não haja nenhuma relação causal entre a vacina tríplice e as mortes. Portanto, essa ação foi considerada segura. Uma investigação mais apurada mostrou que o agente de conservação na vacina estava contaminado. Para a vacinação do ano seguinte, foi feito um acordo para comprar a vacina de uma empresa farmacêutica americana extremamente respeitável.

Ruth-Dorthe aumentou o ritmo, passando a ler tão rápido que alguns jornalistas tiveram problemas em acompanhar o que ela dizia, e um murmúrio de protesto se espalhou pela sala. Teddy Larsen escreveu duas palavras em uma nota autoadesiva, e colocou-a da forma mais discreta possível na frente da ministra.

Ela viu a mensagem, apesar de ter perdido completamente o fio da meada, e leu mais devagar quando retomou o discurso.

– Essa foi a primeira vez que o governo tomou conhecimento dos efeitos nocivos da vacina Achenfarma. As autoridades de saúde pública advertem que é de importância crucial o programa de vacinação manter a confiança da população. Se mais de dez por cento da população deixar de receber vacinas, o programa perde a eficácia. Eu gostaria de lembrar que as vacinas rotineiramente administradas na Noruega destinam-se a fornecer proteção contra doenças graves e às vezes fatais, e que *não* há motivo...

Ela enfatizou a gravidade de seu ponto batendo na mesa.

– ... não há motivo algum para não confiar nas vacinas administradas a bebês e crianças hoje em dia.

Um silêncio total pairou sobre a sala antes de a tempestade desabar. Teddy Larsen teve que intervir e, depois de um minuto de embate, gritando que garantiria que todos teriam a chance de falar, conseguiu que as hordas de jornalistas se organizassem aparentemente de forma disciplinada. Choviam perguntas a respeito de tudo, desde pedidos de indenização até a existência da empresa Achenfarma. O *Dagbladet* queria saber se o Ministério da Saúde estava ciente da relação entre as mortes e a vacina tríplice há tempos ou se tinha acabado de descobrir o escândalo por meio do trabalho da comissão. O *Bergens Tidende* foi representado por um jornalista invocado, cujas perguntas eram desnecessariamente detalhadas, desnecessariamente provocativas e, pelo menos por enquanto, desnecessariamente conspiratórias.

Ruth-Dorthe surpreendeu Teddy respondendo às perguntas com uma calma e clareza que ele nunca tinha testemunhado antes. Ela não se permitiu ser derrubada do poleiro e respondeu com mais precisão do que se esperava. Teddy começou a relaxar os ombros, pensando que a coisa não estava indo tão mal e já estavam quase encerrando. A única coisa que ainda o deixava preocupado era que Little Lettvik estava sentada tranquilamente na primeira fila e não tinha escrito uma única nota. Somente quando o bombardeio de perguntas diminuiu um pouco, ela se levantou bruscamente e pediu para falar. Ruth-Dorthe lançou-lhe um sorriso amistoso e pediu-lhe amavelmente que prosseguisse, antes que Teddy tivesse a chance de fazer isso.

– Eu tenho observado com interesse que a ministra deseja trazer à tona todos os fatos históricos – ela começou, notando com satisfação que os outros jornalistas fizeram silêncio completo e todos os olhos voltaram-se em sua direção.

Até os fotógrafos fizeram uma pausa. Todos queriam ouvir o que Little Lettvik tinha a dizer, já que ela era a única que havia revelado a história em primeira mão.

– Todas essas informações sobre a compra das vacinas são interessantes, mas a ministra tem certeza de que a Achenfarma fabricou as vacinas?

Ruth-Dorthe pareceu confusa, e um discreto tique nervoso começou a contrair o lado esquerdo de seu rosto.

– Sim – ela respondeu. – Sim, de fato, foi comprada dessa empresa.

– Mas eu não perguntei de quem as vacinas foram *compradas* – retrucou Little Lettvik.

A jornalista parecia assustadora. De pé, com as pernas afastadas, os cabelos crespos saindo em todas as direções e transbordando ansiedade pelo corpo todo, como um cão de caça *elkhound* muito velho e obeso tentando mostrar aos filhotes como as coisas devem ser feitas.

– Estou perguntando quem as *fabricou*.

– Não, sim – Ruth-Dorthe Nordgarden respondeu, embaralhando a papelada.

Ela não encontrou nada sobre isso e olhou para Teddy em busca de ajuda. Mas ele sacudiu a cabeça e deu de ombros antes de comentar:

– A Achenfarma não fabricou... Talvez tenha sido uma empresa subcontratada da indústria farmacêutica.

– Isso pode ser entendido como uma afirmação em nome da ministra do governo? – Little Lettvik perguntou. – Nesse caso, eu posso esclarecer o assunto: a vacina que talvez tenha tirado a vida de mil crianças em 1965 foi feita na República Democrática Alemã (RDA), por uma empresa chamada Pharmamed, que ainda existe, mas foi privatizada.

Depois de um momento de silêncio, um burburinho entrou em erupção. Os jornalistas de TV avançaram, empunhando microfones para Little Lettvik, dando instruções esbaforidas aos operadores de câmera sobre alternarem entre a jornalista e a ministra.

– Na verdade, nós, do *Kveldsavisen*, fizemos o que a Comissão Grinde não conseguiu fazer – Little Lettvik continuou, sorrindo amplamente. – Examinamos os arquivos no exterior. Foi muito simples.

Ela sorriu novamente, indulgente e maliciosa, enquanto andava até o tablado e jogava um documento em cima da mesa, na frente da ministra.

– A empresa Pharmamed, da Alemanha Oriental, teve uma licença de exportação concedida em 1964 para um lote de vacinas destinadas à Achenfarma. Mas a vacina tríplice jamais chegou ao mercado holandês. A única coisa processada por lá foi a embalagem, já que toda a remessa mortal foi vendida para a Noruega.

Um jovem entrou naquele momento e permaneceu parado perto da porta por alguns segundos, examinando a sala freneticamente. Então ele viu Little Lettvik e se atirou na frente dela para entregar um jornal.

– Obrigado, Knut – ela agradeceu e fez até uma pequena mesura antes de pegar o jornal.

– Esta é a edição especial do *Kveldsavisen*, que está chegando às ruas enquanto estamos aqui – ela disse, olhando para os colegas. – Vocês podem ler tudo a respeito disto nesta edição.

Rindo de mansinho entredentes, ela respirou fundo antes de continuar.

– Também encontrei uma carta, do Ministério da Saúde da Noruega à Achenfarma, datada de 10 de abril de 1964. A carta é um lembrete sobre a remessa da vacina. Porém, lá no fim, consta algo muito importante. Para simplificar, vou traduzir assim: "O Ministério da Saúde confirma que parte do pagamento será feito diretamente à subcontratada".

Ruth-Dorthe Nordgarden parecia ter parado de respirar. Teddy Larsen sentiu um desejo ardente de interromper a sessão, mas ele sabia que isso apenas pioraria aquela situação, que já estava muito ruim.

– Vou lembrar a todos – disse Little Lettvik, e ela se dirigia tanto aos colegas quanto à ministra – que isso aconteceu no ano mais frio da Guerra Fria. Três anos depois, o muro de Berlim foi construído. Na época, a RDA estava politicamente isolada, e todos os países da OTAN implementavam restrições comerciais. Esses fatos ocorreram seis anos *antes* de Willy Brandt lançar sua política de reconciliação.

Little Lettvik reinava absoluta, e todos sabiam disso. Ela fez uma pausa para criar efeito.

– A ministra pode nos dizer por que nenhum desses fatos foi incluído no pronunciamento que acabou de fazer, que deveria trazer os fatos históricos à tona?

Ruth-Dorthe Nordgarden endureceu.

– Não é minha competência responder a informações completamente infundadas.

– Infundadas? Leia o *Kveldsavisen*, ministra. E eu vou dar ao governo um conselho de amigo, se me permite: comecem a olhar mais de perto os países para onde foi exportado o minério de ferro de Narvik, em 1965. Olhem isso muito bem de perto. Porque nós já fizemos.

E voltou ao lugar dela.

Nenhum dos outros se recompôs o suficiente para fazer mais perguntas, e Teddy Larsen rapidamente aproveitou a oportunidade de declarar a coletiva de imprensa encerrada.

Ruth-Dorthe saiu da sala, seguida por um pelotão de fotógrafos que tropeçavam uns nos outros, gritando e xingando. Mas nenhum foi suficientemente rápido para detectar que Ruth-Dorthe Nordgarden se debulhava em lágrimas.

23h51, EIDSVOLL

– Está dormindo, querida? – ele sussurrou na entrada.
A esposa sentou-se na cama.
– Não – ela fungou. – Não estou dormindo. Estou pensando.
Ele ficava aflito quando ouvia a voz dela. Era desespero, tristeza. Eles passaram muitos anos aprendendo a conviver com isso. De alguma forma, conseguiram transformar o fato em algo que os unisse, algo sério e pesado que era deles, apenas deles. A foto da pequena Marie ficava pendurada na parede acima do sofá; ela estava sem roupa sobre um tapete de pele de carneiro, demonstrando surpresa no rosto. Olhava para a câmera com enormes olhos arregalados e a boquinha aberta, com um pouco de baba escorrendo do lábio inferior. Era a única fotografia profissional que eles tinham da criança, e havia perdido a cor com o passar do tempo, assim como a vida deles desbotara depois da morte da filha. Por algum motivo, não vieram mais filhos para Kjell e Elsa Haugen. Um ano depois de a criança ter morrido, eles remodelaram o quartinho, transformando-o em escritório, e Elsa aceitou isso. No entanto, ele sabia que ela tinha uma caixa de sapatos cheia com os objetos do bebê: um macacão rosa-claro, uma fralda atoalhada e o chocalho, além de uma mecha de cabelo que eles cortaram quando ela se foi. A caixa era mantida no fundo do guarda-roupa, e Elsa nunca a compartilhava com ele, mas ele não considerava isso uma ofensa. Era uma coisa de mãe, lembranças de uma mãe. Ele entendia e aceitava isso. Ao longo dos anos, eles deixaram de comemorar o aniversário de Marie e, pouco a pouco, a vida se tornou tolerável. Eles visitavam o túmulo dela na véspera de Natal somente. Os dois achavam melhor assim.

Ele olhou para as próprias mãos, para a aliança de casamento incorporada ao dedo.

— Venha, vamos fazer um café — ele propôs. — Não vamos dormir de qualquer maneira, nenhum de nós.

Ela deu um sorriso hesitante, secando as lágrimas com um grande lenço amarrotado, e depois andou atrás dele até a cozinha. Sentaram-se em lados opostos na mesa de jantar, uma mesa de uso diário com apenas uma cadeira de cada lado.

— É estranho — ela disse suavemente. — Sempre penso na Marie como um bebê. Mas ela teria crescido. Trinta e dois anos. Talvez nós...

As lágrimas escorriam em cascata pelas bochechas exauridas, e ela apertava as mãos.

— Talvez nós até já tivéssemos netos. Alguém para assumir a fazenda.

Ela olhou para o marido. Ele tinha 54 anos de idade. Eles se conheceram no salão da comunidade, aos 15 anos, e foram fiéis um ao outro desde então. Se não fosse por Kjell, sua vida teria acabado na manhã em que ela encontrou Marie morta no berço. Durante quatro horas, ela ficou com a filha no colo, abraçando-a fortemente e balançando-a, e recusou-se a se separar dela quando o médico do local chegou. Foi Kjell quem conseguiu persuadi-la a entregar a criança. Foi Kjell que se deitou ao lado dela, mantendo-a viva nos três dias seguintes. Foi Kjell quem, ao longo dos anos, tornou possível que ela sorrisse ao pensar na filha, uma criança da qual, apesar de tudo, eles conseguiram cuidar por alguns meses.

— Bem — Kjell disse, olhando pela janela; a escuridão não era mais de pleno inverno, e um brilho cinzento no céu noturno prometia que a primavera chegaria em breve, em todo o seu esplendor. — Não adianta pensar assim, Elsa. Não adianta mesmo.

— Você não deveria ter deixado que aquela jornalista viesse, Kjell — ela murmurou. — Você não deveria ter deixado que ela visse. Tudo se tornou... tudo se tornou...

Ele apertou as mãos dela com mais força.

— Pronto, pronto — ele disse, tentando provocar um sorriso.

— É como se tudo estivesse me inundando de novo — ela soluçou calmamente. — Que horror! Veja só o que conseguimos...

— Silêncio, silêncio — ele sussurrou. — Eu sei, querida. Eu sei. Foi uma estupidez. Mas ela parecia decente ao telefone. Parecia muito importante para... O que foi que ela disse? Para mostrar o escândalo da vacina! Eu senti que era a coisa certa a fazer, da maneira como ela colocou. Ela parecia interessada e simpática.

— Ela não foi particularmente simpática quando veio — Elsa disse, levantando a voz e soltando as mãos para assoar o nariz. — Você viu como ela olhou para a foto da Marie? Que audácia pedi-la emprestada. Mas que audácia...

Ela se levantou com raiva, tirou a jarra da máquina de café e serviu o liíquido para os dois. Mas, em vez de voltar a sentar-se, permaneceu de pé, de costas para o balcão da cozinha.

— E a outra mulher, a fotógrafa? A maneira como ela nos empurrou no cemitério. Você viu como ela pisoteou as flores? "Desculpe", foi tudo o que disse, enquanto sujava o túmulo novo de Herdis Bråttom. Que maneira de trabalhar!

Kjell Haugen não disse nada. Apenas tomou o café e deixou Elsa falar. Por algum tempo, ela ficou menos triste. Ele estava desesperadamente cheio de remorsos. A jornalista do *Kveldsavisen* ficou apenas meia hora e não ouviu o que eles tinham a dizer. Ela não estava interessada neles, queria apenas os detalhes, que anotou num bloco de notas com uma pressa tremenda, sem fazer contato visual. Ela nem aceitou café e bolo, apesar de Elsa ter feito um bolo com camadas de creme antes de elas chegarem.

— Ela não tocou naquilo que o dr. Bang entendeu que aconteceu — Kjell disse de repente. — Nós não conseguimos contar nada a ela sobre isso, que ele escreveu cartas às autoridades durante muitos anos.

Elsa olhava pela janela. O céu começava a clarear. Os fracos raios de sol da manhã pareciam subir do campo, de cada sulco no solo recém-arado.

— É como uma faca — ela sussurrou. — É como se alguém tivesse aberto uma cicatriz que demorou muitos anos para curar.

Kjell Haugen levantou-se rígido e dirigiu-se para a sala de estar, onde pegou o exemplar do jornal na mesa de centro. De repente, ele rasgou-o em pedaços e jogou o papel picado no fogão. Ele segurou uma caixa de fósforos, mas suas mãos tremiam tanto que não conseguia tocar fogo no jornal.

– Eu vou fazer isso – disse a esposa com calma, por trás de suas costas. – Eu vou acender.

– Foi uma estupidez – ele assoprou as chamas quando o fogo acendeu, colorindo seu rosto com um vermelho dourado. – Mas ela parecia muito simpática quando telefonou...

Sábado, 19 de abril

04h20, NAS PROFUNDEZAS DAS FLORESTAS DE NORDMARKA, PERTO DE OSLO

Ele os tinha enganado, e tinha sido muito fácil, ridículo, na verdade. É claro que demorou um pouco para descobrir onde estavam posicionados. Ele agora tinha seis litros de leite na geladeira, depois de quatro viagens desnecessárias à pequena loja da esquina. Iam estragar, mas isso não importava. Era quase bom demais para ser verdade. A polícia estava de olho na entrada de Vidars Gate. Ponto final. Obviamente, eles não descobriram que era possível passar pelo porão e chegar ao quintal do vizinho, onde um alçapão de um depósito subterrâneo dava acesso ao jardim. Então era só pular a cerca e fugir pelo portão, três quadras adiante. Ninguém o avistou. Para alcançar totalmente o lado seguro, ele tomou três ônibus e um bonde em diferentes direções, saltando de repente no último minuto. Por fim, ele entrou numa loja de esportes e comprou a bicicleta mais barata que encontrou.

Pedalou todo o caminho até a cabana, chegando apenas ao anoitecer, depois que a escuridão realmente caiu. O trecho final estava totalmente deserto. O clima instável do início da primavera não era nem um pouco tentador, mesmo para os caminhantes mais dedicados. Ele leu por um tempo e teve dificuldades para pegar no sono, saindo várias vezes da cama para verificar se não havia ninguém à espreita do lado de fora. O eventual ruído de um animal chegava varrendo o lago, e, por uma hora ou mais, um leve chuvisco de primavera murmurou docemente em volta da cabana. No mais, tudo estava em silêncio.

Continuava cansado depois de apenas três horas de sono agitado, mas não queria dormir mais. Havia nadado duas vezes toda a extensão do lago e sentia a corpo bem desperto, apesar de a cabeça estar lenta. Ele preparou um pouco de café e devorou algumas fatias de pão com ovas de peixe.

Ligou o rádio, mas não valia a pena ouvir: era só música pop barulhenta, e Brage Håkonsen não gostava do gênero. Então pegou um livro de David Irving e ficou lendo enquanto comia.

Provavelmente tinha perdido o emprego. Já estava ausente havia quatro dias sem entrar em contato, e o mal-humorado chefe do armazém certamente lhe arrancaria a cabeça se ele voltasse. Mas ele não queria voltar. De qualquer modo, não queria pensar nisso naquele momento. Afinal, tinha dinheiro no banco e vivia modestamente.

Espiou pela janela e viu que o sol já brilhava lá fora. Seria sensato dirigir-se ao silo de batatas enquanto ainda era cedo. Pessoas perambulavam eventualmente por ali nos fins de semana, embora a estrada ficasse a mais de duzentos metros da cabana. O lago parecia atraente para os poucos caminhantes com energia que se aventuravam tão longe, e ele cansou de tentar assustá-los com a placa: "Proibido nadar e pescar", a qual a Guarda Florestal acabou removendo depois de algum tempo.

O curso de ação mais seguro seria partir naquela hora.

Ele puxou o capuz do moletom sobre a cabeça e calçou um par de tênis, sem amarrar os cadarços. Precisava de um novo par, mas agora tinha que tomar cuidado. A "magrela" tinha custado três mil coroas, e foi inconveniente ter gastado tanto dinheiro para ter uma bicicleta boa no quintal. De qualquer forma, não valia a pena correr o risco. Seria complicado transportá-la pelo porão, e ele não tinha certeza se conseguiria passá-la por cima da cerca.

A manhã exalava um odor forte de terra e floresta que o deixava tonto, mesmo ao ar livre. Ele correu os quarenta metros até a pequena colina localizada a leste. A porta do silo de batatas estava coberta de ramos e galhos de abeto e era invisível para quem não sabia que ficava ali.

Removeu a camuflagem e empilhou ao lado da entrada, em seguida tirou de um bolso do moletom a chave do robusto cadeado. A fechadura estava bem lubrificada, e foi uma questão simples levantar o pesado alçapão do silo. As dobradiças brilharam um pouco, e Brage parou por um segundo, prendendo a respiração enquanto fazia esforço para verificar se ouvia algo. Relaxou em seguida, levou o alçapão com cautela até o final de um dos lados da abertura e entrou no silo escuro. Sempre demora um pouco para os olhos se acostumarem com a escuridão, por isso ele ligou uma lanterna.

Ouviu algo. Era alguma coisa diferente de um pequeno bicho ocasional. Algo mais do que o vento tocando insistente e ineficazmente nas folhas secas do ano anterior. Um galho estalou. Vários galhos quebraram. Ele ouviu passos.

– Saia já daí – uma voz forte ordenou.

Por um segundo ou dois, ele considerou suas opções. Estava com o revólver recém-comprado no bolso e carregava munição nas mãos. Na frente dele, havia quatro AG-3 e duas carabinas, além de quatro espingardas de *saloon*. Todas as munições estavam na prateleira. Ele teria tempo para carregar. Ele poderia abrir caminho para sair.

– Saia já! – o homem vociferou da entrada.

Brage Håkonsen sentiu as costelas esmagadas pela ansiedade. Tentou abrir o pacote de balas para o revólver, mas seus dedos pareciam inchados e não cooperavam.

"Não me atrevo", ele pensou de repente, "puta merda, simplesmente eu não me atrevo".

Com os dentes cerrados, ele recuou no silo de batatas, que tinha se transformado em seu depósito de armas, seu esconderijo, uma verdadeira fortaleza. Seus olhos estavam cheios de lágrimas, mas ele engoliu em seco, várias vezes, para manter um certo controle.

Assim que emergiu na abertura, eles se atiraram sobre ele, que ficou esticado no chão como uma panqueca, e provou o gosto do chão da floresta quando agulhas de abeto penetraram em seu nariz e boca. Ele sacudiu o corpo com uma pontada de dor quando as algemas bateram contra seus pulsos.

– Estão muito apertadas! – ele gritou, cuspindo folhas. – Cacete! Estão muito apertadas!

Um dos homens já estava dentro do silo de batatas.

– Veja isto – ele disse enquanto seu colega forçava Brage a se levantar. – Olhe só o que temos aqui!

Ele segurava um fuzil de assalto AG-3 numa das mãos, e a caixa de documentos, com os planos, as grandes ideias, na outra.

– Enganamos você direitinho, hein? – escarneceu o homem, com uma gargalhada. – Você achou que éramos amadores ou principiantes e que estávamos apenas vigiando a porta, não é?

A risada dele ecoou na água. Um grande pássaro gritou espantado ao abrir voo, no lado oposto do lago.

– Sua bichona – Brage rosnou.

O alto e robusto policial de 50 anos que o segurava sorriu largamente.

– Quem vê até pensa!... – ele disse, puxando Brage com firmeza e determinação rumo à cabana.

Severin Heger correu para pedir reforços.

09h40, KIRKEVEIEN, Nº 129

A dor de cabeça estava acabando com ela. Parecia que uma broca lhe perfurava cada têmpora, e os olhos estavam irritados. Ela não fazia ideia do porquê. Não tinha bebido nada alcoólico na noite anterior; na verdade, ela nunca mais ingeriu uma gota de álcool desde a noite fatal em que Birgitte Volter tinha sido morta. Mesmo assim, estava com dificuldades de se manter ereta. Aquela dor era nova, diferente e realmente aterrorizante. Os dois comprimidos de Paracetamol não ajudaram, e ela vasculhou a bolsa em busca de algo mais eficaz.

As matérias na página do jornal giravam na frente de seus olhos quando se sentou à mesa da cozinha. O gosto do café era amargo, mas, depois de meia xícara, sentiu a dor de cabeça diminuir um pouco, e sem ter certeza se tinha sido devido ao café ou ao Paralgin empoeirado e estufado que encontrara na bolsa.

A história não era mais exclusividade do *Kveldsavisen*. Embora o *Kveldsavisen* tivesse publicado primeiro, todos os outros jornais de Oslo e das regiões importantes também estavam em campo. Isso criava uma demanda por novos ângulos, teorias frescas e uma grande quantidade de conjecturas pessimistas. Agora não havia nenhum limite para o que os comentaristas pudessem especular. Mesmo que ninguém tivesse ainda se atrevido a identificar algum assassino, nem uma única voz nos círculos governamentais se absteve de expressar a opinião, caso se lesse nas entrelinhas, de que era óbvio que o escândalo da Saúde estava estritamente ligado à morte de Birgitte Volter.

O fantasma de Benjamin Grinde estava nas páginas de todos os jornais, apesar de não haver nenhuma menção ao nome dele. Todos abordavam a amizade entre Volter e Grinde, apresentando-a como exemplo de uma inaceitável cultura de influência dentro do governo central, que havia sido estabelecida pelo Partido Trabalhista ao longo de muitos anos. A compra de vacinas de um país do bloco oriental durante o período mais gelado da Guerra Fria foi, de longe, o pior escândalo na história do pós-guerra norueguês, maior do que as revelações da Comissão Lund sobre o Serviço de Inteligência, infinitamente mais grave do que o debate sobre a responsabilidade do governo em relação aos desastres da mineração de carvão de Kings Bay. Apesar da dilacerante dor de cabeça, Ruth-Dorthe Nordgarden tinha de admitir que, nesse ponto, os jornais provavelmente não estavam completamente no campo esquerdo: várias centenas de vidas poderiam ter sido perdidas por causa das vacinas. Se isso fosse verdade, claro – algo que ninguém de fato ainda sabia.

Mas o caso era que os outros jornais não tinham novos fatos a acrescentar às revelações da edição extra do *Kveldsavisen* do dia anterior. No entanto, a história do *Kveldsavisen* tinha sido tão abrangente que gerou inúmeras páginas de comentários de gente culta e não tão culta assim, de políticos e de seus infatigáveis porta-vozes. Como de costume, Fred Brynjestad, professor de direito público, fez uma série de ataques virulentos, embora um leitor mais atento fosse ter alguma dificuldade para deduzir quem ele queria atingir. Considerando que Einar Gerhardsen, que atuou como primeiro-ministro de 1963 a 1965, tinha morrido havia muito tempo, e seu último ministro de Assuntos Sociais também, a intensidade das críticas parecia bastante intempestiva. Especialmente porque de nenhuma maneira esclarecia o grau de responsabilidade dos altos escalões políticos na compra da vacina, ou quem se beneficiara com a transação.

Surgiram também alguns comentários sobre o papel de Ruth-Dorthe Nordgarden em tudo isso. Não que ela tivesse sido escolhida como a culpada, longe disso – em 1965, ela tinha 12 anos de idade e era apenas uma guia de meninas escoteiras –, mas, não obstante, o *Kveldsavisen*, o *Dagbladet* e o *Aftenposten* chegaram a colocar um ponto de interrogação na menção ao tratamento dado por Nordgarden à questão. Era particularmente irritante eles terem "fontes confiáveis" sustentando que ela se recusara a encontrar Benjamin Grinde poucos dias antes de ele visitar Birgitte Volter. As especulações quanto ao motivo pelo qual ela não se dispôs a encontrá-lo eram tão fantásticas quanto ensandecidas.

– Eu simplesmente não tive tempo – ela murmurava para si mesma. – Não teve como encaixá-lo na agenda.

Muitos deputados também haviam abandonado o barco, alguns hesitantes e sem jeito, outros por oportunismo, sem nenhum outro alvo à vista a não ser a eleição, a apenas cinco meses a partir dali. Como de costume, em maior ou menor grau, todos eles precederam suas observações com reservas sem sentido. Sem sentido porque continuaram a se expressar com a maior confiança sobre absolutamente tudo: a relação do Partido Trabalhista com o bloco oriental nos anos 1960, o papel da política na investigação do homicídio de Volter, o trabalho e a composição da Comissão Grinde. A oposição também criou uma confusão sobre o prejuízo que o assassinato causou à sociedade norueguesa em geral e à política norueguesa em particular. O período de defesa definitivamente havia terminado, e era chegada a hora de a oposição garantir que o Partido Trabalhista não se beneficiaria do assassinato durante as pesquisas do início do verão.

– Como se o assassinato fosse uma indicação da incompetência do Partido Trabalhista – Ruth-Dorthe Nordgarden suspirou, batendo na testa enquanto apertava os olhos. – Como se o assassinato dissesse algo sobre o Partido Trabalhista. Há seis meses, éramos acusados de ter perseguido os comunistas nos anos 1960. Agora somos acusados de conluio com eles.

Furiosa e abatida, ela usou o jornal para exterminar uma mosca audaciosa, zonza com a primavera, que rastejava em direção à colher de marmelada.

– Estou indo, mãe – disse uma cabeça loira despenteada que de repente passou pelo batente da porta.

– Você já tomou seu café da manhã?

– Tchau!

– O café da manhã!

Suspirando histrionicamente, ela recostou-se na cadeira. Do lado de fora da janela, o enorme pinheiro-larício começava a adquirir aspectos de verão; estaria em um tom verde vibrante até 17 de maio, Dia da Constituição da Noruega.

– Astrid já *foi*?

Outra cabeça, ainda mais amassada, como se fosse possível, olhava fixamente para ela.

– Você *não* vai sair sem tomar o café da manhã!

– Mas *estou* com pressa.

Tunc.

A porta da frente fechou e deixou um silêncio vazio, que ela não tinha certeza se gostava ou se queria preencher com outra coisa, mas não precisou pensar nisso por muito tempo. O celular, ligado no carregador, tomava conta dela como um olho verde maligno, como se soubesse a provação que representava para ela ter que usá-lo.

Ela sabia o número de cor, havia memorizado.

— Espero que tenha dormido bem — ela disse petulantemente quando alguém finalmente atendeu.

— *Obrigada, o mesmo para você* — foi a resposta adocicada. — *Eu dormi o sono dos justos.*

— Você não pode escrever todas aquelas coisas sobre mim — explodiu Ruth-Dorthe. — Que injusto você fazer isso depois de...

— Depois do quê? Depois de receber tanta ajuda, você quer dizer? Mas essas coisas não estavam a serviço da liberdade de expressão, Ruth-Dorthe?

— Você sabe perfeitamente o que quero dizer!

— Não, honestamente, não sei. Você me enviou o documento da comissão de forma totalmente voluntária. Não havia nenhuma promessa minha envolvida nisso.

— Mas você está me... Você me destruiu! E não apenas a mim, talvez até o governo como um todo. Basta ver o que o Aftenposten escreveu hoje. E pensar que...

Ela manuseou irritadamente os jornais.

— Aqui está: "É lamentável que não seja possível erradicar a cultura do tipo 'toma lá, dá cá', que existe no nosso maior partido político. A única diferença aqui é que esse hábito de trocar favores parece ter se estendido ao ex-líder da RDA, Walter Ulbricht. Nós, sinceramente, não sabemos o que é pior."

Ela fez o jornal voar longe.

— No editorial! O que você foi fazer, Little Lettvik? Nós tínhamos um acordo!

— Errado. Não tínhamos nenhum acordo. Eu a ajudei quando foi conveniente. Você me ajudou. Se não é mais possível trocar favores, então teremos que colocar isso para a imprensa livre, numa democracia vibrante. Nós duas apoiamos isso, não é?

— Eu...

Ela tinha que se recompor e se conter. A dor de cabeça tinha voltado, latejando sem dó nem piedade e provocando náuseas.

— Nunca mais falo com você... — Ruth-Dorthe murmurou no aparelho.

Mas ouviu apenas o tom da ligação sendo encerrada, e isso não tinha nada a ver com suas promessas, feitas tarde demais.

O telefone tocou, surpreendendo-a.

– Alô?

Embora o celular estivesse totalmente apagado, o toque continuava.

Perplexa, ela olhou em volta da sala de estar, mantendo o aparelho pressionado na bochecha, como uma proteção que lhe trazia conforto nos momentos difíceis.

Era o telefone fixo sem fio que estava tocando.

– Alô – ela arriscou novamente, dessa vez atendendo no telefone certo. – Não, alô, Tryggve. Eu ia mesmo ligar para você. Preciso falar com você sobre essa coisa na área da Saúde... Tudo bem?

Ela começou a roer a unha do dedo mínimo esquerdo.

– Compreendo, às 16 horas, na segunda-feira, no seu escritório. Mas então eu serei... Não importa, estarei lá, às 16 horas.

Ela tinha mordido a unha com muita força e sentiu uma pontada de dor no dedo ferido. Uma pequena gota de sangue escorreu, ela colocou o dedo na boca e saiu perambulando pela casa à procura de um curativo adesivo.

14h27, SEÇÃO DO SERVIÇO DE INTELIGÊNCIA, DEPARTAMENTO DE POLÍCIA DE OSLO

– Dê uma olhada nisto, veja só – disse Severin Heger alegremente, transmitindo uma pitada de satisfação na voz.

Ele tentou fazer contato visual com o prisioneiro que estava de frente para ele, mas o rapaz olhava para as próprias mãos, murmurando algo impossível de entender.

– O que você disse? – o policial perguntou.

– Tem certeza de que isso é necessário? – o preso repetiu, mostrando os pulsos para ele. – Algemas, neste lugar?

– Se você não tivesse tentado fugir várias vezes durante o trajeto entre a cabana e a delegacia, poderíamos discutir isso. Mas agora, não.

Sorrindo largamente, ele serviu um refrigerante para Brage Håkonsen.

– Como acha que vou conseguir beber com isto? – o rapaz se queixou, quase choramingando.

– É muito fácil, acredite – Severin Heger respondeu. – Eu já tentei. Então, o que temos aqui?

Cada uma das páginas que ele lia estava protegida em um saco plástico transparente. Tinham sido datilografadas em linguagem bastante pomposa e estavam salpicadas de erros ortográficos, o que levava a supor que o autor era bastante idoso. Mas talvez fossem apenas erros de digitação.

– Foi você quem escreveu isto?

Por enquanto o policial ainda estava sorrindo, e seu tom de voz era amistoso, quase alegre.

– Nada a ver com os seus negócios de merda – o prisioneiro murmurou calmamente.

– O que foi que você disse?

Severin Heger parou de sorrir. Ele se inclinou sem cerimônia na mesa e segurou Brage pela camisa de flanela.

– Mais uma palavra desse tipo e as coisas ficarão *muito* mais difíceis aqui para você – ele grunhiu. – Apenas sente-se direito e responda às minhas perguntas educadamente. *Entendido*?

– Eu quero falar com um advogado – Brage respondeu. – Não vou dizer nada antes de ser apresentado a um advogado!

Severin Heger se levantou e ficou olhando para Brage Håkonsen por tanto tempo que o rapaz começou a se contorcer no assento.

– Claro – o policial disse por fim. – Claro que você pode falar com um advogado. É seu direito. Levará algum tempo, e eu posso lhe garantir que em poucas horas serei consideravelmente menos amável e paciente do que estou sendo agora. Temos um grande caso aqui, como você sabe. Esses documentos, e essas armas. O suficiente para deixar você mofando na cadeia por muito tempo. Mas, tudo bem, é você quem decide. Desnecessário dizer que uma rodada rápida e fácil comigo agora seria bem melhor para você. Mas, é claro... Você pode ter um advogado se quiser. Eles geralmente estão de folga nos fins de semana, você sabe disso, mas amanhã de manhã provavelmente devemos ter algo organizado.

Brage Håkonsen olhou para o copo de refrigerante e tentou levá-lo à boca usando as mãos.

– Viu só como é fácil? Agora vou mandar você de volta para a cela, para que possamos aguardar esse seu advogado.

– Não – Brage disse calmamente.

– O que foi que você disse?

– Não. Vamos trocar uma ideia agora. Se eu puder ter um advogado mais tarde, quero dizer.

– Tem certeza? Não vai reclamar depois que você não sabia de seus direitos e aquela coisa toda?

O jovem sacudiu a cabeça quase imperceptivelmente.

– Sábia decisão – Severin Heger comentou, sentando-se novamente. – Você nasceu em 19 de março de 1975, certo?

Brage concordou.

– Trabalha num armazém, é solteiro e mora na rua Vidars Gate, nº 11C?

Novo aceno de cabeça.

– Então, o que você pode me dizer sobre estes papéis?

Brage Håkonsen limpou a garganta e sentou-se ereto.

– Qual é a pena para esse tipo de coisa? – ele perguntou com tranquilidade.

Severin Heger acenou com a mão esquerda, desprezando a pergunta.

– Esqueça isso por enquanto. Você está sendo acusado de violar o parágrafo 104a do Código Penal: "Qualquer pessoa que, blá-blá-blá, organização de caráter militar, blá-blá-blá, tendo como propósito o uso de sabotagem, força ou outros meios ilegais para perturbar a ordem estabelecida, blá-blá-blá". Você deve saber isso de cor e salteado. Você é bem letrado.

Ele procurou no código penal, balançando a cabeça em sinal de confirmação.

– De dois a seis anos. Depende um pouco – Severin Heger explicou ao perceber que Brage Håkonsen não diria mais nada enquanto não obtivesse uma resposta. – Mas não se preocupe com isso agora. Apenas responda às minhas perguntas. Foi você quem escreveu essas coisas?

Atormentado, Brage Håkonsen olhou para a frente. Seus olhos estáticos já não pareciam tão azuis, e durante um tempo ele olhou vidrado um ponto dentro da sala.

– Seis anos – ele sussurrou. – Seis anos!

– Mas – insistiu o policial – você não acha que está se apressando um pouco?

– São meus papéis – Brage interrompeu. – Fui eu quem os escreveu. Apenas eu e mais ninguém.

– Isso foi uma burrice, então! – Severin Heger afirmou secamente, depois acrescentou: – Mas você foi muito esperto ao admitir tudo. Extremamente esperto, eu diria. Matar o presidente do Parlamento? Isso, por outro lado, não seria nada esperto.

Ele folheou outras três páginas.

– E foi ainda mais infeliz, aqui – ele disse, colocando o papel na frente de Brage. – Um plano sob medida para matar a primeira-ministra Volter no caixa do supermercado!

– Ela faz compras lá, ou melhor, fazia.

Brage Håkonsen olhou para a frente, de um jeito que fez Severin Heger se lembrar de um filme B a que havia assistido num quarto de hotel na Inglaterra, em uma noite de insônia, *A praga dos zumbis*. Era óbvio que o rapaz não queria chorar; pelo contrário, ele parecia tranquilo, quase como um sonâmbulo, sentado ali. Se não tivesse sido preciso controlar as mãos relutantes dele com as algemas, provavelmente estariam largadas em ambos os lados como pêndulos inconscientes, que não registram nada a não ser o tempo passando.

– Mas não aconteceu no supermercado – Severin Heger falou. – Ela foi assassinada no gabinete dela.

– Mas não fui eu quem fez aquilo – Brage Håkonsen retrucou. – Foi outro cara.

Severin Heger podia sentir o sangue esquentando, subindo para o cérebro, como se todo o corpo entendesse que aquele era o momento crucial. O ruído em seus ouvidos pulsava tão forte que ele involuntariamente inclinou a cabeça de lado, para poder ouvir melhor.

Então ele perguntou:

– E você sabe quem fez?

– Sim.

O policial escutou alguém do lado de fora da porta, e por um terrível segundo lamentou ter se esquecido de colocar a placa "Depoimento – Não Perturbe". Relaxou quando os passos se afastaram, desaparecendo ao longo do corredor.

– E então, quem fez isso?

Severin tentou fazer a pergunta parecer inocente. Segurou o copo de refrigerante, como se quisesse enfatizar o quanto aquilo tudo era trivial, como se ele estivesse acostumado a se sentar regularmente para ouvir extremistas de direita com informações sobre pessoas que haviam matado membros proeminentes da sociedade. O refrigerante entrou em efervescência quando ele tentou tapar o copo.

Pela primeira vez, algo parecido com um sorriso surgiu no rosto de Brage Håkonsen.

– Eu sei quem fez isso. Também sei quem enviou a arma de volta para você. Em um grande envelope marrom, se não me engano, com letras pretas e sem selo, isso? Foi deixado numa caixa de correio na agência central dos correios, não foi? O que eu posso dizer por enquanto é que essas duas ações foram realizadas por duas pessoas diferentes.

Aquelas informações não tinham ido a público. Na delegacia, quase ninguém sabia disso. Todo mundo ficou sabendo que a arma tinha sido devolvida, grandes manchetes sobre isso foram publicadas nos jornais. Mas nada foi dito sobre o material ter sido enviado à agência central dos correios. E com certeza também não tinha sido divulgado que teria chegado num envelope marrom sem selo.

– E você pensou em me dar alguns nomes?

– Não.

Brage sorria triunfalmente, e Severin Heger teve que apertar a borda da mesa para se conter e não lhe dar um soco.

– Não. Eu sei quem matou Volter e quem enviou a arma. Tenho os dois nomes para lhe oferecer. Mas você não obterá nada de mim até que façamos um acordo.

– Você anda assistindo a filmes demais – Severin Heger disse com ironia. – Não fazemos acordos desse tipo na Noruega!

– Bem – disse Brage Håkonsen – tem sempre uma primeira vez para tudo. Mas agora eu gostaria de falar com o advogado.

19h00, STOLMAKERGATA, Nº 15

Os quatro filhos de Billy T., Alexander, Nicolay, Peter e Truls, eram encantadores quando estavam de pijamas, adormecidos. Mas somente nessa hora. No restante do tempo, eles eram animados e divertidos, convencidos e inventivos, mas extremamente turbulentos. Hanne Wilhelmsen tocou rápida e imperceptivelmente na testa, de modo discreto, como se estivesse pensando.

– Acabada? Já? – Billy T. perguntou, servindo uma concha de mingau de aveia em cada uma das tigelas na frente dos quatro filhos.

Os meninos aceitaram a dica de Hanne e agora estavam sentados mais ou menos tranquilos, exceto Peter, que apertava a perna de Truls com um pegador de salada que havia encontrado na gaveta inferior da cozinha.

– Na verdade, não – ela sorriu. – Talvez apenas um pouco cansada...

As crianças tinham chegado gritando na noite anterior, passando aos trambolhões pela porta. Truls estava vestido como um índio americano, pois tinha acabado de chegar de uma festa a fantasia. Os três meninos mais velhos usavam agasalhos esportivos sobre os calções de banho molhados.

– Sinceramente, Billy T. – Hanne exclamou. – Estamos apenas em abril!

Acabrunhado e murmurando de um jeito soturno, ele levou os meninos ao quarto para vestirem roupas secas e pendurou o cocar do Truls na parede. Depois disso, a bagunça não parou mais. O pior de tudo provavelmente foi quando Billy T. embarcou num grande projeto de instalação de uma tirolesa dentro de casa, que previa a fixação de ganchos de mosquetão no teto, com vários pedaços curtos de cordas, para ver até onde os meninos conseguiam se deslocar escorregando. Alexander percorreu todo o caminho do banheiro até a cozinha e voltou, usando apenas os braços e sem se soltar, para a tremenda e barulhenta admiração de seus pequenos irmãos e aplausos estrondosos do pai. Truls, na terceira tentativa, caiu de mau jeito. E assim todos foram parar na unidade de Pronto Atendimento no início da madrugada. O garoto voltou com o braço engessado.

Toda essa atividade em alta voltagem os deixou cansados. Truls nem teve forças para reagir contra o pegador de salada; ele fechou as pálpebras involuntariamente enquanto tomava o mingau, e parecia ter adormecido.

– Ei, rapazinho – Billy T. chamou-o energicamente. – Você precisa escovar os dentes!

Meia hora depois, todos dormiam um sono profundo.

– Três nomes da família real russa, e depois, *Truls?* – Hanne sussurrou em tom de estranhamento quando eles verificaram que tudo estava conforme deveria ser. – Sempre me perguntei por quê.

– A mãe pensou que deveria ter um nome apropriado e indiscutivelmente norueguês.

– Mas é dinamarquês, na verdade.

– É?

– Truls não é norueguês. É dinamarquês!

– Bem. Ele não é mesmo como os outros. Então tinha que ter algo liberal e norueguês. Para que ele não se sentisse excluído. Foi a mãe dele que escolheu. Eu nem sabia da existência dele até os três meses de idade. Tive que enfrentar uma grande batalha judicial para ter o direito de visita. Mas agora está tudo bem.

Truls não era como os outros. Ele era moreno. Os dois filhos mais velhos de Billy T. pareciam muito com o pai, com cabelos loiros, pele boa e grandes olhos azuis. Peter, o segundo mais novo, tinha cabelos ruivos ardentes e o rosto coberto de sardas. Truls era moreno, mas tão moreno que ninguém acreditaria que o pai era branco, não fosse pelo sorriso. Quando ele recuava os cantos da boca para sorrir torto, era a imagem fiel do pai.

— Lindas crianças, Billy T., sou obrigada a reconhecer. Você tem talento para fazer filhos.

Hanne Wilhelmsen tocou com cuidado o cobertor acolchoado de Nicolay e tentou arrastar Billy T. para fora do quarto.

Ele se desvencilhou e sentou-se num dos beliches inferiores, onde Truls dormia com a boca aberta, com seu novo molde de gesso como um escudo sobre os olhos.

— Ele está com dor, não acha? — Billy T. murmurou. — Será que dói? Não é melhor lhe dar um analgésico?

— Você ouviu o que o médico disse: um bom período de descanso e ele vai ficar bem dentro de três semanas, sem precisar de mais nada, a menos que ele esteja com dor forte. Agora ele está dormindo tranquilamente. Não pode estar tão dolorido.

— Mas normalmente ele não faz isso com o braço.

Billy T. tentou colocar o braço de Truls ao longo do acolchoado, mas o menino gemeu baixinho e recolocou o braço para trás.

— Eu deveria ter lhe dado algo para dor — Billy T. comentou desanimado.

— Você não deveria ter começado aquela corrida pelo teto, isso sim. Pelo menos poderia ter colocado alguma coisa embaixo deles, colchonetes no chão ou algo desse tipo. Não consegue perceber que Truls é muito mais delicado que os outros? Nem de longe será tão grande quanto você.

— Ele é o mais novo, só isso — Billy T. disse, teimando. — Ele é pequeno porque tem apenas 6 anos. Ele ficará mais alto, tenha certeza.

— Ele é menor do que os outros, Billy T. Ele é o seu menino, apesar de não ter sua capacidade atlética. Agora você precisa desencanar.

— A mãe dele vai me matar por causa desse braço — ele murmurou, esfregando as mãos no rosto. — Ela acha que sou muito rude com ele.

— Talvez você seja mesmo — Hanne sussurrou. — Agora, venha.

Ele não queria sair. Permanecia lá na beira da cama, agachado de um modo incômodo, porque a distância entre o beliche superior e o inferior não era suficientemente grande. Ele passava cuidadosamente a mão do rosto para a cabeça do menino, e acariciou várias vezes os cabelos duros e crespos da criança.

– Se alguma coisa grave acontecer a ele... – ele disse docemente. – Se alguma coisa acontecer a algum dos meus filhos, eu nem sei...

Hanne sentou-se com cuidado na cama de Peter, empurrando carinhosamente o menino para o lado. O bracinho de pele clara, pintado com sardas, estava sobre o acolchoado. Ele tossiu durante o sono e enrugou a testa.

– Pense como deve ter sido para Birgitte Volter – ela disse, enfiando o braço do menino embaixo da coberta; estava frio no quarto, e a pele dele estava gelada.

– Volter?

– Sim. Primeiro quando perdeu o bebê. Depois, quando tudo veio à tona novamente, mais de trinta anos depois. Eu acho que...

Alexander virou-se no beliche superior.

– Papai!

Billy T. levantou-se e perguntou o que o menino queria. Alexander piscou os olhos e fez uma careta, incomodado com a luz do corredor.

– Sede – ele murmurou. – Refrigerante.

Sorrindo, Billy T. fez um sinal a Hanne para que ela voltasse para a sala de estar. Ele levou um copo de água para o menino, e pouco depois se ajeitou ao lado dela no sofá azul.

– O que você estava querendo dizer? – ele perguntou, segurando a lata de cerveja que ela lhe entregou. – Estava falando sobre Volter.

Ele arrotou baixinho e secou a boca com o dorso da mão.

– O bebê que morreu. Isso não me sai do pensamento. Pense como deve ter sido para ela. Por algum motivo, não consigo tirar da cabeça que a *morte* da primeira-ministra tem alguma coisa a ver com o caso. Mas então...

Billy T. pegou o controle remoto que estava na frente deles, com a intenção de colocar uma música. Hanne agarrou-o a tempo e colocou-o fora do alcance do amigo.

– Sinceramente, Billy T. – ela disse irritada. – Tem que ser possível, até mesmo para alguém como você, participar de uma conversa sem a barulheira das caixas de som em duzentos decibéis.

Ele não respondeu, e tomou um longo gole da lata de cerveja.

– Talvez devêssemos pensar um pouco sobre como deve ter sido para Birgitte – Hanne disse calmamente. – Como ela estaria se sentindo naqueles últimos dias de sua vida? Você deveria dar uma olhada nisso, em vez de ficar pesquisando alucinadamente o que os outros faziam no momento do assassinato! Deveríamos realmente nos concentrar um pouco para tentar descobrir o que significam aquelas palavras anotadas no papel. "Nova pessoa" seguida de um ponto de interrogação... Não é isso? E o que dizia a outra coisa mesmo?

Billy T. parecia não ouvir.

– Mas o segurança... – ele disse na sala. – Pelo que Severin me disse ontem, eu tenho mais certeza do que nunca de que o guarda está envolvido de alguma forma. E, se for mesmo esse o caso, pouco importa o que uma mulher como Birgitte estava sentindo!

– Agora você está sendo incompreensivo. Momentos atrás, você estava com o coração dilacerado pelo simples pensamento de qualquer coisa que pudesse acontecer com o seu filho, e então de repente está frio como gelo em relação ao fato de que Birgitte Volter verdadeiramente passou por uma situação que seria o seu maior pesadelo. Isso se chama falta de empatia. Você deve procurar ajuda.

– Sem essa! – ele a beliscou na coxa. – Não brinque! Eu tenho muita compreensão. Só que não vamos conseguir chegar a merda de lugar nenhum se ficarmos atolados nesse tipo de coisa durante a investigação.

– Sim, você vai! – Hanne Wilhelmsen disse, afastando a mão dele. – Eu acho que essa é a única maneira de chegarmos ao fundo disso. Temos que descobrir o que estava se passando com ela, como ela realmente se sentia naquele momento em particular, como foi a vida dela naquele dia em particular, em 4 de abril de 1997. Então, descobriremos o papel que o guarda desempenhou nisso tudo.

– E como vossa majestade chegou a essa metodologia? – ele perguntou, levantando-se para pegar uma fatia de pão. – Quer um sanduíche de cavalinha?

Ela não respondeu e continuou.

– Eu tenho um forte pressentimento de que a morte do bebê de Birgitte Volter é mais relevante para o caso do assassinato do que o atual escândalo da Saúde. Acho que nos perdemos nos detalhes de todos os outros bebês que morreram. E acho que você está certo sobre o guarda. Algo o liga a isso também. Por acaso ele nasceu em 1965?

– Não. Ele é muito mais novo.

– O velho estava certo.

– Hein? – Billy T. disse, com a boca cheia de cavalinha e molho de tomate.

– O velho no parque... Esqueça. Mudei de ideia, acho que vou querer um sanduíche. Mas eu gostaria de um copo de leite para acompanhar.

– Sirva-se – Billy T. murmurou, abrindo outra lata de cerveja.

23h25, OLE BRUMMS VEI, Nº 212

– Você não pode se sentar, Per?

A voz dele estava rouca de tanto uísque e dos muitos cigarros que fumara, e ele precisou se apoiar enquanto se levantava. Ele não deveria beber, mas estava procurando alguma saída para toda aquela dor, e nada mais ajudava. O médico que ele consultou havia dois dias lhe dera uma receita de Valium, mas tudo tinha limites. Ele não queria tomar remédio. Uma boa bebida era bem menos perigosa. Já estava na sexta dose, até então.

Per olhou-o com desprezo. Ele vestia um agasalho de corrida, embora não fosse correr, não naquele horário, tão tarde da noite, nem por muito tempo. Seis horas haviam se passado desde que Roy Hansen ouvira a porta da frente bater, após o filho sair.

– Você está bebendo? – Per reclamou. – É tudo o que precisamos agora. Pelo amor de Deus, pai!

Isso foi o suficiente. Roy Hansen esmurrou a parede e derrubou o abajur ao lado do sofá. As lâmpadas de vidro da cúpula se espatifaram em mil pedaços.

– Você vai se sentar! Agora! – ele gritou, esfregando o peito como se tentasse endireitar-se dentro da roupa amassada e amarrotada que usava havia dois dias. – Apenas sente-se e converse comigo!

Olhando surpreso para o pai, Per Volter encolheu os ombros e desabou na poltrona no lado oposto. Repentinamente sóbrio, passando os dedos nos cabelos, Roy sentou-se empoleirado na borda no sofá, como se estivesse prestes a decolar.

– Quando você vai parar de me punir? – ele perguntou. – Não acha que já fui castigado o suficiente?

O filho não respondeu, ficou brincando com um grande isqueiro de mesa de estanho que estava sem gás, que apenas emitia sons sibilantes rítmicos.

– Estou passando por um momento horrível, Per, do mesmo modo que você. Posso ver que está sofrendo, e eu daria tudo para poder fazer algo por você. Mas você só me ataca, me pune e me rejeita. Tanto você quanto eu sabemos que isso não pode continuar. Precisamos encontrar alguma forma de conversarmos um com o outro...

– E o que você iria me dizer, então? – o rapaz perguntou repentina e inesperadamente, atirando o isqueiro sobre a mesa.

Roy recostou-se no sofá, colocando as mãos no colo. Parecia que estava rezando para uma autoridade superior, com o queixo no peito e os dedos dobrados.

– Eu diria que estou muito triste. Pediria perdão pelo que aconteceu no outono passado, com...

– Com Ruth-Dorthe Nordgarden? – o filho perguntou em tom maldoso. – Não é para mim que você precisa pedir perdão. É para a mãe! Era com ela que você deveria se desculpar. Mas ela não sabia de nada, é claro.

– Você está errado.

Roy Hansen acendeu outro cigarro, com uma careta de descontentamento, como se somente naquele momento percebesse como era desagradável fazer aquilo; mas mesmo assim não o apagou.

– A sua mãe sabia de tudo. Foi a única vez em toda a nossa vida de casados que eu fiz algo assim. Não sei por que aconteceu, só que...

Ele soltou a fumaça pelo nariz, olhando diretamente nos olhos do filho.

– ... eu não acho correto explicar isso para você. Mas eu gostaria que soubesse que eu contei tudo para ela. No dia em que ela voltou para casa, depois daquela reunião em Bergen. Eu fiquei sentado aqui no sofá o tempo todo, até ela chegar em casa, no fim da noite, ou melhor, naquela madrugada. Eram duas da manhã. Ela demorou porque tinha passado primeiro no escritório. Quando voltou, contei tudo a ela.

Per olhou para o pai com expressão incrédula. Evidentemente duvidava da veracidade do que acabara de ouvir.

– Mas... o que ela disse, então?

– Essa é uma questão entre mim e sua mãe. Mas ela me perdoou. Depois de um tempo, bem antes de morrer. Você deveria me perdoar também. Eu gostaria que você pudesse me perdoar, Per.

Eles ficaram sentados por algum tempo na escuridão, sem pronunciarem uma única palavra. A chuva escorria nas janelas. Uma goteira vazava, e uma torrente de água caía em cascata pelo canto noroeste da parede externa. A distância, um cão latia furiosamente. A barulheira era feroz e alarmante, e encobria a implacável trilha sonora do mau tempo da primavera. O latido ensurdecedor lembrou aos dois que havia um mundo lá fora, um universo do qual eles faziam parte, e que brevemente chegaria a hora de eles voltarem a entrar em contato com esse mundo.

– Quando eu voltar para casa no outono, gostaria de me dar de presente um cachorro – Per disse com veemência.

Roy sentia-se sobrecarregado por um cansaço indescritível. Estava com tonturas e quase não conseguia manter os olhos abertos.

– É claro que você pode ter um cachorro – ele disse, tentando sorrir, mesmo que fosse um desafio quase insuperável. – Um cão de caça?

– É. Pensei num *setter*. Você está fazendo um acordo comigo?

– Sim! Claro que você pode ter um cachorro. Você é adulto e pode decidir por si mesmo.

– Eu não queria levar para esse lado. Você realmente contou para a mamãe?

Roy tossiu quando apagava o cigarro.

– Sim. Sua mãe e eu... Nós não tínhamos muitos segredos um com o outro. Alguns, naturalmente. Mas não muitos. Não funciona assim.

Per se levantou e perambulou até a cozinha. Roy permaneceu sentado, de olhos fechados. O rapaz estava de volta. Ele voltaria para casa novamente no outono, afinal; para a casa onde sua pequena família vivia, brigava e se amava desde que Per nasceu.

Talvez ele tivesse adormecido. Parecia que apenas um segundo ou dois tinham se passado quando ele de repente ouviu o barulho de um prato sendo colocado sobre a mesa.

– Posso pegar um? – Roy perguntou.

Per não respondeu, mas empurrou o prato alguns centímetros para a frente.

– Como ela era realmente? – ele perguntou.

– Sua mãe? Birgitte?

Roy estava confuso.

– Não, Liv, a minha irmã. Como ela era?

Roy Hansen colocou o sanduíche na mesa, sem tê-lo tocado. Ele coçou a barriga na altura do diafragma e ficou bem acordado de repente.

– Liv era maravilhosa.

Ele sorriu levemente, docemente.

– Isso é o que todos os pais dizem de seus filhos. Mas ela era tão pequena! Tão pequenina, pequetita. Completamente diferente de você, você era... Você era um garoto. Grande e forte, que gritava como um porquinho preso quando estava com fome, desde o primeiro dia. Liv era... Ela tinha covinhas e cabelos loiros. Sim, eu acho... Sim, ela era loira, com os cabelos quase brancos.

– Você tem alguma foto dela?

Roy balançou a cabeça lentamente.

– Tínhamos muitas fotos – ele disse depois de um tempo. – O pai de Benjamin Grinde... Você o conhece... Bem, o pai dele era fotógrafo, e eles moravam ao lado do vovô e da vovó. Birgitte e eu também moramos lá nos primeiros anos, antes de termos... Tínhamos muitas fotos. Eu acho que Birgitte queimou todas elas. Pelo menos eu nunca mais vi nenhuma desde então. Mas...

Ele olhou para o filho, que também não tinha tocado na comida. De seu lugar à mesa, Per o observava com uma expressão de quem estava extasiado, apesar de quase se sentir envergonhado.

– ... talvez haja alguma no sótão – Roy continuou. – Qualquer dia desses vou revirar tudo, vou arrumar um pouco o espaço por lá. Acho que vou começar a trabalhar novamente também. Na terça ou quarta-feira, talvez. Quando você volta para a faculdade?

– Em breve.

Em silêncio, eles comeram quatro sanduíches cada um e tomaram café com leite, olhando eventualmente um para o outro. Roy sorria todas as vezes, e Per rapidamente desviava o olhar. Mas não havia maldade. A expressão rancorosa desapareceu quando a tempestade lá fora desabou, e a chuva batia pesada e furiosamente contra as enormes janelas panorâmicas com vista para o jardim.

– Onde ela está enterrada, pai? Liv tem uma lápide?

– Em Nesodden. Vou levá-lo até lá qualquer hora.

– Não demore demais para fazer isso, está bem? Em breve?

– Logo, meu filho. Iremos até lá muito em breve.

Quando o rapaz levantou-se para ir para o quarto, não disse boa noite. Mas não levaria muito tempo para que voltasse a fazer isso novamente.

Segunda-feira, 21 de abril

09h00, DEPARTAMENTO DE POLÍCIA DE OSLO

De forma peculiar, Billy T. começou a desfrutar desses grandes encontros. Normalmente, ele odiava essas coisas, mas de fato havia vantagens em reunir as lideranças das inúmeras equipes de investigação duas vezes por semana. Era a melhor maneira de juntar os tópicos e coordenar os esforços do grupo; e, igualmente importante, os encontros agora também previam tempo para discussões. Todo mundo comparecia, até mesmo Tone-Marit Steen, embora ninguém soubesse o porquê, já que ela não liderava nenhuma equipe, pelo menos não formalmente; mas ela, de alguma forma, assumia o papel que lhe convinha. Eloquente, íntegra e com uma visão abrangente, ela aparecia sempre, e ninguém objetava.

A única pessoa que normalmente era superficial e parecia estar sempre escondendo algo dos demais era o chefe do Serviço de Inteligência. Isso era de se esperar. A reunião daquele dia tinha um peso extra por causa da presença da procuradora-geral pública sênior; mas Billy T. estava determinado a não se deixar afetar pelas atitudes dessa pessoa grosseira e mal-humorada, que ele considerava a mulher mais obstinada do mundo. Ela era qualificada, aborrecida e cabeça-dura e tinha adquirido a virtude de ser avessa e não receptiva às opiniões de qualquer outra criatura viva, a qualquer momento e sobre qualquer assunto, independentemente de quem fosse. Naquele dia ela estava sentada, navegando num mar de papéis, e olhou para Billy T. quando ele entrou na sala, mas nem se deu ao trabalho de lhe fazer ao menos um aceno de cabeça. Tudo bem, porque ele não se rebaixaria diante desse lixo. Sendo assim, também não a cumprimentou.

Ele se serviu de água de uma garrafa térmica, despejando-a num copo branco com o logotipo do Serviço Nacional de Bufê. Recomendava-se que o saquinho de chá permanecesse no copo por exatamente um minuto e meio. Ele conferiu o tempo no relógio, antes de apertar o saquinho contra a xícara e descartá-lo no cesto de lixo no canto. Mas, como a água não estava suficientemente quente, o chá ficou insípido.

Por fim, todos chegaram, menos o chefe de polícia adjunto Håkon Sand. Ninguém sabia de seu paradeiro, e eles já estavam dez minutos atrasados em relação à hora marcada para o início. O chefe da Polícia não quis esperar mais.

– A semana que passou nos trouxe algumas surpresas – ele disse. – Billy T., você poderia começar?

Colocando o copo de chá na mesa, Billy T. foi até a cabeceira e se inclinou contra a parede, com os braços atrás das costas.

– Nós achamos que podemos descartar do caso a família de Birgitte – ele começou. – Per, o filho, tem um álibi irrefutável. É claro que também examinamos a possibilidade de uma conspiração, uma vez que ele não precisaria estar no gabinete da primeira-ministra quando o tiro foi disparado; mas não há nenhuma base para qualquer coisa dessa natureza. Quanto à arma em questão, tivemos outro olhar a respeito da hipótese da teoria da conspiração, quando se constatou que ela pertencia a Per, pois a única conclusão a que pudemos chegar é que, de alguma forma, foi roubada da família. Não...

Apoiando-se com as mãos na borda da mesa, ele movimentou os dedos dos pés enquanto olhava para o chão por um segundo.

– ... Per Volter é um rapaz extremamente infeliz, e sua vida foi virada de cabeça para baixo num espaço de tempo muito curto. Mas ele não é um assassino... Eu me recuso a acreditar nisso. Roy Hansen também pode ser descartado. Já expliquei isso antes...

Ele olhou para o chefe da Polícia, que aquiesceu com um ligeiro aceno.

– Ele teria dificuldades para passar pelos guardas, matar a esposa e depois nos enviar a arma do filho. Sabemos que ele recebeu um telefonema da mãe em casa, às 18h40. Isso foi confirmado pelos registros da empresa de telefonia. Esse fato por si já deveria excluí-lo. Como vocês sabem, eles moram em Groruddalen. O homicídio deve ter acontecido por volta desse horário...

Mais uma vez, ele fez contato visual com o chefe da Polícia, que fez que sim novamente, dessa vez irritado.

– Embora não me agrade espalhar sujeira que não precisa ser espalhada, devo mencionar que chamou a nossa atenção o fato de Roy Hansen ter tido um breve caso amoroso com Ruth-Dorthe Nordgarden, a ministra da Saúde, no último outono...

Um certo alvoroço tomou conta da sala e até mesmo a procuradora-geral pública sênior expressou alguma surpresa no rosto, por trás dos indecorosos e antiquados óculos de aro de aço.

– No entanto, foi uma aventura de curta duração. Acredito ser extremamente improvável que tal relacionamento possa ter sido motivo de assassinato. Não mesmo.

Billy T. andou alguns passos na direção de seu lugar, mas parou no meio do caminho.

– A família Volter-Hansen é uma família norueguesa normal, com alegrias e tristezas e segredos obscuros. Como todas as outras. E no que diz respeito a esse escândalo da Saúde...

Ele passou os dedos pela cabeça, um gesto habitual quando se sentia desanimado.

– ... provavelmente cabe aos outros julgarem isso.

A conversa que teve com Hanne Wilhelmsen no sábado, depois que as crianças tinham ido para a cama, passou como um vídeo em modo de avanço rápido em algum lugar de seu cérebro.

– Eu pessoalmente duvido que esse assassinato tenha qualquer coisa a ver com o escândalo da Saúde. Birgitte era muito jovem na época e mãe de uma bebê recém-nascida. Não importa o quanto esses políticos gritem e esperneiem... Se, e eu enfatizo, se a alta taxa de mortalidade infantil em 1965 tem algo a ver com o assassinato, acredito que devamos procurar algo a respeito nas informações sobre o bebê. Mas, levando todas as coisas em consideração, não estou convencido.

Sentando-se, ele murmurou um *postscriptum*.

– Foi o guarda. Foi ele o autor do crime.

Ele cobriu a boca com a mão, com uma expressão evidente de que não pretendia ouvir os outros. O guarda não era da alçada dele. Tone-Marit Steen, sentada ao lado, não conseguia parar de rir.

– Você não desiste – ela sussurrou, ficando de pé após um sinal do chefe da Polícia.

– Billy T. não mencionou a arma – ela continuou, em voz alta dessa vez. – O Nagant usado no homicídio, como nós sabemos, com certeza pertence a Per Volter. Examinamos o armário de armas na casa da família, que tem impressões digitais de todos os membros da família, o que parece natural. Também devo acrescentar que em todos os outros cômodos da casa quase não havia digitais. Não surpreende, já que o Departamento de Estado limpou tudo, ou fez o favor de contratar a agência de limpeza mais eficiente da cidade *antes* de fazer a perícia.

Tone-Marit fez uma pausa significativa.

– Isso foi um erro, vocês podem dizer. Enquanto isso, teremos que trabalhar com o pressuposto de que, de um jeito ou de outro, a arma foi roubada da residência familiar, embora não haja sinal de arrombamento. Infelizmente, não podemos estabelecer o tempo do roubo com exatidão, pois Per não mexia no armário de armas desde o Natal.

De seu pedestal, numa das extremidades da mesa, ela se virou para encarar os colegas investigadores.

– Billy T. se fixou nesse guarda de segurança do complexo do governo – ela disse, sorrindo para o colega. – E, para falar a verdade, eu concordo com ele. Ali tem coisa, tem algo que eu ainda não consegui entender. Que nenhum de nós entendeu, aliás. Estou convencida de que o cara estava mentindo sobre alguma coisa. Aconteceu como uma maldição que, do mesmo jeito que veio, foi embora e morreu. Sem a menor cerimônia, para dizer o mínimo.

Alguns na sala riram, mas a procuradora-geral pública sênior lançou a ela um olhar fulminante. Piscando para Billy T., Tone-Marit adotou uma expressão séria.

– Em contraste com a maioria dos outros suspeitos neste caso, sabemos que o guarda estava presente na cena do crime, um fato que não pode ser desprezado, já que o nosso maior problema, além de encontrar algo que possa significar um motivo, é estabelecer a *possibilidade* de alguém ter assassinado a primeira-ministra Volter. Assim, continuamos trabalhando para descobrir se ele estava vinculado a algum grupo específico. A esse respeito, eu poderia ter uma cooperação mais estreita, ou alguma ajuda adicional do...

Tone-Marit lançou um olhar desafiador ao chefe do Serviço de Inteligência, que continuou sentado como uma esfinge. Billy T. ficou impressionado. Tone-Marit não tinha medo de nada nem de ninguém.

– E então chegamos a esse Benjamin Grinde – ela prosseguiu, voltando o olhar para o chefe da Polícia. – Você quer que eu trate disso também, ou talvez seja melhor que o superintendente explique?

O chefe da Polícia fez um gesto impaciente com a mão, e Tone-Marit continuou.

– Vou falar do porta-comprimidos antes: do lado de fora da caixinha há impressões digitais de Birgitte Volter, Wenche Andersen e Benjamin Grinde. Isso indica a probabilidade de que Grinde estivesse de posse da caixinha havia relativamente pouco tempo, o que é algo muito sinistro, considerando o depoimento da testemunha Wenche Andersen. Na parte interna, não há impressões. É impossível afirmar qual é o significado da caixinha ou mesmo se tem algum significado.

Ela massageou a testa com os dedos e olhou para o chefe da Polícia.

– Eu daria tudo para encontrar uma carta de suicídio desse homem, porque não restam dúvidas de que Benjamin Grinde cometeu suicídio. Não há sinais de invasão no apartamento, e nada sugere o uso de força ou coerção. O apartamento estava limpo e arrumado, e havia cinzas na lareira, o que indica que ele teve a presença de espírito de se livrar de seus papéis mais pessoais. Os documentos dos casos que ele levou para trabalhar em casa foram cuidadosamente arranjados para que não representassem dificuldades para quem ficasse responsável por eles. Porém, não havia nota de suicídio, o que não é muito comum.

– Talvez ele não quisesse dar explicações a ninguém – o chefe da Polícia comentou calmamente.

Tone-Marit verificou suas anotações, que estavam no pequeno porta-cartões com índice alfabético que ela segurava na mão esquerda.

– Encontramos casos assim eventualmente – continuou o chefe da Polícia, colocando os cotovelos na mesa. – Podemos chamá-los de suicidas *ordeiros*, limpos. Eles deixam tudo organizado, tudo em ordem, sem pontas soltas. É apenas o fim de uma vida, que é apagada, num certo sentido. Como se nunca tivesse existido. É triste, muito triste.

– Mas, e a mãe dele? Além disso, o juiz tinha amigos muito próximos.

– Por acaso ele devia alguma coisa a eles?

O chefe da Polícia pareceu enfático, e Billy T. tentou disfarçar o próprio espanto. Quando o chefe assumiu, cerca de seis meses antes, Billy T., assim como a maioria dos outros, ficou profundamente cético. O cara quase não tinha experiência de trabalho operacional, pois tinha ficado muito pouco tempo no serviço da polícia, na verdade apenas dois anos, no início da década de 1970, como um humilde procurador no norte de Bodø. Ele havia deixado o cargo de juiz no Tribunal de Recursos depois de onze anos, mas isso dificilmente poderia ser o treinamento ideal para alguém dirigir o maior e mais anárquico departamento de polícia do país. Ele, no entanto, destacou-se no desempenho da função, e havia impressionado a todos na última quinzena, mantendo-os unidos e capacitando-os para funcionarem como equipe. Todos trabalhavam até a exaustão, e ninguém até então tinha se queixado de horas extras não remuneradas, o que, por si só, era um testemunho de sua habilidade exemplar de gerenciamento.

– O suicídio é um assunto extremamente interessante – prosseguiu o chefe da Polícia, recostando-se na cadeira, sabendo que todos o estavam ouvindo atentamente. – Depressivo e fascinante. É possível dizer, grosso modo, que a diferença entre esses que têm a coragem de tirar a própria vida e alguns de nós, que, de vez em quando, em momentos difíceis, consideramos fazer isso...

Ele sorriu, um sorriso diferente e juvenil. De repente, Tone-Marit teve a impressão de que ele era atraente, com a camisa do uniforme recém-passada e as mangas arregaçadas, uma prática contra o regulamento. Havia nele certa jovialidade masculina, que era ao mesmo tempo um traço atraente, extremamente forte.

– A diferença entre nós e os outros é que nós pensamos em como essa morte devastaria as pessoas mais próximas – ele prosseguiu com tranquilidade. – Nós vislumbramos o que seria uma tragédia terrível para aqueles que ficariam para trás. Então, rangemos os dentes, e depois de alguns meses a vida parece melhor e mais luminosa. O...

Ele se levantou da cadeira e andou até a janela. Do lado de fora, a chuva começava a diminuir, mas as pesadas nuvens pairavam cinzentas e úmidas acima do enorme gramado verde perolado no triângulo formado pelo Departamento de Polícia, a prisão de Oslo e a rua Grønlandsleiret. Ele parecia procurar um código oculto no padrão que os pingos de chuva formavam no vidro da janela enquanto continuava a falar.

– A pessoa que poderíamos chamar de candidato suicida *genuíno* pensa exatamente o contrário. Acredita que as coisas ficarão *melhores* para quem o ama se ele optar pela morte. Ele se sente como um fardo. Não necessariamente porque fez algo errado, mas talvez porque a dor que carrega tornou-se tão intolerável que se espalhou para seus entes queridos, tornando a vida insuportável para todos... É assim que ele pensa, então tira a própria vida.

– Meu Deus! – Billy T. exclamou involuntariamente.

Ele nunca antes tinha ouvido a palavra "ama" na boca de um oficial superior.

– Pensem nesse sujeito, o Grinde – o chefe da Polícia continuou, sem dar atenção à pequena interrupção. – Um indivíduo bem-sucedido, extremamente competente, muito respeitado em vários círculos, com muitos interesses e bons amigos. Então, algo acontece. Algo tão terrível que ele... deve ter tomado a decisão após deliberar com uma certa dose de calma: ele mesmo pegou a medicação e se acomodou na cama. A dor era insuportável. Mas o que provocou essa dor?

Ele girou de repente e abriu os braços, como se convidasse todos para sugerir por que um homem de quem eles pouco sabiam, estritamente falando, teria cometido suicídio.

– Você não mencionou a honra – Billy T. murmurou.

– O que você disse?

O chefe da Polícia olhou fixamente para o policial, com o olhar em brasa, e Billy T. lamentou ter se manifestado.

– Honra – ele murmurou mesmo assim. – Como em Madame Butterfly.

O chefe da Polícia sentou-se boquiaberto, parecendo não ter ideia do que Billy T. estava falando.

– A morte honrada é melhor do que a vida desonrada, ou algo assim – Billy T. explicou.

Quando percebeu que deveria continuar, ergueu a voz.

– Quando pessoas proeminentes são pegas de calças curtas ou com as calças abaixadas, às vezes acontece de elas se matarem. Normalmente, temos as próprias opiniões sobre isso, não é? Que o cara estava envergonhado, que a desgraça seria muito grande, e assim por diante. Normalmente consideramos tais suicídios como prova de culpa. Alguém fez algo terrivelmente errado e não pode ou não consegue enfrentar o mundo. Mas não é isso... Nem sempre essa é a única explicação, como vocês podem supor! É possível que a pessoa não consiga suportar o pensamento de viver desonrado, mesmo sendo inocente!

– Ou, por exemplo – Tone-Marit Steen ousou interromper –, a vítima de suicídio pode ter feito algo que talvez seja considerado *moralmente* repreensível, mas não necessariamente criminoso... Visto sob esse ângulo, um incidente pode ser julgado de forma bastante diferente por pessoas diferentes. Alguém pode não se importar tanto assim e dar de ombros, enquanto para essa pessoa em particular, talvez alguém com padrões morais especialmente elevados, o...

– Com o devido respeito, chefe da Polícia!

Ole Henriksen Hermansen, o chefe do Serviço de Inteligência, que até aquele momento estava sentado quase imóvel, examinando as próprias cutículas, esmurrou a mesa.

– Não considero adequado eu me sentar aqui para ficar discutindo ideias mais ou menos vagas sobre o mistério do suicídio no meio de um dia de trabalho sob muita pressão. Tudo tem limite!

Ele contraiu o canto da boca, e sua aparência adquiriu uma tonalidade mais escura do que o normal. Ele movia a sola do pé de um lado para o outro, olhando provocativamente para o chefe da Polícia.

O chefe da Polícia sorriu, fazendo uma careta tão expressivamente tolerante que o superintendente teve certeza de que aquilo era uma repreensão, embora velada e ardilosa. Mesmo com o rosto completamente rubro, o chefe do Serviço de Inteligência se levantou para continuar falando. Segurou na borda da mesa com ambas as mãos, como se fosse a única pessoa na sala com controle total sobre a própria inteligência e precisasse agarrar-se firmemente a uma realidade sólida.

– Se pudermos agora deixar de lado essas teorias complexas – ele disse com rispidez, com a voz quase em falsete –, então eu tenho um assunto importante para relatar.

Os outros se entreolharam. Aquilo estava sendo um elo novo e inesperado no caso. Talvez essa análise filosófica das facetas mais profundas do suicídio fosse mesmo necessária. Agora, de repente, Ole Henriksen Hermansen falaria!

– Vá em frente – incentivou o chefe da Polícia, mantendo o sorriso no rosto.

– Então eu vou começar me desculpando – disse Hermansen, passando os dedos nos cabelos para arrumar alguns fios rebeldes. – Estou ciente de que alguns de vocês se sentiram um pouco desinformados, por assim dizer... Por favor me desculpem, mas foi necessário. Todos sabem que este departamento tem uma desventurada e quase impiedosa tendência a vazar informações à imprensa. Tivemos que guardar muita coisa para nós.

Empurrando a cadeira para trás, ele passou pela cabeceira da mesa.

– A razão pela qual considero essencial fazer um comunicado abrangente agora é porque a investigação está seguindo em várias direções, por assim dizer... enquanto nós realmente temos o que consideramos um avanço.

– Jesus! – Billy T. deixou escapar seu espanto.

A incursão do chefe da Polícia em questões filosóficas tinha sido fascinante, mas não havia nada como uma prova tangível.

– No entanto, isso significa – continuou Hermansen – que se deve tomar muito cuidado em relação à informação que vocês estão prestes a ouvir. Se isso vazar, toda a investigação pode desabar como um castelo de cartas, e então ficaremos por nossa conta e risco.

– Como temos estado o tempo todo – Billy T. murmurou, mas calou a boca quando Tone-Marit chutou com força a canela dele.

– Da nossa parte, achamos interessante que a última conversa que Birgitte Volter teve antes de morrer tenha sido, aparentemente, uma discussão do caso que agora foi batizado de escândalo da Saúde. Lemos os jornais nos últimos dias com considerável interesse.

"É só isso o que você faz, claro", Billy T. pensou, "nada além de ler jornais, recortar e colar informações, para juntar as coisas."

Mas sabiamente manteve a boca fechada. O brilho no olhar de Tone-Marit era inconfundível.

– No entanto, a maior parte do que foi escrito sobre o dia da morte nós já sabíamos de antemão. E sabemos muito mais além disso.

Hermansen fez uma pausa, para criar um efeito e curtir a situação. Todos na sala estavam com a atenção total nele. Por fim, alguém tinha alguma coisa, algo específico.

– Vários países aliados tiveram conexões comerciais limitadas com a República Democrática Alemã, em 1964 e 1965 – disse Hermansen em voz alta, começando a avançar na frente de sua audiência como um professor pedante. – Foi uma das articulações de uma grande operação orquestrada pelos americanos, vinculada ao intercâmbio de prisioneiros entre o Oriente e o Ocidente. Os alemães do leste insistiram na condição de que as remessas de mercadorias em falta pudessem ser importadas e que alguns de seus bens de exportação deveriam ser aceitos no Ocidente. Dessa forma, poderiam obter bens e moeda estrangeira.

Sem conseguir entender a direção da conversa, Billy T. começou a tamborilar os dedos na mesa com impaciência, mas parou assim que o chefe da Polícia chamou a atenção dele.

– A Noruega se colocou à disposição deles exportando minério de ferro e importando, entre outras coisas, produtos farmacêuticos. Na verdade, havia vários bens diferentes que atravessavam a fronteira entre o Oriente e o Ocidente naquele momento, mas não é necessário entrar em detalhes sobre todas essas coisas. O importante é lembrar que isso foi feito em cooperação com nosso aliado mais próximo, os Estados Unidos da América, com um objetivo extremamente positivo: o retorno de agentes e diplomatas ocidentais presos. Os EUA operaram esse tipo de comércio em uma escala muito maior do que nós, compreensivelmente, embora fossem contrários à Doutrina Truman e, claro, isso não era algo para se falar em público. É especialmente importante lembrar...

O chefe do Serviço de Inteligência sentou-se sobre os pés no assento da cadeira, como um garoto exibido.

– ... que a RDA ainda não era reconhecida como estado independente naquele momento. Isso só foi acontecer em 1971. A Alemanha Oriental era um sistema tremendamente fechado, e, o pior do nosso ponto de vista, era que o regime não se sustentava economicamente.

O chefe da Polícia levantou as sobrancelhas.

– Mas – ele se opôs hesitante – certamente eles tinham um sistema monetário?

– Claro que sim. Mas o que valia o marco da Alemanha Oriental? Zero ponto zilch! Para nós, a solução foi a troca direta de mercadorias. Para os americanos, foi pior. Os alemães do leste exigiram dinheiro. Em muitos aspectos, é verdade que os americanos compravam a liberdade de sua gente. Pagavam muito caro e, talvez, ao custo de um dos seus princípios de política externa mais importantes, ou seja, que eles só devem fazer comércio com estados que respeitam razoavelmente os direitos políticos e os direitos humanos universais.

– Como se eles sempre fizessem isso – Billy T. disse com ironia, porém mais uma vez foi ignorado completamente. – O que diabos isso tem a ver com o assassinato de Birgitte Volter?

– O Serviço de Inteligência não estava envolvido nos acordos comerciais, é claro – Hermansen continuou imperturbável. – Mas recebíamos informações. Isso era essencial, já que devíamos manter uma série de cidadãos da Alemanha Oriental sob vigilância. É desnecessário lhes dizer que ainda atualizamos algumas fichas de arquivos daqueles tempos.

Saltando de seu pedestal, ele se pôs firme no chão.

– No momento, porém, é mais interessante olhar para um cidadão da Alemanha Oriental sobre o qual não abrimos nenhuma ficha de arquivo ou, para ser mais exato, vamos olhar para um ex-cidadão da Alemanha Oriental, Kurt Samuelsen, nascido em Grimstad, no sul da Noruega, em 1942, filho de mãe norueguesa, a senhora Borghild Samuelsen. O pai era um soldado Wehrmacht desconhecido, baseado na Noruega durante a ocupação nazista. O menino foi colocado num orfanato imediatamente após o nascimento e, um ano depois, foi enviado ao Terceiro Reich como parte de seu Programa Lebensborn. Então...

De repente, Hermansen parou seu incansável passeio de um lado para o outro no chão. Ele plantou os pés no chão, ligeiramente afastados, como se adotasse uma postura militar "à vontade", colocando inclusive as mãos atrás das costas.

– Kurt Samuelsen acabou no bloco oriental após a guerra. Ninguém teve notícias dele, e ninguém perguntava sobre ele. Quer dizer, a mãe fez algumas perguntas superficiais em 1950, mas poucas pessoas estavam dispostas a oferecer assistência a uma mulher considerada colaboradora por ter engravidado de um soldado nazista, uma mulher cuja cabeça tinha sido raspada como castigo e que tinha sido condenada a três meses de prisão em 1945. Mas em 1963, durante uma visita de estudos a Paris, nosso amigo Kurt Samuelsen pulou para fora do barco. Ele era um promissor estudante de química de 21 anos e foi à embaixada da Noruega dizer que era norueguês.

– Norueguês?

Ninguém olhou para o superintendente. Todos queriam que Hermansen continuasse.

– Sim. Ele tinha documentos e outras provas de que *era* realmente Kurt Samuelsen. Ele teve permissão para viajar para a Noruega e se reencontrou com a mãe em meio a grandes celebrações. Até os membros mais rígidos da Guarda Nacional norueguesa, em 1963, ficaram tocados com um reencontro tão emocionante de mãe e filho. Pois bem. Kurt Samuelsen matriculou-se no Instituto Farmacêutico, da Universidade de Oslo. Ele era um estudante extremamente capacitado e obteve o diploma de mestrado aos 24 anos. E em química farmacêutica, não apenas em farmácia. Ele falava norueguês perfeitamente depois de apenas seis meses no país, o que estranhamente fortaleceu a crença da mãe de que aquele era realmente o filho perdido havia muito tempo.

O chefe do Serviço de Inteligência parou de repente e, sem consultar ninguém, acendeu um cigarro. Ele retirou do bolso um cinzeiro portátil com tampa e o colocou sobre a mesa em sua frente. Inalando profundamente, ele sorria de satisfação enquanto tragava.

– Até então, tudo era só alegria e felicidade. Mas Kurt Samuelsen viajou de volta à Alemanha Oriental em 1968, sem contar para a mãe. E nunca mais se ouviu falar dele depois disso.

Nem mesmo Billy T. se manifestou, contentando-se em estalar a língua discretamente.

– Eu estou incomodada com o cigarro – Tone-Marit comentou sem rodeios. – Você poderia apagar isso, por favor?

O chefe do Serviço de Inteligência olhou para ela aborrecido, mas fez o que ela pediu.

– Quando a mãe dele faleceu, em 1972, a família não conseguiu encontrá-lo de jeito nenhum. O assunto foi investigado afinal, e os serviços de inteligência ocidentais finalmente o encontraram por acaso na Bulgária, em 1987. Então foi revelado que o tal homem não era Kurt Samuelsen. O nome dele é Hans Himmelheimer. O verdadeiro Kurt Samuelsen sempre viveu em Karl-Marx-Stadt, agora Chemnitz, e nunca pôs os pés fora da antiga Alemanha Oriental. Nem depois da reunificação. E agora chegamos à parte mais importante dessa história.

Ele pegou mais um cigarro, mas se conteve a tempo e desistiu de acendê-lo.

– Hans Himmelheimer chamou nossa atenção por interferência de nossa organização coirmã alemã. Eles encontraram o nome dele quando abriram os arquivos da Stasi. Hans Himmelheimer é atualmente o farmacêutico responsável de uma gigante corporação alemã. Vocês querem tentar adivinhar qual?

– A Pharmamed – Tone-Marit, Billy T. e o chefe da Polícia responderam ao mesmo tempo.

– Exatamente. Como todas as outras indústrias na antiga Alemanha Oriental, a Pharmamed era de propriedade do Estado, mas, de forma incomum, passou por um brilhante sucesso de privatização. Entre outras coisas, é a única fornecedora de um tipo de seringa descartável que se quebra após o uso. A patente vale o peso em ouro, principalmente devido à epidemia de AIDS. E Hans Himmelheimer esteve na Noruega recentemente, em março deste ano...

– O quê! – o chefe da Polícia abriu os braços, mas Hermansen o conteve.

– Espere um momento, deixe eu explicar. Ele esteve aqui em uma conferência no Oslo Plaza Hotel. Passou quatro noites lá, com o nome verdadeiro. Muito imprudente, se aceita a minha opinião, pois havia um risco considerável de alguém reconhecê-lo. Afinal, ele viveu na Noruega durante cinco anos.

Até então, Ole Henrik Hermansen estava se divertindo. Isso era óbvio para todos. Mas foi justo. O que ele tinha para relatar foi realmente sensacional, e ele relatou com estilo.

No entanto, foi tomado de repente por um toque de incerteza. Ele vagou os olhos pela sala e brincou ansiosamente com o cigarro.

– Os nossos analistas afirmam que é prejudicial para a Pharmamed que esse caso da vacina tenha vazado. Não tanto porque a empresa possa ser responsabilizada. É provável que, do ponto de vista jurídico, a empresa atual seja vista como uma entidade inteiramente separada, depois da privatização e tudo o mais. Mas está em jogo a questão da marca.

Nenhum dos presentes manifestou-se, apesar de ninguém ter entendido o que ele quis dizer.

– A marca Pharmamed. A empresa teve um crescimento fenomenal desde a queda do muro de Berlim. Hoje, vale bilhões. E ainda se chama Pharmamed. Devo admitir que não entendo muito bem por que eles não podem simplesmente mudar o nome, pelo menos no pior dos cenários. Aparentemente, isso custaria caríssimo e criaria dificuldades adicionais nas negociações. Marcas respeitáveis são inestimáveis, pelo que me disseram. Esse escândalo pode afetar a empresa inteira, e isso seria catastrófico em uma indústria *excepcionalmente* exigente como a de produtos farmacêuticos. Então, se mantivermos a nossa teoria original em relação a...

Hermansen esfregou o rosto bruscamente. Sua pele tornou-se vermelha e irritada e, pela primeira vez, ele pareceu exausto.

– ... essa questão do xale.

Acenando para que o chefe da Polícia apagasse as luzes, ele colocou uma transparência no retroprojetor. O contorno do homem sem feições atrás de Birgitte Volter, cobrindo o rosto dela com o xale e apontando o revólver para sua têmpora, o mesmo que todos viram no primeiro sábado da investigação, de repente ganhou um novo significado.

– Por enquanto, vamos supor que estávamos certos. A intenção não era matar Birgitte Volter, apenas ameaçá-la. E nada poderia ser mais eficaz do que...

– Mostrar a ela que conseguiram entrar em sua casa e roubar o Nagant sem que ninguém percebesse! – Billy T. disse quase gritando.

– Mas – o chefe da Polícia balbuciou – ela estava com o xale no rosto! Ela não podia ver o Nagant!

O chefe do Serviço de Inteligência olhou para ele com uma expressão resignada.

– O criminoso poderia ter mostrado a arma antes. Como eu disse na última vez que analisamos esta imagem, o que ele fez com o xale foi para assustá-la ainda mais. Visto no contexto desta teoria, ela foi morta por acidente. A intenção deveria ser obrigá-la a interromper ou diminuir o ritmo de trabalho da Comissão Grinde.

– Você pode estar certo – Billy T. disse. – Realmente pode estar certo.

O ruído na sala aumentou à medida que os participantes do encontro começaram a conversar entre si, ansiosos para discutirem a nova e, de algum modo, surpreendente reviravolta que o caso tinha sofrido. Hermansen se mostrava inquieto enquanto examinava a sala e não parecia ter nenhuma intenção de interromper as conversas.

– No entanto, e quase que infelizmente, essa não é a única linha de investigação que estamos seguindo. O caso já sofreu outra notável mudança brusca ontem.

Todos na sala fizeram silêncio extremo.

– O quê! – Tone-Marit Steen exclamou. – Tem algo a ver com isso?

– Com o assassinato da primeira-ministra Volter, sim. Com a Pharmamed, não.

Ele fez um resumo rápido e conciso da intromissão de Brage Håkonsen no caso. Toda a história foi explicada em cerca de sete minutos, inclusive a queda do avião com luzes que ninguém poderia afirmar se tinha sido uma sabotagem dirigida a Göran Persson, o primeiro-ministro sueco; a viagem de Tage Sjögren para a Noruega num momento crucial da cronologia; o arsenal relativamente impressionante de Brage Håkonsen, e o fato de ele possuir planos precisos para tentativas de assassinato contra dezesseis conhecidos e distintos cidadãos noruegueses, cuja única conexão aparente entre eles era ocuparem posições extremamente altas na escala social ou ter atitudes tolerantes em relação aos imigrantes.

Finalmente, ele suspirou alto e acrescentou.

– Eu gostaria de descrever o cara como um tolo romântico. Os meus rapazes afirmam que ele é muito covarde para fazer alguma tentativa séria de assassinato. Ele teve a oportunidade de abrir caminho para a liberdade quando foi preso, pelo amor de Deus! Estava num local onde havia um arsenal de armas pesadas, com munição suficiente para abastecer uma tropa de elite respeitável. Mas não se atreveu. Não obstante...

Ele voltou a ficar de pé. Parecia rígido. Todos estavam um pouco cansados. A reunião já durava quase três horas, e todo mundo queria sair para tomar café e fumar.

– ... ele diz que sabe quem fez isso. E parece bem seguro do que está falando.

Hermansen contou que Brage Håkonsen sabia os detalhes de como o revólver havia sido devolvido.

– Nesse caso, ele sabe mais do que nós – Tone-Marit afirmou. – Nós passamos horas analisando as imagens das câmeras da agência central de correios, e não foi possível encontrar nada de concreto. Quando o circuito interno de TV foi instalado, eles deveriam ter verificado se a qualidade era suficientemente boa, para o caso de ser necessário resgatar as imagens!

– Então, Brage afirma que sabe de algo. Mas quer fazer uma troca.

– Uma troca? – a procuradora-geral pública sênior não abrira a boca durante toda aquela reunião interminável; de repente, teve uma inspiração súbita por trás dos óculos grossos. – Vamos deixá-lo escapar em troca de algum nome? Fora de questão.

– Por enquanto, explicamos a ele que o nosso sistema não funciona assim – disse o chefe do Serviço de Inteligência. – Ele sabe que não é uma prática comum.

– Muito menos o assassinato de uma primeira-ministra neste país – Billy T. murmurou.

Mas ele não estava com espírito para discutir com a procuradora-geral pública sênior. Por uma amarga experiência anterior, ele sabia que nunca teria um bom resultado.

– Bem, vamos fazer uma pausa agora – anunciou o chefe da Polícia. – Meia hora, então vamos nos sentar novamente para outra rodada. Acho que seria sensato juntarmos o grupo de Billy T. com o de Tone-Marit.

– Isso! – Billy T. vibrou, dando um beijo escandaloso em Tone-Marit.
– Meia hora... – reiterou o chefe da Polícia. – Nem um minuto a mais.
– Às vezes, você é realmente muito *infantil*, Billy T. – Tone-Marit disse com raiva, secando a bochecha com um movimento brusco.

12h30, GPM

Ela não conseguia tomar uma decisão que considerasse adequada. Em muitos aspectos, daria a impressão de que estava espalhando fofocas, e nada poderia ser mais estranho para ela do que isso. Ela tinha trabalhado como secretária da primeira-ministra durante onze anos, e seu estilo de vida refletia suas responsabilidades. Ela era tranquila e circunspecta, sem indulgências, e com um círculo social menor do que a maioria. Muita gente tentou bombardeá-la para obter informações ao longo dos anos – amigos e conhecidos, um ou outro jornalista –, mas ela estava ciente de como deveria se comportar. O cargo tinha o próprio código de ética. Mesmo que todos ignorassem convenções antiquadas, ela não trairia seus ideais.

A incerteza tinha sido dolorosa de suportar. Durante vários dias, ela superou tudo, mas nem chegou perto de uma decisão sobre o que deveria fazer. Ela não estava mais totalmente certa sobre o que a tinha persuadido. Talvez tivesse sido o verdadeiro desespero e a confusão da amiga. Provavelmente, porém, era o fato de saber que a deslealdade que estava prestes a revelar era muitas vezes mais repreensível do que a indiscrição que ela cometeria ao confiar tudo ao primeiro-ministro.

Tryggve Storstein havia sido atencioso e prestativo e agradeceu a ela com um calor na voz que contrastava fortemente com a expressão desanimada, quase dolorida, que atravessou seu rosto quando ela recuou até a porta, ainda não convencida de que havia feito a coisa certa.

Ela gostava do novo primeiro-ministro. Claro, ainda era muito cedo para dizer com certeza, e ela não queria tomar uma decisão definitiva sobre se gostava ou não do chefe. Mas era impossível não se sentir confortável na companhia dele, embora ele pudesse parecer distraído, quase deslocado atrás da mesa curva maciça, onde se sentava constantemente carrancudo e com um leve, estranho e embaraçoso tique nervoso na boca quando limpava a garganta ou lhe perguntavam algo. Normalmente, ele fazia tudo por conta própria. Era como se achasse incômodo ter auxiliares. Ele admitiu isso certa vez, quando eles se encontraram por acaso na copa, pegando café da máquina.

– Eu me sinto inútil e estúpido quando alguém faz esse tipo de coisa para mim. As pessoas deveriam poder fazer ou pegar o próprio café.

A amiga dela havia chorado. Ela murmurou e soluçou quieta, agitando nervosamente os dedos de unhas vermelhas, como grandes joaninhas sem pintinhas, na frente do rosto enquanto deixava escorrer o que lhe passava na mente. Quando se aproximou dela, foi porque também se sentiu desconcertada, e porque Wenche Andersen não era apenas uma velha amiga, mas alguém que estava numa posição de alguma autoridade, senão formalmente, pelo menos em virtude de sua experiência e competência. A amiga trabalhava no gabinete da ministra da Saúde havia apenas quatro anos. Na verdade, ela conseguiu o emprego por recomendação de Wenche Andersen, o que aumentou seu senso de responsabilidade.

– Ele ficou muito satisfeito com o que lhe contamos – ela tranquilizou-a, falando baixinho ao telefone, mas em seguida teve que desligar o aparelho abruptamente, quando um dos subsecretários entrou.

O primeiro-ministro Storstein havia solicitado explicitamente que o episódio não fosse mencionado a mais ninguém. Isso tinha sido na sexta-feira, e desde então nada aconteceu. Pelo menos Wenche Anderson não sabia de nada ainda, mas provavelmente era isso mesmo.

O telefone tocou novamente assim que ela recolocou o fone no lugar.

– Gabinete do primeiro-ministro.

Era da empresa de locação de automóveis. Ela escutou atentamente por vários segundos.

– Coloque isso num saco plástico e, independente de qualquer coisa, não toque mais do que já tocou. Leve até a delegacia de polícia imediatamente. Procure Tone-Marit Steen. Steen, sim. Com dois "e". Vou ligar avisando que você está a caminho.

O crachá! Eles tinham encontrado o crachá de Birgitte Volter, preso numa fenda do banco de uma limusine do governo, e só tinha sido descoberto horas antes, durante uma lavagem completa com aspiração.

Wenche Andersen pegou o telefone mais uma vez para entrar em contato com a jovem policial agradável que a entrevistara num momento que agora parecia ter ocorrido fazia muitíssimo tempo. Ao discar o número, ela reparou nas próprias mãos. Parecia que tudo tinha encolhido, exceto a pele. Observou as rugas delicadas, e os tendões e tecidos sob a pele, que pareciam ter perdido toda a vitalidade. Quando Wenche Andersen lentamente acariciou o dorso da mão, pela primeira vez havia séculos, percebeu que estava envelhecendo.

Mais uma vez ela sentiu aquela punhalada e o desejo de atrasar o relógio.

13h00, SEÇÃO DO SERVIÇO DE INTELIGÊNCIA, DEPARTAMENTO DE POLÍCIA DE OSLO

— Se o levarmos ao tribunal agora, o inferno inteiro vai pegar fogo, será que você não entende isso?

Severin Heger nunca tinha levantado a voz para o chefe, mas naquele momento estava desesperado.

— Se isso vazar, tudo vai por água abaixo. Estaremos com todos os nossos circuitos queimados! Eu nunca soube de alguém que obteve o deferimento de um pedido de prisão preventiva sem que a imprensa tomasse conhecimento. Pelo amor de Deus, Hermansen, você está preocupado demais com coisas que vazam nos andares de baixo deste prédio, mas isso não é *nada* comparado ao que acontece nos tribunais.

O chefe do Serviço de Inteligência começou a forçar a mandíbula inferior para frente e para trás, estalando-a, um mau hábito que a esposa acreditava ter conseguido fazê-lo perder vários anos antes. Em seguida, ele começou a mexer os dentes de um lado para o outro, ruminando com tanta intensidade que parecia prestes a quebrar o maxilar.

– Eu aprecio o seu ponto de vista – ele murmurou, rasgando um canto do bloco de notas em cima da mesa. – Mas não podemos retê-lo sem um pedido de prisão preventiva. Ele está mofando aqui desde sábado de manhã, e não podemos segurá-lo além de hoje.

Severin Heger entrelaçou as mãos e tentou ficar quieto.

– Não podemos pedir a um juiz permanente? – ele perguntou com calma. – Um daqueles que costumamos usar? Assim vamos poder efetuar a audiência de custódia na surdina, em algum momento ao anoitecer, quando o tribunal estiver vazio.

Ole Henrik Hermansen contemplava embasbacado uma aranha construir sua bela moradia num canto do teto acima da porta. O inseto, entusiasmado, corria de um lado para o outro e de repente se pendurava no ar, preso por um fio invisível a olho nu. No centro da teia, um mosquito lutava sem sucesso pela própria vida, pois a aranha o tinha visto e se aproximava de forma ameaçadora, escalando o imperceptível funicular que havia construído.

– A primavera chegará em breve – o chefe do Serviço de Inteligência resmungou. – Vou ver o que consigo arranjar. Não podemos escolher os nossos juízes, Severin. Mas podemos passar um pente-fino nos documentos. Vou falar com o presidente do Supremo Tribunal e ver o que posso fazer em relação ao horário. No fim da tarde, pelo menos, seria melhor do que agora.

– Você realmente *precisa* arranjar isso – Severin Heger disse, deixando o escritório do chefe para preparar a papelada.

16h03, GPM

Tryggve Storstein ainda não tinha feito a mudança para seu novo gabinete. Não havia um único item pessoal seu na espaçosa sala retangular com vista para a cidade. Nem mesmo uma fotografia da esposa e dos filhos, ou uma xícara de café com a inscrição "Querido Papai" ou "Bom Garoto", muito embora ele tivesse direito a isso, pelo menos era o que seus filhos achavam. Mas a caneca "O Melhor Pai do Mundo", com letras verdes sobre um fundo alaranjado, estava trancada na gaveta marcada como "Particular". Ele não se sentia à vontade para abri-la. Não considerava aquele local como seu domínio, nem o gabinete, nem o cargo. Nenhuma daquelas pessoas que corriam por lá lhe pertenciam como seu "aparato" administrativo. O gabinete era grande demais, a vista panorâmica para o clamor quadriculado da cidade era esplêndida demais. Tudo isso o deixava tonto. No entanto, ele aceitou e queria corresponder. Era a pessoa certa para o cargo, mesmo que achasse os ternos largos demais, e que às vezes se atrapalhasse, fazendo a esposa arrumar o nó de três gravatas e deixá-las de prontidão todo domingo à noite. Ele se acostumaria com tudo, só precisava de mais algum tempo. Quem sabe até pudesse se acostumar com o fato de mais ninguém chamá-lo pelo primeiro nome.

– Ela pode entrar – ele sussurrou no interfone quando Wenche Andersen anunciou discretamente que a ministra da Saúde tinha chegado.

– Tryggve!

Ela avançou para ele abrindo os braços, decidida a abraçá-lo. Ele evitou o cumprimento permanecendo sentado, concentrado em alguns papéis insignificantes. Não olhou para ela antes que estivesse sentada.

– Acho que sabe por que quero falar com você – ele disse, encarando-a de repente.

Ruth-Dorthe Nordgarden nunca tinha reparado no olhar de Tryggve Storstein. Ele fez contato visual, e os olhos dele pareciam lançar uma inesperada saraivada de flechas. Era um olhar desagradável, franco. Por algum motivo, ele não tinha mais aquela ruga meio dobrada, denotando timidez, no meio da testa, pouco acima dos olhos. A fisionomia dele havia mudado. Agora os olhos *eram* o rosto dele. Uma expressão fria e de desdém de algo que ela relutante, mas imediatamente, reconheceu: desprezo aberto, escancarado.

Um prurido de vergonha se espalhou pela ministra. Ela sentiu um formigamento nas mãos e, sem querer, sucumbiu a seu pior tique nervoso: coçar o pescoço.

– O que você quer dizer?

Ruth-Dorthe forçou um sorriso, mas os nervos em sua face não colaboravam, contorcendo-lhe a boca numa careta reveladora. Ele percebeu isso.

– Não vamos tornar isso desnecessariamente estranho, Ruth-Dorthe – ele disse, levantando-se.

Posicionando-se ao lado da janela, ele falou para o próprio reflexo no vidro, um painel reforçado com um matiz esverdeado, que deveria protegê-lo contra ataques externos. Ele abriu um sorriso singelo, já que aquilo não serviu para ajudar Birgitte.

– Você sabe qual é o objetivo de ser um político profissional? – ele perguntou. – Alguma vez já se perguntou qual é o propósito disso tudo?

Ela não moveu um músculo. Ele observou o reflexo dela, sentada estaticamente, exceto a mão, que corria para cima e para baixo no pescoço esbelto; para cima e para baixo.

– Você já deveria ter feito isso. Eu a observo há muito tempo, Ruth-Dorthe. Mais do que você me observa. E nunca gostei do que vi. Mas isso também não é nenhum segredo.

De repente, ele se virou e olhou para ela, tentando fazer contato visual. Mas ela não conseguia lidar com a situação. Apenas olhava atentamente para um ponto qualquer ao lado do ombro dele.

– Você não tem ideais, Ruth-Dorthe. E eu me pergunto se alguma vez já teve. Isso é perigoso. Sem ideais, perde-se de vista o objetivo real, a razão fundamental para nos envolvermos na política. Dane-se tudo isso, você é membro do Partido Trabalhista!

Então, ele ergueu a voz e foi ficando com as bochechas coradas e os olhos arregalados.

– O que será que nós realmente defendemos? Você pode me responder?

Inclinando-se para a frente, ele colocou as mãos no apoio de braços da cadeira, com o rosto a apenas trinta centímetros do dela. Ela podia sentir a suave fragrância da loção pós-barba, mas não queria olhar para ele. Não conseguia ou não aguentava.

– Sabe por que o público externo; os eleitores, a maioria, chame como quiser, vota em nós, em vez de votar nos outros? Porque nós queremos *distribuir* a riqueza, Ruth-Dorthe. Não somos mais revolucionários nem somos particularmente radicais. Geramos uma sociedade orientada para o mercado e desfrutamos de uma boa qualidade de vida em uma arena internacional amplamente controlada pelo capital. Isso é bom para nós. O grande plano mudou. Talvez devêssemos mudar nosso nome. Mas o que...

Ela podia sentir o calor do rosto dele; gotículas microscópicas de saliva eram pulverizadas sobre o rosto corado dela. Ela piscava repetidamente, mas não se atrevia a se afastar.

– Igualdade – ele sussurrou. – Uma divisão razoável e justa de todo leite e mel que flutuam por aí ao redor. Isso nunca pode...

De repente, ele se levantou e se esticou completamente, como se tivesse sentido uma repentina dor nas costas.

Na janela, ele se virou de novo. A escuridão se arrastava pela cidade; junto com a chuva, espraiava-se pelas colinas de Østmark, aguardando o momento de anoitecer. Dois carros haviam colidido na Akersgata. Ele via pessoas zangadas agitando os braços, e um motorista de ônibus impaciente tentando subir com o veículo na calçada para seguir em frente.

– Jamais conseguiremos a igualdade total – ele disse sem rodeios. – Jamais. Mas podemos fazer *alguma coisa*, podemos tentar fazer o nivelamento das coisas... Você já esteve na Zona Leste?

Ele olhou para o reflexo no copo. A aparência dele adquiriu uma tonalidade descorada.

– Já esteve lá? Já visitou uma família de imigrantes em Tøyen, com cinco filhos, um banheiro no térreo e ratos no porão, tão grandes quanto os gatos? E depois foi para lá...

Ele fez um gesto em direção à colina no lado oeste.

– ... e viu as condições de vida deles?

Ruth-Dorthe teve que morder a parte interna da bochecha para evitar um desmaio. Ela continuava a piscar; de repente, tomou consciência de que a mão esquerda estava prestes a ficar paralisada por cãibras. As articulações estavam lívidas quando ela afrouxou a mão que apertava o braço da cadeira.

– Você geralmente não tem tempo – Tryggve Storstein disse.

Seu tom se alterou e suavizou, como se ele estivesse falando com uma criança obstinada que precisava de uma reprimenda paterna.

– Muito raramente temos tempo para considerar o porquê. Por que continuamos fazendo isso ou aquilo. Mas, de vez em quando, precisamos encontrar tempo.

Abruptamente, mais uma vez mudou o tom de voz ao sentar-se pesadamente na cadeira de escritório, e suas palavras resvalaram na mesa de trabalho.

– Você está na política para si mesma, Ruth-Dorthe, para seu benefício pessoal. Você é nefasta, não pensa nos outros, não faz nada pelo partido e não faz nada pela maioria das pessoas. Só pensa em si mesma.

Ela não podia suportar aquilo. Tudo estava prestes a entrar em colapso em torno dela. Era como estar numa região sujeita a terremotos, sem saber se o chão estava seguro sob seus pés ou se um abismo seria aberto no próximo segundo. Ela não suportava mais aquilo. Furiosa, aproximou-se da mesa, agarrou um peso de papel e levantou-o de forma ameaçadora.

– Agora você está realmente ultrapassando o limite – ela sibilou. – Não esqueça que eu sou a vice-líder do...

Ele explodiu de tanto rir. Jogando a cabeça para trás, soltou uma gargalhada espalhafatosa.

– E como isso aconteceu é realmente um mistério.

– Mas...

– *Cale-se!*

Ela afundou de volta em seu assento, ainda apertando firmemente o peso de papel, agarrando-se ao volumoso ornamento de vidro de cobalto como se fosse sua última chance para algo que ela não sabia o que era.

– Você é uma tola – Tryggve Storstein disse, com a voz destilando desprezo. – Você não sabe nada sobre equipamentos modernos? Não sabe que o aparelho de fax mantém o registro de todas as comunicações e armazena os números de todos os destinatários?

A sala girava. O que ela poderia fazer? Ela sabia algumas coisas sobre ele. Ou não? Algumas velhas histórias sobre amantes, algo sobre uma questão de herança... Ela ouvira alguma coisa aqui e ali, poderia procurar, jogar de volta na cara dele, bem no meio da fuça, ele não podia fazer aquilo com ela, ele não devia.

– Você é tão egoísta que não enxerga as outras pessoas, Ruth-Dorthe, você não entende os outros. De repente, você liga quando menos se espera. Porque nunca tem tempo para se colocar no lugar das outras pessoas, para pensar como elas se sentem e como experimentam o mundo. É por isso que você jamais poderá ser uma política profissional. Você nunca foi uma política. Você almeja o poder em causa própria. O poder é seu afrodisíaco. O problema é que você está apaixonada por si mesma. Não consegue se comportar de forma diferente porque não gosta de mais ninguém. Você entende o que fez ao vazar o relatório da comissão para o *Kveldsavisen*?

– Mas... – ela arriscou, num tom de voz maçante e timbre metálico. – Eu... Aquilo não continha nada além da *verdade!*

Ela, repentina e surpreendentemente, parecia ter descoberto uma arma, que agarrou com as duas mãos.

– Mas é você quem tem medo da verdade, sabe muito bem disso, Tryggve. Além do mais, você odeia tanto quanto eu as pessoas que realmente acreditam que precisamos de mais liberdade de imprensa... Sim, pessoas como nós, que acreditamos que a liberdade de expressão e uma sociedade aberta devem significar mais do que apenas liberar documentos confidenciais do governo!

Ele riu sarcasticamente, girando a cadeira de um lado para o outro repetidas vezes, gargalhando o tempo todo.

– A verdade! Será que você é tão arrogante e está tão enlouquecida pelo poder que acredita que tem o direito de controlar o acesso à verdade a seu bel-prazer?...

Balançando a cabeça, ele ria histericamente.

– Você acha que a verdade é apenas uma coisa que pode dividir entre os seus contatos pessoais na imprensa, a fim de garantir alguma troca de favores de vez em quando? Eu temo que sim, como você pode perceber.

Ele não estava mais se divertindo; com a voz trêmula, evidentemente se esforçava para não gritar.

– Eu me pergunto por que alguém como você, uma pessoa desleal, incompetente, impopular e intrigante, é tratada de forma tão *inacreditavelmente* indulgente pela imprensa. Por que eles não a colocaram na geladeira há muito tempo tem sido um mistério. E não apenas para mim. Mas agora eu sei o motivo. Você paga. Você paga esses caras com informações. Não é?

Ele esticou a mão peremptoriamente.

– Me dê aqui esse peso de papel!

Ela baixou o olhar, hesitando um pouco, antes de colocar o peso na borda da mesa, tão perto do limite que havia o risco de o objeto cair no chão. Tryggve foi obrigado a sair de seu lugar para recuperá-lo.

– Jamais imaginei... Eu *jamais* imaginei que teria que instruir um ministro no meu governo sobre as regras básicas do jogo democrático. Será que você não entende, Ruth-Dorthe, que está encarregada de administrar o Serviço de Saúde em nome *do povo norueguês*? Mas, em vez disso, usa a sua autoridade para perseguir uma vingança pessoal contra mim. Você vazou informações para a imprensa para poder me vencer, sendo a primeira a dar declarações, enquanto eu seria pego de surpresa, absolutamente despreparado. É uma quebra de confiança tão baixa que eu não tenho palavras para descrever... É uma quebra da minha confiança em você e uma quebra da confiança investida em você pelas pessoas em cujo nome foi indicada para o governo. E, com essas migalhas de verdade que permitiu vazar, você conseguiu não apenas minar a confiança no governo e em nossa credibilidade, como também contribuiu para a propagação do medo e da especulação. Medo e especulação! Aí está a sua verdade!

Ele fechou os olhos rapidamente, e sua antiga expressão voltou: seu rosto ansioso e meio embaraçado estava novamente em vigor. Isso deu coragem à ministra, que voltou à carga.

– Mas a verdade *jamais* pode ser prejudicial! É só por...

– Eu vou lhe contar uma coisa sobre a verdade – ele disse em tom cansado, mas com voz tranquila. – É claro que deveria vir completamente à tona. Então, eu vou fazer o meu relatório ao Parlamento. Não para a turma da imprensa da Akersgata. Eles saberão de tudo, na hora certa. Mas o Parlamento é o foro adequado para esse assunto extremamente importante. Só então isso poderá ser abordado com o decoro que uma questão como esta exige... E nesse meio-tempo...

Inclinando-se para a frente, discou no telefone o número de um ramal com quatro dígitos.

– Wenche, você faria a gentileza de trazer duas xícaras de chá?

Ele desligou a chamada e esperou.

Nenhum deles disse uma palavra até Wenche Andersen entrar. Pequenas manchas roxas coloriam as bochechas da assistente, mas os movimentos de suas mãos eram firmes e familiares quando ela colocou os copos e os pires e serviu porções generosas para ambos.

– Açúcar? – ela perguntou a Ruth-Dorthe Nordgarden. – Leite?

A ministra da Saúde não respondeu. Wenche Andersen não considerou apropriado pressioná-la para obter uma resposta. Ela girou na ponta dos pés e voltou ao próprio espaço, mas procurou captar um sorriso encorajador do chefe quando fechou a porta.

– Você está sendo colocada sob observação – ele disse calmamente, misturando o chá dourado em que tinha acrescentado uma colher de açúcar. – Com efeito imediato. Nenhuma decisão, de qualquer natureza, deve ser tomada sem me consultar. Entendeu?

– Mas...

Algo estava acontecendo com Ruth-Dorthe Nordgarden. Seu rosto tinha adotado uma expressão diferente, como se todos os seus traços se ampliassem: a boca crescida, o nariz inchado, os olhos grosseiramente esbugalhados, grandes demais para o rosto, que na verdade era bastante alongado. As sombras moldadas pela lâmpada de mesa enfatizavam as proporções irregulares: um rosto fino com detalhes sobrecarregados.

– Você não pode fazer isso! Na verdade, você não tem o direito de fazer isso! Vote pela minha saída na próxima reunião do gabinete, vá em frente, faça isso... Mas você não tem o direito de me controlar!

Tryggve Storstein continuou a mexer o chá, num ritmo circular desnecessário que lhe dava algo para observar. De repente, ele parou, lambeu a colher e soprou o chá quente.

– A alternativa é você renunciar agora – ele disse com toda tranquilidade. – Você pode escolher entre os dois males. Ou faz o que eu digo, e eu substituo você um pouco depois da eleição, na boa e em surdina, e ninguém leva vantagem. Ou então você renuncia agora, e eu anuncio o motivo da sua saída. Simples assim.

– Mas você não pode... O partido... Tryggve!

– O partido!

Ele riu novamente, com mais entusiasmo ainda, como se realmente achasse a situação divertida.

– Você nunca pensou no partido – ele disse entediado. – Agora você pode escolher. O diabo ou as profundezas do mar azul.

Eles ficaram em silêncio durante cinco minutos. Tryggve bebeu o chá, esticou as pernas na frente da cadeira e olhou para ela como se estivesse pensando em algo completamente diferente. Ruth-Dorthe parecia ter sido transformada em uma estátua de pedra. Uma lágrima solitária percorreu a escarlate bochecha afogueada. Ao percebê-la naquele estado, por um momento ele sentiu um toque de algo que poderia ser compaixão, mas rapidamente afastou isso de si.

– O diabo ou as profundezas do mar azul, Ruth-Dorthe. A escolha é sua.

Nesse exato instante, o telefone tocou, surpreendendo os dois. Tryggve Storstein hesitou antes de atender à ligação.

– É para você – ele disse bruscamente, em tom surpreso, e passou o telefone por cima da mesa.

A ministra da Saúde agarrou o aparelho mecanicamente, como um manequim numa vitrine, com os membros rígidos e movimentos mecânicos e tensos.

— Tudo bem — ela disse um momento depois e devolveu o telefone. — Estou sendo convocada para comparecer imediatamente ao Departamento de Polícia de Oslo.

E então Ruth-Dorthe Nordgarden saiu, deixando ali o primeiro-ministro e sem dizer qual das opções escolheria.

Isso não importava.

Ele sabia que ela jamais, mesmo em seus momentos mais selvagens, optaria pela humilhação pública.

Ele a tinha detonado. Estava surpreso consigo mesmo por não estar sentindo nem um lampejo de arrependimento ou tristeza. Ao fazer um balanço, ele percebeu que tinha pena dela, mas isso era tudo.

Alguém já deveria tê-la destruído há muito tempo.

23h10, DEPARTAMENTO DE POLÍCIA DE OSLO

— Não sei de droga nenhuma.

Esfregando o rosto rápida e grosseiramente, Billy T. fez um barulho com os lábios, como se tivesse acabado de sair da água gelada.

— Mas a explicação realmente parece crível. Há algo sobre essa mulher...

Ele se arrepiou, e agora tentava alcançar com os dedos um ponto nas costas, retorcendo-se desesperadamente.

— Coce aqui, Hanne. Coce as minhas costas! Aí! Não, não, mais para cima, mais para o lado. Sim, sim, aí.

Revirando os olhos, Hanne Wilhelmsen coçou no mesmo lugar, com bastante força, por vários segundos.

— Assim. Sente-se.

Ela sorriu para Håkon Sand, que parecia incapaz de se concentrar em qualquer coisa, exceto no fato de que o bebê ainda não dava nenhum sinal de querer sair do útero da mãe. Ele discou um número da agenda, pedindo aos outros dois que ficassem quietos enquanto aguardava a ligação ser completada.

– Oh! Desculpe... – ele disse, fazendo uma careta. – Você estava dormindo?

Ele ficou ouvindo por um curto espaço de tempo, antes de fazer o som de um beijo no fone e encerrar a ligação.

– Ela acha que estou exagerando, que estou preocupado à toa e que já fui longe demais, acordando-a desse jeito – ele sorriu timidamente. – Mas tudo isso está me deixando muito nervoso! Perdi a grande reunião de hoje só porque imaginei ter visto algumas contrações na barriga da Karen quando nos levantamos pela manhã. Meu Deus, isso é muito desesperador.

– Relaxe – Hanne Wilhelmsen tentou tranquilizá-lo, mas ela e Billy T. ficaram constrangidos. – O bebê vai chegar quando for a hora dele.

– É uma menina... – Håkon Sand murmurou, olhando para o crachá de Birgitte Volter, que já tinha passado pela perícia e estava armazenado em um saco plástico para guardar provas.

As impressões digitais de Ruth-Dorthe Nordgarden eram extremamente nítidas, em duas amostras: uma, do polegar; e a outra, do dedo médio direito. A expressão no rosto dela ao ser confrontada com essa evidência indicou a mais total e absoluta perplexidade. Com alguma ajuda dos policiais e tempo concedido para pensar, ela chegou, gaguejando, à conclusão de que Birgitte havia esquecido aquilo na Sala do Gabinete, no edifício do Parlamento, havia cerca de um mês. Nessa ocasião, Ruth-Dorthe encontrou o objeto, correu alguns passos atrás da primeira-ministra e entregou-lhe de volta. Essa era a única razão pela qual ela podia explicar como suas impressões digitais foram aparecer no crachá oficial de Birgitte Volter.

– Se ela realmente tivesse usado isto, com certeza teria limpado as impressões antes de colocá-lo no veículo para alguém encontrar – Hanne disse com displicência. – Pelo que eu sei, os ministros do governo não têm carros individuais, e Tone-Marit disse que tanto Birgitte quanto Ruth-Dorthe usaram o mesmo veículo, várias vezes, na quinzena anterior ao assassinato.

– Eu acredito nessa fulana – Billy T. concordou. – Como eu disse, há algo muito desagradável nela, mas parece que uma vizinha a viu sair com o lixo às 18h30 da noite em questão. Tenho que admitir que fiquei um pouco curioso antes de descobrir o motivo pelo qual ninguém conseguiu telefonar para ela naquela noite, mas ela afirma que queria ter uma noite tranquila em casa e desligou tudo.

– Ruth-Dorthe é apenas uma serpente no Paraíso – Hanne disse brandamente. – O tipo de gente que estraga qualquer investigação, porque tem muitos segredos e nos obriga a não gostar dela. O que será que Roy Hansen viu numa cadela dessas?

– Escorregador de pau – Billy T. comentou sorrindo.

– É verdade, você sabe tudo sobre isso – foi o comentário de Hanne. – Mas, sinceramente! Será que é só isso?

– Mesmo correndo o risco de você me chamar de porco machista, Hanne, confesso que acredito que foi uma pequena intriga de nossa amiga Ruth-Dorthe. Essa mulher coleciona segredos e escândalos sexuais da mesma forma como outras pessoas colecionam selos. Ela tem a habilidade e a aparência de quem faz isso. Em todo caso, com quem ela dorme é algo que não nos diz respeito. Não, a menos que tenha alguma relevância para o caso, e, neste caso, não tem. Estou convencido disso.

Bocejando, Håkon verificou a hora.

– Preciso ir para casa agora. Se o bebê não chegar dentro de vinte e quatro horas, vou insistir numa cesariana.

Um sujeito, que havia chegado tão silenciosamente que ninguém tinha reparado, estava parado na porta do escritório de Håkon.

– Severin, o Máximo – Billy T. saudou-o com entusiasmo. – Você também acordou tarde?

– Estou permanentemente acordado nos últimos dias – ele disse.

Então, olhando para Hanne, ele se admirou:

– Meu Deus, que belo bronzeado! Voltando de férias?

– Mais ou menos! – ela respondeu. – Como estão as coisas?

– Tudo bem, obrigado. Gostaria de ter uma palavra com você, Billy T. – ele disse, com um aceno de cabeça.

– Claro – Billy T. respondeu. – Vamos até a minha sala.

Ele saiu ruidosamente do local apertado onde estavam, pulando sobre

Hanne e derrubando um porta-lápis cheio de canetas.

— Nos encontramos no *foyer* em dez minutos — ele disse a Hanne enquanto batia nas costas de Severin Heger.

Então ele se virou, inclinou o tronco para dentro da sala novamente e cochichou bem alto para que todos pudessem ouvir:

— Ela está dormindo na minha cama de casal, Håkon. Comigo!

— Esse aí só quer saber de transar e se gabar — murmurou Hanne Wilhelmsen, decidindo que passaria a noite na casa de uma amiga.

Mas, pensando melhor, era tarde demais para ligar avisando.

Terça-feira, 22 de abril

07h35, JENS BJELKES GATE, N° 13

O n° 13 da Jens Bjelkes Gate localizava-se no meio de uma terra de ninguém. Longe demais a leste para fazer parte de Grünerløkka, e longe demais a oeste para ser Tøyen. Ficava num quarteirão esquecido por Deus e pelo programa de revitalização urbana. A tecnologia moderna ainda não havia chegado àquele prédio cinzento e descascado. Como não tinha sistema de intercomunicação, Hanne Wilhelmsen e Billy T. passaram diretamente pela entrada escura.

– Isso é loucura – Hanne sussurrou. – Não sei aonde você pretende chegar com isso. E por que os rapazes do Serviço de Segurança não podem acompanhá-lo?

– No momento, todos estão completamente paranoicos por lá – Billy T. disse, parando de repente. – Da maneira como eles foram virados de ponta-cabeça e pelo avesso nos últimos anos, é um milagre terem sobrevivido.

– Céus! – Hanne exclamou. – Agora você resolveu defender o Serviço de Segurança?

– Sem essa! Todos nós concordamos que é preciso ter uma seção de segurança, não é mesmo?

– Todos nós? Será? – Hanne murmurou, ansiosa para que voltassem a caminhar.

– Espere – Billy T. disse. – Severin sabe algo que ele não tem permissão oficial para saber. Não sei o motivo, mas talvez tenha a ver com informações obtidas ilegalmente. Não faça a menor ideia... Mas, de qualquer forma...

Baixando a voz, ele abraçou Hanne e quase encostou o rosto no dela.

– ... eles seguraram o tal do Brage, de quem eu lhe falei, ontem à tarde. Provisoriamente, ele só foi enquadrado no artigo 104a, mas estão esperando algum avanço em direção ao homicídio da primeira-ministra Volter. O problema é que esse cara tem um álibi para a noite do assassinato, ele estava no Scotchman com algum cretino nazista sueco, e cerca de vinte pessoas podem confirmar a presença dele no local.

– O que em si não exclui a possibilidade de uma conspiração... – refletiu Hanne.

– Exatamente! E o que Severin também não pode saber oficialmente é que esse tal de Brage de alguma forma pode estar ligado ao guarda de segurança!

– *Como assim?*

– Não me pergunte como. Suponho que existam algumas informações em arquivos ilegais lá nos pisos superiores. De qualquer forma, eu insisti o *tempo todo* que havia algo sobre esse guarda. O *tempo todo!*

Inesperadamente, uma garota passou pela entrada. Ela era magra e desajeitada e olhava para eles com uma curiosidade mal disfarçada. Ao passar, ela soprou uma enorme bola de chiclete cor-de-rosa brilhante, que explodiu e grudou como um tecido rasgado e úmido no rosto dela.

– Oi! – Hanne cumprimentou-a sorrindo.

– Oi! – a menina murmurou, retirando da pele os restos do chiclete.

– Espere um minuto – Billy T. pediu da forma mais amistosa possível, mas não adiantou, a menina olhou assustada para ele e foi para a rua.

– Espere! – Hanne disse, seguindo-a rapidamente e segurando-a pelo braço. – Nós gostaríamos de lhe perguntar uma coisa. Você mora aqui?

– Quem é você? – a menina perguntou com raiva. – Me largue!

Hanne a soltou imediatamente, mas percebeu um pequeno brilho de curiosidade em seu olhar, e se deu conta de que ela não iria embora.

– Você conhece o cara do primeiro andar? O sujeito magro de cabelos castanhos...

Quando a garota olhou para eles, os dois policiais perceberam que nunca tinham visto a tez de alguém mudar de cor tão depressa.

– Não – ela disse abruptamente, e tentou ir embora.

Mas Billy T. se antecipou a ela e bloqueou a passagem dela.

– Ele recebe muitos visitantes? – perguntou.

– Não sei.

Ela era uma mistura estranha de menina e mulher. O corpo era magro, mas os seios começavam a crescer, já não apenas insinuando algo que ainda surgiria. O quadril era estreito, juvenil, mas ela já havia aprendido a andar rebolando do jeito clichê, provocador. Os cabelos eram irregularmente cobertos de tons que variavam do vermelho sujo ao castanho chocolate; na narina esquerda havia um *piercing* de prata em formato de bolinha. Mas, por baixo das sobrancelhas marcadas a lápis, havia olhos infantis: grandes, azuis e bastante ansiosos.

– Quantos anos você tem? – Hanne perguntou, novamente tentando adotar um tom amável.

Ela soltou os braços e abriu as palmas das mãos de forma convidativa, mas não ameaçadora.

– Quinze – a menina murmurou.

– Qual é o seu nome?

De repente, o lado adulto dela aflorou.

– Mas que droga, quem são vocês? – ela perguntou, tentando escapar de Billy T. novamente.

– Somos da polícia – ele disse, deslocando-se para o lado.

Sem aviso, o lábio superior da garota começou a tremer, e ela escondeu o rosto nas mãos.

– Quero passar – ela soluçou. – Me deixem ir embora!

Colocando a mão no ombro dela, Hanne tentou persuadi-la a tirar as mãos do rosto. As unhas que ela conseguia discernir embaixo da linha dos cabelos começaram a ser roídas imediatamente.

– Ele não fez nada de errado – a menina balbuciou. – Essa é a pura verdade!

11h00, DEPARTAMENTO DE POLÍCIA DE OSLO

Não demorou muito para Billy T. perceber que não conseguiria uma única palavra mais próxima dos fatos: pelo menos, não enquanto o pai de Kaja permanecesse na sala. O sujeito devia ter cerca de 50 anos, mas o abuso de álcool, o cigarro e a má alimentação lhe conferiam uma aparência flácida e de poros abertos, fazendo-o parecer alguém com quase 70 anos. Quando ele tossia, era óbvio que já estava com o pé fincado numa cova bem grande. Billy T. reparou que colocava constantemente a mão na boca, na vã tentativa de manter à distância as bactérias que aparentemente representavam risco de vida.

– Maldição do inferno – o responsável rosnou. – Eu exijo um advogado, você vai ver!

– Ouça aqui – Billy T. disse, olhando para Kaja, sentada como uma flor que murchou antes da hora, incapaz de decidir qual dos dois homens que estavam na sala ela mais temia. – Ou você fica aqui enquanto eu converso com Kaja, ou eu entro em contato com o conselho tutelar para providenciar uma guarda substituta para ela. A escolha é sua.

– Conselho tutelar? Eles não têm nada a ver conosco. Eu vou ficar.

O sujeito cruzou os braços sobre a barriga, tampando um pouco a enorme mancha vermelha em sua camiseta, que parecia o desenho do mapa da Noruega. Ele falou grosso, e por um segundo Billy T. achou que o cara estava prestes a cuspir no chão. Mas, em vez disso, ele fez um esforço e engoliu a saliva.

– Eu já lhe disse, preciso de um advogado.

– Não, você não precisa. Vou apenas conversar com Kaja, não vou acusá-la de nada.

– Não, você não vai fazer droga nenhuma. Kaja não fez nada errado. Pelo menos, nada que a polícia tenha que meter o bedelho.

Billy T. olhou de Kaja para o pai dela.

– Kaja tem mãe? – ele perguntou, tentando ser otimista. – Talvez ela possa ficar aqui em seu lugar, assim a gente não perde tempo.

– A mãe dela está morta. Eu vou ficar. Não posso abandonar minha filha e deixar a polícia colocar as garras nela.

Parecia que então o sujeito estava começando a gostar da delegacia de polícia. Uma expressão diferente, de satisfação, espalhou-se por seu rosto moreno e suado, e ele procurou um pacote de fumo de rolo no bolso da calça.

– Desculpe, não é permitido fumar aqui – Billy T. avisou. – Mas escute...

Ele pegou um bloco de recibos na gaveta da mesa e continuou falando enquanto o preenchia.

– Eu vou lhe dar um vale-refeição. A cantina fica no sexto andar. Lá tem uma área reservada para fumantes. Então, vou conversar com Kaja enquanto você estiver fora, mas, é claro, não vou anotar nada antes de você voltar. Está bem assim?

O policial escolheu seu sorriso mais convincente. O responsável pela menina hesitou, alternando o olhar entre o vale-refeição e a filha.

– O que eu posso comer com isso? – ele perguntou em um murmúrio.

– O que quiser. Pode servir-se à vontade.

O responsável tomou repentinamente sua decisão e se levantou bufando.

– Mas não coloque nenhuma maldita palavra no papel antes de eu voltar! Ouviu? Nem uma única palavra!

– Claro que não. Leve o tempo de que precisar. Aqui está... – Billy T. entregou ao homem o exemplar de uma revista masculina, além do vale-refeição. – Leve o tempo que precisar.

O vazio deixado pela saída do pai de Kaja era palpável. A sala austera parecia maior, abrindo enfim espaço para a frágil garota. Ela finalmente parou de roer as unhas. Olhava agora pela janela, estreitando os olhos. Parecia ter se esquecido de onde estava.

– Desculpe ter perguntado sobre a sua mãe – Billy T. disse com delicadeza. – Eu sinto muito.

– Hum – a menina retrucou, aparentemente impassível.

– Você estava com medo dele?

Ela girou abruptamente, observando a sala.

– Do meu pai?

– Não, dele.

Ela fez que sim com a cabeça, docemente.

– Talvez, então, você estivesse apaixonada por ele?

Passou pela mente de Billy T. que o segurança: um cara mal-educado, fraco e completamente teimoso, que havia uns quinze dias antes estava sentado no mesmo lugar onde Kaja agora estava acomodada, deveria ter extrema dificuldade de experimentar qualquer outro sentimento que não fosse o ódio. No entanto, era possível notar algo nos olhos da garota, alguma coisa nos suaves movimentos das mãos, enquanto ela apertava os dedos e empurrava um pequeno anel de metal liso, mas ainda sem dizer nada.

– Percebi que você está triste – Billy T. disse em tom afetuoso. – Do que tem medo?

Então, algo aconteceu, algo que depois Billy T. achou difícil de descrever. Ocorreu tão rápido quanto inesperadamente. Kaja sofreu uma metamorfose total: abriu os braços, olhando-o diretamente nos olhos, meio em pé na cadeira e quase gritando.

– Você acha que foi ele, mas está completamente errado. Você sempre acredita no pior sobre as pessoas. Não é de estranhar que ele não tenha ousado falar com você. Você pensa que ele fez aquilo, mas não... Não foi Richard! Richard não fez aquilo! E agora ele está morto, e você acha que...

Então ela se jogou sobre a mesa de trabalho, enterrando a cabeça nas mãos e soluçando desconsoladamente.

– Não foi Richard. É só que... Aquilo está lá em casa, no meu armário, mas não foi ele. Ele só... Aquilo está no meu armário, e eu não sei... Richard...

Billy T. fechou os olhos, consciente do quanto estava cansado, de como estava esgotado. Por algum motivo, pensou em Truls. A imagem do garotinho tentando bravamente não chorar enquanto o médico se preparava para endireitar seu osso antes de colocar o braço no molde de gesso tinha se fixado em sua mente. Ele esfregou o rosto para afastar a imagem. Abrindo os olhos novamente, olhou para a moça sem pronunciar uma única palavra.

Quantos jovens ainda chorariam lágrimas amargas naquele horrível e despretensioso local no segundo andar da delegacia, na área azul, antes que o caso fosse resolvido?

Billy T. pensou no filho mais novo e refletiu sobre como a vida nunca mais seria a mesma. A Noruega jamais voltaria a ser a mesma. Ele estava sentado de frente para uma jovem – um pequeno e desprezado pobre fragmento de humanidade – que aparentemente tinha a chave para tudo. Ela poderia lhe dizer o que realmente acontecera na noite de 4 de abril de 1997 no 15º andar da torre do governo. Ela conhecia a resposta. Se ele a persuadisse um pouco aqui e a enganasse um pouco ali, ela compartilharia tudo o que sabia com ele. No entanto, Billy T. não estava seguro se teria energia para lidar com isso naquele momento.

Ele pensou na iminente partida de Hanne Wilhelmsen, que ela mencionara naquela manhã, meio que por alto, com a boca cheia de flocos de milho. Hanne sentia falta de Cecilie e partiria em breve.

Por um instante, Billy T. tentou com todas as forças reprimir a lembrança do olhar enfurecido no rosto da mãe de Truls ao ver o gesso branco brilhante coberto de autógrafos rabiscados pelos três irmãos mais velhos quando o filho levantou orgulhosamente o braço para a mãe, aquela pessoa de olhos negros repreensivos.

– O que tem no armário, Kaja? – ele perguntou.

– O xale – ela murmurou, levantando-se. – O xale que a tal primeira-ministra estava usando quando foi morta!

Billy T. levantou-se abruptamente. A cadeira rolou em direção à parede, e ele momentaneamente se esqueceu de que estava realmente muito cansado, esgotado, acabado.

– O xale! Você está com o xale? O segurança matou Volter? Por favor, Kaja, foi Richard quem matou a primeira-ministra?

– Você não está ouvindo o que estou dizendo? – ela soluçou. – Não foi Richard. Ele apenas foi lá porque... o alarme disparou, e ele subiu sozinho para fazer a ronda, o colega estava dormindo, eu acho.

Ela secou os olhos com as costas da mão, mas o dilúvio de lágrimas não cessava.

– Ele pegou o revólver, ele é louco por armas. Mas a mulher já estava morta quando ele chegou lá. Ele dá muitos tiros, tem montes de revistas e livros sobre coisas desse tipo... Richard só é louco por armas e coisas assim. Ele... O revólver estava lá, não era dele, e a mulher estava morta, deitada sobre esse xale... Então ele pegou tudo e... Droga, ele ficou morrendo de medo depois. Eu percebi que ele estava se comportando de forma muito estranha certa noite, quando eu estava...

Então ela corou, e seus olhos azuis pareceram mais joviais do que nunca.

– Não conte para o papai – ela implorou timidamente. – Não tenho permissão para ir ao lugar onde Richard mora. Prometa que não dirá nada ao papai!

– Para o inferno o seu pai – Billy T. esbravejou. – Você está me dizendo que Richard pegou a arma que estava ao lado da primeira-ministra baleada? Ele ficou *louco* ou o quê?

– Foi ideia minha enviá-la de volta pelo correio. Achei que, se você pegasse aquele revólver, conseguiria descobrir quem fez aquilo. Nós a limpamos até ficar brilhando, e então eu fui à agência central dos correios. Esqueci os selos, mas eu estava usando luvas...

– Mas e o xale? – Billy T. quase gritou. – Por que também não enviou o xale?

Retorcendo-se na cadeira, Kaja olhou ansiosamente para o maço de cigarros que tinha pegado na mochila estilizada em formato de bebê panda presa às suas costas.

– Fume à vontade – Billy T. disse, empurrando um enorme cinzeiro feito de lava alaranjada na mesa, diante dela. – Por que também não enviou o xale?

– Richard disse que o xale era muito mais difícil de limpar. Ele temia que pudesse ter deixado vestígios ali que não conseguiríamos remover. Ele disse que era possível tirar as impressões digitais da pele, mas não podíamos ter certeza se era possível tirar impressões digitais de tecidos e coisas desse tipo. E não podíamos jogá-lo no lixo, porque, nos filmes, os policiais sempre examinam o lixo, como você sabe... Então achamos que seria mais seguro guardar aquilo por um tempo. Richard estava indo para a Alemanha, e então ele passaria em casa para me pegar. Foi quando... O papai odiava Richard, como você sabe.

Pensar no pai a fez voltar a soluçar convulsivamente. Ela contorceu o rosto em uma careta amargurada.

– Acalme-se – Billy T. pediu, mais tranquilo dessa vez. – Vou resolver as coisas com o seu pai, prometo que ele não lhe causará nenhum sofrimento.

Ele não ficou sabendo se a tentativa de um sorriso reconfortante teve algum efeito, pois tinha pouco tempo. Agora, pelo menos, poderia insistir no mandado de busca que pleiteava. E estava certo de que o obteria. Pegou o telefone para entrar em contato com o chefe de polícia adjunto Håkon Sand.

– Desculpe – a secretária atendeu alegremente. – Ele foi ao hospital. O bebê está a caminho!

Billy T. soltou um palavrão com veemência, depois olhou para a moça, desculpando-se. Mas ela não tinha ouvido. De qualquer forma, estava acostumada com linguajares piores.

– Tone-Marit – ele chamou ao telefone – Pegue o policial de serviço e venham aqui imediatamente. Agora! Já!

Kaja acendeu o segundo cigarro.

– Posso ir junto? – ela perguntou calmamente, soprando a fumaça pelo canto da boca. – Posso ir junto para lhe mostrar onde está o xale?

18h05, CELA DE PRISÃO PREVENTIVA, DEPARTAMENTO DE POLÍCIA DE OSLO

O procurador certamente não era burro: ele tinha entendido tudo. Negociar dois dias de prisão tinha sido inteligente. Brage aceitou a proposta de ser mantido em custódia até quarta-feira, para dar um tempo aos policiais, e eles conseguirem mantê-lo fora do alcance da imprensa. O advogado dele intimidou-os, ameaçando processá-los a pagar indenização se eles não mantivessem segredo sobre a redução da pena. Dois dias, esse era o tempo que eles teriam para pensar sobre se topariam fazer um acordo. Eles provavelmente fariam, ele tinha algo que eles queriam: dois nomes, o desse Richard idiota e o da namorada dele. Richard era um néscio por ter envolvido a namorada em algo assim! Brage a viu e a seguiu até a agência dos correios. Ele não fazia ideia da razão pela qual Richard não queria ficar com a arma. Talvez a garota tivesse entrado em pânico. Uma maldita criança, que não devia ter mais do que 14 ou 15 anos.

Os policiais estavam obcecados pelos nomes. O tal do Heger ficou muito surpreso quando ele forneceu detalhes precisos. Eles sabiam que ele tinha dois nomes bem quentes.

Brage Håkonsen andou até o centro da cela quente e abafada e se esticou no chão de concreto. Fez abdominais sem interrupção e no mesmo ritmo constante. O tempo todo. Noventa e oito, noventa e nove. Cem.

Sentou-se com os braços em volta dos joelhos, sem estar nem um pouco suado.

Ele tinha os nomes, com certeza os policiais fariam o acordo. Depois, ele seria liberado.

22h30, MOTZFELDTS GATE, Nº 14

Quando Little Lettvik sentou-se na velha poltrona, após servir-se de uma dose de Jack Daniel's, experimentou o gosto amargo do sucesso. Era sempre assim. Um breve e intenso sentimento de triunfo, seguido de um imenso vazio. Então, ela precisava continuar. Nada é mais morto e sem sentido do que o jornal de ontem. Em alguns meses, quase mais ninguém se lembraria de que tinha sido ela quem descobriu tudo. Tinha sido maravilhoso por algumas horas, principalmente durante a coletiva de imprensa. Demolir Ruth-Dorthe na frente de uma sala lotada de jornalistas foi uma de suas maiores realizações. Os olhares meio assustados e meio invejosos dos colegas tinham-lhe feito bem. Alguns deles, os mais jovens, que tinham pouco a defender até então, haviam sido bastante abertos. Aproximaram-se dela, dando-lhe tapinhas entusiasmados nas costas, querendo saber como ela havia conseguido desenterrar a Pharmamed com tanta rapidez.

Ah! Se eles soubessem...

Pensar nisso era muito desagradável, como se tivesse levado um soco na boca do estômago. Ela olhou acusativamente para o copo que segurava e apertou a barriga com a mão esquerda.

Talvez não devesse ter feito o que fez. Ela havia explorado algo de longa data que tinha, de certa forma, um valor inestimável... Engasgou ao pensar na palavra e largou o copo na mesa.

Claro que devia ter feito o que fez. Ninguém descobriu, porque ninguém tentou. Nunca, nenhuma vez, em todos esses anos. Trinta e dois anos.

A campainha tocou.

À medida que a dor penetrante sob o plexo solar a atacava, ela era forçada a se virar por causa do desconforto.

Mais uma vez, a campainha tocou impaciente. Ela tentou se endireitar, mas teve que caminhar até a porta ligeiramente inclinada para a frente, com a transpiração brotando em sua testa.

– Little Lettvik?

Nem precisou perguntar a identidade dos dois homens, pois reconhecera um deles: um funcionário do Serviço de Inteligência da Polícia.

– Sim – ela gemeu.

– Gostaríamos que você nos acompanhasse até a delegacia para prestar um depoimento.

– Agora? Dez e meia da noite?

O homem alto sorriu. Sentindo o desprezo nos olhos dele, ela rapidamente transferiu o olhar para o cara mais jovem e mais baixo, mas ele não se intimidou.

– Sim. Você provavelmente está bem ciente do motivo da urgência.

Ela pensou que fosse desmaiar. Atrapalhando-se para se segurar no batente da porta, fechou os olhos para não ver o cômodo girando.

Eles sabiam. Malditos dos infernos, eles sabiam.

Assim que ela arrumou a bolsa espaçosa e cobriu os ombros com o casaco, uma percepção fugaz lhe passou pela cabeça. Mas ela a afastou o mais rápido possível.

A percepção de como devia ter sido para Benjamin Grinde.

Quarta-feira, 23 de abril

17h30, MATERNIDADE DO HOSPITAL AKER

Hanne Wilhelmsen olhou para o rostinho minúsculo e amarrotado. A menina recém-nascida começava a desenrugar as feições, com os olhos se destacando. Ela lembrava um lindo esquilinho, só que miava. Ela se mexia quase imperceptivelmente, como uma gatinha, com os lábios retorcidos e a boquinha desdentada, tremendo de desconforto. A suave tez estava manchada e o rosto era assimétrico, com tufos de cabelos vermelhos sobre as orelhas. A moleira, aparentemente muito aberta, pulsava de maneira acelerada e rítmica, dando a impressão de que a cabeça não estava totalmente formada: era apavorante.

– Ela não é linda? – Karen Borg sussurrou. – Não é a bebê mais linda que você já viu?

– Claro que sim – Hanne Wilhelmsen não desmentiu. – Ela é adorável. Todos os bebês são adoráveis.

– Na verdade, nem todos – Karen protestou, ainda sussurrando. – Você viu aquele menino ali? É muito feinho!...

Karen riu, mas teve que enxugar as lágrimas que lhe escorriam do olho esquerdo.

– Por enquanto, eu sou a única que pôde vir – Hanne falou. – Håkon está no tribunal, e é absolutamente importante garantir que esse caso de custódia seja resolvido. Ele virá assim que terminar. Ele prometeu...

– Pegue a nenê um pouquinho – Karen interrompeu-a, passando o pequeno bebê de vinte e quatro horas envolto em uma manta de algodão para a inspetora-chefe. – Sinta como ela é deliciosa!

– Não, não! – Hanne Wilhelmsen tentou recusar, mas foi forçada a aceitar.

Karen não parecia ter forças suficientes para segurar o bebê daquele jeito, com os braços estendidos, por muito tempo.

A bebê não era bonita. Cuidadosamente, e quase que involuntariamente, Hanne encostou o rosto no frágil serzinho. O cheiro era sublime, uma fragrância doce, adorável, que provocou arrepios em Hanne. De repente, a nenê abriu os olhos: profundos, incolores, com íris indefinidas.

– Ela é tão graciosa – Hanne sussurrou. – Os olhinhos são como os da minha avó. Qual é o nome dela?

– Não temos certeza ainda. Não entramos em um acordo. Håkon quer um nome composto, já que o de Hans Wilhelm é, mas eu não gosto de nomes compostos para meninas. Vamos ver ainda.

– Dyveke – Hanne sugeriu em tom brando e carinhoso, beijando levemente a testa da criança, tão sutil que a pele da bebê fez cócegas em seus lábios. – Ela tem cara de Little Dove.

– Vamos ver! – Karen riu. – Sente-se aqui.

Hanne avançou cautelosamente ao longo da borda da cama e entregou a bebê de volta à mãe.

– Foi difícil?

– Você pode colocá-la no berço? – Karen pediu, fazendo uma careta. – Foi uma cesariana... Enfim, fico muito aflita quando tento me curvar.

Hanne colocou cuidadosamente a bebê no berço de acrílico da maternidade, com rodinhas e pernas altas. E, para garantir que a bebê não ia chorar, balançou-a.

– Você não me parece muito forte – ela disse incrédula. – Foi cesariana?

– Sim, eles perderam o batimento cardíaco do feto.

Karen Borg explodiu em lágrimas, soluçando convulsivamente. De vez em quando, ria, pedia desculpas e tentava secar as lágrimas; mas elas continuaram a cair em uma forte torrente, e Hanne não conseguia imaginar uma maneira de contê-las.

– Não consigo entender por que estou me comportando assim. Fiquei chorosa o dia inteiro. Felizmente, consegui me controlar quando minha mãe e Hans Wilhelm estiveram aqui. Ele estava tão fofo, ele...

Hanne levantou-se e puxou um biombo dobrável até a cabeceira, depois sentou-se novamente, segurando a mão de Karen.

– Fique à vontade... Pode chorar, se quiser.

– Estou muito feliz por você ter vindo – Karen fungou. – Mas era Håkon quem deveria estar aqui. Nós quase a perdemos. Ela é saudável e agora está bem. Eu não deveria chorar, mas...

"Droga de departamento de polícia", Hanne pensou, "será que eles não poderiam ter enviado outro procurador para cuidar desse caso de custódia?" Ela se levantou de novo e foi até uma pequena pia ao lado da porta. Embaixo havia uma prateleira com panos; ela umedeceu um deles em água fria, torceu-o e o colocou na testa de Karen.

– Ela poderia ter morrido – Karen disse *sotto voce*. – Agora ela está bem, mas poderia ter... Se ela tivesse morrido, teria sido culpa minha. Håkon vinha insistindo havia muito tempo no parto induzido, mas eu... Teria sido culpa minha. Eu não conseguiria...

O restante da frase se perdeu no meio de fortes soluços. Ela colocou as mãos no pano úmido, tentando esconder o rosto. Percebeu que tinha pegado Hanne desprevenida com seu descontrole emocional e precisou desviar o olhar.

Então descansou os olhos sobre a pequena bebê envolta no cobertor rosa, profundamente adormecida, vigiada por um coelhinho amarelo de olhos arregalados, colocado ao lado de sua cabecinha. Mas isso não parecia ajudar muito: não bastava para sossegar a mente da mãe.

Deve ter sido assim com Birgitte Volter, na véspera do verão de 1965, exatamente assim. Mas com a enorme diferença de que seu bebê não sobreviveu. Morreu com apenas três meses.

– Liv Volter Hansen – Hanne murmurou para o coelhinho amarelo.

Os dentes da frente do velho improváveis de tão grandes, eram feitos de tecido atoalhado e recurvados de forma alegre e exagerada no fundo.

– O que você disse? – Karen soluçou, um pouco mais calma agora. – Quem é Liv?

Sorrindo, Hanne balançou a cabeça.

– Eu estava pensando na bebê de Birgitte Volter, a que morreu. Birgitte Volter deve ter passado por um...

– ... momento terrível! – Karen completou, fazendo um esforço para se sentar mais confortavelmente na cama. – Acho que não existe nada pior.

Sorridente, ela parecia ter conseguido se recompor.

– Acho que as portas do inferno inteiro foram abertas – ela disse. – Acabei de ouvir isso no noticiário.

– Sim. Eu estava no tribunal antes de vir para cá. Há um furor da imprensa como *nunca* vi antes. A primeira pessoa detida no caso do assassinato. Eles enlouqueceram. Você deve considerar um elogio o fato de Håkon ter assumido o caso. Na próxima vez que der à luz, esperemos que não seja no meio da investigação de homicídio de uma primeira-ministra.

– Não haverá próxima vez – Karen gemeu e deu um sorriso genuíno. – Fora de cogitação! Mas isso significa que o caso está resolvido?...

– Seria um exagero afirmar algo assim. Mas certamente é um avanço.

Hanne examinou o quarto rapidamente. A mãe no leito ao lado recebia a visita do pai do bebê. Eles estavam de rosto colado, numa conversa murmurada a respeito do bebê – o feinho – envolto em uma manta azul-clara. A parturiente de pele escura recebia naquele momento a visita de cinco adultos e duas crianças, que rastejavam na colcha, criando um tremendo tumulto. Hanne levantou-se, foi para o outro lado da cama e, de costas para os demais na sala, fez um relato em vários pontos sussurrado sobre os acontecimentos do dia anterior.

– Billy T. ficou tremendamente decepcionado com a busca. Eles encontraram muita literatura sobre armas de fogo e uma série de revistas suspeitas, além de quatro armas registradas. Mas nada mais além disso, a não ser um detalhe, que não era importante para Billy T., mas que deixou Håkon entusiasmado: uma caderneta de endereços, o livrinho vermelho do guarda. E, na letra "H", o nome de Brage Håkonsen com endereço, mas sem números de telefone. Então nós temos...

Ela se aproximou da amiga e pôde ver que, apesar da exaustão denunciado pelo seu olhar, Karen se mostrava extremamente interessada. Hanne começou a contar nos dedos.

– Em primeiro lugar, temos os planos de assassinato de Brage e uma enorme coleção de armas. Em segundo lugar, embora tenha negado categoricamente que conhecia o segurança, ele afirmou, na presença de um policial, saber coisas que não poderia saber, a menos que tivesse algum tipo de ligação com o cara. Ele achou que estava sendo inteligente, mas acabou indo parar no meio do caso.

Rindo, ela ajeitou os cabelos atrás da orelha e bateu um terceiro dedo no acolchoado.

– Em terceiro lugar, a caderneta de endereços prova que existe alguma ligação entre os dois. E o guarda é...

Ela parou e endireitou as costas.

– O guarda, de fato, tornou-se a linha de investigação mais promissora. Se ele matou Birgitte Volter, podemos esquecer o problema que tem dado tanta dor de cabeça à polícia: como alguém poderia se esgueirar até uma sala tão bem protegida? Ele estava lá, ele tinha a arma.

– Mas como ele poderia ter conseguido um revólver que pertence ao filho de Volter?

– Sim – Hanne disse. – Existe essa questão. Estamos intrigados com isso! Realmente não faço ideia. Mas, em todo caso, o guarda é a melhor pista, e agora...

Ela sorriu enquanto olhava para o relógio.

– ... exatamente agora, Brage Håkonsen está sentado no tribunal, tremendo, enquanto o seu brilhante marido Håkon persuade um juiz de que existem motivos razoáveis para suspeitar...

– Mas certamente há mais do que *isso* – Karen disse, tirando o pano da testa.

– Quer que eu torça o pano novamente?

– Não, obrigada, Hanne. Certamente, com todas essas evidências, logo vocês conseguem formar uma convicção, especialmente com Brage Håkonsen sob custódia. Assim, vocês têm a oportunidade de investigar mais a fundo enquanto ele está atrás das grades...

– Não – Hanne respondeu. – Estamos longe de uma convicção. Você deveria saber disso! Porque...

– Kaja pode estar certa – Karen disse calmamente. – Ela pode estar falando a verdade.

Hanne esticou-se em direção ao berço do bebê e pegou o coelhinho protetor. Enquanto acariciava lentamente as orelhas do bicho, ela acenou com a cabeça e olhou todo o quarto, respirando o cheiro de bebê e detergente misturados.

– Exatamente. Kaja pode estar falando a verdade.

Quinta-feira, 24 de abril

06h50, STOLMAKERGATA, Nº 15

— Hanne! Você precisa acordar!

Billy T. sacudiu cautelosamente o braço de Hanne. Ela estava atravessada em diagonal na cama, ocupando o máximo de espaço para si. Duas almofadas estavam empilhadas embaixo de seu quadril e das pernas, e ela estava deitada de costas, com as mãos acima da cabeça.

— Onde você estava? — ela murmurou, virando-se para a frente. — Apague a luz, por favor.

— Tive que resolver várias coisas, papelada e um monte de merda.

Ele puxou com força as cobertas e as dobrou rapidamente em dois enormes travesseiros, que colocou na cabeceira da cama. Em seguida, fez Hanne ficar sentada, sob protestos pacíficos e reclamações murmuradas.

— Café da manhã completo — ele disse fingindo bom humor, balançando a cabeça em direção à mesa de cabeceira.

— E jornais. Mas que diabos! Todos cobrem a prisão de Brage.

Com um bocejo persistente, Hanne se sacudiu, depois levou com cuidado a xícara de café à boca, franzindo o cenho quando queimou o lábio superior.

O exemplar do *Dagbladet* estava em cima da pilha de jornais. A primeira página inteira estampava a imagem de Brage Håkonsen sendo transferido do tribunal para um carro da polícia. E, como todos fazem, com o capuz do casaco cobrindo a cabeça.

– Veja isso – Billy T. disse, arrastando-se para o lado dela. – Este sou eu! Ele apontou sua imagem na foto.
– Meu Deus! Esse tal Brage deve ser grandalhão – Hanne comentou.
– Ele é quase tão alto quanto você e Severin!
Ela folheou o exemplar até a página quatro.

NEONAZISTAS ASSASSINARAM VOLTER
Extremista de direita detido por seis semanas

Por Steinar Grunde, Vebjørn Klaas e Sigrid Slette

No fim da tarde de ontem, a força policial de Oslo foi bem-sucedida na diligência para levar um indivíduo de 22 anos sob custódia, acusado de envolvimento no homicídio da primeira-ministra Volter. O chefe da Polícia, Hans Christian Mykland, confirmou ao Dagbladet que a polícia considera a prisão desse sujeito, que tem vínculos de longa data com grupos neonazistas, um avanço na investigação do assassinato da primeira-ministra Birgitte Volter. O principal suspeito, porém, é um homem que morreu numa avalanche em Tromsdalen, perto de Tromsø, no sábado, 12 de abril.

"No entanto, ainda há muita coisa para ser investigada neste caso, e a polícia também está seguindo uma série de outras pistas", contou o chefe da Polícia, Mykland.

Suspeito morto

Em uma coletiva de imprensa na noite de ontem, comentou-se que, desde a noite do assassinato, a polícia suspeitava de um sujeito de 28 anos que trabalhava como segurança no complexo do governo. Esse indivíduo foi interrogado várias vezes, mas a polícia considerou que não havia provas suficientes para pedir a prisão dele. Ele morreu numa avalanche que tirou a vida de outros dois homens perto de Tromsø, no início do mês. A polícia acredita que o segurança tinha ligações com o sujeito de 22 anos, atualmente preso sob custódia, considerado líder de um grupo de ação neonazista.

Planos de assassinato

Ao revistar a cabana do acusado em Nordmarka, a polícia encontrou um depósito de armas, juntamente com planos detalhados para o assassinato de uma série de porta-vozes proeminentes de questões sociais. A polícia não comentou o grau em que Birgitte Volter é mencionada nesses planos, mas, pelo que este jornal apurou, o nome dela constava no topo de uma lista de 16 nomes.

Conspiração

O indivíduo detido é acusado de várias contravenções penais, inclusive posse ilegal de armas e conspiração para "perturbar a ordem estabelecida". A polícia nega que tenha feito isso por razões táticas. O tribunal também concordou que há motivos razoáveis para suspeitar do envolvimento desse homem no assassinato de Birgitte Volter. Embora o acusado tenha um álibi sólido para a noite do homicídio, a polícia acredita que ele pode ser considerado um dos vários prováveis envolvidos nos bastidores do caso.

"Temos motivos para suspeitar de uma conspiração", afirma Hans Christian Mykland, recusando-se a descartar novas prisões de pessoas ligadas ao caso.

– Pobre rapaz – Hanne disse, coçando a ponta do nariz. – De qualquer forma, ele vai ficar recolhido por um bom tempo.

– O que você quer dizer com "de qualquer forma"? – Billy T. indignou-se. – O cara é culpado pela porra toda!

Sem responder, Hanne continuou folheando o jornal.

PARLAMENTO PARALISADO
Medidas de segurança excepcionais são adotadas

Por Kjellaug Steensnes

Deputados da maioria dos partidos políticos expressaram tristeza, contrariedade e choque com a última reviravolta no caso Volter. "Isso acabaria acontecendo. Vínhamos alertando contra os extremistas de direita havia muito tempo, mas o Serviço de Inteligência, como se sabe, está mais preocupado com o monitoramento da atividade política legal", disse Kaare Sverdrup, porta-voz da Justiça e Polícia do Partido Socialista da Esquerda. Ele foi extremamente apoiado pelo representante parlamentar da Aliança Eleitoral Vermelha.

Os líderes parlamentares do Partido Trabalhista, dos Conservadores, do Partido do Centro, dos Liberais e dos Democratas Cristãos expressaram satisfação com a notícia de que, dentro de um curto espaço de tempo, a polícia parece ter chegado perto de resolver o chocante assassinato de Birgitte Volter.

As medidas de segurança em torno dos nossos representantes eleitos foram reforçadas consideravelmente. A liderança administrativa no Parlamento se recusa a dar detalhes e não confirmará nem negará se tais precauções já estavam em vigor quando Birgitte Volter foi morta. Não obstante, o Dagbladet *tem motivos para acreditar agora que o presidente e os vice-presidentes do Parlamento, bem como os deputados mais proeminentes, estão sendo vigiados 24 horas por dia, com pessoal fornecido pela polícia e outros agentes contratados de uma empresa de serviços de segurança.*

Proteção recusada

Frederik Ivanov, do Partido Conservador, disse ao Dagbladet *que recusou a proteção extra.*

"Se organizarmos as nossas vidas em torno dos elementos antidemocráticos da sociedade, podemos dar por perdida a batalha

contra todas as formas de extremismo", ele declara, acrescentando que, no entanto, considerou necessário enviar a esposa e a família para um destino secreto em outra região do país. Ivanov é conhecido como o porta-voz mais conservador dos conservadores por sua falta de generosidade com as questões dos novos imigrantes.

"Para mim, os trágicos acontecimentos das últimas semanas apenas sublinham a eterna necessidade de manter o foco na humanidade, na filantropia e na tolerância", disse ele.

Cooperação

Annema Brøttum, do Partido Trabalhista, sente-se descrente, insegura e triste.

"Algo muito valioso foi tirado de nós", ela disse em comunicado. "A Noruega não pode mais pretender ser uma espécie de lugar periférico de inocência. Não somos mais um refúgio nas margens do mundo. Isso prova como é importante buscar a cooperação através das fronteiras nacionais. Somente por meio de compromissos consistentes e abertura entre países, tais formas de violência politizada podem ser combatidas."

Satanás

Cora Veldin, democrata-cristã, ressalta que os extremistas de direita são produto de uma sociedade em decadência.

"Enquanto nós, políticos, não nos dispusermos a ter pontos de vista morais, a sociedade vai desmoronar", ela declarou. "O evangelho do amor desapareceu devido a valores materialistas que fornecem solo fértil para tais obras satânicas", concluiu Veldin.

Inocente

"Pelo que sei, nenhuma condenação foi proferida nesse caso. O homem é inocente até prova em contrário", Vidar Fangen Storli, do Partido do Progresso, recusou-se a fazer qualquer comentário adicional.

— Pela primeira vez eu concordo com o Partido do Progresso — Hanne disse, colocando na boca o que restara de uma fatia de pão. — Por que você sempre corta o pão em fatias tão grossas?

— Não fale com a boca cheia — Billy T. a repreendeu em voz baixa, tentando evitar que o jornal encostasse na geleia.

— Notou algo estranho? — Hanne perguntou quando pegou o exemplar do *Kveldsavisen*, repleto de matérias sobre Brage Håkonsen, como todos os outros jornais.

— Claro! — Billy T. concordou, varrendo a folha com a mão. — Você deixou cair um monte de migalhas! Eu vou ter que usar o aspirador para limpar a cama.

— Billy T., você precisa aceitar as consequências de um café da manhã na cama ou então deixar de servir. Sinceramente!

Hanne deu um soco no braço do amigo com toda a força.

— Ei! Pare com isso! O que você perguntou?

— Alguns dias atrás, os jornais estavam convencidos de que havia uma conexão entre o escândalo da saúde e o homicídio da primeira-ministra Volter. Eles exageraram, pegaram declarações da esquerda, da direita e do centro, escreveram editoriais sobre confusão e todo esse tipo de coisa. E então, pronto!

Ela tentou estalar os dedos, mas tinha manteiga no polegar, por isso eles escorregaram um no outro, com pouca pressão.

— Uma prisão insignificante, e já estão fazendo uma revolução dessas. Agora eles publicaram uma, duas, três, quatro, cinco...

Ela contou rapidamente as páginas.

— ... nove páginas! Dando por certo que o guarda e Brage Håkonsen cometeram o crime! *Nove páginas*! E o rapaz está a uma distância infinita de uma convicção. Será que eles não têm memória?

— Quem?

— Os jornalistas, é claro. Será que não se lembram do que escreveram semana passada?

— Sim, mas...

Billy T. coçou a virilha com força, parecendo descontente.

– Você agora está do lado desses *jornalistas*? – Hanne perguntou, rindo. – Legal! Você fica bem, saltando tanto quanto eles, de qualquer maneira. Não se coce tanto, pelo amor de Deus. Vá tirar os piolhos no banheiro.

Ela deu outro soco, desta vez acertando na mão de Billy T.

– Você vai ter que me enfaixar! Caramba, isso doeu! – ele esfregou o dorso da mão e foi mais para a esquerda. – Acho que estou começando a ficar muito feliz porque você vai embora logo.

– Você não vale nada!

Anne se aproximou e colocou o braço dele em volta dos ombros dela.

– Na verdade, eu não estou tão ansiosa assim para ir embora. Aqui, eu me sinto em casa. Mas sinto terrivelmente a falta da Cecilie, e ela também... Então, eu preciso ir. Viajo no sábado.

Ele a abraçou com força.

– Sei disso. Como estamos realmente perto de resolver esse caso, logo eu vou poder visitá-las – ele disse.

– Ótimo. Vai levar os meninos?

Billy T. jogou a cabeça para trás, batendo-a contra a parede, e riu com vontade.

– Muito esperta! Não acho que Cecilie vá gostar muito da casa vindo abaixo com a bagunça da minha gangue!

Hanne virou-se para encará-lo entusiasmada.

– Ela passa o dia todo no trabalho! Pense como seria divertido! Sol, verão... Nadar no mar... Podemos ir à Disneylândia!

Ele balançou a cabeça.

– Não posso gastar tanto.

– Então, leve apenas Truls!

Ele a afastou.

– Vou pensar nisso. Mas, de fato...

Ele se levantou e sumiu. Hanne ouviu o barulho de alguma coisa caindo na cozinha. Em seguida, escutou um palavrão do amigo zangado.

– Håkon está organizando uma festa de despedida para você amanhã – ele gritou, para se fazer ouvir acima da barulheira do aspirador portátil.

— *Desligue isso* — Hanne pediu, saindo da cama depressa. — Quem vai?

— Håkon, você e eu. E Tone-Marit, eu acho. Se você não se importar, pensei em convidar Severin.

— O quê?

Ela tentou pegar o aspirador de pó, mas Billy T. esticou a mão acima da cabeça e se virou para o outro lado.

— Desligue isso!

— Calma, calma! — Billy T. concordou contrariado, pressionando o botão. — Tudo bem se Severin e Tone-Marit forem, então?

Hanne se esticou toda e balançou a cabeça docemente. Então começou a coçar um pé no outro.

— Você sabe que não me associo com policiais no meu tempo livre — ela disse baixinho. — Então, por que está perguntando?

Atirando o aspirador no colchão, Billy T. abriu os braços, num gesto de resignação.

— Mas Cecilie não está aqui e nem assim...

Ele se aproximou de Hanne, tentando pegar a mão dela, mas ela recuou feito um raio, fora do alcance dele, sem olhá-lo nos olhos.

— ... quanto tempo mais você pretende fingir? — ele murmurou. — Quanto tempo você vai continuar com esse jogo de esconde-esconde?

— Eu *não* estou me escondendo — ela balbuciou. — Mas tenho o direito de escolher meus amigos.

Ela bateu a porta do quarto com força ao sair, e momentos depois Billy T. ouviu o som estridente do chuveiro sendo ligado. Era possível perceber a irritação dela até pelo movimento da água escorrendo. Ele foi até o banheiro e abriu um pouco a porta.

— Tudo bem se eles forem? — ele gritou pela abertura. — Tone-Marit e Severin podem ir à sua festa?

Com a voz distorcida como a de uma criança, ele implorou.

— *Por favor!*

Ouvindo uma risada sumida e relutante, ele fechou a porta e foi ligar para Håkon Sand.

23h45, MOTZFELDTS GATE, Nº 15

Little Lettvik estava se sentindo horrível. Aquela era uma experiência nova e desconhecida. Sentia o corpo inteiro agitado, consumido por uma ansiedade inexplicável. Parecia que algo tinha se prendido na parte superior de suas costas, em algum lugar atrás dos ombros, e atirava flechas em todo o seu corpo, dilacerando-a com uma dor que nada poderia aliviar. Ela havia experimentado quase tudo, Deus era testemunha, mas o que ela poderia conseguir tinha limites, já que não procurava assistência médica. O álcool não ajudava, nem ao menos a embriagava. Como último recurso, ela foi nadar, tentando aliviar a dor.

Pelo menos vinte anos haviam se passado desde a última vez que tinha ido à piscina de Tøyen. O lugar não havia mudado muito. Ela conseguiu nadar duzentos metros antes que seu corpo pesado e fora de forma chegasse à exaustão, mas foi quando ela estava largada na sauna, com os olhos fechados e uma toalha enrolada na barriga, que a dor voltou.

Humilhação. Era o que ela sentia, a dor de ser humilhada. Eles olharam para ela, viram através dela e, pouco a pouco, revelaram o que sabiam. Será que havia câmeras filmando os dois? Algo do que aqueles dois homens haviam dito sugeria que estavam cientes do que tinham conseguido, e com alguns detalhes. Aquele mero pensamento causava-lhe dor intensa, e ela sentia o rosto corar de um vermelho ardente. O pior de tudo, porém, era que eles já sabiam havia muito tempo. Vários anos, talvez.

Ela foi ingênua, reincidentemente ingênua. Little Lettvik, a jornalista excepcionalmente talentosa, premiada e muito honrada, com a especial reputação de considerar os poderes que deviam ser levados em conta. Apesar de tudo isso, ela não tinha percebido que eles sabiam.

Talvez tivesse baixado a guarda porque tinha acontecido havia muito tempo. Recentemente algumas poucas vezes, e a última em março...

A dor agora era insuportável, e lágrimas brotavam de seus olhos. Quando Little Lettvik se inclinou para a frente, pegou uma pequena carta que havia chegado naquele dia, com os dados do destinatário escritos em caligrafia cursiva elegante, e o carimbo colocado perfeitamente no canto superior direito, com todas as perfurações intactas. No começo, ela não conseguiu imaginar quem seria essa mulher, Elsa Haugen. Só depois de passar os olhos na folha de papel algumas vezes começou a lembrar. Era a mãe de Little Marie, esposa de Elverum, ou seria Eidsvoll? A carta descrevia o sofrimento e a dor dela, como uma ferida que havia sido reaberta. Noites sem dormir e de comportamento humilhante.

Little Lettvik respirou fundo e rasgou a carta em pedaços.

Não podia ficar pensando naquilo, já tinha que lidar com a própria dor.

Sexta-feira, 25 de abril

21h35, HOLMENVEIEN, Nº 12

Øyvind Olve sentou-se à frente da enorme mesa de jantar de pinho, balançando uma criança pequena. O bebê fazia movimentos inexplicáveis com as mãos, e ele observava fascinado os dedinhos minúsculos. Quando Karen Borg se inclinou sobre Øyvind para pegar a recém-nascida, percebeu que não queria soltá-la.

– Menina bonita – ele sorriu largamente. – Qual é o nome dela?

– Ainda não sabemos – respondeu Karen.

Ela se dirigiu aos que estavam na sala:

– Ei, todo mundo!

Apertando a bebê no colo, ela parecia exausta, esgotada. Isso incomodou Hanne Wilhelmsen, que não havia pensado em Karen nem considerou a hipótese de que poderia ser demais para ela ter que entreter uma casa cheia de gente no dia em que voltava para casa do hospital, com um bebê recém-nascido e uma cicatriz cirúrgica recente.

– Eu vou me deitar. Não consigo ouvir nada lá em cima; então, fiquem à vontade e divirtam-se. Eu apreciaria, no entanto, se vocês tentassem não fazer muito barulho quando saíssem, certo?

Håkon Sand pulou da cadeira e ficou em pé.

– Vou ajudá-la!

– Não, não precisa, fique aí e divirta-se. Mas não se esqueça de que tem que levar Hans Wilhelm amanhã de manhã.

— Eu posso fazer isso — Billy T. se ofereceu. — Pode deixar o menino comigo, Karen.

Karen não respondeu, mas fez um leve movimento com a bebê, como saudação de boa noite, antes de desaparecer no andar de cima de sua espaçosa e confortável casa de madeira.

Billy T. segurou a sexta garrafa de vinho tinto e abriu-a com um floreio mundano.

— Espero que você tenha abastecido bem a sua adega, Håkon — ele sorriu, começando a encher uma nova rodada de taças.

— Não, obrigado, para mim é o suficiente — Øyvind Olve recusou a bebida, colocando a mão sobre a taça.

— Que tipo de cagão você trouxe aqui, Hanne? Ele nem ao menos bebe!

Øyvind Olve ainda se sentia um estranho no meio do grupo. Não conseguia entender por que Hanne havia insistido para que ele a acompanhasse. Ele tinha encontrado Billy T. algumas vezes antes, no apartamento de Hanne e Cecilie, mas o grandalhão truculento obviamente havia se esquecido dele. Mas ele não conhecia nenhum dos outros.

— Vou dirigir de madrugada — ele murmurou, recusando-se a soltar a taça.

— Dirigir! Ele vai dirigir um carro! O que quer dizer com isso?

— Que você precisa se comportar, Billy T. — Hanne o repreendeu, batendo calmamente nas costas do amigo para fazê-lo sentar. — Não são todos que conseguem acompanhar seu ritmo, como você já sabe.

— Continue, Tone-Marit — Billy T. falou enquanto retomava seu lugar. — O que ele disse então?

Tone-Marit ainda estava sentada. Ela tinha rido tanto que estava com lágrimas nos olhos. Abaixando a voz, ela imitava o lento e arrastado dialeto de Kristiansand.

— Talvez ele não devesse nada a ninguém. E então Billy T. começou a falar sobre *Madame Butterfly* e a honra! Você deveria ter visto a cara do superintendente! Ele parecia alguém que acabava de ser solto do manicômio!

Os outros choravam de tanto rir, e até Øyvind Olve sorriu, embora não fizesse ideia do que poderia ser tão engraçado no relato de Billy T. e Tone-Marit sobre a reunião plenária de segunda-feira.

– E então... – Billy T. berrou, acenando com a taça de vinho tinto, e por um triz não derrubou a garrafa quando se levantou abruptamente para dar um murro na mesa. – Então, a espertaza foi demais para Sua Excelência o chefe do Serviço de Inteligência. Ele...

Billy T. limpou a garganta e, quando retomou a fala, imitou Ole Henrik Hermansen.

– Com todo o respeito, chefe da Polícia! Não vou perder o meu estressante dia de trabalho ouvindo essa asneira!

Então, Hanne teve que pedir a todos que fizessem silêncio, pois estavam rindo tão alto que seria impossível a Karen conseguir dormir. Tone-Marit engasgou-se com um pouco de salada de batata e seu rosto foi ficando vermelho. Billy T. bateu nas costas dela sem dó nem piedade.

– Mas é realmente impressionante que o chefe esteja tão preocupado com essas coisas, você não acha? – Hanne comentou.

– O filho dele cometeu suicídio há dois anos – Tone-Marit contou, após liberar a batata e enxugar as lágrimas. – Na verdade, não devemos rir.

– Eu não sabia... – Hanne disse, pressionando o copo contra o rosto. – Como você sabe disso?

– Eu sei de tudo, Hanne! De absolutamente tudo! – Tone-Marit comentou alto e dramaticamente, mantendo o contato visual por tanto tempo que Hanne de repente quis servir-se de mais uma porção de carne grelhada.

– Mas por que vocês estavam falando de honra nesse contexto?

Era Øyvind Olve, que apenas pela terceira vez falava alguma coisa desde que chegara.

Billy T. olhou para ele por algum tempo, adotando uma pose reflexiva.

– Para ser sincero, não sei por que mencionei isso. Quando falamos de "integridade", sabemos o que significa. Estamos focados nisso o tempo todo. Mas, por outro lado, "honra" se tornou uma palavra que faz a gente ficar envergonhado, de olhos fixos no chão. Na verdade, são os dois lados da mesma moeda, se você pensar bem.

Ele empurrou para o lado o prato com restos de comida e molho de churrasco e apoiou os cotovelos na mesa.

– Considere Benjamin Grinde: um cara muito inteligente; um rapaz *realmente* talentoso. Tudo dá certo para ele. É juiz, médico e só Deus sabe o que mais. Então ele é caluniado nos jornais e soterrado pela sujeira. Uma semana depois, tira a própria vida. Deveríamos pensar sobre honra nessas circunstâncias, não concorda?

Hanne Wilhelmsen olhou para a taça de vinho tinto, que quase brilhava, emitindo pequenos raios de luz em direção aos seus olhos enquanto ela girava o cálice lentamente.

– Você pode ser direto dessa forma no que diz respeito a Benjamin Grinde – ela disse, tomando um gole do vinho. – Mas, hipoteticamente, é preciso analisar mais de perto a ordem dos eventos. Se Benjamin Grinde tivesse cometido suicídio numa situação *diferente*, ninguém, além dos parentes mais próximos, daria a mínima. A polícia compareceria para atestar que foi suicídio e encerraria o assunto. Mas a morte súbita, e provavelmente autoinfligida, de Grinde ocorreu...

Ela desdobrou um grande guardanapo de papel e se inclinou sobre a mesa para retirar uma caneta do bolso da camisa de Øyvind Olve.

– Birgitte Volter foi assassinada em 4 de abril.

Ela rabiscou um pequeno ponto e escreveu o número quatro em cima.

– Sabemos que ela foi baleada na cabeça, e o tipo de arma definitivamente não dava ao assassino a certeza de que seria um tiro fatal, mesmo que fosse disparado a uma curta distância. Não há pistas de nenhum criminoso. Ao todo, três pessoas tinham assuntos a tratar *na* cena do crime ou extremamente *perto*, no momento do assassinato: a secretária, o guarda e Grinde. No intervalo de apenas uma semana, dois deles morreram, apesar de estarem no auge da vida. Isso é muito estranho, vocês não acham?

Ela enfatizou a observação, desenhando duas pequenas cruzes no papel.

– E então há um...

– Mas Hanne – interrompeu Tone-Marit.

Håkon sentiu os músculos tensos. Cortar a linha de raciocínio de Hanne Wilhelmsen normalmente era uma atitude punida com um olhar glacial que calava a maioria das pessoas por um bom tempo. Ele se concentrou no prato de comida, na esperança de não ter que presenciar a humilhação. Para sua grande surpresa, Hanne recostou-se na cadeira, olhou amigavelmente para Tone-Marit e esperou que ela continuasse.

– Às vezes, interpretamos *demais* os aspectos dos casos – Tone-Marit comentou em tom ansioso. – Não concorda? Quero dizer, o guarda morreu numa catástrofe natural, e ninguém além do bom Deus tem controle sobre isso.

Ela corou ligeiramente com a referência religiosa, mas em seguida avançou.

– E, com toda a sinceridade, acho estranho que Benjamin Grinde tenha tirado a própria vida porque se arrependeu de ter matado a primeira-ministra do país, de quem, acima de tudo, era um velho amigo. Talvez o suicídio não tenha nada a ver com esse caso! Talvez ele estivesse deprimido havia muito tempo... Além disso, já que agora podemos afirmar com certeza que a arma estava na casa do guarda, é possível excluir totalmente Benjamin Grinde desse caso. Não é?

– Sim, estamos fazendo isso, em certo sentido. Pelo menos, acho que podemos descartar a possibilidade de que ele a tenha matado. Mas o suicídio ainda pode ter alguma ligação com o caso Volter, *de um modo diferente!*

Ninguém falou nada, e todos pararam de comer.

– No meu ponto de vista – Hanne prosseguiu, abrindo mais espaço na mesa em sua frente. – No meu ponto de vista, às vezes a ordem dos eventos pode nos confundir. Ficamos procurando um padrão, uma conexão lógica, onde não existe nada similar!

Batucando com a caneta na mesa, ela inclinou a cabeça de lado e os cabelos caíram-lhe no rosto. Billy T. virou-se para ela e puxou os fios para trás da orelha.

– Você parece tão doce quando fica entusiasmada – ele murmurou, beijando-a no rosto.

– Imbecil. Ouçam isto, se ainda estiverem sóbrios. Além de duas pessoas mortas, e de uma série de itens peculiares que nos desviaram do caminho, mas que agora foram localizados, nós também quase tivemos uma grande crise no governo. Não é verdade?

Øyvind Olve piscou os olhos atrás dos pequenos óculos. Ele estava prestando atenção na conversa, mas era uma surpresa que pudesse contribuir com algo.

– Bem – ele disse hesitante, brincando com o garfo. – Na verdade, foram duas crises. A primeira teve a ver com a formação do novo governo, e foi resolvida satisfatoriamente. Do ponto de vista político, conseguimos muita munição para as eleições. Os nossos amigos no centro político não estavam exatamente preparados para tomarem conta das rédeas do poder.

Ele parou por um momento, e Severin aproveitou a oportunidade. Ele tinha bebido demais e sabia que não era esperto. Não estava acostumado com álcool, por isso tomou um grande gole de água mineral.

– Mas você falou em *duas* crises – ele se manifestou. – Qual foi a outra?

– O Escândalo da Saúde, é claro. Não é exatamente uma crise do governo, mas tem sido difícil. Mesmo assim, foi ignorada até agora. Tryggve fez um bom trabalho no relatório preliminar para o Parlamento. Além disso, o escândalo agiu como Valium puro sobre os nossos bons amigos não socialistas da oposição, bem como sobre os governantes social--democratas no poder em 1964 e 1965. Fornecemos minério de ferro de boa qualidade aos alemães orientais em troca de vacinas ruins. Pelo que posso supor, toda essa questão da vacina é um exemplo do cinismo que rolou solto durante a Guerra Fria. Ninguém escapou. Nem mesmo algumas centenas de bebês.

A mesa ficou em silêncio absoluto e foi possível escutar os pequenos passos apressados de uma criança descendo as escadas.

– De certa forma, esses bebês foram vítimas de guerra – Øyvind suspirou, de repente com mais sede de vinho. – Foram tão vítimas de guerra como qualquer pessoa.

Um menino de 2 anos apareceu na entrada, ao lado da enorme e impressionante lareira de pedra-sabão. Ele estava de pijama azul, enfeitado com bolas de futebol, e esfregava os olhos.

– Papai! Hansillem não consegue dormir.

– Vou contar umas histórias muito legais para Hansillem dormir, o que acha? – Billy T. se ofereceu, levantando-se.

– Billitee! – a criança sorriu, estendendo os braços.

– Volto em uns cinco minutos, no máximo – Billy T. disse antes de sair. – Não digam nada de importante!

– Hanne – disse Håkon incontinente, pouco se importando se Billy T. conseguiria cuidar do menino facilmente. – Das duas teorias, se você tivesse que escolher entre a linha de investigação do guarda Brage ou a da Pharmamed, com qual ficaria? Porque realmente uma descarta a outra, não é? E, para ser sincero, eu tenho...

Ele começou a recolher os pratos.

– Alguém quer sobremesa?

– O que você vai servir? – Hanne perguntou, dando uma ajuda para limpar a mesa.

– Sorvete e morangos espanhóis.

– Sim, por favor – Severin aceitou. – Os dois! Você disse que tinha o quê?

– Hanne, é claro, disse que a teoria original do chefe do Serviço de Inteligência vai muito além do razoável – prosseguiu Håkon, parado no centro da sala com três pratos em cada mão. – E nós concordamos com isso. Imaginar que uma grande empresa de um país democrático enviaria uma equipe de assassinos para "dar um jeito" na primeira-ministra de um país amigo e importante aliado, como parte do negócio, parece mais uma história fantasiosa de bandido e mocinho!

– É verdade, você tem razão – Hanne disse, depois de colocar os morangos e o pote de sorvete na mesa e distribuir os pratos de sobremesa. – Nunca devemos nos deixar levar pela imaginação. Tenho que confessar que tive problemas quando surgiu o caso da Mannesmann.

Ela antecipou a questão de Tone-Marit.

– Como seria de se esperar, a Statoil, como um dos principais atores da indústria petrolífera nacional e internacional, gasta bilhões em bens e serviços. Esses contratos são uma mina de ouro, e os dirigentes da empresa gastam muito tempo e fazem esforços imensos para prevenir a corrupção internamente. No entanto, uma pessoa aceitou ser subornada pelo enorme conglomerado alemão. O funcionário da Statoil recebia presentes generosos, e a empresa Mannesmann conseguia fechar contratos para fornecer tubos de aço para plataformas de petróleo. Eu não achava que tais coisas fossem possíveis, pelo menos não na Noruega; muito menos na Alemanha, nessa área. Então, a moral da história é que não existe nenhuma outra moral que não seja ganhar dinheiro. Se pegarmos, por exemplo, o caso da talidomida…

Ela devia ter mordido a língua. Ao dizer isso, lembrou-se de algo que Billy T. lhe contara muitos anos antes: a irmã de Severin Heger havia nascido sem braços e pernas e com apenas uma orelha.

– Tudo bem – disse Severin, tomando um gole da bebida. – Está tudo bem, Hanne.

Embaraçada, ela mexeu o sorvete, que começava a derreter.

– Você não me ouviu, Hanne? Eu disse que está tudo bem.

– Pois bem, a talidomida, que foi vendida na Noruega sob a marca Neurodyn, era um remédio para enjoos na gravidez, entre outras coisas. Eu me lembro vagamente de que também tinha certo efeito sedativo. Foi produzida na Alemanha Ocidental na década de 1950, e, só depois de mais de 10 mil crianças nascerem com deficiências significativas, um geneticista alemão descobriu que havia uma ligação entre o remédio que as mães haviam tomado e os sérios danos causados aos fetos.

– Como você sabe de todas essas coisas? – Tone-Marit murmurou.

– Eu sei de *tudo* – Hanne respondeu brandamente, olhando-a diretamente nos olhos. – De absolutamente tudo!

Øyvind riu alto, mas Hanne não se abalou.

– Naturalmente, foi uma catástrofe para os fabricantes. Processos judiciais envolvendo indenizações de quantias volumosas, seguidos de falência. Embora a empresa produzisse uma série de outros medicamentos excelentes, ninguém mais queria saber dessa organização depois disso. Mas não pensem, meus queridos amigos...

O gesto de mão que ela fez abrangia todos eles, até mesmo um grande jacaré amarelo sentado numa cadeira ao lado da janela.

– ... que o pessoal da Pharmamed não está morrendo de medo neste exato momento! Embora esse fato tenha ocorrido há muito tempo, *embora* sejam outros proprietários. O nome da empresa ficou manchado. Por um longo período de tempo ainda, a marca "Pharmamed" estará ligada às mortes perversas e trágicas dessas crianças recém-nascidas.

Durante algum tempo, o único som que se ouviu foi o roçar de colheres contra as caríssimas vasilhas de sobremesa de cristal.

– Mas – Severin retomou inesperadamente –, embora, em princípio...

Ele gaguejou levemente quando pronunciou "princípio". Era uma palavra difícil.

– Embora eu esteja de acordo com você, quer dizer, que nunca devemos excluir nada e que o dinheiro é um motivo poderoso na maioria dos casos, porém...

Billy T. entrou na sala.

– Eu perdi alguma coisa?

– Ele dormiu? – Håkon perguntou.

– Como uma pedra. Contei a ele duas histórias assustadoras. Ele ficou paralisado de medo e agora está dormindo profundamente. Onde vocês pararam?

– Devo dizer-lhes que, infelizmente, a linha de inquérito da Pharmamed provavelmente será arquivada – Severin revelou. – Pelo menos não havia nada suspeito no fato de Himmelheimer estar em Oslo nesta primavera. Ele tratava de outras coisas, por assim dizer...

– Chega, Severin – Billy T. disse calmamente, enviando-lhe um olhar de aviso. – Nem todos aqui são policiais, como você sabe...

– Esse cara aí – Severin disse, apontando para Øyvind Olve – está acostumado com grandes segredos. Ele trabalhou com a primeira-ministra. Mas ouça isso, então...

Severin bebeu um gole generoso de vinho tinto.

– Quando estávamos investigando esse tal de Hans Himmelheimer, fomos ao Hotel SAS. Verificamos tudo: pessoal, serviço de quarto, registros telefônicos... Ele não fez nenhum telefonema suspeito. Apenas duas ligações para sua querida esposa, em casa, na Alemanha, e quatro para o escritório da Pharmamed. Mas o fato é que, embora a esposa dele estivesse em casa, havia *duas* pessoas hospedadas no quarto desse hotel em nome de *Herr* Himmelheimer. Além dele próprio, esse tal de Hans registrou uma *Frau!*

– A amante – Billy T. murmurou.

– Exatamente! E agora vocês terão que adivinhar quem é ela. Uma coisa eu posso lhes dizer: ela é norueguesa. Então, é bem provável que vocês tenham que mencionar dois milhões, cento e oitenta e sete mil norueguesas para chegarem à mulher certa.

Ninguém se sentiu disposto a participar desse jogo de adivinhação. Billy T. franziu a testa impaciente.

– A *Frau* dele era Little Lettvik! – ele revelou.

– Não pode ser verdade... – Billy T. retrucou incrédulo.

– Aquela fulana do *Kveldsavisen*? – Øyvind perguntou.

– Não é possível – Hanne murmurou assombrada.

– Little Lettvik, quem diria – Håkon repetiu embasbacado.

Tone-Marit caiu na risada, novamente de olhos esbugalhados.

– Silêncio! – Severin pediu, movimentando as palmas das mãos para cima e para baixo em cima da mesa. – Eu preciso que vocês fiquem quietos. Eles se conheceram há anos, ainda na universidade, aqui em Oslo, em Blindern, no ano de 1964, num momento em que o nome de Little Lettvik era mais adequado a ela. Desde então, eles se encontravam de vez em quando, quando Hans fazia conferências no exterior. Na casa em Leipzig, ele tem esposa e três filhos adolescentes, mas, quando se diverte no exterior, sua companheira é Little Lettvik. Uma graça, não acham?

Ele esvaziou a taça e a entregou a Billy T., que avidamente a encheu novamente para ele.

– Nós a convocamos para prestar depoimento. Ela bufou e esperneou, alegando que tinha obrigação de proteger suas fontes e essa merda toda, então não conseguimos tirar muita coisa dela. Mas não há dúvida de que, de alguma forma, ela obteve as informações dele. Provavelmente o enganou. Talvez um pouco daquele papo de cobertor de orelha...

– Então foi assim que o jornal conseguiu desvendar o caso tão rapidamente – Hanne comentou pensativamente. – Eu me perguntei muitas vezes como ela fez isso. Para ser bastante sincera, fiquei muito impressionada.

– De qualquer forma – Severin completou, respirando fundo. – Hans Himmelheimer não fez nada mais em Oslo, além de comparecer a duas reuniões e passar o restante do tempo na cama com Little Lettvik. Conseguimos confirmar tudo isso. E não ficamos nem uma vírgula mais perto de comprovar que a Pharmamed teve alguma coisa a ver com o assassinato.

Começou a chover. Håkon levantou-se para colocar lenha na lareira. A claridade azul do relâmpago que de repente iluminou a janela com vista para o jardim escuro, molhado e primaveril foi seguida imediatamente por uma trovoada que assustou a todos. Aconchegando-se, eles se inclinaram na mesa para criar uma atmosfera íntima, que os fazia se sentirem mais amigos do que realmente eram. Até mesmo Tone-Marit sorriu quando Billy T. acariciou suas costas num gesto amável depois que ela ficou assustada com o estrondo ensurdecedor.

– Odeio trovões – ela disse, quase se desculpando.

– Mas por que num hotel? Little Lettvik não mora sozinha? – Håkon Sand coçou a cabeça.

– Lettvik disse que, por uma questão de princípio, ela nunca deixa um homem atravessar a soleira de sua porta – Severin explicou. – Para quem a conhece, isso parece convincente.

– Mas se a Pharmamed já não é uma linha de investigação útil... – Hanne recomeçou.

– A leitura subjacente é: não há simplesmente *nada* para se tirar daí – Severin a interrompeu. – O que não significa, é claro, que não devemos fazer mais perguntas. Mas eu...

Ele engoliu em seco, mais de uma vez.

– ... eu não acredito que haja algo para ser encontrado aí. Nós sabemos que a arma estava no apartamento do guarda, mas como o guarda entrou em contato com a Pharmamed? Se eles estivessem por trás do assassinato, tudo teria sido muito mais profissional. Uma arma diferente e, pelo menos, um tipo diferente de cúmplice desse sujeito mambembe. Não, podemos esquecer a Pharmamed.

– Esqueça o guarda também – Billy T. acrescentou. – Estou obcecado por ele há três semanas, mas, pensando bem, é um personagem estranho. Ele deixa a namorada de 15 anos persuadi-lo a enviar a arma para Tromsø... Para *Tromsø*! Ele fugiria para a Bolívia ou qualquer outro lugar se tivesse realmente matado Volter. Acho que o guarda estava falando a verdade, de fato, quando contou a Kaja o que acontecera. Por que mentiria para ela? Ele obviamente confiava tanto nela que lhe entregou o xale e a arma. Se ele tivesse assassinado Volter, jamais teria devolvido o revólver. Parece quase inacreditável que ele possa tê-lo tirado de uma primeira-ministra morta, mas, por outro lado, ele é um dos personagens mais repulsivos que já encontrei... Se alguém pudesse fazer tal coisa, seria ele, que era um maldito covarde. Assim como esse Adonis, o Brage. Não. Esqueçam o guarda. Odeio dizer isso, mas não foi ele.

– Mas ouçam uma coisa, todos vocês.

Hanne agora bebia água mineral e, quando aproximava o copo do rosto, podia sentir as bolhas fazendo cócegas em sua pele.

– Se vamos ter que deixar de lado Benjamin Grinde, a bruxa velha da Ruth-Dorthe Nordgarden, que já liderou a fila, mas claramente não deu em nada, a Pharmamed, o guarda e também esse pobre nazista fodido que está preso no nosso quintal, então... Então não sobrou mais ninguém!

– Alguns inimigos pessoais que não conseguimos ainda descobrir quem são – Billy T. disse. – Isso significa dias e meses de trabalho árduo e que provavelmente jamais chegaremos ao fundo. Não somos bons o suficiente. Simples assim. Agora, eu gostaria de ouvir um pouco de música, música de verdade.

Ele se levantou e cutucou Håkon nas costas.

– Ópera, Håkon. Você tem algo assim? Puccini?

– Acho que tenho a *Tosca* aí. Dê uma olhada.

– A *Tosca* pega bem! Ela matou por causa de amor. É por isso que a maioria das pessoas comete assassinato, tenho que lhes dizer, senhoras e senhores.

– É por isso que você gosta tanto de ópera? – Tone-Marit perguntou. – Porque todo mundo se mata? Não basta o que você encontra no seu trabalho?

Na outra extremidade da sala, Billy T. verificou a prateleira de CDs de alto a baixo. Por fim, encontrou o que estava procurando. Ao colocar o disco no *player*, instantaneamente se sentiu motivado para dizer a Håkon o que pensava a respeito daquele sistema estéreo ultrapassado e de qualidade inferior, mas decidiu deixar para lá. Em vez disso, levantou-se com certo ar de satisfação quando a abertura de *Tosca* iniciou os primeiros acordes nas caixas de som.

– Eu vou lhe contar uma coisa, Tone-Marit.

Ele fechou os olhos enquanto começava a reger uma orquestra invisível.

– Ópera! – ele bradou. – A ópera é realmente um monte de lixo. Mas Puccini, como você deve saber, criou personagens femininas como se elas realmente tivessem existido. Tosca, Liú, Madame Butterfly, todas elas, quando enfrentam a tragédia máxima, ganham vida própria. Elas exigem tanto da vida e de si mesmas que não desejam mais viver quando algo dá errado.

Ele movimentava os braços cada vez mais energicamente, e os outros sentaram-se fascinados, observando aquele estranho comportamento.

– Elas são intransigentes – Billy T. vociferou. – Completamente intransigentes!

Então, ele parou abruptamente no meio de um vigoroso movimento ascendente. Enquanto deixava os braços caírem dos lados, abriu os olhos e atravessou a sala para abaixar o volume.

– Assim como você, Hanne! – ele disse enquanto se sentava ao lado dela e lhe dava um beijo na bochecha. – Totalmente intransigentes. Mas...

Ele a encarou, e os outros também. A inspetora-chefe Hanne

Wilhelmsen parecia estar em transe. Boquiaberta, ela aparentemente havia parado de respirar. Com os olhos enormes brilhando arregalados, ela parecia enxergar algo em algum outro lugar, talvez em um outro tempo. Em seu pescoço, uma veia pulsava nitidamente, num ritmo constante.

– O que há com você? – Billy T. perguntou. – Hanne, você está sentindo alguma coisa?

– Estou pensando no assassinato da primeira-ministra Volter – ela sussurrou. – Nós eliminamos todos os possíveis assassinos. Então, estamos diante de...

O CD começou a falhar, o *player* cuspia com esforço três notas de *staccato*, uma e outra vez. Mas nem mesmo Billy T. se manifestou em fazer algo para resolver isso.

– A verdade é que é impossível a primeira-ministra Birgitte Volter ter sido assassinada – Hanne Wilhelmsen concluiu. – Ninguém poderia ter feito isso.

Inexplicavelmente e de forma totalmente automática, o CD *player* voltou a funcionar sozinho. Mais uma vez a música era emitida pelas caixas de som, pura e fluida, enchendo a casa onde uma bebê recém-nascida dormia junto com a mãe no andar de cima. Tone-Marit Steen olhou para o braço nu e viu que sentia arrepios. Era como se um anjo tivesse acabado de passar voando pela sala.

Domingo, 27 de abril

16h00, OLE BRUMMS VEI, Nº 212

O raio de luz filtrada pela claraboia em forma de pino de boliche refletia no chão de madeira sujo e lhe lembrou de uma foca. No ambiente sombrio, a escuridão era quase total em volta do nítido recorte branco. A poeira e as velhas lembranças provocavam certa distensão no ar. Ele tropeçou no par de esquis azuis de Per, o primeiro que ele teve, quando se aproximou da abertura à sua frente. Lembrou-se de um feriado havia muito tempo, antes de Per nascer. Birgitte e ele foram para Bergen e viram as focas no aquário de lá, em Nordnes. Quando olhou para elas pela janela da piscina, numa espécie de subsolo, as focas giraram na água, rodaram e rodaram, até que de repente se dirigiram juntas para a luz que se espalhava vinda do céu. As focas foram para cima, rumo à luz, em busca de ar.

Roy Hansen parou em pé no meio do sótão. Ele não entrava ali havia três anos e estava pensando nas focas. Já era hora de arejar o local. Durante vários dias, ele pensara em se mudar. Depois do funeral, quando tudo estava perto, menos a estrada em frente, em que parecia impossível viajar. Ele não queria mais viver ali, não com os pertences de Birgitte, com suas marcas em todos os lugares: o ímã de geladeira de gesso que ela tinha feito uma vez, antes do Natal; o sofá que ele não queria, mas que ela insistira para que comprassem, pois achava que combinava muito bem com as paredes, e ele acabou cedendo.

Um dia, ao entardecer, ao se lembrar de como a mãe era, Per arrumou as roupas dela e as levou embora sem dizer nada ao pai. Quando voltou para casa, o rapaz não tocou no assunto, apenas sorriu. Roy tentou agradecer, mas não conseguiu. As roupas haviam desaparecido, e com elas um pouco do cheiro dela. Ele já tinha jogado fora a roupa de cama em que ela dormira na última noite de sua vida. Mas nos últimos dias essas coisas ganharam um novo significado. Não eram mais uma lembrança ardente e cruel de algo que ele nunca recuperaria. Birgitte permeava as paredes, os objetos, as fotos que havia escolhido e os livros que lera. Estava tudo bem. Ele queria que fosse assim. Mas quis saber o que restava lá.

Foi por isso que ele parou de pé no sótão. Birgitte também não ia muito àquele lugar, mas subia mais vezes do que ele. Quando descia, ela sempre voltava com um ar incandescente e sonhador, não por muito tempo, mas durava alguns dias. Um olhar distante no rosto, algo que ele jamais tentou interromper. Ele a amava havia muito tempo para fazer isso. Devia existir algo no sótão. Até então ele não havia sido capaz de reunir forças para subir e procurar.

Era doloroso perambular no meio daquelas coisas. Um velho tear com pedais vaivém danificados o fez rir. Essa também tinha sido uma boa fase. No fim da gravidez de Per, Birgitte usava jaquetas tecidas à mão por Sigrun Berg e foi consumida por um desejo irreprimível de aprender a tecer. Teve tempo apenas para fazer um curso introdutório na Associação dos Trabalhadores da Educação. Ele tocou no fio: estava tão empoeirado que era impossível distinguir a cor sob uma luz tão fraca. O padrão pendurado na parede, apenas iniciado, era quase invisível. Ele percorreu com o dedo a superfície encardida, descrevendo um coração com a letra B dentro. O tear poderia ficar. Ele jamais se desfaria daquilo.

Havia um baú maciço à beira do feixe de luz. Ele o arrastou com esforço para o lado, para conseguir dar uma olhada melhor ali dentro. O baú estava sem a chave. Roy endireitou as costas e olhou em volta. O esconderijo era óbvio. Ele percebeu logo de cara e imaginou que talvez Birgitte quisesse que isso acontecesse. Passou os dedos sobre a viga que dividia o sótão em duas partes. A chave preta, grande e pesada, estava lá, onde deveria estar.

A tampa era pesada, mas não rangeu quando foi aberta. O baú estava vazio, exceto por uma caixa pequena e redonda. Era uma caixa de chapéu, ele constatou. A mãe dele tinha algumas assim. A caixa era cor-de-rosa com alguns pequenos padrões de cinza e um grande laço amarrado em torno da circunferência. "Birgitte fez isso", ele pensou, enquanto a larga faixa de seda deslizava por seus dedos.

Ele hesitou antes de abrir a caixa, mas conseguiu reunir forças. Sua postura era desconfortável. Com muito cuidado, retirou a caixa, fechou a tampa do baú e sentou-se.

Quando abriu a caixa, viu primeiramente um par de meias de bebê, que um dia foram brilhantes de tão brancas. Eram minúsculas, de recém--nascido, com delicadas bordas rendadas em volta dos tornozelos. Ele pôs as meias no colo e acariciou-as docemente com o polegar, antes de pegar uma fotografia. A primeira foto de Liv, sem roupa, deitadinha de costas, com os joelhos dobrados no peito e os punhos cerrados. Ela estava chorando. Embaixo da foto havia um livro rosa. Ele o abriu e folheou-o cautelosamente, com medo que as páginas se desintegrassem em suas mãos. Birgitte tinha registrado tudo. Peso e tamanho ao nascer, a pulseirinha de linho da maternidade, inscrita com o nome de Birgitte e a data de nascimento de Liv, colada na primeira folha de papel. A cola estava quase totalmente ressecada, e, quando ele acariciou a pulseira, ela se soltou. Ele voltou a inseri-la na parte de trás, onde ficava presa entre as páginas. A última anotação datava de 22 de junho de 1965: "Liv tomou a vacina tríplice hoje. Ela chorou muito, e foi dolorido tanto para mim quanto para ela, mas logo passou". Depois disso, não havia mais registros.

Roy não conseguia respirar. Ele pousou a caixa de lado, e as meias da bebê caíram de seu colo no chão sujo quando ele se levantou abruptamente. A claraboia era rígida e difícil de mover, mas ele conseguiu abri-la. Permaneceu por um tempo tomando ar fresco, com a luz iluminado o rosto dele.

Birgitte não deixava fotos à mostra. Uma vez, um ano após a morte de Liv, ele colocou uma foto da bebê na mesa de cabeceira, num porta-

-retratos de prata que acabara de comprar. Furiosa, Birgitte lhe disse para tirar dali. Ela nunca falava sobre Liv. Ela não guardava nada da filha. Depois que Per nasceu, Roy tentou levantar a questão em algumas ocasiões. Per deveria saber que tinha uma irmã que falecera. Havia o risco óbvio de ele descobrir sobre a irmã por meio de outra pessoa, e isso seria muito pior. Novamente, Birgitte ficou furiosa. Por fim, tornou-se impossível. Liv era um assunto proibido, e Roy achou ainda mais difícil contar a Per sobre ela quando ele cresceu. E assim, a bebê desapareceu, lenta e gradualmente. Ele pensava nela de vez em quando, e uma saudade doída o atacava, principalmente perto do solstício de verão, quando o sol brilhava no céu e tudo tinha aquele cheiro de vida nova. Liv. Birgitte não queria ouvir, nem falar, nem se lembrar dela. Era o que ele achava, sempre.

Havia apenas uma criança na vida de Birgitte: Per. Essa era a impressão que ela dava, era o que todos pensavam. Ela aceitou Per com seriedade e responsabilidade. A alegria brincalhona e juvenil que existia entre eles quando Liv nasceu havia desaparecido. Foi substituída por uma preocupação constante e ansiosa, que não abandonou Birgitte até ela finalmente aceitar que Per era um robusto e saudável menino de 10 anos de idade.

Ele se sentou com cautela sobre o baú mais uma vez, equilibrando a caixa de chapéu no colo. Encontrou a colher de prata que eles tinham comprado quando a bebê foi batizada. E também a chupeta rosa. Ele sorriu quando viu como era antiquada e sem graça e verificou que a borracha tinha ficado quebradiça com o passar do tempo. Por baixo de tudo, bem no fundo da caixa de lembranças, havia uma carta. Quando a pegou, ele percebeu que havia algo substancial dentro do envelope. Do lado de fora, o nome dele estava escrito com a elegante letra de Birgitte.

Ao abri-la, suas mãos tremiam tão violentamente que o envelope caiu no chão. Endireitando-se, ele virou o rosto para a luz e respirou fundo. Então, desdobrou a carta e a alisou várias vezes sobre a perna.

Tinha sido escrita trinta e dois anos antes.

Nesodden, 2 de agosto de 1965.

Querido Roy,
Eu pensei muito sobre escrever esta carta, mas só agora acho que vou conseguir fazer isso. Senão, receio que jamais serei capaz de reunir coragem. A única maneira de esta carta chegar às suas mãos é se eu tiver que deixá-lo. Mas não acho que eu vá fazer isso. Você já perdeu o suficiente, e eu amo você, mas Deus sabe que eu mal estou conseguindo viver nas últimas semanas. Parece totalmente insuportável. Eu me arrasto dia após dia, e tudo o que quero fazer é dormir. O que eu fiz jamais poderá ser perdoado. Não por você nem certamente por mim.
Vejo que você está carregando tanta dor quanto eu. Mas você, pelo menos, não precisa conviver com a culpa. Você não é culpado, mas eu fiz algo errado, e a minha vergonha é indescritível. Toda vez que você tenta me fazer falar sobre Liv e sobre tudo o que aconteceu, a culpa e a vergonha me sufocam completamente. A dor em seu olhar quando você acha que estou com raiva também é insuportável para mim; e eu tento, eu realmente tento, mas é impossível suportar. Talvez fosse melhor lhe contar a verdade. Então você poderia me odiar e me deixar, e eu receberia o castigo que mereço. Mas não tenho forças. Não me atrevo. Sou covarde demais, demasiadamente covarde para morrer, muito covarde para continuar vivendo de maneira honrosa.
E então, nesta noite, estou escrevendo esta carta.
Nas últimas semanas tenho estado constantemente atormentada: como pôde ter acontecido?
Eu a amava com toda a minha alma! Mesmo assim, ela chegou num momento muito inconveniente. Lembro-me muito bem de como você reagiu quando eu lhe contei que estava grávida. Temia ter que lhe dar a notícia e relutei em fazer isso por uns quinze dias, já que você tinha começado a licenciatura na faculdade, e nada poderia ser pior do que ter um bebê naquele momento. Você riu

tão calorosamente! Você me balançou e disse que tudo ficaria bem, e no dia seguinte já tinha feito todos os planos e saiu contando para todo mundo que seria pai. Jamais me esquecerei de como você aceitou tudo tão bem.

Eu estava com muito medo de que alguma coisa ruim pudesse acontecer a ela. Mamãe riu de mim, e me disse que muitos bebês já tinham vindo ao mundo antes disso e conseguiram sobreviver. Agora que não tenho mais a minha bebê, vejo que o meu amor por ela de nada valeu. Eu pensei que seria uma boa mãe porque amei e cuidei de Liv, mas eu fui irresponsável. O senso de responsabilidade é mais importante do que todo o amor do mundo. Se eu tivesse tido responsabilidade, Liv ainda estaria conosco.

Eu queria ter um momento de descanso às vésperas do verão. Realmente precisava disso! Finalmente, seríamos apenas Roy e Birgitte, da maneira que éramos antes de Liv chegar, do jeito que tínhamos ficado no ano anterior, naquele verão maravilhoso. Claro, jamais deixaríamos uma criança tão pequena com uma babá. Nós apenas iríamos até o quebra-mar, e tínhamos certeza de que Benjamin cuidaria muito bem de Liv. Eu jamais deveria ter ido, mas a ideia de poder descansar um pouco era muito boa e reconfortante. Mamãe e papai estavam em Oslo. Eu acho que, se estivessem em casa, nenhum desses terríveis acontecimentos teria ocorrido. Mamãe não me deixaria ir ou ficaria cuidando de Liv.

Você estava ardente de paixão no momento em que eu saí, perto das 23 horas, pois precisava voltar para casa para amamentar Liv. Você sorriu quando eu lhe acenei, fazendo um sinal indicando que voltaria em breve. Você estava um pouco bêbado e extremamente bonito e divertido, e eu me senti feliz quando voltava para casa. Eu também tinha bebido demais. O álcool subiu à minha cabeça naquela noite. Você sabe como é raro eu tomar algo alcoólico, então eu estava um pouco confusa naquela noite. Essa é a única explicação para o que aconteceu: a minha cabeça estava um pouco confusa.

Depois, eu disse para você e para todo mundo que estava cansada, que acabei adormecendo quando cheguei em casa e que tinha sido por isso que não voltei para ficar com você.
Era mentira.

Roy esfregou o nariz e sentiu umidade na ponta dos dedos. As próximas linhas na folha de papel tinham sido riscadas firmemente duas vezes, com tinta preta, fazendo buracos no papel. Ele continuou na página seguinte.

Tudo não passou de uma grande mentira. Eu posso sentir como isso é difícil, até para escrever a verdade. É como se essa verdade não quisesse se comprometer com o papel.
Benjamin me esperava na porta de casa. Ele estava muito nervoso, prestes a sair correndo para ir me buscar. Liv resmungava inquieta e tinha febre alta, ele me disse. Verifiquei a temperatura dela, estava quase 40 graus. Não me dei conta de como isso poderia ser perigoso, Roy. Ela já estivera febril algumas vezes antes. A febre sempre surgiu e desapareceu rapidamente. Naquele momento, eu me sentia muito esgotada com todo o trabalho que os cuidados de uma criança exigiam. Você e eu estávamos para ter uma noite muito agradável, eu estava tendo alguns momentos de descanso! Então eu disse a Benjamin que provavelmente não era nada grave, que ela só precisava mamar um pouco e depois com certeza adormeceria novamente.
Quando a coloquei no peito, ela se acalmou, ela realmente ficou calma, eu tenho certeza de que isso não é algo da minha imaginação! Acho que ela não deve ter mamado muito, mas não estava particularmente inquieta quando a coloquei novamente no berço. Ainda tinha febre, eu podia perceber isso em seu olhar e ao sentir sua pele, mas os bebês às vezes ficam febris, não ficam?
De repente, fui tomada pela sensação de que Benjamin era muito doce. É horrível pensar nisso, já que eu tinha acabado de

deixá-lo no quebra-mar e constatado que você era o cara mais bonito do mundo! Cortou o meu coração, eu nunca tinha olhado assim para Benjamin; afinal, ele ainda estava no ensino médio, e era sempre tão sério. Mas acabou acontecendo. Para mim, talvez fosse insignificante e natural amamentar Liv na presença de Benjamin.

Desculpe! Simplesmente aconteceu. Ele estava com os cabelos molhados atrás das orelhas e parecia hesitante. Nós bebemos vinho, mesmo sabendo que você notaria a falta da garrafa. Provavelmente era a primeira garrafa que nos dávamos ao luxo de ter, em seis meses. Por que você nunca me perguntou sobre isso?

O vinho, em cima de toda a cerveja que eu tinha bebido, foi demais. Quando acordei no sofá, às 5 horas, Benjamin havia partido, e você ainda não tinha voltado para casa. Eu estava com uma terrível dor de cabeça e me senti muito envergonhada. Fui procurar comprimidos para dor de cabeça no armário, mas não encontrei nenhum. Então fui ao quarto ver Liv. Ela estava completamente fria, de olhos fechados, com a pele gelada. Eu a peguei e demorei um minuto ou mais para perceber que estava morta.

Não me lembro de mais nada depois disso. Só sei que lavei as taças de vinho e as guardei de volta. Você chegou em casa logo depois, feliz da vida e muitíssimo embriagado.

Desde que tudo isso aconteceu, troquei apenas algumas poucas palavras com Benjamin, mas posso perceber que é difícil para ele seguir em frente, que ele também se sente horrível. Ele está se mudando para Oslo no fim do mês, foi aprovado na faculdade de Medicina, pelo que a sra. Grinde me contou. Ela está preocupada com o filho, disse que ele perdeu peso e anda mais calado do que nunca. Espero nunca mais voltar a vê-lo. Ele sempre me lembrará da traição, da forma inescrupulosa como o traí e da forma imperdoável como traí nossa filha.

Eu penso nela o tempo todo, cada segundo do dia, e à noite sonho com sua pele, seus cabelos cor de mel, suas unhas do ta-

manho de uma gotinha. De vez em quando, no mais breve dos vislumbres, esqueço que ela está morta.

Mas ela está.

Eu fui irresponsável e fracassei com ela. Decidi continuar vivendo, mas preciso tirar Liv completamente da minha vida, das nossas vidas. Pelo restante dos meus dias na Terra, jamais esquecerei que a coisa mais importante na vida é ter responsabilidade. Eu assumirei as minhas responsabilidades e nunca mais voltarei a perder esse compromisso de vista.

Não aguento escrever mais nada. Se algum dia você ler esta carta, Roy, então é porque eu deixei de existir.

Então saberá que eu não mereço o seu luto.

A sua Birgitte

A poeira dançava no facho de luz. A brisa que vinha da claraboia soprava as minúsculas partículas para cima e para baixo em movimentos imprevisíveis, brilhando como focos microscópicos, flutuando sem rumo aqui e ali. Tenso, Roy dobrou a carta. Olhou para as mãos, que agora pareciam pertencer a outra pessoa, a alguém que ele nunca conheceu. Guardou a carta na caixa de chapéu que estava a seus pés, com a tampa inclinada. Lentamente, esticou as mãos com as palmas para cima, sob o facho de luz.

Era como se alguém estivesse polvilhando ouro em pó sobre elas, e ele achou que podia sentir as partículas contra a pele. Ele precisava sentir alguma coisa, algo doloroso, e de repente deu uma violenta bofetada em si mesmo.

Os últimos momentos que tinha passado com Birgitte estavam agora claros para ele. Na noite anterior ao assassinato, ele mal dormiu. Toda vez que acordava, via a esposa olhando para a escuridão com os olhos arregalados, sem piscar. O abismo entre eles era enorme. Ele não sabia o que a atormentava, mas a conhecia suficientemente bem para não lhe perguntar nada e seguir seu caminho. Ele não disse nada na época, e nada mais tarde também. Nem para a polícia. As perguntas dos policiais

– sobre Birgitte, sobre o porta-comprimidos, sobre Liv – tinham sido muito angustiantes. De repente, ele soube o porquê. Algo escondido e esquecido dentro dele havia muito tempo se recusava a ressurgir. Ele não deixaria isso acontecer. Deveria ficar onde estava, longe de toda a consciência. Ele havia esquecido tudo.

Mas, de fato, jamais havia esquecido.

A verdade o atingiu, quase como uma revelação mística. O sol acabava de raiar pela fresta no telhado, e uma luz brilhante e difusa iluminava o sótão inteiro. Mais uma vez, Roy pensou na foca. A imagem era incrivelmente clara em sua mente, como uma fotografia bem conservada ou o trecho de um filme que nunca envelhecia. A foca brilhando, nadando à vontade na água, retorcendo-se e girando numa piscina azul-turquesa de Bergen, em 1970, enviava-lhe um olhar agonizante antes de disparar em direção à luz, rumo à vida na superfície, em direção ao ar.

Ninguém assassinara Birgitte. Ela tinha tirado a própria vida.

Sexta-feira, 4 de abril, Fuga

18h30, GPM

Quando Benjamin fechou a porta, era como se estivesse encerrando a própria vida.

Ele estava bonito como sempre. E sério. Mas não era mais o querido amigo mais novo. Na juventude, os doze meses que os separavam eram largos como o oceano, mas agora eles tinham quase a mesma idade. A conversa entre eles tinha sido discreta. De certa forma, foi como se os trinta e dois últimos anos não tivessem passado. Quando olhou no rosto dela, podia sentir o perfume de violetas e o cheiro do leite materno. Por sua vez, ela se imaginou usando um vestido de crepe em estilo princesa, apertado na cintura, ajustado no busto, com a saia rodada e audaciosamente curta nos joelhos. Ela mesma o tinha costurado, felicíssima com o fato de seu corpo ter voltado tão rapidamente à forma e ao peso de antes da gravidez. Seus olhos castanhos com cílios de moça eram os olhos de pleno verão, eram os olhos da juventude. Liv surgiu em seu olhar, e Birgitte Volter soube que a decisão que havia tomado era irrevogável.

– Eu tenho que superar isso – ele disse, brincando com a pequena caixa porta-comprimidos que ela e Roy ganharam dos pais dele como presente de casamento, algo que ninguém podia tocar, mas que ela não sabia como tirar dele. Não podia impedi-lo de examinar. Talvez ele quisesse abri-la, e ela não podia fazer nada para evitar que isso acontecesse.

– Passei tantos anos tentando esquecer, que *esqueci*. É inacreditável eu ter esquecido. Talvez porque eu fosse muito jovem. Esse é o meu consolo, Birgitte. Eu era muito jovem. Mas não posso ficar em silêncio novamente, Birgitte. Se me fizerem perguntas, terei que dizer a verdade. Mesmo que isso prejudique nós dois.

Ela não tentou dissuadi-lo. Mecanicamente, escreveu algumas palavras no relatório que ele lhe havia entregue, uma lista que incluía o nome de Liv. Aquele nome saltou da página para cima dela, como um lembrete de que a morte de Liv não poderia mais ser esquecida, não poderia mais ficar escondida num ano distante no tempo, o qual ela passara o resto da vida tentando apagar.

Benjamin tinha sido gentil. Falava com voz harmoniosa e fazia contato visual sempre que ela procurava o olhar dele. Eles conversaram um pouco, mas permaneceram calados a maior parte do tempo. Por fim, ele se levantou e não disfarçou o fato de que estava levando o porta-comprimidos. Ele segurou o pequeno objeto, olhou-o por um momento e, sem dizer uma palavra, enfiou-o no bolso.

— Já faz muito tempo, Birgitte. Temos que aprender a conviver com isso agora, temos que parar de tentar fingir que não aconteceu. Nós dois cometemos um erro, mas foi há muito tempo.

Então ele a deixou, e quando a porta se fechou a vida estava encerrada para Birgitte Volter.

Não era a humilhação que ela temia nem a desonra. A queda que viria em seguida era algo que ela podia aceitar. Ela não temia o julgamento dos outros. Talvez nem a censurassem. Roy e Per lhe pertenciam. Ela merecia perder tudo o mais, menos eles. Eles ainda estariam lá.

À noite, a certeza tinha chegado para ela. A decisão realmente havia sido tomada muitos anos antes.

Trinta e dois anos não foi o suficiente. O tempo não curara as feridas, apenas trouxera uma consciência madura da monstruosidade de sua traição. Sua bebê morreu sozinha, embora a mãe pudesse ter estado com ela. Sentia tanto a vergonha de sua traição como a saudade do mundo de Liv.

Sua vida acabou porque Liv havia voltado. Liv estava na sala. Birgitte podia sentir o cheiro do pescoço da bebezinha. Ela sentia os pequenos e finos fios dos cabelos dela em seu nariz. Sentiu o seio pressionado contra a pequena boca que se afundava num beicinho faminto. Ela experimentou a poderosa, incomum e assustadora sensação de responsabilidade que a invadiu quando, aos 18 anos, quase 19, segurou sua primogênita nos braços. Ela soluçou durante horas; ela podia ouvi-la soluçando agora, por toda parte à sua volta, enchendo a sala até o céu, quase tão alto quanto era possível alcançar em Oslo, aquela cidade onde ela se escondia de Liv, trabalhando e lutando para escapar de sua nova desgraça. Desde então, assumiu enormes responsabilidades – e sentia o peso dessas grandes obrigações –, mas nunca havia conseguido fugir de sua traição abissal. Agora isso se apoderava dela novamente: era como um leão sorridente e estranho diante dela, e aquele seria o lugar onde tudo chegaria ao fim. Foi até ali que a morte de Liv a levara, e era ali que sua vida deveria acabar.

Lentamente, ela envolveu o revólver no xale. Ela não podia suportar ver a arma. O revólver era uma acusação por si mesmo. Ela escolheu o Nagant da mãe exatamente porque a mãe a impediria de fazer o que ela fez. Sua mãe jamais teria deixado Liv morrer.

Quando apontou a arma para a têmpora, ela ouviu alguém fazer barulho no banheiro atrás dela.

Mas isso não a impediu de puxar o gatilho.

CONHEÇA OUTROS LIVROS

DE ANNE HOLT

DEMÔNIO OU ANJO

"Anne Hølt é a mestra dos livros de suspense noruegueses."
Jo Nesbø

ANNE HOLT
Autora de 1222 e A Deusa Cega

FUNDAMENTO

NÚMEROS DE AZAR

ANNE HOLT

FUNDAMENTO

EDITORA FUNDAMENTO